主编 吴敬琏 江平　　执行主编 梁治平

洪范评论

JOURNAL OF LEGAL AND ECONOMIC STUDIES

第12辑

本辑主题

宪政与发展

生活·讀書·新知 三联书店

图书在版编目（CIP）数据

洪范评论．第12辑/吴敬琏，江平主编．—北京：
生活·读书·新知三联书店，2010.6
ISBN 978-7-108-03421-2

Ⅰ.①洪… Ⅱ.①吴…②江… Ⅲ.①法学-文集
②经济学-文集 Ⅳ.①D90-53②F0-53

中国版本图书馆CIP数据核字（2010）第035009号

责任编辑　贾宝兰
特邀编辑　张松峰
封扉设计　罗　洪
出版发行　生活·讀書·新知 三联书店
（北京市东城区美术馆东街22号）
邮　　编　100010
经　　销　新华书店
印　　刷　北京隆昌伟业印刷有限公司
版　　次　2010年6月北京第1版
2010年6月北京第1次印刷
开　　本　635毫米×965毫米 1/16　印张 22.75
字　　数　273千字
印　　数　0,001-3,000册
定　　价　46.00元

编者弁言

改革开放三十年，论者或述其成就，或议其得失，意在总结以往，指引未来。洪范研究所暨《洪范评论》向以关注当代中国之经济转轨、社会转型、国家治理相标榜，因此，特拈出“宪政”一词，据以观察、省思当今中国的改革事业，故有“宪政与发展”主题之设。

宪政的古意，不过是政制的安排，但今人所谓宪政，指的却是一种具有特定意味的政制安排。这种特定政制安排的政治含义殆无异议，而其经济上的意义却并非如此。正如法律与发展间的关系并非不言自明一样，宪政与发展的关系也需要细细寻绎。王建勋利用经济史家的研究，考察不同国家长时段内宪政与经济发展间的关联，进而探究宪政影响于发展的机理。他的研究表明，宪政是促进经济持久发展的重要因素之一。一个非宪政的国家或者能够获得短暂的经济增长，但却难有长期的经济繁荣，也很难达至较高的发展水平。因此，对于像中国这样的发展中国家而言，若要实现持久的繁荣和富裕，宪政的确立至关重要。

宪政的核心概念之一是有限政府，着眼于这一点，姚中秋提出了“经济”与宪政的不兼容性。这里，“经济”被理解为主权国家出现以后的特定历史现象，作者称之为国家经济体系，其典型表征便是，发展经济成为国家的一项政治任务。作者认为，这样的国家通常具有程度不等的反宪政倾向，它们固然能够以一种超常规的方式推动经济繁荣，但这一财富积累过程似乎具有自我毁灭的倾向。相反，政府抑制、缩小其参与、控制和管理经济性活动的范围与强度，市场体制与宪政制度将同时得到健康发展。在表面的张力下面，这两篇文章可以说旨趣相同。

於兴中的文章提出了宪政与发展的一项重要原则，即所谓辅助性原则。这是一种“自下而上”的组织原则。根据这一原则，公民个人或较小的下位组织能够胜任某事项时，社会或较大的上位组织就不应当干预，而就积极方面言，当个人或较小的下位组织不能够胜任某事项时，社会、国家或较大的上位组织便不能坐视，而负有积极协助的义务。值得注意的是，作为宪政原则的辅助性不仅关乎经济发展，而且涉及公民社会，更与人的发展息息相关。

中央与地方关系是宪政要处理的一个主题，地方自治则是辅助原则的一项内容。目前，在中国宪法框架下，地方自治有两种制度模式：一种是民族区域自治制度，适用于中国内地广大区域；另一种是特别行政区制度，目前实行于香港、澳门地区。本辑中郑戈和陈弘毅的文章分别讨论了这两种制度。郑文将西藏问题置于中国宪法语境之下，详细介绍和讨论了与之相关的理论、历史以及政策诸方面的问题。作者认为，西藏问题可以在宪法所规定的民族区域自治的框架内妥善解决，为此，作者提出了文化自治的概念，即在不改变原有民族区域行政格局的条件下，建立“藏族特别文化区”，确保西藏的生态与文化环境不受破坏，并在此基础上保证西藏的可持续发展。陈弘毅的文章则回顾和总结了25年来香港宪政制度的演进，尤其是从殖民地到特别行政区这一转换过程中的发展，文章述及其间所有重要事件及案例，脉络清晰，资料翔实。将此二文合观，可以发现，在此一重大制度方面，正有许多极富价值的理论与实践问题等待我们去探求和解决。

本辑主题最后收有季卫东的一篇讲稿。在这篇讲稿中，作者以财产权和自由权为线索,考察了当代中国宪政发展的阻力和助力。作者举出的诸多事例是众人所熟知的,但其透过这些事例所作的思考和分析,仍然发人深省。毫无疑问,中国的宪政之路遥远而艰难,正待有志者发奋图强,投身其中。

谈论中国的宪政和法治,常常涉及历史上的法家传统。而据一般的看法,法家传统恰是反宪政、非法治的。因此,谈法家思想的"内在道德"不啻是在唱反调。这篇文章的作者肯尼斯·温斯顿(Kenneth Winston)系哈佛大学肯尼迪学院的教授,他原本是研究美国著名法学家富勒(Lon Fuller)的专家,且不谙中文,然而,接触法家之集大成者韩非的思想,他竟从中读出了富勒的若干法治原则,这不能不令人深感兴趣。借着这位当代法治论者的眼光,我们也许可以对中国古代传统有一种新的观照和理解。

洪范研究所以法律与经济名,有人即误以为本所专注于法律的经济分析(Economic Analysis of Law)或所谓法律经济学(Legal Economics)。其实,我们所谓法律与经济研究(legal and economic studies)只是注重法律与经济的互动,而我们关于法律与经济的理解则极尽宽泛。因此,我们的方法,与其说是法学与经济学并重,不如说是多学科的跨科际研究。也因为如此,我们对于近十数年甚嚣尘上的经济学帝国主义并不认同。这种在汉语学术界也大行其道的经济学帝国主义,正如伦敦大学亚非学院的本·凡恩(Ben Fine)所说:"常常表现出令人惊讶莫名的无知,对于它选中的领域内已有的研究成果的无知。一个打劫者只需要对赝品有一点点知识就够了。同样,傲慢、自大和简单化经常这样表现出来,即把广为人知的研究结果当作新的发现,宣布为自己的首创和他人未能更早发现这样的失败。"凡恩本人是经济学家,他能够从经济学内部展开批判性的反思,追溯经济学在向其他学科殖民过程中经历的演变,检讨其得失,不独难得,也甚可注意。

《劳动合同法》的制定和实施,是2007年以来最引人注目的法律事件之一。事实上,围绕这部法律产生的争议和风波,也确实透露出有关中国法律发展及其与社会关系的诸多信息。本辑刊发的《劳动合同法》报告,在问卷调查的基础上,就该法对纺织行业的影响进行了初步的评估,我们可以借助于这一个案来考察法律与经济之间的互动,进而探求法律与社会间的复杂关联。

目　录

[论文]

[调查报告]

[书评]

宪政与发展

——一个初步考察

王建勋*

一、引言

为什么一些国家富裕而另一些国家贫穷?为什么一些国家长期繁荣而另一些国家发展缓慢甚至停滞不前?什么因素影响着一个国家的兴衰?至少自亚当·斯密以来,理论家和实践者们一直在探索这些问题的答案,并提出了各种各样的学说和理论。有人认为,一国的实物资本与人力资本对经济增长十分重要(Solow,1956;Glaeser et al. ,2004);有人认为,一国的生态和地理环境与其兴衰密切相关(Pomeranz,2000);也有人认为,科学知识与技术创新对现代经济增长贡献甚巨(Mokyr,2005);还有人认为,基因传承和文化传统在一定程度上影响一个国家走向富裕还是长期贫穷(Clark,1987;2007);等等。

* 王建勋,中国政法大学法学院副教授。

毋庸置疑，这些学说和理论对于解释社会经济的发展提供了有益的视角，但是，随着新制度经济学的兴起，越来越多的学者发现，制度是影响一国长期繁荣与发展的重要因素，西方国家的持久繁荣和其他国家的长期落后与它们各自的制度密切相关。在制度经济学家看来，适当的制度安排能够促进人们之间的互动与合作，鼓励人们进行长期的投资和创新，确保承诺的可信性（credible commitment），减少交易成本，从而提高生产效率，推动社会经济的发展（North and Thomas，1973；North，1990；Williamson，1985；Eggertsson，1990；Shirley，2008）。

实际上，早在18世纪，一些思想家已经注意到了制度对于社会繁荣和发展的重要作用。在其巨著《论法的精神》中，孟德斯鸠阐释了这样一个命题：法律和政治制度对于社会的发展和变迁至关重要，它影响着一个国家的自由、赋税、贸易、人口以及宗教等，同时，也受这些因素的影响。在考察了不同政体下的商业和贸易特征之后，他发现："贸易上的巨大事业往往不在君主国中，而在共和国中。""在共和国里，人们相信自己的财产极为安全，因而去经营一切事业。""在一个遭受奴役的国度里，人们劳动是为了保持已有的，而不是为了获得所没有的；而在一个自由的国度里，人们劳动是为了获得没有的，而非保持已有的。"（Montesquieu，1949：318—319）孟德斯鸠还敏锐地指出，人民贫困的原因通常有两种，"一种是由于政体的严酷而导致的贫困，这种政体下的人民几乎不可能有所作为，因为他们的贫困是遭受奴役的结果。另一种人民贫困的原因是，他们无视或者不懂得生活的乐趣；这些人能够成就伟大的事业，因为他们的贫困构成了其自由的一部分"。（Montesquieu，1949：317）

现代政治经济学的鼻祖亚当·斯密（Smith，1952）同样注意到了良好的政治制度与法律对民众首创精神、贸易扩展以及商业繁荣的巨大作用，因为良好的制度可以确保个人的自由，而个人自由是社会繁荣的关键。[①] 在其《国富论》一书中,斯密颇有见地地指出:"当每个人可以自由而安全地奋斗时,其改善自身境遇的天然力量是如此强大,以致没有任何帮助,它单独就可以推动社会的富裕和繁荣,而且可以克服无数顽强的障碍——那些愚蠢地认为法律经常与这些障碍一起妨害个人的努力——尽管这些障碍的后果总是或多或少地侵犯了个人努力的自由或者减少了个人努力的安全。"(Smith,1952:232)

尽管孟德斯鸠和斯密的制度视角在现代社会科学领域长期受到忽视,但20世纪后半期制度经济学和宪政经济学(constitutional political economy)的崛起,使人们重新认识到制度对于社会发展和繁荣的重要性。在一项最近的研究中,诺贝尔经济学奖获得者诺斯(Douglas North)等人(North et al. ,2006;2009)提出了一种解释人类历史上社会发展的宏大分析框架,认为政治与经济制度之间的密切关联对于解释发展极为重要。在他们看来,政治与经济制度有机联系在一起,二者通常处于一种"双重平衡"状态,即经济和政治制度的根本性改变总是相伴发生。他们提出,在人类历史上存在过三种社会秩序:一种是人类早期流行的原始秩序(primitive order),另一种是约一万年前出现的有限进入秩序(limited access order),最后一种是约两百年前出现的开放进入秩序(open access order)。

根据诺斯等学者的分析,在有限进入秩序中,少数精英通过政治制度限制人们进入经济领域,进而创设租金(creating rent),并利用这种租金稳固政治制度以及阻遏暴力。这种秩序在人类历史上普遍存在且至今仍存在于大部分社会中,因为它是人类社

① 尽管学者们大多认为斯密最有影响的著作《国富论》旨在阐释劳动分工的重要性,但实际上,它对制度的强调几乎无处不在,斯密总是在比较英国和其他国家的制度差异。在其另一鲜受关注的著作《法理学讲演录》中,斯密更是专门讨论了法律和政治制度对于社会变迁的作用(Smith,1982)。

会对持续暴力威胁的一种自然回应。鉴于此,作者称其为"自然状态"(natural state)。① 比较而言,在开放进入秩序中,进入经济和政治组织没有限制,而这导致了经济和政治领域里的竞争,这种秩序正是依赖竞争而非租金创设得以维持。只有少数发达社会成功构建了这种开放进入秩序。作者指出,由于有限进入秩序创设租金、特权以及制造精英和大众之间的差别,因此,不利于市场的繁荣和长期的经济发展,而开放进入秩序则有助于竞争、进入和流动,从而促进市场的繁荣和长期的经济发展。在诺斯等人看来,经济发展的过程不是一些经济学家所谓的渐进变化(比如资本的增加和教育的改善等),而是一场从有限进入秩序转变为开放进入秩序的运动,这种转型需要国家和社会中的一些根本性变化和条件的出现,尤其是在精英阶层中确立法治、永久性组织(perpetual life for organizations)的存在以及对军队的政治控制。这些制度变迁和条件能够促进专业化和交易,尤其是非个人化的交易(impersonal exchange),从而促进社会经济的持续发展和繁荣(North et al. ,2006;2009)。

如果说大部分制度经济学家关注的都是中观或微观制度的话,那么,公共选择理论家和宪政经济学家关注更多的则是宏观的制度——宪法层面的制度。② 在宪政经济学家看来,通过限制

---

① 从作者的行文来看,"national state"似乎有时也可译为"自然国家",因为它意指一个政治共同体(North,et al. ,2006;2009)。

② 宪政经济学家(constitutional economists)主要是从公共选择学派中出现的一些从经济学角度研究宪法问题的学者,主要以布坎南(James M. Buchanan)、布伦南(Geoffrey Brennan)、缪勒(Dennis C. Mueller)等为代表人物,并于1990年代初创设了杂志《宪政经济学》(Constitutional Political Economy)。此外,有学者提出从宏观、中观和微观三个层面对制度进行研究的分析框架,这三个层面分别为宪法层面(constitutional level)的制度、集体选择层面(collective-choice level)的制度以及运作层面(operational level)的制度。尽管单独对其中一个层面的分析是可行的,但很多时候,这三个层面的制度密切相关,尤其是宪法层面的制度经常影响着集体选择层面和运作层面的制度(E. Ostrom,1999)。

政府的权力,宪法制度旨在保护人们的基本自由和权利,而这种自由和权利对于人们从事创造性活动和追求经济利益是必不可少的;对政府权力的宪法约束,有助于减少社会中的寻租行为,限制政府税收的膨胀,促进自由竞争和市场繁荣,从而推动社会经济的发展(Hayek,1972;Buchanan and Tullock,1962;Brennan and Buchanan,2000;Tullock,2005)。

以研究集体行动理论著称的奥尔森(Olson,1993)解释了为什么专制制度不利于而宪政民主制度则有利于社会发展。他指出,在一个专制社会里,由于政治的不确定性很大,统治者通常热衷于追求短期利益,只关心自己榨取的税收,而不关心社会的长期发展;在那里,人们的权利尤其是财产权很少受到尊重,因而没有信心进行长期的投资和创新。而在一个宪政民主社会里,政治和权力的交接都是可预期的,对个人权利和自由的有效保护是一贯的,因而人们有信心进行长期的投资和交易。他发现,那些达到了最高经济发展水平和持续繁荣的社会几乎都是稳定的宪政民主国家。

在温加斯特(Weingast,1993)看来,市场的繁荣和经济的发展,不仅要求适当设计的经济制度,而且要求合理的政治制度,以限制国家擅自干预经济和攫取个人财富的倾向和能力。这要求建立一个有限政府(limited government),对于保护个人的权利以及市场的自由运作作出可信的承诺,确保这种承诺的兑现意味着政治制度尤其是宪法必须发挥重要的作用。换句话说,宪政有助于限制政府的机会主义行为以确保其作出可信的承诺,而这对于市场的繁荣和人们的创业信心极为重要。

埃尔斯特(Elster,1995)认为,适当而有效的宪法,无论是成文还是不成文的,都在某种程度上有助于促进稳定、负责以及信用等价值,可以部分地充当反馈机制(feedback mechanism),部分地充当预先承诺装置(pre-commitment device),而政治家负责任的行为、公民对自己行动的可预见性,以及稳定的制度安排,都有助于经济的发展。他还指出,由于宪法的修改程序比一般法律严格,通常要求超过简单多数的人同意,这种严格的修正程序增强了稳定性和可预见性,进而有助于人们参与经济活动和提高效率;同时,制定一般法律所要求的简单多数原则往往鼓励寻租行为,而超越简单多数原则的宪法修改程序则有助于削弱寻租行为。

以美国的宪法为例,波斯纳(Posner,1987—1988:28—29)指出,通过规范根本的政治制度,宪法使基本的政府结构安排超越日常政治过程的干预,减少改变根本制度的政治纷争,从而释放人们的能量,使其致力于创造性的活动;通过促进法治和秩序,限制政府的管制和再分配权力,宪政有助于经济增长。

除了这些理论性研究之外,近些年,也出现了不少考察政治法律制度与社会经济发展关联的实证分析。比如,斯库利(Scully,1988)对1960—1980年间115个国家的研究表明,一个国家的政治和法律制度对于其经济效率和增长有重大影响。他发现,在那些政治上开放、厉行法治以及对公民的财产权和基本自由保护良好的国家,人均GDP的复合增长速度比那些政治上封闭且公民的权利和自由得不到有效保护的国家快大约3倍。同样,一项对经合组织(OECD)国家的实证研究发现,一个国家的制度环境对于经济增长十分重要,国家之间人均GDP差别的80%都可以用它们之间的制度不同来解释;具体而言,那些保护财产权、促进司法独立、捍卫新闻出版自由以及其他政治与公民权利的制度对经济增长具有关键作用(Khalil et al.,2007)。

法尔等人(Farr et al.,2000)对1976—1995年间的71个国家研究发现,公民自由和经济自由可以促进总要素生产率以及人们对于实物资本和人力资本的投资,进而推动经济的增长;在较富裕的国家里,自由对于促进人们对人力资本的投资有重要影响,而在低收入国家里,自由对于促进人们对于实物资本的投资具有积极影响。这或许不难理解,因为一定程度的自由,尤其是免于任意征收的自由,通常是人们对实物资本进行投资的条件,此后,他们才愿意对人力资本进行投资。

一项对1950—2003年间134个国家经济状况的研究发现,如果控制政府存续时间长短对经济增长之影响的话,专制国家的经济增长速度比民主国家慢约1%;并且即使专制国家会出现快速的经济增长,但持续时间一般不超过35年,而民主国家的经济增长尽管可能较慢,但可以持续更长(Grier and Munger,2006)。此外,一项对贫穷国家发展缓慢原因的研究发现,尽管穷国具有以低成本获得先进技术的优势,但它们依然十分落后,主要原因在于它们的制度存在缺陷,尤其是未能确立法治,未能有效限制行政官员的权力,未能对财产和契约权利提供有力的保护,而这些对于经济发展起着关键作用(Keefer and Knack,1997)。

如果说大多关于政治制度与发展关系的研究都是以低于50年的短时段作为标尺的话,那么,一项对工业革命以前750年间欧洲城市增长的研究发现,绝对政体(absolutist regimes)统治下的城市增长缓慢,而非绝对政体统治下的城市增长较快,原因在于,绝对政体下的统治者,诸如法国的路易十四和普鲁士的弗里德里希二世,倾向于制定掠夺性的财政政策,征收较高且具有破坏性的赋税,阻碍了城市的增长和社会的发展(De Long and Shleifer,1993)。

另一项对公元1500年以来曾经作为欧洲殖民地的国家发展状况的研究表明,由于面临不同的生存环境,欧洲国家在不同地方采用了迥异的殖民策略和制度,在一些殖民地确立了私人财产权和法治,比如澳大利亚、新西兰和美国等,在这些地方,社会经济发展迅速且长期繁荣,而在另一些殖民地,由于确立了掠夺性的制度,比如拉美和非洲,经济发展缓慢甚至长期停滞(Acemoglu et al.,2001;2002)。

尽管大部分关于政治制度与经济增长之间关系的研究都只是表明二者具有相关性，但道森（Dawson，2003）发现，政治制度和经济增长之间不仅具有统计意义上的相关性，而且具有因果关系。他指出，政治自由和个人自由对经济自由有长期的积极影响，而经济自由，尤其是自由市场和财产权，又促进了长期的经济繁荣。从制度变迁的意义上讲，这意味着政治制度的变化能够促进经济制度的变化。

当然，也有学者认为，政治或者法律制度与经济发展之间没有关系，或者，特定的政治体制与法律制度不是经济发展与否的重要因素（Brunetti，1997）。比如，有人通过对"二战"后各国经济发展状况的研究，发现经济增长较快的国家既有民主政体，又有军事独裁和威权政体，而一些民主国家的经济增长却十分缓慢，进而得出结论说，特定的政治体制与经济增长之间没有相关关系（Przeworski and Limongi，1993）。也有学者对1975—1992年间的100个国家考察后发现，政治自由与经济增长率之间没有关联，尽管经济自由对于经济增长至为关键（Wu and Davis，1999）。还有人认为，宪政民主政体不利于发展，因为它不能强迫人们储蓄和减少消费，因而存在投资障碍，而经济的发展需要大规模的投资，只有一个强有力的铁腕政府才能胜任这种任务（Rao，1984）。

通过对宪政与发展之间关系研究文献的简单回顾，可以归纳出以下几点看法。首先，不少学者都发现政治法律制度与经济发展之间存在相关性，甚至发现二者具有因果关系。这些研究对于进一步探索二者之间的关系具有重要的参考价值。其次，不论是支持还是否定政治法律制度与发展之间存在关联的研究，大多都是局限于20世纪某个时期的短时段考察，考察两个变量在二三十年或者至多五六十年之间的关系；尽管有少数研究对二者之间的关系进行了长时段的分析，但分析的对象十分特殊，比如欧洲城市的增长或者殖民地国家的发展等，因而结论缺乏普遍性，很难适用于其他案例。再次,不少现有研究的自变量严格说来并不是"宪政",而是选举意义上的民主、某项政治法律制度或者某项自由;同时,许多现有研究中的因变量也不是严格意义上的"发展",而是人口的增长、财税的增加等。最后,尽管不少研究都发现了宪政与发展之间具有相关性,但对于宪政影响发展的机理和过程缺乏解释,以至于对宪政如何作用于发展的内在逻辑了解不多。

鉴于此,本研究试图弥补现有文献的不足,在力图澄清和界定"宪政"和"发展"两个核心概念的基础上,利用经济史学家考量和测算的人类社会在过去千余年中经济发展的数据,考察长时期内宪政与发展之间的关联,并探究和解释宪政通过何种机制影响发展。通过分析世界上主要国家和地区在过去数百年尤其是两三个世纪以来的宪政与发展状况,比较确立宪政和未确立宪政的国家在发展水平上的差异,辨析宪政如何影响了发展。下一部分将详细讨论本研究的材料、方法和分析过程。

二、宪政与发展的亲和性

粗略观察,世界上几乎所有确立了宪政的国家都是发达国家,几乎所有的发达国家都确立了宪政。这也许并非偶然,但是,欲弄清二者之间是否存在关联以及何种关联,需要仔细的经验分析提供支持。在进行这种分析之前,首先需要界定本研究中的两个核心概念。尽管当代理论家们频繁使用"宪政"一词,但很少有人对它进行明确清晰的界定。① 一般而言,宪政意味着政府权力

① 麦基尔韦恩(Mcllwain,2007)在其经典著作《宪政古今》中讨论了历史上一些理论家们对"宪政"或者"立宪政府"(constitutional government)的理解,但实际上,大多数理论家们并未对"宪政"一词下过定义。

受到宪法的有效制约，个人权利和自由受到宪法的有效保护（Hamilton at al.，2001；Hayek，1972；Sartori，1962）。简单地说，宪政意味着政府权力的有限性，或者说，意味着有限政府。不过，需要指出的是，一方面，宪政意味着某种特定的治理状态，必须满足某些基本或者最低的条件（政府权力受限），但另一方面，从历时的角度来看，宪政又意指一种连续的状态，而非一种静止的状态。也就是说，当满足了基本条件之后，宪政包含着不同的治理状态。比如，1789年的美国是一个宪政国家，2009年的美国也是一个宪政国家，但毫无疑问，1789年的美国"宪政"与2009年的美国"宪政"在具体内容上有很大不同，尽管二者都满足了基本或者最低的条件——政府权力受到限制。再比如，如果考察今天英国、法国和美国的宪政，不难发现，虽然它们都满足了宪政的基本条件，但它们在制度设计和某些个人权利和自由的保护方面差别依然很大。不过，本研究并不关注宪政国家之间的差异，而是旨在分析宪政国家与非宪政国家的不同。

进一步讲，即便是从宪政的基本或者最低条件的角度看，宪政同样呈现出一种连续状态，因为有限政府的"有限"存在程度差别。也就是说，到底政府权力受到何种程度的限制才算是达到了"宪政"状态。无疑，这是一个十分棘手的问题，并且在很大程度上讲，正是这样一个难题才使得理论家们试图区分历史上不同类型的宪政，比如古代宪政与现代宪政等（Mcllwain，2007）。解决这个难题的思路也许并不是画出一条明确的界线，找到一个"客观"的标准（如果存在这样一个标准的话），而是根据特定历史时期特定政府权力运作的具体状况进行分析，看其权力的运作是否受到任何有意义的限制，看其权力的运作和行使是否是任意和武断的，并与其他政府的权力运作进行比较。

正是循着这种思路，本研究衡量一个国家是否确立了某种形式的"宪政"，主要看其政府权力的行使和运作是否受到了具有实际意义的限制,[①]而这主要依赖其他学者对各国宪政史的研究和分析。表1列举了世界上迄今为止确立了宪政的主要国家,以及确立宪政的大致时间和基本标志。必须指出,尽管一些国家确立宪政的时间和标志没有太大的争论,但另一些国家的情况却是智者见智的事情。更何况,各国宪政的确立通常是一个漫长的过程,并且包括一系列的事件,所以,很难用某个具体时间和事件来代表。此外,一些国家在确立宪政的过程中出现过多次反复,很难说它们从哪一个时间和事件开始确立了宪政。比如,法国宪政的确立很难说始于何时,因为法国历史上在共和和帝制之间摇摆不停,最多可以说,法国在1958年以前不是一个稳定或者成熟的宪政国家。从这个意义上讲,这里提供的关于各国宪政确立时间和标志的材料只是为了本研究的便利,决不代表确定性的结论。

表1　部分国家确立宪政的大致时间和标志性事件[②]

国别	确立宪政的大致时间	确立宪政的标志性事件
英国	1215;1688	1215年颁布《大宪章》,王权受限;1688年发生"光荣革命",确立君主立宪政体
瑞士	1291;1848	1291年建立瑞士邦联共和国;1848年《瑞士联邦宪法》生效,确立联邦共和政体
荷兰	1581;1815	1581年颁布《誓绝法案》(Act of Abjuration),宣布独立,建立荷兰联省共和国;1815年确立君主立宪政体

① 值得强调的是,一个拥有宪法的国家并不一定确立了宪政,只有当其宪法能够对权力起到实际的限制作用时,才可以说该国确立了宪政。实际上,一部有名无实的宪法不会对社会经济产生任何影响(Vanssay and Spindler,1994)。

② 本表中未包括近二三十年来刚确立宪政以及正在宪政转型过程中的国家,比如东欧的捷克和亚洲的韩国等,因为它们确立宪政的时间较短,所以,无法考察其对经济的长期影响。

续表

国别	确立宪政的大致时间	确立宪政的标志性事件
美国	1776;1789	1776年发布《独立宣言》,后各州制宪,建立共和政体;1789年《美利坚合众国宪法》生效,确立联邦共和政体
比利时	1831	《比利时宪法》生效,确立君主立宪政体
瑞典	1719;1809	1719年《政府约法》(Instrument of Government)颁布,确立议会制政体;1809年《政府约法》颁布,确立君主立宪政体
挪威	1814	《挪威王国宪法》生效,确立君主立宪政体
丹麦	1849	《丹麦王国宪法》生效,确立君主立宪政体
芬兰	1919	《芬兰宪法》生效,确立议会共和政体
澳大利亚	1865;1901	1865年英国议会通过《殖民地法律有效法案》,澳大利亚获得有限自治;1901年《澳大利亚联邦宪法》生效,确立君主立宪政体
新西兰	1852	《新西兰宪法》生效,确立君主立宪政体
加拿大	1867	《英国北美法案》(后改称《加拿大宪法》)生效,确立君主立宪政体
奥地利	1920	1920年《奥地利联邦宪法》生效(1933—1945年中断施行),确立联邦共和政体
日本	1889;1947	1889年《日本帝国宪法》(俗称"明治宪法")生效,确立君主立宪政体;1947年该宪法经重大修正后生效
意大利	1948	1948年《意大利共和国宪法》生效,确立议会共和政体
德国	1919;1949	1919年《魏玛宪法》生效(至1933年),确立联邦共和政体;1949年《联邦德国基本法》生效,再次确立联邦共和政体
印度	1950	《印度宪法》生效,确立联邦共和政体
法国	1789(?);1958	1789年颁布《人与公民的权利宣言》(长期未能施行);1958年《法国宪法》生效,确立民主共和政体
葡萄牙	1976	《葡萄牙宪法》生效,确立民主共和政体
西班牙	1978	《西班牙宪法》生效,确立君主立宪政体

资料来源:Gordon(1999);Maitland(1908);Hamilton et al.(2001);McIlwain(2007);Wormuth(1949);Downing(1989);Elazar(1993).

本研究需要界定的另一个核心概念是"发展"。可以毫不夸张地说,"发展"是当代社会科学领域最常用的概念之一,人们对

“发展”的理解和看法五花八门。最常见的理解是将“发展”看成是一个社会中经济规模、生产总值或者收入水平的改善,通常用GDP、人均GDP或者人均收入等指标来衡量。后来,有人觉得这种理解过于狭窄,于是,将其他的指标考虑进来,包括教育水平、人均寿命等。[①] 诺贝尔经济学奖获得者阿马蒂亚·森认为这种对“发展”的理解依然太狭窄,于是提出,发展就是“扩展人们享有的实际自由的过程”。或者简单地说,“发展即自由”。(Sen,1999:3—4)尽管许多学者原则上同意森的这个宽泛的定义,但是他们并不同意森对该定义中“自由”的理解。在森看来,等同发展的“自由”包括政治自由、经济设施(economic facilities)、社会机会(social opportunities)、透明化保证(transparency guarantees)、保护性安全(protective security)等。[②] 且不说森对“自由”的宽泛界定如何“稀释”了它的含义,单就其强调“积极自由”这一点,也使其理论与洛克、孟德斯鸠、休谟和麦迪逊以来的古典自由主义传统相去甚远。[③] 那些将自由主要视为免受外来尤其是政府干涉的学者,[④]很难接受将提供医疗和教育设施等同于自由。[⑤] 进一步讲,如果接受森对“发展”的理解和界定,那么,再使用“发展”这个概念似乎显得没有必要,因为它几乎完全等同于“自由”了。

---

① 比如,联合国开发计划署(UNDP)每年发布的“人类发展指数”(Human Development Indicators)就是将人均GDP、教育水平和识字率以及人均寿命等指标综合考虑后作为衡量“发展”的指数,但是该数据库只包括1980—2006年间的材料。

② 对森(Sen,1999)而言,“经济设施”主要意味着参与贸易和生产的机会;“社会机会”主要意味着获得教育和医疗保障的机会;“透明化保证”主要意味着决策过程的透明;“保护性安全”主要意味着提供疾病等威胁下的安全保护。

③ 关于古典自由主义传统的经典文献,见Locke(1947),Montesquieu(1949),Hume(1985),Hamilton et al.(2001)。

④ 这种对自由的理解被称之为“消极自由”。关于“积极自由”与“消极自由”的区分,参见Berlin(1969)。

⑤ 对“社会、经济和文化权利”或积极权利的批判与质疑,参见Hayek(1982)和Weede(2008)。

当然，早在森之前，已有学者试图对“发展”进行超越经济指标的界定。比如，发展经济学的先驱之一彼得·鲍尔(Peter Bauer)曾经指出，发展意味着个人选择的增加，即人们获得更大的有效选择空间。在他看来，衡量一项制度或者政策是否促进发展的准则，是看其是否有利于增加人们的替代性选择。不过，鲍尔更关心的不是向人们提供某种福利，而是不干涉他们的自由选择。[①] 笔者基本赞同鲍尔对发展的理解和看法，认为它意味着个人选择范围的增加。但问题是，这样的界定对于实证分析而言缺乏可操作性，因为很难找到合适的“发展”衡量标准。而找不到这样的衡量标准，就无法比较各国的“发展”状况。鉴于此，在本研究中，笔者仍然使用经济学家们常用也常遭批评的“发展”衡量指标，即人均 GDP 的水平和增长状况。使用这一简单化指标的另一个原因是，本研究所依赖的数据材料即是建立在该指标基础之上的(由于目前关于人类历史上长期经济发展的数据材料相对匮乏，本研究在“发展”的衡量指标上也受到限制)。必须指出，使用人均 GDP 这样的指标来衡量“发展”，不过是为了本研究的便利，决不意味着笔者认为“发展”等同于人均 GDP。

本文所依赖的各国经济发展状况的数据材料，主要来自经济史学家麦迪逊(Maddison,2007a;2007b)的分析。建立在早期经济学家对宏观经济绩效衡量和比较的基础上，参考各国的经济史数据和记载，麦迪逊推算出了世界主要国家和地区自公元1年至2003年间的人均 GDP 水平和增长数据(见表2和表3)。该材料的一个明显优点是，它的时间跨度达两千余年，能够很好地用以观察一个国家长期的人均 GDP 水平和变化，进而了解其经济发展的长期趋势。如果考虑到本研究中的自变量“宪政”对经济发展的影响可能是长期而非短期的话，那么，该材料的优点就显

---

① 转引自 Dorn(2002:356)；也见 Vasquez(2007:201—202)。

得更加重要。

本研究主要采用比较分析的方法,即比较世界主要国家在过去一百年左右尤其是近三个世纪以来政治制度与经济发展的变化趋势。这种比较分析的方法至少体现在两个方面:一是比较宪政国家在确立宪政之前和之后的变化,即比较这些国家在确立宪政之前和之后的人均 GDP 水平和发展速度方面的变化和差异;二是比较宪政国家和非宪政国家的差异,即比较这两种类型的国家之间在人均 GDP 水平和发展速度方面的差异。如果一个宪政国家在确立宪政之前人均 GDP 水平较低且增加较慢,而在确立宪政之后其人均 GDP 水平提高且速度加快,那么,宪政很可能是一个促进人均 GDP 增加的因素。同时,与没有确立宪政的国家相比,如果宪政国家在确立了宪政后长时期内人均 GDP 水平提高、速度变快,那么,宪政很可能是促进人均 GDP 增加的一个重要因素。当然,受数据材料的限制,本研究难以进行有意义的统计分析,难以控制宪政之外的一些可能影响发展的变量,因而也难以彻底确认宪政和发展之间的因果关系。不过,本文还将使用个案分析的方法,对两个国家的发展轨迹进行概要的考察,以弥补比较研究方法的不足,加强对宪政促进发展假设的论证。

从表 1 来看,英国、瑞士和荷兰曾经较早地建立过某种形式的有限政府,使统治者的权力受到一定程度的约束。英国和瑞士早在 13 世纪就确立了限制政府权力的制度安排。被后世学者认为系最早宪法文件之一的 1215 年《大宪章》,限制了英格兰国王的权力,在那里确立了有限君主政体(limited monarchy)(Holt,1992)。此后,《大宪章》多次被废止,但又多次被确认;到 16、17 世纪的绝对主义时代,查理一世等国王企图不受限制,但 1688 年的“光荣革命”及次年的《权利法案》,造就了君主立宪政体,标志着现代意义上的宪政在英国的确立(Maitland,1908)。1291 年,瑞士的三个邦为反对哈布斯堡王朝联合起来,建立了邦联共和国,被认为是延续至今的最早共和国之一，有着悠久的自治和自由传统。1848年，在美国联邦宪法的影响下，瑞士制定了联邦宪法，确立了联邦共和政体（Elazar，1993）。1581年，荷兰的七个省则建立了联省共和国，成为世界历史上较早的具有联邦性质的共和政体；1815年，荷兰联合王国成立，确立了君主立宪政体（Gordon，1999）。

表2 公元1—2003年世界20个国家和地区人均GDP（1990年国际元）①

国别＼年份	1	1000	1500	1600	1700	1820	1870	1913	1950	1973	2003
奥	425	425	707	837	993	1 218	1 863	3 465	3 706	11 235	21 231
比	450	425	875	976	1 144	1 319	2 692	4 220	5 462	12 170	21 205
丹麦	400	400	738	875	1 039	1 274	2 003	3 912	6 943	13 945	23 133
芬兰	400	400	453	538	638	781	1 140	2 111	4 253	11 085	20 513
法国	473	425	727	841	910	1 135	1 876	3 485	5 271	13 114	21 861
德国	408	410	688	791	910	1 077	1 839	3 648	3 881	11 966	19 144
意	809	450	1 100	1 100	1 100	1 117	1 499	2 564	3 502	10 634	19 151
荷兰	425	425	761	1 381	2 130	1 838	2 757	4 049	5 996	13 082	21 480
挪威	400	400	610	664	723	801	1 360	2 447	5 430	11 323	26 035
瑞典	400	400	695	824	977	1 198	1 662	3 096	6 739	13 493	21 555
瑞士	425	410	632	750	890	1 090	2 102	4 266	9 064	18 204	22 243
英国	400	400	714	974	1 250	1 706	3 190	4 921	6 939	12 025	21 310
上十二国	599	425	798	907	1 032	1 243	2 087	3 688	5 018	12 157	20 597
葡	450	425	606	740	819	923	975	1 250	2 086	7 063	13 807
西	498	450	661	853	853	1 008	1 207	2 056	2 189	7 661	17 201

① 表中的国家系指地理意义上的。比如，政治意义上的美国在公元1000年或者1500年并不存在，表中的数据反映的是当时居住在美国土地上的印第安人的经济状况。

续表

国别/年份	1	1000	1500	1600	1700	1820	1870	1913	1950	1973	2003
西欧	576	427	771	889	997	1 202	1 960	3 457	4 578	11 417	19 912
东欧	412	400	496	548	606	683	937	1 695	2 111	4 988	6 476
前苏联	400	400	499	552	610	688	943	1 488	2 841	6 059	5 397
美国	400	400	400	400	527	1 257	2 445	5 301	9 561	16 689	29 037
澳、新、加	400	400	400	400	408	761	2 244	4 752	7 425	13 399	22 853
拉美	400	400	416	438	527	691	676	1 493	2 503	4 513	5 786
日本	400	425	500	520	570	669	737	1 387	1 921	11 434	21 218
中国	450	450	600	600	600	600	530	552	448	838	4 803
印度	450	450	550	550	550	533	533	673	619	853	2 160
亚洲(除日)	457	466	572	576	572	577	548	658	639	1 225	3 842
非洲	472	425	414	422	421	420	500	637	890	1 410	1 549
世界	467	450	566	596	616	667	873	1 526	2 113	4 091	6 516

资料来源:Maddison(2007a:382)。

表3 公元1—2003年20个国家和地区人均GDP增长率(年均复合增长率①)

国别/年份	1—1000	1000—1500	1500—1820	1820—1870	1870—1913	1913—1950	1950—1973	1973—2003
奥	0.00	0.10	0.17	0.85	1.45	0.18	4.94	2.14
比	-0.01	0.14	0.13	1.44	1.05	0.70	3.54	1.87
丹麦	0.00	0.12	0.17	0.91	1.57	1.56	3.08	1.70
芬兰	0.00	0.03	0.17	0.76	1.44	1.91	4.25	2.07
法国	-0.01	0.11	0.14	1.01	1.45	1.12	4.04	1.72

① "年均复合增长率"(annual average compound growth rates)系指特定时期内的年度平均增长率,用总增长率百分比的N次方根求得,N相当于相关时期内的年数。

续表

国别/年份	1—1000	1000—1500	1500—1820	1820—1870	1870—1913	1913—1950	1950—1973	1973—2003
德国	0.00	0.10	0.14	1.08	1.61	0.17	5.02	1.58
意	-0.06	0.18	0.00	0.59	1.26	0.85	4.95	1.98
荷兰	0.00	0.12	0.28	0.81	0.90	1.07	3.45	1.67
挪威	0.00	0.08	0.09	1.06	1.38	2.18	3.25	2.81
瑞典	0.00	0.11	0.17	0.66	1.46	2.12	3.06	1.57
瑞士	0.00	0.09	0.17	1.32	1.66	2.06	3.08	0.67
英国	0.00	0.12	0.27	1.26	1.01	0.93	2.42	1.93
上十二国	-0.03	0.13	0.14	1.04	1.33	0.84	3.92	1.77
葡	-0.01	0.07	0.13	0.11	0.58	1.39	5.45	2.26
西	-0.01	0.08	0.13	0.36	1.25	0.17	5.60	2.70
西欧	-0.03	0.12	0.14	0.98	1.33	0.76	4.05	1.87
东欧	0.00	0.04	0.10	0.63	1.39	0.60	3.81	0.87
前苏联	0.00	0.04	0.10	0.63	1.06	1.76	3.35	-0.38
美国	0.00	0.00	0.36	1.34	1.82	1.61	2.45	1.86
澳、新、加	0.00	0.00	0.20	2.19	1.76	1.21	2.60	1.80
拉美	0.00	0.01	0.16	-0.04	1.86	1.41	2.60	0.83
日本	0.01	0.03	0.09	0.19	1.48	0.88	8.06	2.08
中国	0.00	0.06	0.00	-0.25	0.10	-0.56	2.76	5.99
印度	0.00	0.04	-0.01	0.00	0.54	-0.22	1.40	3.14
亚洲（除日）	0.00	0.04	0.00	-0.10	0.43	-0.08	2.87	3.88
非洲	-0.01	-0.01	0.00	0.35	0.57	0.91	2.02	0.32
世界	0.00	0.05	0.05	0.54	1.31	0.88	2.91	1.56

资料来源：Maddison（2007a：383）。

那么，英国、瑞士、荷兰这三个国家在建立了有限政府之后，其经济发展状况如何呢？表2和表3中各国人均GDP的长期变化表明，这几个国家在确立了宪政之后，人均GDP的增加幅度都较大、增长速度都较快。英国在1000年时人均GDP只有400(1990年国际元),1500年时增加到714,年均复合增长率为0.12。尽管从人均GDP的水平和增长率上看,在1500年前的这五百年间,英国在西欧国家中并不是最突出的,但与同一时期的中国、日本和印度相比,英国的发展仍然值得一提。在1000年时,中国的人均GDP是450,比英国还高些,但到了1500年时,中国的人均GDP只增加到600,年均复合增长率只有0.06,相当于英国的一半。而同一时期的日本和印度人均GDP也都增加缓慢,年均复合增长率分别只有0.03和0.04。

如果说英国的经济发展在1215年《大宪章》之后的四个世纪里表现并不突出的话,那么,到1688年的"光荣革命"之后,其发展速度可以用腾飞来形容。在1700年时,英国的人均GDP达到1 250,在西欧各国中名列前茅,仅次于当时极度繁荣的荷兰共和国,到1870年时,英国已经成为西欧乃至世界上人均GDP最高的国家,达到了3 190。尽管进入20世纪之后,英国的经济发展速度减慢,但它仍然是世界上最发达的国家之一,2003年时其人均GDP是21 310,相当于中国的4倍还多。

瑞士在1000—1820年间的人均GDP增加幅度并不是很大,增加速度也不是很快,但到了1870年时,其人均GDP水平已高于西欧大部分国家,到1950年时,则成为西欧人均GDP最高的国家,达到了9 064,到1973年时又增加了1倍(达到18 204),成为世界上最富裕的国家之一,荷兰共和国早在1600年时就成了西欧人均GDP最高的国家,达到了1 381,比同一时期的中国、日本和印度高出1倍还多。到1700年时,荷兰共和国的人均GDP达到2 130,比西欧大部分国家高1倍多,比中国、日本和印度高3倍多。在此后的三个世纪里,荷兰的人均GDP一直在西欧名列前茅,是世界上最发达的国家之一。

另两个较早确立宪政的国家是瑞典和美国,它们分别在18

世纪早期和晚期建立了立宪政体。在1719年，瑞典颁布了一部重要的宪法性文件——《政府约法》(*Instrument of Government*)，建立了议会制政府，进入了著名的"自由时代"(Age of Liberty)(Roberts，1986)。尽管后来又曾短暂回归专制政体，但1809年颁布了新的《政府约法》，确立了君主立宪政体。瑞典的长期发展趋势表明，尽管在1820年时其人均GDP水平在西欧国家中接近平均水平，但在1950年时，达到了6 739，超过了英国和瑞士之外的大部分西欧国家；至2003年，从人均GDP水平(21 555)上来看，瑞典无疑位居发达国家行列。

18世纪后期，美国确立了宪政，旋即成为宪政民主政府的楷模(Tocqueville，1990)。1776年独立后，美国的各州即开始了立宪运动，并迅速确立了共和政体，1787年制定的《美利坚合众国宪法》，使美国成为了一个联邦共和国。尽管一提到美国宪政，很多人会想起1787年的联邦宪法，甚至认为该宪法是美国宪政的起源，但实际上，美国宪政早在一百五十多年的殖民地时代就已经生根发芽，从1620年的《"五月花号"公约》，到1639年的《康涅狄格基本法》(*Fundamental Orders of Connecticut*)，再到1641年的《马萨诸塞自由宪章》(*Massachusetts Body of Liberties*)，都为美国宪政打下了坚实的基础；事实上，1787年联邦宪法中的许多制度和原则都来自这些早期的宪法文件和宪政试验(Greene，1994；Lutz，1998)。不过，1787年美国宪法确立的联邦共和政体，使美国宪政获得了新的发展(Hayek，1972)。

尽管在殖民地时期地理意义上美国的经济发展水平较低，但到1820年时，美国的人均GDP达到1 257，比1700年时增加了近2.5倍，超过了大部分西欧国家。1870年时，美国的人均GDP达到了2 445，比50年前增加了几乎整整1倍，而到1913年，则又翻了1倍多，达到5 301，超过了西欧所有国家。在此后的近一个世纪里，美国的人均GDP水平一直处于世界前列，至2003年时，达到了29 037(相当于同时期中国人均GDP的6倍多),成为世界上最发达、最具活力的国家之一。

在19世纪上半期确立宪政的欧洲国家包括挪威、比利时、丹麦等。在大约一个世纪之后,这些国家的人均GDP几乎都增加了2倍多。在1913年,比利时的人均GDP跃居欧洲前列,并一直持续至今。到1950年时,丹麦的人均GDP达到了6 943,成为西欧仅次于瑞士的富裕国家,而到2003年时,挪威的人均GDP则达到了26 035,成为西欧最发达的国度。

澳大利亚、新西兰和加拿大三个国家均于19世纪下半期确立了宪政。像美国一样,这三个国家都曾是英国的殖民地,都在英国的影响下确立了君主立宪政体。在此后的一个世纪里,它们的经济迅猛发展,到1950年时,其人均GDP水平达到了7 425,超过了除瑞士之外的所有西欧国家,大约50年之后,其人均GDP又增加了3倍多(达到22 853),成为名副其实的发达国家。

其余的宪政国家大多是到20世纪中后期才确立(较稳定)有限政府的,包括奥地利、日本、意大利、德国、印度、法国、葡萄牙和西班牙等。从表2中可以看出,在确立宪政之前,这些国家大多发展相对缓慢,而宪政确立之后则获得了较快的发展,甚至达到了较高的发展水平。比如,奥地利在1950年时人均GDP只有3 706,而到了1973年时则达到了11 235,增加了3倍多,到2003年时更是达到了21 231,成为发达国家。日本的情况更加明显,在19世纪晚期"明治维新"之后,其经济就开始迅速发展,到1913年时其人均GDP比1870年时增加了近1倍,而到了1973年时,则达到了11 434,超过了西欧国家的平均水平,2003年其人均GDP为21 218,成为世界上最富裕的国家之一。意大利和德国的发展轨迹与奥地利和日本类似,而西班牙和葡萄牙则可能由于确立宪政的时间较短,其经济发展水平明显落后于其他西欧国家,但是自1973年至2003年间,它们的人均GDP都增加了两倍左右。

惟一的例外似乎是印度。尽管印度在1950年确立了宪政，但其经济发展一直比较缓慢。在1950年，其人均GDP是619，而到1973年时仅增加到853，年均复合增长率只有1.40，明显低于世界平均水平2.91。尽管到2003年时其人均GDP增加到了2 160，但依然低于除日本以外的亚洲平均水平，比中国还低1倍多。也许有人认为，印度的例子证明宪政并不促进发展，但这种看法也许过于草率，因为宪政很可能只是发展的一个必要条件，而非充分条件。也就是说，除了宪政之外，其他因素可能还影响着发展的水平和速度，比如人力资本和技术革新等。另一个解释是，也许印度确立宪政的时间还不够长，尚未能对长期的发展产生实质性的影响，因为制度尤其是根本制度对经济的影响可能不像实物投资或者技术革新那样立竿见影。其实，不少国家在确立宪政之后几十年之内的发展并不明显，而是过了大约一个世纪甚至更长的时间之后才出现迅猛的发展势头，英国、瑞典、瑞士等大都如此。

现在，来看看那些没有确立宪政的国家，观察和分析它们的长期发展趋势。尽管第一个现代宪政国家（英国）已经确立三个多世纪的时间，但不幸的是，除了上面讨论的20个国家及少数正在转型的社会（尤其是东欧国家、韩国及我国台湾地区）之外，世界上几乎没有别的宪政国家，绝大多数亚非拉国家至今都未成功建立有限政府。从表2中可以看出，非洲、拉美以及除日本以外的亚洲国家人均GDP水平普遍较低，且增长速度缓慢甚至长期停滞，与那些确立了宪政的国家形成鲜明的对比。比如，在公元1000年，非洲和西欧国家的人均GDP几乎在同一水平上，但到1870年时，非洲国家的人均GDP几乎没有增加，而西欧国家则增加了4倍多。如果对比过去500年来这两个地区发展趋势的变化，可以发现，非洲自1500年至2003年人均GDP仅从414升为1 549，增加了约3.7倍，而西欧国家同一时期的人均GDP则从

771 升为 19 912,增加了约 25.8 倍。非洲在 2003 年的人均 GDP 水平只相当于西欧国家在 19 世纪上半期的水平。

拉美国家的情况比非洲稍好一些,但与确立宪政的欧美国家相比,经济发展也明显缓慢。1500 年,拉美国家的 GDP 相当于西欧国家的 50% 以上,而到了 1870 年,前者则只相当于后者的 1/3,并且,至 2003 年,这一比例已扩大到 1/3 以下。当然,与非洲比起来,拉美的经济发展水平高出不少,但这仍然无法掩盖拉美与西欧、北美以及大洋洲那些宪政国家的差距。

就经济发展水平而言,亚洲介于非洲和拉美之间。除了日本等少数国家挤入了发达社会行列之外,大部分亚洲国家的发展水平无法与富裕的西方相提并论。实际上,从 1500 年到 1870 年,日本以外的亚洲国家人均 GDP 水平没有任何上升,甚至还有所下降,即便是到 1950 年,这些国家的人均 GDP 也只比 1500 年增加了 2 倍多一点,又过了五十余年之后,其人均 GDP 才达到了 3 842,仅相当于西欧国家同时期的 1/5,还达不到美国的 1/7。

如果拿亚洲最大的国家——中国与西方作一番对比,非宪政国家与宪政国家在长期发展趋势上的差别就更加明显。在 1000 年甚至 1500 年之前,中国与西欧国家在人均 GDP 上的差别不是很明显,但到了 1600 年时,英国、荷兰等都超过中国不少,已经进入共和时代的荷兰人均 GDP(1 381)是中国(600)的 2.3 倍,而到了 1700 年时,英国的人均 GDP 相当于中国的 2 倍,荷兰则相当于中国的 3.5 倍。到 1870 年,中国已远远落后于西欧国家,英国当时的人均 GDP 相当于中国的 6 倍多。实际上,中国在 1000—1950 年的漫长时间里,经济发展极为缓慢,甚至长期停滞或者倒退。在 1500 年,中国的人均 GDP 为 600,到 1820 年时,这一数据没有任何变化,而到 1870 年时,不仅没有增加反而有所下降;1950 年中国的人均 GDP(448)又回到了 1000 年(450)的水平。表 3 的数据显示,中国在 1000—1500 年之间的年均复合增长率只有 0.06,

相当于西欧(0.12)的一半;从1500年至1820年,中国的年均复合增长率为0,而西欧则为0.14,荷兰和英国更是达到了0.27以上;1820年之后的50年间,中国的人均GDP甚至出现了负增长(-0.25),而同一时期英国和美国的年均复合增长率则达到了1.3左右;在20世纪上半期,中国的人均GDP再次出现负增长,而这几乎使中国回到了1000年前的水平。

此外,东欧和俄罗斯等国家正处于转型的过程中,但从历史上看,这些国家大多未确立宪政或有限政府,其经济发展水平与欧美等国相比也较低。从表2来看,东欧自1500年左右就落后于西欧,到1820年时,东欧人均GDP(683)只有西欧(1 202)的大约一半,而到1973年,这一差距进一步扩大,且在2003年时,东欧人均GDP只有西欧的1/3。前苏联国家与东欧的发展轨迹类似,在1870年,前苏联的人均GDP(943)只有西欧(1 960)的一半,而到2003年时,这一差距扩大到前者只有后者的1/4强。

上述分析表明,宪政国家与非宪政国家在长期发展水平和速度上形成鲜明的对比,以人均GDP衡量,宪政国家一般发展水平较高,发展速度较快,稳定和成熟的宪政国家几乎全都成为发达国家,成为当今世界上最富裕的国家;而非宪政国家则通常发展水平较低,发展速度较慢,甚至长期停滞,绝大多数非宪政国家都是发展中国家或者贫穷欠发达的国家。尽管在1000年左右时,世界各国和地区的人均GDP大致处于同一水平线上,但大约自1500年起,尤其是18、19世纪之后,世界出现了大分流,一些国家确立了宪政,而另一些国家则未能确立,同时,这两类国家在经济发展上也走上了完全不同的道路,前者成为富裕国家,而后者则相对贫穷。这种比较似乎表明,宪政与长期的经济发展密切相关,甚至宪政促进了长期的经济发展,尽管宪政或许不是影响长期经济发展的惟一因素,尽管宪政可能也会受到经济发展的影响。为了进一步论证宪政促进发展的命题,下面对两个个案进行相对具体的分析。它们的故事似乎表明,宪政发生在长期的经济发展之前,也就是说,一个国家在确立了宪政之后,其经济才获得长期和较高水平的发展。

首先,是英国的发展故事。经济史学家们大多认为,18 世纪后期的工业革命是英国经济腾飞的标志(Harrison,1973)。尽管在 1500—1700 年之间,英国的经济也有所发展,但在这两个世纪里,其人均 GDP 水平只有 19 世纪的 1/3 左右,二百年时间内只增加了 1 倍多。但在工业革命之后一个世纪左右的时间里,其人均 GDP 增加了四五倍之多。那么,令人困惑的问题是:为什么工业革命首先出现在英国?

曾有很多学者试图回答这个富有挑战性的提问。历史学家彭慕兰(Pomeranz,2000)认为,工业革命首先发生在英国而没有发生在其他地方的原因,不是说其他地方(比如中国)在 1800 年之前比英国落后,而是主要由于地理因素。在他看来,英国等欧洲国家的煤矿资源接近其人口居住中心,这对于工业革命所需的大量钢铁生产非常重要;同时,欧洲国家在美洲开拓了广阔的殖民地,为其提供了丰富的食物和原材料,正是这些能源和原材料使工业革命发生在欧洲成为了可能。而克拉克(Clark,2007:259—270)在最近的一项经济史研究中则指出,工业革命发生在英国而没有发生在中国和日本等地的主要原因是,在工业革命之前英国就出现了富裕和教育水平较高的中产阶层,该阶层的价值在文化和基因方面的迅速传播为其技术革新奠定了基础;尽管中国和日本在工业革命之前并非停滞的社会,但两个因素阻碍了它们的工业革命契机:一是 1300—1750 年间中国和日本的人口增长比英国要快很多,二是中国和日本的人口生育制度使得富裕人家的繁殖优势比英国要小。

彭慕兰和克拉克的看法都遭到了反驳,因为他们低估了 18 世纪的英国与其他国家的一些重要差异,尤其是忽视了制度等因素的作用(Huang,2002;Kuznicki,2007)。不少学者指出,尽管工业革命首先发生在英国可能有多个因素,[①]但是,政治和法律制度的作用不可或缺。在工业革命发生前大约整整一个世纪,英国首先出现了政治和宪法上的革命——1688年"光荣革命",这一革命不仅直接导致了《权利法案》的诞生,而且确立了分权制衡原则,尤其是议会和法院对国王权力的制约,建立了第一个近现代意义上的宪政国家。这种有限政府的确立迫使国王做出可信的承诺,司法得以独立,公民的基本权利和自由尤其是财产权得到良好的保护,而这使人们有信心进行长期的投资和创新,并促进了资本市场的发展,最终导致了一个世纪之后工业革命在英国的发生。也就是说,"光荣革命"所带来的宪政变革,是工业革命首先出现在英国的重要原因(North and Weingast,1989;Olson,1993)。[②]

公共选择理论的创始人之一塔洛克(Tullock,2005:160—170)也曾指出,工业革命之所以首先发生在英国,是因为17世纪英国的宪政变革致使社会中的寻租行为受到遏制。他发现,在1600年时,英国与其他大部分国家没有根本区别,整个社会中普遍存在着寻租现象,而经过以"光荣革命"为标志的一系列政治变革之后,到1750年时,寻租行为在英国受到相当程度的遏制。而这种对寻租行为的克服以及对垄断和管制的削弱一起构成了工业革命发生在英国的主要原因。

如果这种解释站得住脚的话,那么,可以认为,英国17世纪的宪政变革促进了其后长达几个世纪的经济发展和繁荣。没有宪政变革,英国的经济或许也能获得一定程度的发展,但恐怕很

① 比如,哈里森(Harrison,1973:48—51)讨论了工业革命首先发生在英格兰的许多因素,包括英国社会1660年之后的相对稳定、辉格党人对商业的追逐以及英国政府采取的自由放任政策等。

② 对于相反的观点,参见Clark(1996)。克拉克主张,1688年的"光荣革命"对于英国的经济增长并没有那么重要,因为安全的私人财产权早在1688年之前就已经存在。

难发展那么快,持续时间那么久,发展水平那么高。英国在 19 世纪成为世界上最发达的国家并非偶然,以“光荣革命”为标志的宪政变革起了不可或缺的作用。

另一个经济长期发展的奇迹发生在美国。在 1700 年的殖民地时代,地理意义上美国的经济还相当落后,即使在 1770 年代获得独立时,其经济状况也与同时期的其他国家相差甚远。1774 年,美国的国民生产总值大约只有 28 亿美元(按照 1995 年的价格计算),经济规模约为当时英国的 1/3,比同时代的法国、西班牙、中国以及印度都要小。但自 1774 年至 1909 年的 135 年时间里,美国的实际国民生产总值(real gross national product)增加了 175 倍,以平均每年 3.9% 的速度增长,并在一战时超过了欧洲三个大国英、法、德的总和。[①] 就人均国民生产总值而言,美国在 1774—1909 年间的增长达到了 1.1%(按照美国 1860 年的价格计算),而 1869—1909 年间的增长更是达到了 2.4%(Gallman,2000:2—6;22)。如果考虑到美国在这一期间的人口膨胀,其人均国民生产总值的增速就更加惊人。在 1790 年,美国只有 450 万人,而到 1920 年猛增到 1.14 亿,翻了 25 倍还多,平均每年增长 2.5%(Haines,2000:154)。此后,在整个 20 世纪里,美国一直是世界上最繁荣和富裕的国家之一。尽管不少国家都曾在短时间段内获得过快速的经济增长,但在长达两个多世纪的时间里获得美国这样持续的经济发展,在世界经济史上颇为罕见。

那么,美国经济长期快速发展的原因是什么呢?毫无疑问,美国得天独厚的地理环境和丰富的自然资源对其经济发展十分有利,但更重要的是,美国在独立后确立的宪政制度对其经济腾飞的作用不可或缺。尽管这里无法全面展开讨论这个问题,但粗

---

① 值得一提的是,美国经济的起飞并非与 1776 年宣布独立或者 1789 年联邦政府成立同步,而是始于大约 1815 年,因为 1793—1815 年欧洲的战争影响了美国的经济发展(Wright,2003:388)。

略的考察或许可以帮助我们看到美国宪政对其经济发展的巨大影响。首先，1787年联邦宪法所确立的联邦制架构，一方面，使各州得以保留自己的部分主权，另一方面，又赋予联邦政府管理全国范围内的事务，尤其是确保一个统一的大市场。美国当时制定宪法的目的之一就是要消除各州之间的贸易壁垒和冲突，建立一个开放的大市场，以促进商业和贸易的发展与繁荣（Hamilton et al.,2001）。这样，联邦宪法赋予了国会管理州际贸易的权力。尽管这一权力难免遭到联邦政府的滥用，但在保障一个开放、统一的大市场方面作用甚大，而这样一个大市场对于美国经济的发展至关重要。

其次，无论是州宪法还是联邦宪法，都对财产权的安全保护和自由交易不可或缺。联邦宪法第五修正案规定，未经"正当法律程序"（due process of law），不得剥夺一个人的财产；未对所有者进行"公正补偿"（just compensation），不得为了公共利益征收私有财产。从司法的历史来看，这些宪法规定在很大程度上受到了法院应有的尊重（Freyer,2000:453—454）。同时，州的宪法和联邦的法律为自由交易，尤其是土地的自由交易，清除了障碍。比如，美国独立后各州制定的宪法进一步废除了对土地继承、分割以及转让的封建限制，这种对于土地财产权的"松绑"鼓励了人们对土地进行投资以提升土地价值（Wright,2003:392）。1787年制定的《西北宪令》（*The Northwest Ordinance*），[①]也明确承认了针对土地的自由继承所有权（fee simple ownership）。

再次，联邦宪法确立了世界上首个现代专利制度，意在鼓励

① 该宪章的全称为"An Ordinance for the Government of the Territory of the United States, Northwest of the River Ohio"，有时也被称为"Freedom Ordinance"，系邦联时代国会制定的最重要法律文件之一。有人将该文件译为《西北法令》或者《西北土地法令》等，但其实该文件规定的内容远较一个普通法律重要得多，包括新州的设立、公民权利的保护以及奴隶的禁止等宪法性内容，因此，笔者将其译为"宪令"。

发明创造行为,以促进社会经济的发展。《美利坚合众国宪法》第1条第8款明确规定,国会有权"通过保护作者和发明者一定时期内对其作品和创造发明的专有权,以促进科学与艺术的进步"。尽管美国的宪法设计者受到了英国专利制度的影响,但他们摒弃了英国历史上将专利制度视作王室特权和垄断的看法。美国的宪法设计者认识到,将对发明创造的财产权赋予发明人,即便不能给发明人一种专利属于其天赋权利的感觉,也可以促进发明创造行为并有助于长期的社会发展,因为赋予发明人一定时间内对其发明创造的专有财产权之后,他们就会为了增加自己的物质利益而致力于发明创造,进而促进科学技术的进步和社会经济的发展。在这样的制度安排下,自1790年至1914年,美国的发明创造专利增加极为迅速,遍及各个行业和地区,特别是那些市场处于扩张阶段的领域(Engerman and Sokoloff,2000:395—398)。回顾历史不难发现,在过去200年中,改变人类命运的许多重大发明创造都发生在美国,比如,电灯、电话、汽车、飞机、电脑等。可见,美国的专利制度有助于发明家们创造性潜能的发挥,而这对于社会经济的发展极为重要。

三、为什么宪政有助于发展?

如果上面的实证研究支持了宪政促进发展的假设,那么,人们关心的下一个问题可能是:为什么宪政有助于促进发展?也就是说,宪政是通过什么样的机制和方式促进发展的,其内在的逻辑是什么。可以说,这是一个极为复杂的问题,本文难以给予充分的回答,在此,笔者的讨论仅仅是初步的。

一般而言,宪政的实现依赖两个方面的制度安排:一是适当的政府结构(structure of government),二是个人基本权利和自由的保障。就政府结构而言,分权是实现宪政的基本原理,这种分权包括横向的分权和纵向的分权,前者通常称之为"三权分立",而后者则通常称之为"联邦主义"(联邦制)。三权分立的基本含义是,政府的立法、司法和行政三个部门之间权力分立,且相互制约和平衡,其经典表述当属孟德斯鸠在《论法的精神》中之论断。他说:"当立法权和行政权集中在同一个人或者同一个机关之手时,自由便不复存在,因为人们惟恐该国王或者议会制定暴虐的法律,同时暴虐地执行这些法律。""如果司法权不同立法权和行政权分立,自由同样不复存在。如果司法权同立法权合而为一,公民的生命和自由将会受到专断的控制,因为法官就是立法者。如果司法权同行政权合而为一,法官则握有压迫者的力量。""如果同一个人或者同一个机构——不论该机构是由贵族还是由平民组成——行使这三种权力,即制定法律权、执行公共决议权和审理个人争讼权,则一切便都完了。"①(Montesquieu,1949:151—152)

可见,在孟德斯鸠看来,三权分立有助于限制政府各部门的权力,减少其滥用和专断的危险,以保护个人的自由和权利。尽管三权分立与经济发展之间也许没有直接的关联,但是它通过阻遏专断和增强政治问责(political accountability),能够减少和削弱寻租行为(Persson et al.,1997),而这大大有助于经济发展。寻租行为对经济发展的阻碍作用已得到学界普遍的承认。比如,塔洛克(Tullock,2005:160—161)曾经指出,在人类历史上的大部分时期,在世界上大部分地区,寻租都是社会中最有天赋和创造性的人所从事的主要活动,这是人类社会长期进步缓慢的重要原因之一。在他看来,如果一个社会中最有天赋的人大部分都将精力花

① 这里的译文参考了张雁深先生的中译本(孟德斯鸠,1961:156),但译文略有差异。

费在为自己获取某种特权上,那么,他们不为他人创造任何社会盈余,并且通过为自己获取特权和垄断地位,他们实际上减少了社会的总产出。

也有学者发现,三权分立还可以降低管制者的机会主义带来的成本,尤其是在发展中国家,因为那里无效率的税收制度导致较高的公共资金成本,落后的审计和监督制度导致较低的共谋交易成本(transaction costs of collusion)等;当然,在这些国家确立和执行分权制度的成本也较高(Laffont and Meleu,2001)。还有人考察了在三权分立的体制下,司法独立对于社会经济发展的作用。通过对53个国家最高法院法官的任期、薪水、裁判以及制度基础等因素的考察,费尔德和沃伊特(Feld and Voigt,2003)的研究表明,司法独立对于人均GDP的增长具有积极影响。

值得一提的是,不少人可能凭直觉认为,三权分立不仅无助于经济发展,而且还可能阻碍经济发展,因为它提高了决策成本,甚至使宏大经济项目的决策变得困难或者流产。表面上看,这种说法有一定道理,因为三权分立的确会使三个部门之间的协调变得困难,不断讨价还价的过程增加了决策和交易成本。但是,这种决策成本增加的结果很可能是更加适当的经济政策,更少的错误和灾难,而这从长远来说,对于经济发展无疑是利大于弊的。经验表明,权力不受限制的决策者设计的宏大社会工程经常给人们带来的是灾难而不是发展(Scott,1998)。

分权的另一个纬度系纵向的权力划分,是在中央和地方政府之间确立宪法上的分权框架,即所谓的“联邦主义”。从权力的结构安排上讲,联邦主义与单一制或者中央集权形成鲜明的对比。大致说来,在单一制政体下,中央政府拥有宪法上的最高权力,地方政府没有宪法上的独立地位,其权力来自中央的授权;而在联邦制政体下,联邦政府和州(省)政府都没有总括性的最高权力,二者都在宪法厘定的各自权力范围内活动,州(省)政府拥有宪法上的独立地位,其权力直接来自于宪法(Elazar,1987)。实际上,这两种制度安排的理念截然不同,单一制强调的是一个社会只有一个中心,即单中心秩序;而联邦主义则承认一个社会存在多个中心,即多中心秩序(V. Ostrom,1991;1999)。

在联邦主义的经典论者看来,它不仅对于保护人们的自由不可或缺,而且对于社会经济的繁荣至关重要。美国联邦宪法的起草者认为,一方面,通过联邦政府和州政府之间的权力制衡,联邦主义连同三权分立一起为人们的自由提供了“双重保障”,另一方面,通过打破州与州之间的贸易壁垒和障碍,联邦主义为全国性大市场的形成奠定了基础(Hamilton et al. ,2001)。在一篇经典文献里,蒂堡(Tiebout,1956)发现,在联邦和分权体制下,作为公共物品消费者的公民可以“用脚投票”——迁徙到其他地方,致使地方政府之间产生竞争,以改善当地的公共物品和公共服务。实际上,联邦主义的功能与市场十分类似,二者都以竞争为核心,通过竞争提高物品提供的效率,只不过前者提供的是公共物品,而后者提供的是私人物品而已(Bish,1987)。

联邦主义导致地方政府之间的竞争,而这种竞争有助于社会经济的发展,这在美国的历史上体现得十分明显。在那里,州与州之间、市与市之间、镇与镇之间总是存在着激烈的竞争,竞相为取得较快的发展速度、提供良好的交通和教育等基础设施而努力。一种积极支持精神(spirit of boosterism)总是弥漫在联邦体制下的各层级政府之间,而这种精神促进了美国在19世纪经济快速的发展。可以说,联邦体制下政府间的竞争或许是美国发展的关键因素之一,因为它提供了一种良好的试验环境,在这种环境里,一个地方政府可以效仿他人的成功先例并避免他人的失败尝试(Sylla,2000:492)。

在波斯纳(Posner,1987—1988:13—15;30)看来,联邦主义也许是美国宪政中对经济增长贡献最大的因素。他认为,在一个巨大、复杂且异质性程度很高的国家,联邦主义使得政府提供公共物品和服务的效率大大提高。在一个人口众多且各地迥异的大国,联邦主义有助于避免大范围的规模不经济,鼓励各地试验不同的提供公共物品和服务的方法,使其更符合当地的需求,并且地方政府之间的竞争导致它们竞相用更低的成本提供更好的公共物品和服务。

温加斯特(Weingast,1993)发现,在过去的300年里,世界上最富裕的国家都采纳了联邦制,包括16世纪晚期至17世纪中期的荷兰、17世纪晚期至19世纪中期的英国以及19世纪晚期以来的美国。他说,这种关联不是偶然的,而是因为联邦主义的市场保护特性,或者称之为"市场保护型联邦主义"(market-preserving federalism)。[①] 其基本特征是对市场的规范采用分权体制,以致没有一个政府或者辖区拥有对市场规范的垄断权,而这可以造成辖区之间的政治竞争,从而限制任何一个政府进行不合理的管制;同时,在这种体制下,由于它允许物品和服务的跨区流动,因此,增强了辖区之间的政治竞争。通过这种竞争,联邦主义大大削弱了寻租的程度和普遍性,从而保护了自由市场。值得一提的是,尽管从形式上讲,18世纪的英国并非联邦政体,但温加斯特指出,从实质上讲,其体制则是联邦性的,因为在当时的英国,地方政府而非中央政府实际规范地方的经济和市场。这种联邦体制对于英国工业革命的产生发挥了关键作用,因为正是北部一些地方政府对经济管制采取的漠视和规避态度甚至废除行动,才导致了许多具有创新精神的企业家迁移到那里并推动了工业革

① 值得一提的是,温加斯特和中国经济学家钱颖一等人(Monitola et al.,1995;Qian and Weingast,1996)认为中国过去30年的经济发展也跟采纳了一种中国式的市场保护型联邦主义体制有关。但笔者认为,尽管中国过去30年中地方政府的权力比以往有所扩大,但认为中国的体制是一种"联邦主义"有失偏颇,因为中国的政体无论在形式上还是在实质上中央集权特征都较为明显,地方政府尚无联邦制下宪法意义上的自治权。

命的出现。

联邦主义除了通过地方政府之间的竞争促进发展之外，还允许地方政府根据当地的条件和情况制定符合本地发展的政策，即"地方自治"。从知识或者信息的角度来讲，这种分权式的决策制度安排比起中央集权来，更加合理而有效率。哈耶克(Hayek,1937;1945)曾指出，那些具体事务的决策所需要的知识，具有明显的分散性和地方性特征。这些知识是关于某些特定的人或者事物的知识，也就是哈耶克所说的"有关特定时空状况的知识"(knowledge of particular circumstances of time and place)，即关于特定的人、当地的条件以及特别情形的知识。这些具有地方性的知识分散在每个人手里，所以，恰当合理的决策必须由这些人作出，或者需要他们的积极配合。也就是说，知识的分散性和地方性特征要求，决策的制度安排应当是分散式或者分权式的，或者说，是多中心式的，因为没有一个机构或者个人能够掌握这些分散在无数个体手里的知识。据此，哈耶克指出，合理决策的制度安排应当是地方分权，而非中央集权。

也许有人会说，在中央集权体制下，当局可以汇聚全国性的力量和资源实施庞大的经济发展规划，但这种体制容易牺牲地方的革新精神，窒息人们的创造性和活力，从而不利于社会的长期繁荣。正如托克维尔(Tocqueville,1990:87)所说："行政集权只能摧毁它所存在的国家，因为它无休止地削弱了地方精神(local spirit)。尽管行政集权能够在一个特定的时刻于短时间内把全国所有的资源调动起来，但它破坏了那些资源的再生。它也许可以带来战争的暂时性胜利，但它渐渐地削弱了人们的活力。它也许可以令人艳羡地给一个个人带来转瞬即逝的伟大，但它不能给一个国家带来持久的繁荣。"

在讨论了政府结构安排如何促进发展之后，我们来看看个人权利和自由的保障对发展的积极影响。由于权利和自由的种类众多,在这里我们无法面面俱到,只分析少数几种权利和自由的作用,特别是财产权。在所有的基本权利和自由中,财产权对于经济发展的影响似乎是最直接的了。经济学家和法学家大都认识到财产权的经济发展功能,他们发现,安全的财产权有助于鼓励人们投资,降低交易成本,提高经济效率(Demsetz,1967;Alchian and Demsetz,1973;Eggertsson,1990;Posner,1998)。不少实证研究都支持了这一结论,因为安全的财产权有助于鼓励人们进行冒险和创新,促进非个人化的交易,改善投入要素的配置效率等(Knack and Keefer,1995;Zak,2001;Dawson,2003)。

在对许多欠发达国家实地考察后,秘鲁经济学家德索托(De Soto,2000)发现,一些国家富裕而另一些国家贫穷的重要原因在于财产权制度。在那些富裕的国家,每一块土地、每一个建筑物都有明确的所有者和所有权证,这些财产很容易转化为资本,而在那些贫穷的国家,大量的资产没有明确的所有者和所有权证,因而成为"死资本"(dead capital),难以用于投资和生产。德索托指出,财产权对于经济发展具有六大功能:确定资产的经济潜能,即通过正式的所有权证将资产的价值确定下来,以便转化为资本;整合分散的信息,即通过正式的所有权制度将分散在各处的资产信息汇集在一起,以便人们无须目睹资产即可知晓其信息;使人们对自己的行为负责,即通过将财产所有人整合到法律制度中,使其成为负责任的个人;使资产具有可替代性,即通过将一项资产的经济特性与其严格的物理状态分离,使其能够适于任何交易;将人们联结在一起,即通过将所有者与资产联系起来,将公民转化成可以识别的商业代理人网络;保护交易安全,即通过财产登记等手段,可以很好地跟踪交易流程。西方国家就是充分地利用了财产权的这些功能,因而取得了惊人的繁荣,而欠发达国家持续发展的关键就是确立有效的财产权制度,将大量闲置的"死资本"转化为"活资本"。

有学者发现,英国经济在17、18世纪的繁荣并非偶然,因为早在1688年之前,私人拥有土地、矿藏、住宅以及自身劳动力的权利等就已经成为普通法或者成文法上可执行的权利,良好界定和可执行的财产权规则促进了竞争、合作以及善行模式的出现,而这大大有助于非个人化交易的有效运作(O'Brien,2003:17—18)。而那些欠发达国家,要么对财产权界定不清,要么保护不力,甚至对不同阶层和群体的财产权保护区别对待。诺思等人(North et al.,2006)指出,在那些有限进入秩序社会里,不仅对财产权的界定模糊不清,而且还对精英阶层的财产权保护优于对普通民众的财产权保护,因此,普通民众不愿意进行大规模和长期的投资,而这严重阻碍了经济的发展。

财产权的安全意味着,政府不能任意征收或者征用人们的财产,即便是为了公共利益也必须受制于宪法上的严格约束,并且提供公正的补偿。如果政府对私人财产的征用和征收权力不受宪法限制,人们将没有动力进行投资和改善财产本身(Epstein,1985)。一项对68个国家在1976—1985年间的研究发现,不安全的财产权,尤其是对财产的任意没收,大大阻碍了经济的增长,那些任意没收私人财产的国家经济绩效通常都是最差的,一些国家的增长率甚至是负数(Torstensson,1994)。

与对财产权经济功能的研究相比,对其他个人权利和自由之经济作用的研究不仅相对缺乏,而且结论的可靠性也需要进一步确认。即便是同意其他个人权利和自由对发展具有积极影响的学者,也大多认为这种影响是间接而非直接的,尽管间接的影响并非不重要。有学者指出,如果个人的权利和自由得到有效保护,它们可以限制他人或者政府不当地对个人强加各种成本,从而有助于人们将其时间和资源投入到创造性的活动中去,并且对个人权利和自由的保护,赋予每一个个人根据自己的判断行动的空间,由此降低了个人行动的决策成本,从而也降低了集体决策的成本(Berggren and Kurrild-Klitgaard,2002:178)。

一些学者发现,政治自由和个人自由对经济的发展具有积极影响,但这种影响通常是通过经济自由实现的,也就是说,政治自由和个人自由促进经济自由,尤其是财产权和自由市场,而经济自由则推动了经济的发展(Vorhies and Glahe,1988;Dawson,2003)。以美国为例,波斯纳(Posner,1987—1988:29)指出,美国宪法第一修正案保障的宗教自由和言论出版自由都有助于经济增长,因为宗教自由可以减少宗教纷争,而这种纷争具有破坏性,且耗费人们大量的时间,而言论和出版自由则促进了思想市场(market of ideas)的形成,这有助于推动科学技术的进步。

四、宪政与发展的关联对中国的启示

如果说宪政促进发展的命题能够成立的话,那么,这一命题对中国发展道路的选择有何启示呢?从历史上看,中国大约自1000年以来,经济一直发展缓慢,甚至长期停滞不前,自1500年之后,更是被西欧国家远远甩在后面。尽管一些学者认为,在1800年以前,中国并不比西欧落后,只是到了1800年以后,中国和西欧才出现了所谓的“大分流”(Pomeranz,2000),但从表2来看,中国早在1800年之前就已经大大落后于西欧国家,尤其是英国和荷兰。经济史学家最近的研究也证实了这一点,实际上,在1500—1800年之间,中国已经和西欧走上了不同的发展道路,即便是中国最发达的地区也已经落后于西欧国家,尤其是英国(Broadberry and Gupta,2006;Brenner and Isett,2002)。

尽管历史上中国落后的原因可能十分复杂,[①]但是从制度上看,没有确立有限政府或许是一个重要的原因。由于政府的权力不受宪法意义上的限制,帝制中国的官僚群体是典型的寻租者。他们享有一些法律和习惯上的特权,控制了城市生活,妨碍了工商业阶层的出现,企业家的营利活动得不到有效的法律保护;任何营利性的活动通常都要受到官僚阶层的榨取,大规模的事业总是由国家或者国家批准的组织垄断;以营利为目的的对外贸易和航海事业在很多时候不受鼓励或者遭到禁止(Maddison,2007b:27)。

自秦代以降,中国便确立了一个中央集权政体,而且愈到帝国晚期,中央集权愈盛。历史学家钱穆(2005:154)说:"自汉迄唐,就已有过于集权之势。到宋、明、清三朝,尤其是逐步集权,结果使地方政治一天天地衰落。"托克维尔(Tocqueville,1990:90)也曾敏锐地注意到中国历史上中央集权之盛,说:"旅行家告诉我们,中国人有安宁而无幸福,有勤劳而无进步,有稳定而无活力,有公序而无良俗。那里的社会条件总是可以容忍的,但绝不是极好的。我可以想象,一旦中国的国门对欧洲开放,欧洲人将发现中国是世界上中央集权的最佳典范。"

著名汉学家白鲁恂(Pye 1985,184)发现,由于中央集权和大一统的传统,中国历史上的政治经济制度没有明显反映出深刻的

---

① 一些学者对历史上的中国为什么没有出现工业革命提出过不同的假设和论证。除了前面曾提到的彭慕兰(Pomeranz,2000)和克拉克(Clark,2007)的研究之外,林毅夫(Lin,1995)曾指出,工业革命没有发生在中国的主要原因是,在前现代,大部分技术发明都来自工匠和农民的经验,科学发现只是少数天才自发考察大自然的结果,而到了现代,技术发明主要来自科学试验,科学发现主要通过可控和反复试验验证的数学化假设和模型得以实现,而这种试验能够由经过特别训练的科学家来完成;而中国之所以没有像欧洲一样出现科学上的飞跃,主要是因为其科举考试的内容和晋升标准转移了知识人为现代科学研究进行人力资本投资的注意力。但林毅夫先生需要回答的是,为什么科举考试而非现代意义上的大学出现在历史上的中国。

地域差异。华南的经济是建立在大米文化和相关技术基础之上的,而华北的乡村则是围绕着小麦和小米的耕作而组织的;华东的文化是具有独特经济利益的大规模城市发展的结果,而华西则较接近于游牧文化。但是,在历史上,中国的政治经济制度从来没有反映出这些惊人的地域差异。相反,政治命令通常发自于中央;如果某个地方出了乱子,中央政府或者迅速将其镇压下去,或者立即将其接管,使其变为全国性问题。

白鲁恂(Pye 1985,184)准确地指出,中国人对中央集权的迷信类似于一种文化上的神话。他说:“所有的中国人都承认,中国人坚信所有的权力都应当掌管在中央政府手里,由中央政府来行使,这是塑造中国历史的最有力因素之一。这种想法使中国保留了单一制的政治制度,并使中国人在其文化世界被竞争性的政治权威分割之时感到不安。在很大程度上,中央政府可以声称其无所不能,因为大部分中国人已经由较直接的基本上是民间的权威体系来治理了:这包括关系紧密的家庭、受人尊重的宗族组织或者其他的民间团体,它们减少了官方的负担。作为一个乡土社会,中国在很大程度上是由乡村组织来治理的。无疑,这些地方权威体系在塑造中国社会时起了决定性的作用,但是,同样正确的是,这些地方权威体系满足于通过非正式的且经常是迂回的手段来保护它们自己的利益,以期国家当局予以支持,而非努力重塑国家当局。”

在大一统和中央集权的背景下,帝制中国的城市无论如何也未能发展成为开创宪政传统的欧洲自治市。在中国历史上,城市首先是并且最重要的是帝国的行政中心或者军事要塞,成为控制周边农村地区的行政命令中枢。为了便于控制,城市被人为地划分为行政区域,这与按功能划分的西方历史上的城市十分不同。汉学家白乐日(Etienne Balazs)针对中国历史上的城镇评论道:“城镇为代表着帝国政府的官员所控制,尤其是就司法和财政税收的事项而言。由于城镇不代表解放和自由的观念，所以，它对乡下的人没有什么吸引力。相反，所有那些反抗官府压迫统治的人都到乡村中去避难，以逃脱官僚当局的控制。”[①]在比较东西方历史上的城市时，韦伯注意到，虽然中国的城市也常常是很大的商业中心和市场枢纽，但是，它们缺乏自己独立的法律和法庭，缺乏市民们可以自由参与的地方自治；城市居民在法律上仍然属于他们的家族和原籍村庄，而没有形成独立的市民群体（Weber，1958：81—84）。

这些讨论或许表明了中国历史上未能确立宪政的部分缘由，也表明了中国长期落后于西方的制度根源。

一些人认为，中国过去30年的快速发展表明，经济发展不需要宪政民主制度，尤其是理论家们普遍强调的财产权和法治，但是，仅仅以30年为限来理解发展的动力是不够的，因为，没有良好的制度，一个国家的经济可能会获得短期的发展，但是，长期可持续的发展，以及人均收入发展到更高的水平上，却要求良好的制度和法治。那些认为中国的例子证明了经济发展不需要良好制度和法治的观点过于草率且有失偏颇（Dam，2006）。实际上，威权体制很难维持长久的发展，因为它的政治充满了不公正和不确定性，且以牺牲人们的权利和参与为代价，而宪政制度则能帮助建立公正可靠的社会秩序，保护公民的权利和自由，为公民参与决策提供机会，而这对于可持续发展不可或缺（Davis，1998）。

毋庸置疑，中国的政治和法律制度与市场经济的要求仍然相差甚远。如果对政府权力的限制更加有效，对私人财产权的保护更加有力，对司法机关的独立更加尊重，中国经济可能获得更快的发展（Maddison，2007b：99）。自由市场的发育和经济的繁荣要求确立宪政和有限政府，对国家操控和干预经济规则的能力进行

① 转引自 Downing（1989：241）。

严格的限制,事实上,政府保护个人权利和交易的可信承诺是长期经济发展的一个基本条件(North and Weingast,1989:808)。

这样,未来中国的经济能否获得持久的发展在很大程度上取决于政治和法律领域是否会发生深刻的变化,即是否能够确立宪政和有限政府,是否能够有效地保护个人的基本权利和自由。实现这一变革的关键是建立一个以分权和多中心为根本特征的政体。

五、结语

长期以来,理论家和实践者们一直在探索为什么一些国家实现了繁荣与富裕,而另一些依然贫穷落后,并且提供了各种各样的答案。本文的考察可以看作是这一努力的继续,尤其是在制度学派的脉络内。通过宪政国家与非宪政国家在长期经济发展上的差异,本研究发现,那些确立了宪政的国家,尤其是那些成熟的宪政国家——在20世纪之前就已确立宪政的国家,几乎都取得了长期的经济发展和繁荣,并且成为了富裕和发达社会。这在很大程度上意味着,宪政与发展密切相关,甚至可以说,宪政是促进经济持久发展的重要因素之一;没有宪政,一个国家也许可以取得短暂的经济增长,但是,很难取得长期的经济繁荣,很难达到较高的发展水平。该发现不仅在一定程度上证实了宪政有助于发展的命题,而且对于未来中国经济发展的启示显而易见,那就是,如果中国想要获得长期的经济发展,想要实现持久的繁荣与富裕,那么,至关重要的选择是确立宪政。

最后,必须指出的是,本研究有着自身的局限性,一些局限性甚至难以克服。一方面,由于“宪政”和“发展”这两个变量和事物的复杂性，使得本文中对它们的测度和衡量显得过于简单化，实际上，各国的宪政和发展历史十分复杂，这篇短文很难给予充分的注意和讨论。另一方面，由于数据资料的限制，本文对宪政和发展之间的关系难以利用统计分析等研究方法，难以控制一些潜在因素对发展的可能影响。鉴于此，本文所提供的结论只是初步的，需要更多的研究进一步确认这一结论的可靠性。

参考文献

Acemoglu, Daron, Simon Johnson, and James A. Robinson. "The Colonial Origins of Comparative Development: An Empirical Investigation." *American Economic Review* 91 (2001): 1369 - 1401.

——"Reversal of Fortune: Geography and Institutions in the Making of the Modern World Income Distribution." *Quarterly Journal of Economics* 117(2002): 1231 - 1294.

Alchian, Armen A. and Harold Demsetz. "The Property Right Paradigm." *Journal of Economic History* 33(1973): 16 - 27.

Berggren, Niclas and Peter Kurrild-Klitgaard. "The Economic Effects of Political Institutions, with Special Reference to Constitutions." In *Why Constitutions Matter*, ed. Niclas Berggren, Nils Karlson, and Joakim Nergelius. New Brunswick: Transaction Publishers, 2002.

Berlin, Isaiah. "Two Concepts of Liberty." In *Four Essays on Liberty*, by Isaiah Berlin. Oxford: Oxford University Press, 1969.

Bish, Robert L. "Federalism: A Market Economics Perspective." *Cato Journal* 7(1987): 377 - 402.

Brennan, Geoffrey and James M. Buchanan. *The Power to Tax: Analytical Foundations of a Fiscal Constitution* (The Collected Works of James M. Buchanan, Vol. 9). Indianapolis: Liberty Fund, 2000.

Brenner, Robert and Christopher Isett. "England's Divergence from China's Yangzi Delta: Property Relations, Microeconomics, and Patterns of Development." *Journal of Asian Studies* 61 (2002): 609 - 662.

Broadberry, Stephen and Bishnupriya Gupta. "The Early Modern Great Divergence: Wages, Prices and Economic Development in Europe and Asia, 1500 - 1800." *Economic History*

Review 59(2006):2 – 31.

Brunetti, Aymo. "Political Variables in Cross-Country Growth Analysis." *Journal of Economic Surveys* 11(1997):163 – 190.

Buchanan, James M. and Gordon Tullock. *The Calculus of Consent: Logical Foundations of Constitutional Democracy*. Ann Arbor: University of Michigan Press, 1962.

Clark, Gregory. "Why Isn't the Whole World Developed? Lessons from the Cotton Milles." *Journal of Economic History* 47(1987):141 – 173.

——"The Political Foundations of Modern Economic Growth: England, 1540 – 1800." *Journal of Interdisciplinary History* 26(1996):563 – 588.

——*A Farewell to Alms: A Brief Economic History of the World*. Princeton, NJ: Princeton University Press, 2007.

Dam, Kenneth W. "China as a Test Case: Is the Rule of Law Essential for Economic Growth?" *John M. Olin Law & Economics Working Paper No.* 275(2d series), Law School, University of Chicago, 2006.

Davis, Michael C. "The Price of Rights: Constitutionalism and East Asian Economic Development." *Human Rights Quarterly* 20(1998):303 – 337.

Dawson, John W. "Causality in the Freedom-Growth Relationship." *European Journal of Political Economy* 19(2003):479 – 495.

De Long, J. Bradford and Andrei Shleifer. "Princes and Merchants: European City Growth before the Industrial Revolution." *Journal of Law and Economics* 36(1993):671 – 702.

Demsetz, Harold. "Toward a Theory of Property Rights." *American Economic Review* 57 (1967):347 – 359.

De Soto, Hernando. *The Mystery of Capital: Why Capitalism Triumphs in the West and Fails Everywhere Else*. New York: Basic Books, 2000.

Dorn, James A. "Economic Development and Freedom: The Legacy of Peter Bauer." *Cato Journal* 22(2002):355 – 371.

Downing, Brian M. "Medieval Origins of Constitutional Government in the West." *Theory and Society* 18(1989):213 – 247.

Eggertsson, Thrainn. *Economic Behavior and Institutions*. New York: Cambridge University Press, 1990.

Elazar, Daniel J. *Exploring Federalism*. Tuscaloosa, AL: University of Alabama Press, 1987.

——"Communal Democracy and Liberal Democracy: An outside Friend's Look at the

Swiss Political Tradition. "*Publius* 23(1993):3 - 18.

Elster, Jon. "The impact of constitutions on economic performance." In *Proceedings of the World Bank annual conference on development economics*, 209 - 240. Washington, DC: World Bank, 1995.

Engerman, Stanley L. and Kenneth L. Sokoloff. "Technology and Industrialization, 1790 - 1914." In *The Cambridge Economic History of the United States*(Vol. II), ed. Stanley L. Engerman and Robert E. Gallman. New York: Cambridge University Press, 2000.

Epstein, Richard A. *Takings: Private Property and the Power of Eminent Domain*. Cambridge, MA: Harvard University Press, 1985.

Farr, W. Ken, Richard A. Lord, and J. Larry Wolfenbarger. "Additional Evidence on the Linkages Between Economic Growth and the Institutions of Economic Freedom, Political Rights, and Civil Liberties." Paper Presented at the Western International Economics Association Annual Meeting, Vancouver, Canada, June 30, 2000.

Feld, Lars and Stefan Voigt. "Economic Growth and Judicial Independence: Cross-Country Evidence Using a New Set of Indicators." *European Journal of Political Economy* 19(2003): 497 - 527.

Freyer, Tony A. "Business Law and American Economic History." In *The Cambridge Economic History of the United States*(Vol. II), ed. Stanley L. Engerman and Robert E. Gallman. New York: Cambridge University Press, 2000.

Gallman, Robert E. "Economic Growth and Structural Change in the Long Nineteenth Century." In *The Cambridge Economic History of the United States*(Vol. II), ed. Stanley L. Engerman and Robert E. Gallman. New York: Cambridge University Press, 2000.

Glaeser, Edward L., Rafael La Porta, Florencio Lopez-de-Silanes, and Shleifer. "Do Institutions Cause Growth?" *Journal of Economic Growth* 9(2004):271 - 303.

Gordon, Scott. *Controlling the State: Constitutionalism from Ancient Athens to Today*. Cambridge, MA: Harvard University Press, 1999.

Greene, Jack P. *Negotiated Authorities: Essays in Colonial Political and Constitutional History*. Charlottesville, VA: University Press of Virginia, 1994.

Grier, Kevin B. and Michael C. Munger. "On Democracy, Regime Duration, and Economic Growth." Working Paper, Department of Economics, University of Oklahoma, Norman, 2006.

Haines, Michael R. "The Population of the United States, 1790 - 1920." In *The Cambridge Economic History of the United States*(Vol. II), ed. Stanley L. Engerman and Robert E. Gallman. New York: Cambridge University Press, 2000.

Hamilton, Alexander, John Jay, and James Madison. *The Federalist*. (*The Gideon Edition*)。ed. George W. Carey and James McClellan. Indianapolis: Liberty Fund, 2001.

Harrison, John F. C. *The Birth and Growth of Industrial England*: 1714 – 1867. New York: Harcourt Brace Jovanovich, Inc., 1973.

Hayek, F. A. "Economics and Knowledge." *Eonomica* 4(1937): 33 – 54.

——"The Use of Knowledge in Society." *American Economic Review* 35(1945): 519 – 530.

——*The Constitution of Liberty*. Chicago: Henry Regnery Company, 1972.

——*Law, Legislation and Liberty, Vol. 2, The Mirage of Social Justice*. London: Routledge & Kegan Paul, 1982.

Holt, J. C. *Magna Carta*. 2nd ed. Cambridge, UK: Cambridge University Press, 1992.

Huang, Philip C. C. "Development or Involution in Eighteenth – Century Britain and China? A Review of Kenneth Pomeranz's "The Greater Divergence: China, Europe, and the Making of the Modern World Economy." *Journal of Asian Studies* 61(2002): 501 – 538.

Hume, David. *Essays: Moral, Political, and Literary*. Ed. Eugene F. Miller. Indianapolis: Liberty Fund, 1985.

Khalil, Mahmoud, Shereef Ellaboudy, and Arthur Denzau. "The Institutions and Economic Development in the OECD." *International Research Journal of Finance and Economics* 12 (2007): 67 – 79.

Keefer, Philip and Stephen Knack. "Why Don't Poor Countries Catch Up? A Cross-National Test of An Institutional Explanation." *Economic Inquiry* 35(1997): 590 – 602.

Knack, Stephen and Philip Keefer. "Institutions and Economic Performance: Cross-Country Tests Using Alternative Institutional Measures." *Economics and Politics* 7(1995): 207 – 227.

Kuznicki, Jason. "A Farewell to Alms: A Brief History of the World." (Book Review) *Cato Journal* 27(2007): 484 – 489.

Laffont, Jean-Jacques and Mathieu Meleu. "Separation of Powers and Development." *Journal of Development Economics* 64(2001): 129 – 145.

Lin, Justin Yifu. "Why the Industrial Revolution Did Not Originate in China." *Economic Development and Cultural Change* 43(1995): 269 – 292.

Locke, John. *Two Treaties of Government*. New York: Hafner Publishing Company, 1947.

Lutz, Donald S. (ed.). *Colonial Origins of the American Constitution: A Documentary History*. Indianapolis: Liberty Fund, 1998.

Maddison, Angus. *Contours of the World Economy, 1 – 2030 AD: Essays in Macro-Economic*

History. New York:Oxford University Press,2007a.

—— *Chinese Economic Performance in the Long Run, 960 – 2030 AD*. 2nd ed. Paris: OECD,2007b.

Maitland,F. W. *The Constitutional History of England*. New York: Cambridge University Press,1908.

McIlwain,Charles Howard. *Constitutionalism: Ancient and Modern*. Indianapolis: Liberty Fund,2007.

Mokyr,Joel. "The Intellectual Origins of Modern Economic Growth." *Journal of Economic History* 65(2005):285 – 351.

Monitola,Gabriella,Yingyi Qian,and Barry Weingast. "Federalism,Chinese Style:The Political Basis for Economic Success in China." *World Politics* 48(1995):50 – 81.

孟德斯鸠:《论法的精神》,张雁深译,北京,商务印书馆,1961。

Montesquieu,Baron de. *The Spirit of the Laws*(Two volumes in one). Translated by Thomas Nugent. New York:Hafner Publishing Company,1949(First published in 1748).

North,Douglass C. *Institutions, Institutional Change and Economic Performance*. New York:Cambridge University Press,1990.

North,Douglass C. and Robert Paul Thomas. *The Rise of the Western World:A New Economic History*. New York:Cambridge University Press,1973.

North,Douglass C.,John Joseph Wallis,and Barry R. Weingast. "A Conceptual Framework for Interpreting Recorded Human History." NBER Working Paper No. 12795(2006).

——"Violence and the Rise of Open-Access Orders." *Journal of Democracy* 20(2009): 55 – 68.

North,Douglass C. and Barry R. Weingast. "Constitutions and Commitment:The Evolution of Institutional Governing Public Choice in Seventeenth-Century England." *Journal of Economic History* 49(1989):803 – 832.

Olson,Mancur. "Dictatorship,Democracy,and Development." *American Political Science Review* 87(1993):567 – 576.

O'Brien,Patrick K. "Political Structures and Grand Strategies for the Growth of the British Economy,1688 – 1815." In *Nation,State and the Economy in History*,ed. Alice Teichova and Herbert Matis. New York:Cambridge University Press,2003.

Ostrom,Elinor. "Institutional Rational Choice:An Assessment of the Institutional Analysis and Development Framework." In *Theories of the Policy Process*,ed. Paul A. Sabatier. Boulder, CO:Westview Press,1999.

Ostrom, Vincent. *The Meaning of American Federalism: Constituting a Self-governing Society*. San Francisco, CA: ICS Press, 1991.

——"Polycentricity." In *Polycentricity and Local Public Economies: Readings from the Workshop in Political Theory and Policy Analysis*, ed. Michael D. McGinnis. Ann Arbor, MI: University of Michigan Press, 1999.

Persson, Torsten, Gerard Roland, and Guido Tabellini. "Separation of Powers and Political Accountability." *Quarterly Journal of Economics* 112(1997): 1163 – 1202.

Pomeranz, Kenneth. *The Great Divergence: China, Europe, and the Making of the Modern World Economy*. Princeton, NJ: Princeton University Press, 2000.

Posner, Richard A. "The Constitution as an Economic Document." *George Washington Law Review* 56(1987 – 1988): 4 – 38.

——"Creating a Legal Framework for Economic Development." *World Bank Research Observer* 13(1998): 1 – 11.

Przeworski, Adam and Fernando Liongi. "Political Regimes and Economic Growth." *Journal of Economic Perspectives* 7(1993): 51 – 69.

Pye, Lucian W., with Mary W. Pye. 1985. *Asian Power and Politics: The Cultural Dimensions of Authority*. Cambridge, MA: Harvard University Press.

钱穆:《中国历代政治得失》,北京:生活·读书·新知三联书店,2005。

Qian, Yingyi and Barry Weingast. "China's Transition to Markets: Market-Preserving Federalism, Chinese Style." *Journal of Policy Reform* 1(1996): 149 – 186.

Rao, Vaman. "Democracy and Economic Development." *Studies in Comparative International Development* 19(1984): 67 – 81.

Roberts, Michael. *The Age of Liberty: Sweden, 1719 – 1772*. Cambridge: Cambridge University Press, 1986.

Sartori, Giovanni. "Constitutionalism: A Preliminary Discussion." *American Political Science Review* 56(1962): 853 – 864.

Scott, James C. *Seeing Like a State: How Certain Schemes to Improve the Human Conditions Have Failed*. New Haven: Yale University Press, 1998.

Scully, Gerald W. "The Institutional Framework and Economic Development." *Journal of Political Economy* 96(1988): 652 – 662.

Sen, Amartya. *Development as Freedom*. New York: Anchor Books, 1999.

Shirley, Mary M. *Institutions and Development*. Cheltenham, UK: Edward Elgar, 2008.

Smith, Adam. *An Inquiry into the Nature and Causes of the Wealth of Nations*. Chicago: Encyclopedia Britannica, Inc. ,1952.

——*Lectures on Jurisprudence*. Ed. ,R. L. Meek, D. D. Raphael, and P. G. Stein. Indianapolis: Liberty Fund, 1982.

Solow, Robert M. "A Contribution to the Theory of Economic Growth." *Quarterly Journal of Economics* 70(1956):65-94.

Sylla, Richard. "Experimental Federalism: The Economics of American Government, 1789-1914." In *The Cambridge Economic History of the United States* (Vol. II), ed. Stanley L. Engerman and Robert E. Gallman. New York: Cambridge University Press, 2000.

Tiebout, Charles M. "A Pure Theory of Local Expenditures." *Journal of Political Economy* 64(1956):416-424.

Tocqueville, Alexis de. *Democracy in America*. Ed. Phillips Bradley. New York: Vintage Books, 1990.

Torstensson, Johan. "Property Rights and Economic Growth: An Empirical Study." *Kyklos* 47(1994):231-247.

Tullock, Gordon. *The Rent-Seeking Society* (The Selected Works of Gordon Tullock, Vol. 5). Indianapolis: Liberty Fund, 2005.

Vanssay, Xavier de, and Zane A. Spindler. "Freedom and Growth: Do Constitutions Matter?" *Public Choice* 78(1994):359-372.

Vasquez, Ian. "Peter Bauer: Blazing the Trail of Development." *Econ Journal Watch* 4 (2007):197-212.

Vorhies, Frank and Fred Glahe. "Political Liberty and Social Development: An Empirical Investigation." *Public Choice* 58(1988):45-71.

Weber, Max. *The City*. Trans. and ed. Don Martindale and Gertrud Neuwirth. New York: Free Press, 1958.

Weede, Erich. "Human Rights, Limited Government, and Capitalism." *Cato Journal* 28 (2008):35-52.

Weingast, Barry R. "Constitutions as Governance Structures: The Political Foundations of Secure Markets." *Journal of Institutional and Theoretical Economics* 149(1993):186-311.

Williamson, Oliver E. *The Economic Institutions of Capitalism: Firms, Markets, and Relational Contracting*. New York: Free Press, 1985.

Wormuth, Francis D. *The Origins of Modern Constitutionalism*. New York: Harper & Brothers, 1949.

Wright, Gavin. "The Role of Nationhood in the Economic Development of the USA." In

Nation, State and the Economy in History, ed. Alice Teichova and Herbert Matis. New York: Cambridge University Press, 2003.

Wu, Wenbo and Otto A. Davis. "The Two Freedoms, Economic Growth and Development: An Empirical Study." *Public Choice* 100(1999):39 – 64.

Zak, Paul Joseph. "Institutions, Property Rights, and Growth." *The Gruter Institute Working Papers on Law, Economics, and Evolutionary Biology* 2(2001).

更正

《洪范评论》第11辑《法治与获致正义》第37页页下注的作者介绍有误,现更正为"邢朝国,中国人民大学社会学理论与方法研究中心博士研究生",特此说明,并向作者和读者致歉。

论“经济”与宪政的不兼容性

姚中秋*

大约19世纪以来，不论学者、政府，还是民众、舆论，都不假思索地谈论“经济”；自第二次世界大战以来，人们更是热衷于以“经济”绩效作为评估一个国家之存在状态或者一个政府之执政绩效的主要指标。这一点，在过去十几年的中国尤甚，围绕着“经济”形成的话语体系主导着近些年来的公共辩论场域。

稍微考察历史就会发现，“经济”乃是一个相当晚出的概念，“经济”之出现于国家事务领域，意味着国家作为一个治理共同体的架构尤其是其中的政府的职能、政府与民众生活的关系，发生了重大变化。这一变化反过来又对政府的性质产生了重大影响，形成了一种经济主义或者更确切地说是物质主义的国家观念。这样的国家通常是具有程度不等的反宪政的倾向，它固然能够以一种超常规的方式推动经济繁荣，但此一财富积累过程似乎具有自我毁灭的倾向。

本文将对“经济”观念的形成作一粗浅而概括的历史探究，并对社会组织其经济性活动的形态进行概括，进而揭示这个方面的

* 姚中秋，华中科技大学普通法研究所研究员。

不同形态与宪政的关系。本文主体部分共五节:第一节通过对门格尔、哈耶克相关论述的分析,梳理出社会组织其经济性活动的三种形态:市场秩序、国民经济、国家经济。第二节指出,前现代的国家结构大体上是弱的司法型国家加自然的市场秩序,现代主权观念催生了经济现象,而现代国家大多数是由奉行重商主义政策的政府管理着一个国民经济体系。第三节则提出了另外一种国家模式,英美的强司法型政府调节下的现代市场秩序。第四节简单探讨了现代中国组织经济性活动的形态的变迁。第五节,提出了若干结论。

一、门格尔、哈耶克论经济与市场秩序

个人主义是奥地利学派最重要的方法论原则。基于这样的原则,奥地利学派的创始人门格尔和其在20世纪的重要继承人哈耶克没有顺从经济学的主流,而是对19世纪以来逐渐兴起的整体主义的“国民经济”、“经济”概念,保持了格外的警惕,因而对此进行了仔细的辨析和批判。

在《经济学方法论探究》尤其是在其附录一《国民经济》一文中,门格尔对国民经济(national economy)概念进行了深入讨论。在门格尔看来,关于“社会中组织起来的人们形成的经济现象”,可以有两种不同的理解方式:一种是将其理解为“国家的整体活动的结果,是利用国家所掌握的手段的结果”;另一种则是将其视为“无数个人努力的结果,视为由交易活动联结在一起的经济主体(实际的或潜在的)活动的产物”(卡尔·门格尔,2007:188)。

依据第一种方法,会形成整体主义意义上的“国民经济”概念,这是门格尔赋予national economy一词的第一个含义,为分别

起见，我们改称其为“国家经济”。形成这个国家经济体系是需要苛刻的政治条件的：“只有（比如在很多社会主义者所设想的计划制度下）当经济活动的目标确实是最尽可能圆满地接近于这样一种经济状态——满足人们设想的作为一个整体的国家的需求——的时候，我们才能看到真正的、严格意义上的国民经济。只有作为整体的国家（不管是直接地还是间接地通过国家官员）确实是经济活动主体时，才有国民经济；最后一点，只有当可获得的财货确实由被视为一个整体的国家所支配时，才有国民经济”（卡尔·门格尔，2007：185—186）。这个时候，整个国家作为一个实体，以一个具有自我意识的经济活动主体的角色从事经济性活动，占有资源，从事生产和贸易，分配收益。

依据第二种思考方式会形成第二个意义上的 national economy，即无数个体经济活动以种种复杂关系联结在一起而形成的“国民经济”。这正是门格尔所认同的含义。门格尔给“经济”所下的定义就是个人主义的、主观主义的：“我们将经济理解为人们旨在满足其物质需求的具有前瞻性的活动（precautionary activity）；我们将国民经济理解为这种活动的社会形态（卡尔·门格尔，2007：45）。”也就是说，从事“经济”活动的，乃是个别的“人”，个别的人的活动的总和构成了“国民经济”。这是个人主义方法论意义上的“国民经济”。

门格尔将他理解的个人主义的“国民经济”与德国人所理解的整体主义的“国民经济”进行了对比。他首先明确：“单个的或集体的经济体的领袖人物确实是经济活动的主体，但总的来说，后者的目标不是满足作为整体的国家的物质需求，而是满足他们自己的物质需求，或者是其他可以明确指出的实在的或潜在的人物的物质需求。最后，他们所掌握的经济手段，并不是为了确保满足作为一个整体的国家的需求，而只是满足那些实际的或潜在的人物的需求。”确实，“个别的经济体通过交易而彼此保持着密切的联系”。但是，这些联结在一起的个别经济主体，终究是按照个人的主观意志行动的(卡尔·门格尔,2007:186)。人们通常所说的“国民经济”,不过就是“个别经济体的有组织的综合体而已”(卡尔·门格尔,2007:187)。

但很显然,世人所说的“国民经济”乃至“经济”概念,通常是在整体主义意义上使用的,也正是这一事实,促使哈耶克不得不在几十年后再次讨论这一经济学的前提性问题。

哈耶克晚年致力于探究基于自发秩序的自由社会秩序的基本原理,他曾经指出:“自由主义的中心认知是,只要执行那些普遍的正当行为规则,保护公认的个人私域,就可以形成一种人的行为的自发秩序,它会比刻意安排可能形成的秩序复杂得多,因此,政府的强制性活动应当被限制于执行这些规则的范围内,不论政府同时通过管理其他具体资源提供别的什么服务,这些资源是为了这些目的而获得的(Hayek,1967:162)。”市场秩序就是这样的自发秩序的典范。

这样的市场与人们通常所谈论的“经济”有本质区别。在哈耶克看来,“经济”与市场秩序的性质是完全不同的:“一个经济体(economy),从该词严格含义上说,是指可被称为经济体的家庭、农场或企业的活动组合,它们按照一个划一的计划,在相互竞争的目的之间,按照其相对重要性,配置一组给定的手段。”相反,“市场秩序并不服务于这样单一的目标序列。从这个意义上说,通常被称为社会或国民经济的东西,不是一个单一的经济体,而是一个由很多互动的经济体构成的网络”。

从此一论述可以看出,哈耶克所说的“经济”,就是门格尔认为根本不可能存在的整体主义的“国家经济”。换句话说,“严格意义上的经济体是一个我们曾经界定过的严格意义上的组织,也即是一种利用某些单个行动主体已知晓的手段的有意识的安排,而市场的自生秩序既不是又不可能是由这样的单一目标序列调整,它服务于其分立的成员的各不相同的个别的、不可通约的目的”(Hayek,1982,vol. 2:107—108)。为了强化“经济”与市场秩序的根本不同,哈耶克甚至不愿使用“经济学”这个词,而建议使用“catallactics”(交换秩序)来指称研究市场秩序的学问。

门格尔、哈耶克之进行上述区分,主要是为了探究在国家结构中政府与经济性活动的关系。按照门格尔关于国民经济的定义,如果政府确实是一个社会中经济性活动的整全的单一主体,那就存在整体主义的国家经济,但门格尔紧接着表示,“在我们目前的社会条件下,国家根本不是一个经济活动主体(国家机器也不是)”(卡尔·门格尔,2007:186)。

门格尔当然注意到了,政府确实对社会的经济性活动发挥某种影响,比如为人们的经济活动执行法律,但是,“政府在发挥有益影响时,其针对的目标也不是保护被视为单一的经济整体的国家的需要,而仅仅是保护个别经济体之综合体——它并非严格意义上的国民经济——的福利”(卡尔·门格尔,2007:187)。另一方面,政府也从事财政性活动,门格尔说,就这一点而言,“政府也是经济性的”,政府也会追求自身的利益,但是,这种“财政经济一向只是个别经济体之综合体中的一员而已”(卡尔·门格尔,2007:187)。单纯的政府财政性活动并不足以使政府成为整个社会经济性活动的单一主体。

在门格尔之后,情势发生了巨大变化,欧洲出现了财产的全面公有制与计划经济这样的观念。这两者之结合,似乎能够满足门格尔关于整体主义的“国民经济”的定义。以个人主义为其方法论核心的奥地利学派,为了替个人决策所驱动之市场秩序论辩,不得不严肃地面对这样一种“经济体制”构想。

门格尔、哈耶克的讨论有助于我们清楚地认知社会组织经济性活动的形态。人类为了生存并不断改善自己的境遇,必然从事创造物质财货及能够购买这些财货的金钱的活动。根据上面门格尔、哈耶克的讨论,我们可以把不同社会组织其经济性活动的形态划分为三大类:市场秩序、国民经济和国家经济。

国家经济就是门格尔所说的整体主义意义上的国民经济。换言之,一个共同体作为一个单一实体,组织该共同体的全部经济性活动。这样的国家经济体是哈耶克所说的“组织”,它受一个统一的目标序列支配。与它相对的另一极是市场秩序,它是无数具有各自目的的个人在某些规则之下互动而形成的一种抽象秩序。作为一个整体,市场秩序不指向任何特定的具体目标,而是仅仅为任何社会成员提供达成自己的目的的渠道。换言之,市场仅仅呈现为人们在特定的规则框架下基于个人目的、运用自己所掌握的资源进行合作、交换的机制。作为社会组织其经济性活动的第三种形态,国民经济介于国家经济与市场秩序之间。在这里,经济性活动主体是多样的,既有私人和私人企业,也有国立机构。这样的社会存在某种基础性市场秩序,但是,政府借助某些相对有力的政策手段对私人和企业的经济活动主体的活动进行管理,借以实现某种较弱意义上的国家目标。

由上述分类可以看出,不同社会组织其经济性活动的形态是由其政府权力之性质,也即由共同体的宪制所决定的。政府出现之后,一个共同体的治理结构,也即它的“宪制”(constitution),决定着政府权力的范围及其行使方式,而这又从根本上决定着人们从事创富活动的模式,决定着社会组织其经济性活动的基本形态。不过反过来说,社会组织经济性活动的形态也在很大程度上影响着其宪制的性质。简单地考察一下历史,或许就能揭示这一点。

二、主权与“国民经济”

前现代各国社会,当然也存在经济性活动,不过,并不存在现代意义上的经济。这个时候,人们普遍用"经济"一词来形容家庭的经营性活动[1],亚里士多德是在家政层面上讨论"经济"的。因为家庭为了生存和幸福,必然从事经营性活动。但是,不可能在城邦和国家的层面上谈论"经济"。原因在于,这个时候的政府,既无统一地组织全社会经济性活动的意愿,也无这种能力。

前现代各个社会的政府在很大程度上是职能相当微弱的"司法型政府",中西均不例外。以中国为例,一直到明清时代,所谓亲民之官的县级政府通常是"一人政府",即中央政府仅委派知县一人,他"除了维护治安这一首要职责之外,最重要的是征税和司法"(瞿同祖,2003:31)。在西方,中世纪政治理论始终强调,国王的职能是"实施正义",连相当晚近的休谟依然这样论述说:"出生于家庭中的人,由于必要性、由于自然的倾向、由于习惯,不得不维系社会。同样的被造物,为求得进一步发展,还致力于建立政治性社会,以实施正义(administer justice);没有这,就不可能有人们之间的安宁,也不可能有安全和相互的交往。因此,对于我们的政府的各个机构,我们希望他们归根到底没有别的目的,仅从事正义的实施,换句话说,支持那12位法官。"(Hume,2003:20)——这12位法官是指法庭审理案件时的12位陪审员。

这样的政府确实与人们的生产、商业、消费活动发生某种关系,但基本上局限于两种关系:司法和征税,且征税也主要为的是维护治安和司法。政府利用税款养活官员,为人们的创富活动提供司法服务。特别需要注意的是,这个时候的法律,尤其是调节人们经济性活动的民事法律,通常是习惯法。政府通常并无能力就此制定严密的法律体系。即便存在法典,这样的法典也通常是"阐明"习惯法而已[2]。这样的法典通常也相当粗糙,政府听任人

① 卢梭曾经仔细区分过家庭与国家,参考Rousseau(2004:1—3)。
② 这是哈耶克的用词,参考Hayek(1982,vol.1:76—78)。

们用习惯法填补法典的缝隙,中西均为如此。

这样的政府不可能以一个单一的经济性目标强加于社会内部的经济性活动主体。既然如此,也就不存在按照单一目的序列构造的、作为一个组织的经济体。社会中的每个人从事自己的活动,这些活动构成了一个互动的市场秩序。前现代的城邦或国家有财政而无“经济”。不过,这个时候只存在比较简单、范围经常是有限的市场秩序。重要的原因恰恰是政府过于弱小了,在很多时候无法在较大区域内有效地执行法律,市场扩展的范围受到限制,市场的分工也无法深化、细化。

这种局面在现代民族国家出现之后发生了根本变化。现代民族国家的形成是以“主权”概念为催化剂的,也以主权作为其标志,正是主权催生了“经济”。

从10世纪开始,欧洲逐渐形成封建制,君主、封建领主、城市自由民之间形成一种复杂的关系。如休谟、斯密等人所论述的,随着商业、工业的发展,封建贵族的势力衰落,君主借助从事工商业的城市自由民的支持,权力逐渐扩张。[①]

正是在这样的背景下,15、16世纪形成了“主权”概念,让一博丹、尤其是霍布斯对主权给予了经典论述。一个国家乃是因为一个主权者而成立的,该主权者可以是一个人,如国王,或一群人,如议会。他们所享有的乃是一种至高无上的权力,包括对臣民之财产和人身的管理权力。霍布斯甚至认为,这个主权者对于其所

---

① 休谟的论述见Hume(2003,“The Refinement in the Arts”)。斯密的论述见Smith(1981,vol.1,book III,Chapter 3)。斯密说:“自治市市民的财富不可不激起他们(指封建领主)的嫉妒和愤怒,他们想尽办法掠夺市民,毫无仁慈与怜悯之心。自治市市民们自然憎恨、恐惧这些领主。国王也憎恨和恐惧他们;尽管国王可能看不起市民,却没有理由憎恨或恐惧他们。于是,共同的利益就驱使市民支持国王,也驱使国王支持他们反对领主。他们是他的敌人的敌人,尽可能地使他们获得保障、独立于他们的领主,是合乎他的利益的。”(p.402)

统治区域内的全部财产享有支配权[①]。主权概念的出现标志着欧洲进入现代民族国家构建时期。

现代国家从一开始就与商业有密切关系，它又具有主权权力的全新理念，因而，现代国家开始具有了强烈的“经济性”。正是在现代民族国家形成过程中，出现了第一个经济学体系——重商主义(mercantilism)。重商主义是一种“国家主义经济学”，重商主义者关心“物质的和客观的经济目的”，而不关心传统哲学所关注的“公平和救助”。重商主义反映的是“国家对物质利益追求的一个似乎无穷无尽的兴趣……重商主义学者所关心的唯一最重要的问题是，国家资源的使用应该使国家尽可能在政治上和经济上强大”(小罗伯特·B.埃克伦德、罗伯特·F.赫伯特，2001:34—36)。“政治经济学”一词最早由法国人提出，并在法国最为成熟(约翰·伊特韦尔等，1992:第3卷，968)，这一点也并不令人惊奇，因为法国的君主专制主义是最成熟的。

斯密曾经非常精彩地描述过秉持重商主义信念的治国者——法国路易十四的著名大臣柯尔贝尔的心智：

> 这位大臣不幸信奉重商主义思想体系的全部偏见，就其性质和本质来说，那是一个限制和管制的体系。对于一位一直习惯于管制官署的各个部门、为将其限定于恰当的范围而建立各种必要的约束与控制机制而勤恳努力的事务家来说，几乎不可能不赞成这一思想体系。他竭力地以管制官署各部门的方式管制一个大国的工

---

① 霍布斯清楚地指出：“一位臣民对其土地的财产权，是一种排斥所有其他臣民使用它们的权利，但却不能排斥主权者，不论其为一个议会，还是一位君主。”在他看来，主权者对于其臣民的一切财产，享有作为“征服者”的权力，“国家不能容忍规定的饮食。因为鉴于国家的花费不由自己的食欲，而由外部的偶然事件及其邻国的贪欲所决定，公共财富就只能有紧急事态之要求为限，而不能有任何其他限制”(Hobbes，1651:172—173)。

> 业和商业;他不是让每个人用自己的方式、基于平等、自由和正义的自由主义规划,追求自己的利益,而是给予某些工业部门以异乎寻常的特权,同时,又对其他部门施加异乎寻常的限制。(Smith,1981:vol.2,663—664)

法国的例子表明,重商主义之所以盛行,乃是因为,这个时候,国王的政府已经足够强大。君主制政府已经逐渐瓦解了封建的这种制度安排,比如领地分割、封建庄园制农业、工商业的行会制度等,将人从分割的封建的等级制度下释放出来,成为平等的、个体的"国民"。在国王的政府与国民之间,不再有其他隔阂,在这样的社会结构中,政府的行政管理能力得以大幅度提高,同时,政府也有条件对分散的民众的个体经济性活动进行管理、调整。另一方面,主权观念的出现也催生了现代立法观念。如哈耶克所辨析的,前现代国家没有现代意义上的立法观念①。政府可以通过刻意地制定政策性立法的方式,对工业、商业、农业等各个部门的生产、贸易等活动进行管制,政府也可以通过复杂的税制来管理经济活动。

这样的政府为了与其他国家竞争,也致力于追求国家物质力量的积累。为此,政府也竭力寻求对国民的经济性活动进行控制、管理,使之服务于政府决心追求的国家目标。

经由政府的这种管制、调整、组织,一个共同体内无数个别人的经济性活动之间的关系就趋向于紧密,分散的个别经济体就演变成为"国民经济"。请注意,"国民经济"与"民族国家"共用了一个词 nation。"民族国家"其实首先是"国民国家",前者是将国家置于国际体系中看待的,后者才是前者的基础,而"国民国家"的构成性要素,就是"国民经济"。国民经济概念本身已经隐含了政府以前现代的人们无法想象的手段管理社会之经济性活动的

---

① 参考 Hayek(1982:vol.1,ch.6)。

基本取向。

可以说,有了现代"民族—国民"国家,就有了国民经济。因此,现代国家大多数都天然地是奉行重商主义政策,以之对国民的经济性活动进行管理。这种重商主义的国家经济观念之主要表现有:政府对资源实行部分控制,比如占有国有土地,建立国有商业性机构;政府通过法律对私人产权施加某种限制、引导,使之服务于政府认定的国家利益;政府人为地依照某种理念设计某种特定的"经济体制",并对经济运行进行所谓的宏观管理;政府也会建立国家福利制度,通过税收为政府认为应当帮助的民众提供物质福利;现代政府也倾向于把国民本身视为一种资源,即从政策上将国民视为国民经济的生产要素,即"劳动力",因而,重商主义国家总会通过法律要求国民参与劳动。这不是一种道德劝诫,而是一种法定的义务——尽管有的时候,它会以所谓"劳动权利"的方式出现。

按照这些标准,不论是李斯特所设想的"国民经济"体系,还是德国在"一战"后试图实行的计划经济;不论是"一战"和"二战"欧美各国所实行的战时经济体系与"二战"后普遍建立的福利国家制度,还是东亚"二战"后形成的发展型国家(developmental state)模式,以及发展经济学为第三世界国家所开出的经济发展政策体系,基本上不出重商主义的范畴。

有学者在20世纪70年代对各国宪法相关条款进行过调查,可以从一个侧面了解重商主义的国民经济体制的广泛程度。第一,国家产权制度。有118个国家的宪法规定了私有产权,有24个国家没有(亨利·范·马尔赛文、格尔·范·德·唐,1987:154)。可以设想,即便规定了私有产权的国家,很可能是对其进行限制。第二,国民经济管理。重商主义国家通常会对国民经济进行广泛的管理,有三个国家在其宪法中使用了"经济组织"、"经济体制"、"经济结构"、"经济制度"或"经济秩序"这样的词。有

50个国家的宪法明确地包含一条或几条关于经济组织、体制、秩序、结构或制度的规定,另有31个国家既用了这些词又包含有关规定。有58个国家没有这两者(亨利·范·马尔赛文、格尔·范·德·唐,1987:70)。第三,国家福利制度。如果说上述两点带有强制性的话,那么,国家福利制度似乎是国家的一种给予——当然它的实现其实也以强制为前提:强制民众支付高税收。大多数国家的宪法都规定了建立国家救济和社会保险制度、国民享有社会保险或社会救济的权利(亨利·范·马尔赛文、格尔·范·德·唐,1987:158—159)。第四,劳动权利和义务。有78个国家规定劳动权,64个国家没有。又有48个国家规定了劳动义务,94个国家没有。有27个国家规定了参加建设社会或为国家的发展而劳动的义务(亨利·范·马尔赛文、格尔·范·德·唐,1987:155,167)。

由此可以看出,现代国家结构中的政府之权力——当然也包括责任——大大扩张了。前现代的城邦和国家大体上属于司法型政府,而且即便是这方面的能力也相当软弱,甚至过于软弱,无法为市场的扩展和社会的发育提供必要的法律条件。正是由于这一原因,在前现代的国家结构内形成的自然的市场秩序之物质财富生产能力是低下的。现代重商主义国家大大地提高了政府执行法律的能力,又增加了诸多其他权力—责任。政府可以制定贸易政策、宏观经济政策、产业政策、财富再分配政策等,现代国家广泛地运用这些政策手段管理“国民经济”。

应当说,这样的政策体系确实实现了“经济”之较快增长及民众福利的改善。但也因此这个政府偏离了政府的恰当性质。重商主义政府相信,自己有权通过对个体经济活动的控制、管理、引导,以实现某种确定的国家目标。但是,这种控制、管理、引导活动必然把经济活动过程中的不同个人置于法律上的不平等地位。换言之,重商主义国家结构中的政府,天然地具有践踏正义的倾向。

斯密早就指出了“重商主义体制”(Mercantile System)的这一根本性弊端。这一体制在其所涉及的所有领域都制造了不平等、不公平。斯密说,法国的柯尔贝尔的重商主义政策为了“支持城镇的工业而有意地压制和抑制乡村的产业”(Smith,1981:vol. 2,664);“重商主义体制主要鼓励的,是那些为了有钱有势的人的利益而从事的产业,有益于穷人、困苦者的利益而进行的产业过于经常地被忽视或者受到压制”(Smith,1981:vol. 2,644);“在重商主义体制中,消费者的利益几乎总是为了生产者的利益而被牺牲”(Smith,1981:vol. 2,660)。当然,在重商主义体制中,不同的产业、不同的商人群体之间,也受到区别对待。凡此种种意味着,通过复杂的“重商主义体制”管理“国民经济”的国家治理体系,必然偏离“自然的自由体制”(Smith,1981:vol. 2,687)。斯密的全部努力也正在于矫正这种偏离。

晚近的莱奥尼①、哈耶克同样讨论过这一问题。他们是从法律的性质之变迁角度来论述的。前现代的司法型政府并无立法权,政府所适用的法律更多的是社会中自发形成的习惯法。现代国家则把立法权确立为最重要的权力,不论是霍布斯、洛克,还是孟德斯鸠,都以立法权作为主权者——不论其为国王还是国会——的首要权力。之所以出现这样的立法权,实在是政府超越其司法型职能的结果。现代政府享有了广泛的权力—责任,面对社会瞬息万变的、多样的需求,不得不制定日益繁多的权宜性政策,这样的政策总是经由立法机构体现为立法。

按照哈耶克的说法,这一点也正是现代代议民主制的严重缺陷所在:一旦这样的立法被大量制定出来,法律就逐渐偏离其正当的性质了。司法型政府所执行的是自发形成的正当行为规则

---

① 这些讨论见,[意]布鲁诺·莱奥尼(2004)。

体系,重商主义国家所执行的法律,其实大量的是政策。这些立法和政策性措施在制定过程中很容易被操纵,立法和政策成为各个特殊利益群体的玩物①。政府执行这些立法和政策的结果,斯密已经清楚地指出了,即不断地侵蚀经济活动过程中的平等原则,在社会群体之间制造法律上的不公正,这就是“社会正义”概念的自我矛盾之处②。更进一步而言,借助于这些立法和政策,政府也非常便利地强化自身的权力,人们从事经济活动的自由同样受到限制。

从这个意义上说,现代重商主义国家在相当严重的程度上偏离了宪政理想,未能有效地维持一种“自然的自由体制”。正因为此,哈耶克才提出了一个模范宪制(model constitution)的构想③。不过,这种模范宪制其实早已存在。

三、强司法型政府与市场秩序

无论是在斯密还是在哈耶克的论述中,或者依据经验的观察,英国和美国组织其经济性活动的形态具有某种特殊性。

英格兰的都铎王朝与法国一样,表现出了强烈的君主专制主义倾向,其中一个表现就是王权向“经济”领域渗透。君主同样制定了重商主义政策,尽管也许没有法国那么全面。这其中特别著名的是国王出售特许权,授予某些行会、个人以某种商品生产、贸易的垄断权。

这种做法在欧洲大陆是相当普遍的,但在英格兰,君主建立

---

① 参考 Hayek(1982:vol. 3,ch. 16)。

② 参考 Hayek(1982:vol. 3,ch. 9)。

③ 参考 Hayek(1982:vol. 3,ch. 17)。

重商主义体制的努力遭到了持续的反对，这种反对首先并主要由英格兰普通法法律家表达，其代表人物是普通法法律家、国会下院领袖爱德华·库克（Sir Edward Coke，1552—1634）。库克是不是一位自由放任主义者，似乎是可以争论的[①]，但是，库克确实在司法实践和政治活动中曾经致力于反对垄断，反对王权对贸易、商业活动的不合理干预。

这其中最著名的是1602年的“诸垄断权案”（The Case of Monopolies）（Sheppard，2004：394—404）。在该案中，库克虽然是代表国王利益的检察长，但作为案件记录者，他明显倾向于判决垄断违法的普通法法官们。他这样记录法官的意见：“一切贸易，不管是机器制造的还是别的，对于邦国都是有益的，因为它能够减少游手好闲（这是邦国的祸害）、使男人和年轻人通过劳作养活自己和家人，改善其生活，从而在必要的时候能服务于女王，因此，授予原告以专有地制造权是有悖于普通法及臣民的利益与自由的。”库克也沿着取消垄断之诸多先例的路线，于1623年推动英国议会颁布《垄断条例》（*Statute of Monopolies*），其中宣布，“一切形式的垄断都有悖于本王国的法律，因而是且应当是完全无效的，其中任何一项都不再有效，不得使用或实施”。不过，该法又设定了一些例外，即为发明专利提供保障。

同时，库克以法律权威的身份独力书写英格兰的普通法法典，其成果就是《判例汇编》（*Reports*）和《英格兰法学大全》（*Institutes of the Laws of England*）。在欧洲大陆，随着现代国家兴起出现了“法典化”现象，各国普遍编纂通行于本国的法典，但这些全国性法典一般由君主或议会编纂，英格兰却采取了一条特殊途径：身为大法官的库克，就是英格兰的法典编纂人。通过库克及后续法官的努力，英格兰实现了普通法从封建法向现代法的过

① 相关争论参见Babara Malament（2004）。

渡。通过在案例中对建立于封建土地法之上的各种法律关系的重新诠释,法官们发展了现代商业、工业所需要的法律规则。

更为重要的是,库克阐述了一种国家治理模式——普通法宪政主义(common law constitutionalism)。由于种种偶然因素,英格兰的社会治理更多延续了封建传统,法律居于十分重要的位置,且这种法律是由审理个别案件的法官宣告的。面对国王扩张权力的努力,包括重商主义政策,库克等普通法法律人以法律来抗衡。他们坚持封建时代法律约束国王的观念,他们所说的法律就是指普通法,它是由法官通过其司法的技艺理性(artificial reason)予以发展的。他们主张,普通法尤其是其中一些古老的法律,包括《大宪章》,构成了英格兰的根本法,不论是国王还是国会,都必须服从这一根本法。

正是这些论述,构成了戴雪后来予以深入阐述的“法律之治”,即现代人所说的法治。法治的基本含义就是,一切人和机构都在法律之下,而这种法律从根本上说不是国王也不是“在议会中的国王”制定的,而是由法官通过司法实践予以发展的。按照哈耶克后来的细致分析,这样的法律具有一种独特的品性,即由此发展出来的法官之法,乃是一般的、抽象的、与目的无涉的正当行为规则体系①。按照英格兰的宪制安排,国王及其官员的恰当职能就是执行这样的法律。

由此可以看出,普通法宪政主义所构想的是一种强大的司法型政府。这样的政府相比于封建的政府是足够强大的,它有能力在全国范围内有效地执行法律。这一点与欧洲大陆各国政府没有区别,但在普通法宪政主义的国家架构中,这些规则乃是带有各自目的的人们在互动过程中形成的,由法官发现、予以阐明的。这种规则不可能由统治者的意志所支配,相反,法律规则所体现

① 参考 Hayek(1982:vol. 1,85—86)。

的是由司法的技艺理性所鉴别为合理的人们行为之常规性。

正是这种独特的法律体系，为英格兰现代商业、工业的发展创造了制度条件。诺思评论说，库克及其后继法官们的努力，"试图将所有权置于王室任意而为之外，再将现存的所有权置于受到法院保护的非个人法之中"。对于英格兰的繁荣来说，"也许最重要的是，国会至上和习惯法中所包含的所有权将政治权力置于基于利用新经济机会的那些人的手里，并且为司法制度保护和鼓励生产性的经济活动提供了重要的框架"（道格拉斯·诺思、罗伯斯·托马斯，1999：184、192）。

更为重要的是，在普通法宪政主义的国家架构中，政府的职能基本上局限于执行法官所发展的正当行为规则体系，而不再承担更多其他职能，政府并不具有控制、组织和管理社会之经济性活动的权力—责任。这一点，乃是作为现代国家的英格兰——及后来的美国——与欧洲大陆各国截然不同之处。

关于这一点，苏格兰道德哲学家给予了最为充分的论证。哈耶克在讨论休谟思想的时候，对英国思想史作过一个十分简短也有趣的评论："已经在早期自然法学者那里有所体现的更为古老的传统，在英格兰，主要是由伟大的普通法法律家，尤其是培根和霍布斯的对手爱德华·库克和马修·黑尔的著作中保留下来，他们得以传递了关于制度之生长的理解，这样的理解在别的地方已经被刻意地重造它们的欲望所替代了（Hayek，1967：107—108）。"苏格兰道德哲学家关于国家治理、关于商业与政体关系的思考，与库克的普通法宪政主义传统一脉相承。

休谟、斯密作为最为人们熟知的苏格兰道德哲学家，都表达了强烈反对重商主义的立场，这一点无须赘述，重要的是，他们反对重商主义的理由。在他们看来，经济性活动惟一合适的主体就是个人及由个人组成之各种自愿性组织。在《国富论》中，斯密再三强调，无须政府的任何指导，个人在改善自身境遇的动机刺激下,基于自己的知识,就可以有效地利用自己的资源。事实上,政府也根本不可能具有这样的能力。[①] 因而,如何安排自己的劳动力、资本,应当投资于何种产业,如何定价,如此等等问题,都应当交给身处于经济性活动过程中的个人。而只要存在恰当的规则体系,个人的这种活动可以服务于他人,增加国家财富,从而有利于公共利益。[②]

斯密的这些思想让我们可以得出一个关于政府与个人合理分工的理论:个人利用自己掌握的资源和知识,从事个别的经济性活动,政府则负责提供必要的规则,尤其是规则执行机制。个人努力之互动就形成了市场秩序,政府则建立起一个有效的司法机制,维护这一市场秩序之正常运转。只要有了这种司法的保障,企业家个别的努力自然就会实现创新,使市场不断扩展,使分工不断深化、细化。斯密曾经这样总结英国繁荣的秘密:“在英格兰,殖民地贸易的自然好处,再加上其他因素,在很大程度上抵消了垄断的负面效应。这些因素似乎有,贸易的普遍自由,这种自由虽然受到一些限制,但至少是等同于甚至高于任何其他国家;把几乎所有国内产业之产品出口到几乎所有其他国家的自由和免税;也许更为重要的是将其从国内任一地方运输到另一地方的不受限制的自由,不用被迫向任何官署报告,不会遭受任何种类的质疑和检查;不过,最重要的还是司法之平等与公正地实施,这最卑微的英国臣民受到最有势的人尊重的权利,这保障了每个人享有自己勤劳的果实,从而对私有产业提供了最大、最有效的激励(Smith,1981:vol. 2,610)。”

毫无疑问,普通法宪政主义与苏格兰道德哲学的治理理想只是理论构想,或者说是一种“模范宪制”。不过略作观察也可发

---

① 参考 Smith(1981:vol. 2,687)。

② 参考 Smith(1981:vol. 2,630)。

现,现实的英美的治理框架大体上合乎这种模范,单就社会的经济性活动之组织形态而言,它呈现为强司法型政府治理下的自由市场体制,强司法型政府通过执行一般性正当行为规则体系,支持着一个人们自发地互动而形成的市场秩序。

在这样的社会,似乎不存在"经济"或"国民经济"。因为经济性活动大体上是由个人来组织的,政府并没有占有太多资源,也没有为个体和私人企业的经济性活动安排一个统一的目标。在这里,存在着一个每个人可以相对自由地利用自己的知识、资源寻求实现个人目标的市场秩序。

作为现代国家,政府确实与市场秩序之间存在着密切关系。但是,在宪政主义的市场体制下,政府更多地执行法律。尤其重要的是,从原则上说,这些法律规则本身也是来自于市场的自发演进过程,而不是由立法机构按照自己的意志制定。政府也采取某种政策,并建立诸多独立监管机构(agency)对市场进行监管,但也就停留在"监管"层面上,而不是试图对私人和企业的经济性活动进行行政性"管理",这种监管带有强烈的司法管理色彩。

从经验上看,这样的国家结构在创造财富的效率方面似乎具有某种优势,更为重要的是,强司法型政府治理下的市场秩序,能够确保宪政与市场二者同时相对健全地维系、演进,这一点,是重商主义国家的国民经济体制所无法做到的。

四、现代中国:在国家经济与国民经济之间

现代中国组织经济性活动形态经历过巨大变化。19世纪末、20世纪初,开明士大夫形成了建立现代民族国家的政治意志。此后到民国初,或可称为现代中国的古典时期:不论是清末新政和

立宪,还是民国初年的立宪活动,追求的治理模式都是现代司法型政府,立宪者期望以这样的政府为现代市场的发育、运转提供制度支撑。

以新文化运动尤其是1924年国民党改组为开端,中国进入革命时期,国民党作为一个革命党试图用一套现代建国纲领重新塑造中国的社会、文化、经济。1931年,国民党控制的政府以武力扫平军阀,即制定《中华民国训政时期约法》,其第四章《国计民生》共十四条,规定了发展经济的具体计划。1946年12月25日,国民大会通过之《中华民国宪法》第十三章《基本国策》之第三节《国民经济》,就国家的经济政策作出10条规定。

从这些规定可以看出,国民党所主导之国民政府是一个重商主义政府,政府管理国民经济的基本原则是,“以民生主义为基本原则,实施平均地权、节制资本,以谋国计民生之均足”。国民政府致力于建立统一的全国性市场,这主要体现于宪法第148条:“中华民国领域内,一切货物应许自由流通。”它利用主权理论,宣告“附着于土地之矿,及经济上可供公众利用之天然力,属于国家所有,不因人民取得土地所有权而受影响”。“土地价值非因施以劳力资本而增加者,应由国家征收土地增值税,归人民共享之。”它建立了一些国有经营性机构:“公用事业及其他有独占性之企业,以公营为原则,其经法律许可者,得由国民经营之”;它规定政府对私人产权予以限制,“国家对于私人财富及私营事业,认为有妨害国计民生之平衡发展者,应以法律限制之”。“国家对于土地之分配与整理,应以扶植自耕农及自行使用土地人为原则,并规定其适当经营之面积”;它允许政府对私人经营活动予以管制、管理:“金融机构,应依法受国家之管理。”同时,政府也积极扶持某些产业和产业组织,比如,“合作事业应受国家之奖励与扶助”。“国民生产事业及对外贸易,应受国家之奖励、指导及保护。”

总之,国民政府试图建立起一套经典的“国民经济”体制。为了管理国民经济,行政院也建立了不少经济管理部门。不过,总体而言,国民政府管理国民经济的能力是相当有限的。这倒不完全是因为这个政府比较软弱,而主要是因为,国民政府管理国民经济的权力受到三民主义纲领中之民主原则的限制,也受到国人对于私有产权、对于自由经营的传统信念的限制。

20世纪50年代之后,这些限制都被突破,社会组织经济性活动的形态则在国民经济的基础上更进了一步。1954年通过的《中华人民共和国宪法》序言第二段即是关于经济问题的规定:“从中华人民共和国成立到社会主义社会建成,这是一个过渡时期。国家在过渡时期的总任务是逐步实现国家的社会主义工业化,逐步完成对农业、手工业和资本主义工商业的社会主义改造。我国人民在过去几年内已经胜利地进行了改革土地制度、抗美援朝、镇压反革命分子、恢复国民经济等大规模的斗争,这就为有计划地进行经济建设、逐步过渡到社会主义社会准备了必要的条件。”该宪法《总纲》共二十条,其中十三条规定经济事务,集中于财产所有制的安排,也规定了国家计划体制:“国家用经济计划指导国民经济的发展和改造,使生产力不断提高,以改进人民的物质生活和文化生活,巩固国家的独立和安全。”该宪法对国民也规定了劳动的义务:“劳动是中华人民共和国一切有劳动能力的公民的光荣的事情。国家鼓励公民在劳动中的积极性和创造性。”

按照这样的法律,50年代后的中国形成了整体主义意义上的国民经济体系,即“国家经济”体系。在此一体系中,政府以主权者身份,作为一个整全的单一政治实体,占有社会全部资源,包括全部劳动力。政府按照统一计划组织全社会的生产性活动,占有生产性活动的全部盈余,并按照消费计划向民众分配必需之生活用品。这样一来,全体国民的生产、消费、商业活动都被纳入一个自上而下地控制的体系中,成为一个类似于家庭、企业、农场的组织。这是严格意义上的国家经济体制,它曾经出现在苏联东欧各国。

从一个角度看,这样的国家是完全由权力按照一套事先确定的政治意识形态自上而下构造起来的。因此,整个经济体系带有浓厚的政治色彩,经济活动是由官员集中组织、安排的。[①] 一般重商主义国家,包括50年代之前的国民政府,只是由政府来管理、管制国民经济体系,中国在50年代所建立起来的体制则由政府全盘地计划并具体组织经济性活动。换一个角度看,这样的国家也就具有非常浓厚的经济色彩,经济性活动成为政治的中心。这一点也是历史唯物论的基本要求。

在这样的国家结构中,掌握权力的国家机构明确宣称,自己不是中立的裁决者,而是阶级专政的工具。如果说,重商主义国家必然导致平等和自由遭到侵蚀的话,那么,全能国家结构中的国家经济体制对平等和自由的侵蚀则更进一步。举例来说,斯密注意到,重商主义体制通常抑制乡村而维护城镇利益(Smith,1981:vol. 2,664),传统计划经济体制下中国的国家经济体制则用复杂的法律和政策,建立了城乡分割体制,限制人员、资本、知识、文明的双向自由流动。

这样的体制是反宪政的。奥地利学派的米塞斯和哈耶克早就指出了这样的体制在经济上的不可能性(impossibility)[②]。对此可以作出一个补充:这样的体制与宪政具有一种内在的不兼容性。因为政府全面地控制、组织、安排、操作经济性活动,意味着政府控制了人的全部生活,并且制造出无所不在的法律上的不平等、不公正。

国家控制基础上的计划经济在经济上的不可能性,决定了这个体制从一开始就陷入困境中,因而被迫寻求变革。到70年代,

---

① 科尔奈在分析经典社会主义体制的时候,特别强调了这一点。参考[匈牙利]雅诺什·科尔奈(2007:第十五章)。

② 参见 Hayek(2000)。

开始了较大规模的制度变革进程。经过30年制度变迁,原有的国家经济体制逐渐演变成为某种程度的国民经济体系。换言之,原来被基本废除的私有产权和市场制度部分地恢复。随着政府与经济体系的剥离,政府也逐渐部分地恢复了常态。这些正是中国经济繁荣、社会初步发育的制度基础。

尽管如此,当代中国,政府仍然对社会的经济性活动保持着强有力的控制,因而,吴敬琏先生用"重商主义"来形容当代中国的经济体制。应当说,政府控制经济性活动的范围、强度,甚至远强于一般重商主义国家。因为政府对于市场化的部门进行重商主义管理,除此之外,中国还有一些部门保留着国家经济体制。因此,在中国,政府与商业深深地纠缠在一起,当代中国的国家结构比一般重商主义国家具有更为强烈、直接的经济性。

也正是这种国家的经济性决定了在当代中国,市场体制与宪政制度几乎无法正常发育。比如,地方政府以其不受约束的权力参与商业活动,并围绕经济增长进行竞争,固然促成了地方经济的快速发展,但却导致了政府的商业化和商业的政治化。有的群体被授予特权,有些群体的基本权力被随意践踏①。这种不公正的情形,是在一般重商主义国家也难以看到的。

五、结语

借助奥地利学派的洞见,我们辨析了三种不同类型的社会经济形态:国家经济、国民经济、市场秩序;与其相对应的则是三种不同类型的政府,即全能型政府、积极政府和相对消极的司法型

① 笔者就此进行过专门讨论。

政府,由此形成了三种不同类型的国家创富模式。本文的分析表明,"经济"与宪政内在地具有冲突,国民经济体制必然偏离宪政,国家经济体制内在地就是反宪政的。司法型政府与市场秩序是兼容的,惟有这两者之结合所形成的国家是宪政的。

从现代国家出现之后的经验看,一个强大的政府确实为市场的发育创造了制度环境,政府对于人们分散的活动形成一种连贯的秩序是必要的,因为政府可以在较大范围内比较有效地执行市场所需要的正当行为规则体系。由此不难理解,成熟的市场秩序形成于现代民族国家出现之后。但是,以强政府为依托的重商主义国家体制具有其无法克服的缺陷:政府的活动与社会的商业活动过于紧密地纠缠在一起,至于国家经济体制更是以政府充当经济活动主体。这样的国家不仅其经济活动没有效率,而且国家治理必然受到扭曲。

政府是必要的,但宪政要求国家保持最基本的中立性,中立是正义的基本前提。这样的政府必须限制自己行为的范围,专注于执行普遍的正义规则,也即政府把自己的职能集中于执行普遍的规则,平等地、公正地对待每个人。在这样的制度框架下,个人及其他经济组织的行为将最大限度地得以协调,市场相对健全地发育,社会自身将会较有效率地创造财富。

因此,政府与经济性活动,合则两害,分则两利。政府与经济性活动维持过于密切的关系,必然使政府和商业同时扭曲、败坏,政府之经济化、商业化,与商业之政府化、国家化,是同样糟糕的,两者也经常同时出现。政府抑制、缩小其参与、控制、管理经济性活动的范围、强度,市场体制和宪政制度则将同时健全发育、维系。当代中国宪政变革之进展,也正取决于政府"去经济化"之进展。政府进一步"去经济化"同时是中国建立完整的市场体制和宪政制度的前提。

参考文献

[意]布鲁诺·莱奥尼(著):《自由与法律》,秋风译,长春:吉林人民出版社,2004。

[美]道格拉斯·诺思,罗伯斯·托马斯(著):《西方世界的兴起》,厉以平、蔡磊译,北京:华夏出版社,1999。

Hayek, F. A. *Law, Legislation and Liberty: A New Statement of the Liberal Principles of Justice and Political Economy*, Routledge, 1982.

——*Studies in Philosophy, Politics and Economics*, The University of Chicago Press, 1967.

Hayek, F. A. ed., *Collectivist Economic Planning, Critical Studies on the Possibilities of Socialism by N. G. Pierson, Ludwig von Mises, Georg Halm, and Enrico Barone*, Routledge & Kegan Paul Ltd., reprinted by Routledge, 2000.

[荷]亨利·范·马尔赛文,格尔·范·德·唐(著),《成文宪法的比较研究》,陈云生译,北京:华夏出版社,1987。

Hobbes. *Leviathan*, 1651.

Hume. *Political Essays*(影印本),北京:中国政法大学出版社,2003。

[奥]卡尔·门格尔(著):《经济学方法论探究》,姚中秋译,北京:新星出版社,2007。

Malament, Babara. "The 'Economic Liberalism' of Sir Edward Coke", in *Law, Liberty and Parliament: Selected Essays on the Writings of Sir Edward Coke*, ed. by Allen D. Boyer, Liberty Fund, 2004.

Rousseau, Jean Jacques. *A Discourse on Political Economy*, Kessinger Publishing, 2004.

Sheppard, Steve ed., Part Eleven of the Reports, *The selected writings and speeches of Sir Edward Coke*, Liberty Fund, 2004.

Smith, Adam. *An Inquiry into the Nature and Causes of the Wealth of Nations*, Liberty Classics, 1981.

瞿同祖(著):《清代地方政府》,范忠信、晏锋译,北京:法律出版社,2003。

[美]小罗伯特·B.埃克伦德、罗伯特·F.赫伯特(著):《经济理论和方法史》,杨玉生等译,北京:中国人民大学出版社,2001。

[匈牙利]雅诺什·科尔奈(著):《社会主义体制——共产主义政治经济学》,张安译,北京:中央编译出版社,2007。

姚中秋:"没有约束的地方政府竞争",载姚中秋(主编):《收入,方法论及其制度含义——奥地利学派研究第二辑》,杭州:浙江大学出版社,2009年即出。

约翰·伊特韦尔等(编):《新帕尔格雷夫经济学大辞典》,北京:经济科学出版社,1992。

辅助性:宪政与发展的一项重要原则

於兴中*

一、简介

宪法记载着一个地方、国家或一种文明秩序中社会政治生活的基本组织形式和主要价值取向。用潘恩(Thomas Paine)的话说,即"人民组成政府的一种法案"(Paine,1999:125)。宪政思想的源头虽然可以追溯到古希腊的亚里士多德,但严格意义上的宪政则是现代的产物(Womuth,1949)。宪政主义的兴起标志着理性政治的开始。它以精心设计的制度安排表达一种最简单的愿望。这种愿望就是,国家或政府不能以各种名义为所欲为、压迫人民。它必须向人民负责,保护人民的权益,接受人民的监督。

就形式和制度而论,现代宪政主要包括以下几方面内容:首

---

* 於兴中,香港中文大学法律学院副教授。

先,由一份作为最终权威的被称为宪法的文件来记载人民和政府之间的社会契约,并扮演法律制度中最高的合法性标准,即所谓的国家根本大法;其次,它有两个着重点,一是限制政府,二是保障人民权利;再次,法庭,普通的或者是特别的(如宪法法院),充当宪法的守护者和解释者;第四,宪法作为一个普通部门法,被广泛应用于诉讼;最后,它有专门的宪法律师,作为一种专业人才为实施宪法作出贡献。

就宪政的内容而论,除了限制政府权力、保障公民权利之外,宪法还应对如何发展经济、文化、教育等领域作出策略性的规定。宪政必须要关注时代的变化给政治和法律所带来的问题。科学技术的发展、传媒的兴起、生活和工作组织的变化等如何影响并改变了现代社会法律的实践,民主的建设,以及人权的保护,民众应该如何面对这些变化,凡此种种,都应该是现代宪政所关注的问题。

宪政和发展之间存在着重要的联系。"发展"一词最初用于自然科学,后被用指经济发展、社会发展乃至人的发展,20世纪50年代后成为一个家喻户晓的名词。无论是经济的发展、社会的发展,还是法律的发展或人的发展,都可以从宪政的角度予以认识。宪政可以为它们提供制度性的保障和策略性的指导。然而,宪政如何保障并推动发展却是一个尚待深究的课题。本文认为,辅助原则在此方面可以扮演十分重要的角色。简言之,在一个社会中直接影响人民生活的决定,原则上应由最接近个人的小单位来做,只有在它们做得不够好时,才由大单位加以协助;辅助原则是一种"自下而上"的组织原则。地方政府承担解决地方问题的责任;只有当地方政府需要上级或中央政府支持的时候,上级政府或中央政府才能进行干预。也就是说,愈是在国家结构的下层,离事实、问题越近,愈具有处理的优先权,政府层级越高,越具有辅助性。

本文以辅助原则的概念入手,进而指出了它与政治制度的规划与发展、经济的发展、个人的发展以及公民社会的发展之间的各种联系及其重要性。

二、辅助原则

辅助原则是一个古老的概念,但其生命力直到现代才显现出来。亚里士多德、阿奎那斯(St. Thomas Aquinas)及19世纪的蒲鲁东(Pierre Joseph Proudhon)对辅助原则都有过不同程度的论述。它被看作是一项社会契约原则,也是一条组织原则。[①] 20世纪以来,这条原则在两份非常重要的文件中得到了具体体现和充分肯定。一份是当年教皇庇护十一世(Pius XI ,1857—1939)颁布的《第四十年》(*Quadragesimo Anno*)通喻,另一份是尚未产生效力的欧洲宪法。1931年,教皇庇护十一世发布的通谕中指出个人是权力分配的出发点,为保护个人免受过度集权之害,教会相信由个人或小单位即可完成的事务,不应由大单位完成,否则构成非正义。[②]

近年来,辅助原则成为欧盟在处理欧盟法与成员国法之间关系的指导原则。它试图为在欧盟和成员国或其他主体之间选择最为合适的权力行使主体提供程序性的保障(黄正柏,2001)。1993年生效的《马斯特里赫特条约》首先在欧盟法律中确定了辅助原则。1999年生效的《阿姆斯特丹条约》又进一步加以明确化和具体化。按照《马斯特里赫特条约》,“只有在成员国采取的措

---

① 参见Delors(1991);Maldonado(1997)。

② 见http://www.vatican.va/holy_father/pius_xi/encyclicals/documents/hf_p-xi_enc_19310515_quadragesimo-anno_en.html。

施目的不能充分实现,而共同体采取措施由于范围和效果的原因,目的能更好地实现的情况下,共同体将根据辅助性原则采取措施”(黄正柏,2001)。

辅助原则的基本内涵可以概括为:1)个人既是社会的渊源,亦是社会的目的,因而具有优先性;2)个人只有通过各种社会关系和所在的社区才能得以发展,因此,各种社会关系和社区必须为个人的发展提供必需的条件;3)根据同样的道理,上位社区必须为下位社区提供同样的条件;4)各层级都应提倡个人的责任感;5)在各层级及各种规模的能力分配方面,辅助原则起调整的作用(Maldonado,1997:75)。

以上几点可以分为消极和积极两个方面:就消极方面而言,辅助原则意味着公民个人或较小的下位组织能够胜任某事项时,社会或较大的上位组织就不应当干预,而应集中于指导、监督、敦促或约束等专属职能;就积极方面而言,当个人或较小的下位组织不能胜任某事项时,社会、国家或较大的上位组织不能无视公益受到侵害,而应当积极协助,必要的时候则可以亲力亲为以保障社会目标之实现。①

在中国的法律中,虽然没有对辅助原则的直接表述,但其基本精神已经体现于某些法律法规中。如2003年颁布的《行政许可法》第13条和2004年国务院《全面推进依法行政实施纲要》中就有类似的规定。“凡是公民、法人和其他组织能够自主解决的、市场竞争机制能够调节的、行业组织或中介机构通过自律能够解决的事项,除法律另有规定的外,行政机关不要通过行政管理去解决”。②

---

① 参见毕洪海(2007)。并请参阅刘莘、张迎涛(2006:9—15)。

② 同上。

三、辅助原则与政治制度安排

就政治制度的安排而言,辅助原则不仅仅指在中央和地方的关系上,中央应该采取放任地方的态度,尽可能少的干预地方的事务,它同时也要求地方政府采取同样的态度,尽量少干涉管辖区区内各级地方政府、公民社会乃至个人的事务。在此方面,香港回归以后的发展可以看作一个成功的例子。纵观香港 11 年来的发展情况,中央政府和特区政府正是采取了这样的态度。

《香港特别行政区基本法》(以下简称《基本法》)第一章总则规定:全国人大授权香港特别行政区依照基本法实行高度自治,享有行政管理权、立法权和独立的司法权和终审权;其行政机关与立法机关由香港永久性居民依照基本法有关规定组成;香港特别行政区不实行社会主义制度和政策,保持原有的资本主义制度和生活方式,50 年不变;香港特别行政区依法保护私有财产权,等等。

自治的概念广泛地用于哲学、政治学、生物学及法学等各领域。在这些领域内,自治所指的是理性的个体在充分掌握了信息的情况下不受胁迫自主决定的能力。但同时,自治也意味着如何界分其他个体所应承担的相应的义务。比如,对病人自主权的尊重乃是医生和其他医务工作者应尽的义务。在政治上,自治指的是一个民族或一个地区或一个团体自己管理自己事务的状态。但是,自治并不等于独立(Independence)。独立指的是完全脱离任何背景和限制,且独立于一个凌驾性的大框架的生活,而自治指的是在一定的框架之内自主决定的生活。

在香港的语境下,"高度自治"是指:1)中央不干预按照《基本法》属于特别行政区自治范围内的事务;2)特别行政区政府对于基本法规定的属于自治权范围内的问题,享有作出最终决定的权力,无须报请中央政府批准;3)特别行政区政府在行使法定职权时,有权在基本法规定的范围内自主选择合适的方式;4)特别行政区政府在作出重大决策时,可以在法定范围内行使充分的自由裁量权(王振民,2002:118—119)。不过,"高度自治"的前提是国家政治体制的和谐和领土的完整。特区所享有的权力的性质、范围和程度是与中央的权力相对的,是在承认中央的权力的基础上的自治。

香港回归11年来,两地政府认真按照《基本法》办事,中央政府极少干预香港特别行政区自治范围内的事务,并全力支持和帮助香港特别行政区克服各种风险和困难。在香港特别行政区处理金融危机相关事宜、港人在内地所生子女的居留权事宜,内地与香港签订CEPA的过程中以及其他许多方面,香港特别行政区的高度自治都得到了充分保障和实现。香港原有的经济及社会制度,人们的生活方式都没有发生多大变化。香港居民依法享有广泛的自由和民主权利;香港的司法独立和终审权受到充分的尊重,各级法院独立行使司法权,未受干预。①

换句话说,从政治理论的角度来看,中央政府有权干预香港的事务,但一般不会干预;只有在香港政府不能处理或无法处理某些事务时,中央政府才有干预的可能性。就管理香港而言,香港政府的作用是主要的,而中央政府的角色是辅助性的。在这里,高度自治的原则也就等同于辅助原则。作为辅助原则理解的高度自治,虽然是一项特殊宪法原则,但却具有普遍性,可以适用于不实行一国两制的自治地区,包括少数民族自治区域。当然,落实辅助原则并不一定能保障高度自治,因为高度自治需要自治

---

① 见终审法院首席法官李国能(2007)讲话。并请参阅有关此方面的报道:http://www.gov.hk/tc/theme/10/press.htm。

的能力。这并不是所有的自治地方都有的。香港有其得天独厚的历史文化条件、独立而运作良好的司法系统、高水平的公务员队伍。这些并不是其他地方都具备的。不过,辅助原则至少在政策的制定、制度的设计以及落实等方面提供指导,成为各级政府处理相互关系时的准则。

四、辅助原则与经济发展

辅助原则作为一种重要的宪政原则,对于建构相应制度具有积极的指导作用。它不仅适用于建立政治制度,也适用于经济的发展。市场经济本身的发展所遵循的本来就是辅助原则。在市场经济主导的思维定式下,国家只扮演次要及辅助的角色,市场应按其自身的规律和需要自主发展。国家频繁的干预,反而会阻碍市场的发展。所谓"自由放任"就是让市场自己管理自己。只有当市场需要国家施以援手的时候,国家才能显示出自己的作用,才能有机会表明自身在经济发展中并不是毫无用处的。资本主义的兴起,并不是任何国家的一种有意识的安排,而是商业贸易、生产交换、分配与再分配的长期实践所带来的结果。在有些国度里,政府制定规划、颁布政策、信誓旦旦地发展经济,似乎市场是由政府建立起来的,然而,这只是一种假象。很可能政府所做的只不过是允许人们参与经济活动而已,而经济的发展、市场的建设乃是经济活动带来的结果。没有政府的积极参与,市场建设说不定会更快更好。当然,这不是否定政府在经济发展中的警察作用。

市场的参与者主要是无数作为个体的人或企业,他们才是经济发展的推动者。理解经济活动就意味着对于市场参与者的运用能力、方式和需要的理解。这种理解的切入点,得从最基本的小单位,不同的行业、不同的商业门类以及金融机构的运作开始。这便是辅助原则的具体运用。一家工厂的年产量、汽车业应如何发展、电子工业应该开发什么样的新产品,这些只有所涉及的工厂、行业才能决定,政府是无从判断的。

同理,辅助原则的原理,也可以运用于地方经济的发展层面。在地方经济的发展上,中央政府或联邦政府应该起什么样的作用,是积极主导还是辅助支持。计划经济在全世界范围内的退出,已经回答了这个问题。中央或联邦政府的完全控制或过多干预只能窒息地方的发展。地方自主才是当地经济发展的主要途径,只有当地方的发展遇到无法克服的困难时,国家的介入才成为必要。地方财政收支以及公共产品的推出均应由地方完全自主决定,而中央和联邦政府则起辅助的作用。在宪政制度的安排上,应该充分体现这种模式。这也就意味着,国家的发展权主要体现在地方的发展权上。与其说发展权的主体是国家,不如说发展权的主体是地方。当然,更可以说发展权的主体归根到底是最小单位——个人的发展权。

五、辅助原则与人的发展

辅助原则对于政治、经济的发展固然重要,但对于个人而言,其重要性则更为明显。按早期西方传统发展观念,发展即是经济发展,而经济发展又被等同于经济增长。以刘易斯(Sir William Arthur Lewis)为代表的发展经济学就是持这种观念。在他看来,发展即是经济增长,亦即国民生产总值和人均国民收入的增长。

到了20世纪80年代,西方学者对社会发展的综合性、总体性有了更进一步的认识,提出综合发展观。例如,法国学者弗朗索瓦·佩鲁(Francois Perroux)认为,发展是"整体的"、"综合的"、"内生的"。美国经济学家托达罗(Michael P. Todaro)则认为,应该把发展看为包括整个经济和社会体制的重组和重整在内的多维过程。除了收入和产品的提高外,发展显然还包括制度、社会和管理结构的基本变化及人的态度,在许多情况下甚至还有人们的习惯和信仰的基本变化。①

20 世纪 90 年代以来,联合国提出了"人类发展"的概念,一种更新的发展观被人们普遍接受。美国学者基思·格里芬(Keith Griffin)提出"经济发展"和"社会发展"的术语正面临过时的危险,正在逐渐被"人类发展"这一术语所取代,他强调把人作为综合发展的落脚点。这种全新的发展观,深刻地改变着人们关于发展的思维定式,同时,也直接影响着许多国家以及国际社会的政策议程和行动日程。人类发展包括两个方面,一方面,是人类能力,如健康、知识和技能的形成,另一方面,是人们将他们所获得的能力运用于闲暇或生产性目的,或者在文化、社会和政治事务中的积极参与。简言之,强调发展的最终目的是改善所有人的生活,增进人类幸福、自由、尊严、安全、公正、参与等。在中国,人们也强调要坚持以人为本,树立全面、协调、可持续的发展观,促进经济社会和人的全面发展。②

阿玛迪亚·森(Amartya Sen)指出,发展的目的不仅在于增加人的商品消费数量,更重要的在于使人们获得能力。这表明发展观从"以物为中心"到"以人为中心"的转变。以人为中心的发展观克服了单纯追求经济增长的片面性,把发展的焦点由物质财富增长,转向了人的自由的拓展、人的能力的提高和人的潜力的发

---

① 参阅陈铁民,"当代西方发展理论演变趋势",http://www.china001.com/show_hdr.php?xname=PPDDMV0&dname=A0JGF41&xpos=7。

② 同上。

挥上。在这一思想的指导下，由 Mahbub ul Haq 发起，联合国开发计划署从1990年开始，每年发表一份不同主题的《人类发展报告》。这项工程尚处于发展之中，还未形成一套完整的理论，亦未产生出普遍认同的解释模式，但这种思潮已经在环境保护、可持续发展、性别研究、儿童发展和保护方面初见成效。

然而，联合国发展计划署的人的发展观仍然有待于进一步发展，因为该发展观虽然以人为中心，但仍然是一种对人的生存环境的发展要求，未顾及人自身的发展。人的发展包括人的生存的必需和人的生存的意义两大部分。联合国开发计划署的人的发展观只能满足人的生存的必需的需要，而不能满足生命的意义的需要。满足生命的意义的需要得引进另一个重要概念，即人的禀性的提升。理想的发展观和实践应该包括经济及生存环境的发展、人的能力的提高和人的禀性的升华。

如果这里的人指的是单个的个人，而非作为集体的人，以人为本的发展观，正是辅助原则的最佳体现。然而，也正是在这一点上，辅助原则遇到了空前的阻力。在从个人到家庭、到社会、到政治经济制度安排由小到大的递进关系中，个人是最小的单位，往往受到较大单位的限制、压迫和剥削。现代宪政之所以要以限制政府、保障人权为其核心内容，其主要原因也在于认识到了个人是这一链条上最薄弱的环节这一重要事实。个人的发展只有在个人为主，其他环节为副(辅)的环境下才能成为可能，而这一点，无论在理论上，还是在实践中，都无法得到保障。一种以个人的发展权优先的发展观，尚未获得广泛意义上的合法性。由于复杂多变的现实因素的制约，围绕个人的发展权而设计宪政的理想才刚刚开始。联合国的人的发展观，还没有引起各国宪政发展的普遍注意。

更为不利的是，由于受到来自家庭、社会、政府的诸多限制，个人的发展权利非但不能得到有效地实现，而且往往处在被代替或篡夺的危险之中，如个人的受教育权利。个人的发展离不开接受必需的教育,在辅助原则的意义上,家庭、社会及政府应该为个人提供条件或支持,协助个人去实现受教育权利。然而,现实往往是个人的受教育权利被家庭及政府合法或非法地取而代之,将个人受教育的权利转变为政府控制教育的权力,为政府所用,提供政府所赞同的意识形态的教育等,使个人的发展不能自主,其后果是个人在无法选择的情况下,接受了毫无益处的说教和虚假的知识。这些说教和虚假的知识,有时会终身跟随着接受了此等教育的人。在比较幸运的情况下,新的机遇会使他们放弃原有的所谓教育,而接受新的真正的知识。即便是这样,他们也浪费了自己很多宝贵的时间。

六、辅助原则与公民社会

建立良好的管理制度,追求所谓好的社会目标或解决社会问题,只有两种公认的模式。一是所谓的“国家主义模式”。在这个模式中,国家在解决社会问题时起着中心和主导作用,它通过自上而下的行动实现社会目标。批评者认为,因为官僚主义反映不灵活,成本很高,达不到既定目标,国家与公民的分工也不恰当,该模式已经不能为社会进步带来更大的成果。

二是“公民社会”模式。在公民社会模式中,公民是主要责任人,国家是辅助者,它只是在需要的时候才介入和提供帮助。辅助原则要求那些切身利益受到影响的人成为解决问题的第一行动者,通过自我负责的行动解决自己所面临的问题,而国家则提供信息和必要的物资。小单位能解决的问题,小单位自己解决;小单位解决不了,再由上一级单位解决;上一级解决不了,再向上求助。

公民社会的模式显然有其长处:自己的问题自己解决本是天经

地义之事;自己无能为力时,求助于别人或上级单位也是在情理之中的。因此,这是一种比较公正的模式。同时,这个模式也较为节俭有效,因为参与解决问题的人都是受问题影响的人,他们更了解情况,更有直接的利害关系,因而容易找出问题的症结。小单位自己解决,不需要动员庞大的人力和投入大量的资金,较为节俭。

但是,实行公民社会模式,必须以自愿为基础。公众是否参与决策取决于公民社会是否参与决策;公民社会是否参与决策的先决条件是公民社会的存在和自主运行。政府对公民社会的控制越严,公民社会存在的可能性和自主性就越小;政府放宽控制,公民社会活动才可能蓬勃发展。如果说在代议制民主中,政府应该放任结社自由,那么,在辅助性的民主中,政府则应该鼓励结社自由。

结社自由是民主政治的产物,公民社会作为个人和国家之间的中介地带,组织并发挥公民自觉的功能。公民社会的作用和政府的作用相辅相成,但又相互限制。公民社会的参与,限制了政府的作用,而政府的法律,则限制了公民社会的组成和作用。

结社自由的好处是使社会的潜力通过有系统的有组织的行为发挥作用。事实上,结社自由本来就是民主社会的一大特点。以美国为例,德托克维尔早就说过,结社是美国社会的一个主要特点,也是美国人自主治理公共事务的重要机制。他不无幽默地指出,在法国,凡是创办新的事业都由政府出面,在英国,则由当代权贵带头,在美国,你会看到人们一定组织公民社会(Tocqueville,1945)。在公民社会模式中,结社的作用更加重要。结社自由可以保障个人意见和看法得到持相同意见的人的支持,并形成一种气候,成为一种不可忽视的力量,直接参与到决策中去,为自己的利益辩护。

有鉴于此,对结社自由及公民社会的宪政保障,便是宪政建设的一项重要任务。结社自由早已受到国际法和各国法律的普遍保障。1948 年的世界人权宣言第 20 条,1966 年的公民权利与政治权利国际公约第 22 条,1950 年的欧洲人权公约第 11 条,1969 年的美洲人权公约第 16 条等,都对结社自由、集会自由等作了保护规定。国际法的宪政化虽然还处于正在酝酿的阶段,但几乎所有国家的宪法都在不同程度上规定保障结社自由。德国《基本法》第 9 条规定,所有德国人都有权组织协会和学会,其《结社法》更进一步作了较详细的规定。① 加拿大《权利宪章》第二节,以及南非 1996 年宪法第 18 条,也对结社自由作了比较宽松的规定,②但同时,有些国家的宪法也对结社自由作了限制性的规定,尽管这些限制并不具体,如人民可以"合法的目的"自由结社,和结社自由必须"依法"行使。《公民权利和政治权利国际公约》要求各国用其本国的法律承认并保护公约中建立的权利,但也允许缔约国限制受公约保护的权利,③但这种限制须基于法律的明文规定或在国家安全、公众安全、公众道德或健康或他人的权益有可能受到损害的情况下。④

七、结论

以上对辅助原则及其在宪政建设和发展中的重要性作了简单的介绍,指出了这条原则潜在的力量,而未作详尽的论述。文章中涉及的几个大问题,诸如辅助原则与政治制度、经济发展、人的发展以及公民社会的发展等,都有待于进一步深入研究。鉴于

---

① 见德国《结社法》第 3 条(http://hrcr.law.columbia.edu/safrica/freedom_assoc/80bverfzge244.html)。

② http://www.oefre.unibe.ch/law/icl/index.html

③ 见《公民与政治权利国际公约》第 22 条第 2 款。

④ 同上。

辅助原则尚未成为社会、政治及法律哲学关注的主要话题，本文的简单介绍仍然是有一定意义的。

参考文献

毕洪海："辅助性视角下的秩序观"，载《人民法院报》2007年8月9日。

Delors, Jacques. *Subsidiarity: The Challenge of Change* (*Proceedings of the Jacques Delors Colloquia*). Maastricht, The Netherlands: European Institute of public Administration, 1991.

黄正柏："从'辅助性原则'看欧洲一体化与国家主权的关系"，载《国际观察》2001年第2期。

李国能："普通法继续发展兴旺"，见 http://www.info.gov.hk/gia/general/200706/04/P200706040190.htm，2007年6月5日。

刘莘、张迎涛："辅助性原则与中国行政体制改革"，载《行政法学研究》2006年第4期。

Maldonado, Carlos Eduardo. *Human Rights, Solidarity and Subsidiarity: Essays toward a Social Ontology*. Washington: The Council for Research in Values and Philosophy, 1997.

Paine, Thomas. *The Rights of Men*. New York: Dover Publications, Inc., 1999.

Tocqueville, Alexis de. *Democracy in America*. 2 *vols*. Ed. Phillips Bradley. New York: Alfred A. Knopf, 1945.

王振民：《中央与特别行政区关系：一种法治结构的解析》，北京：清华大学出版社，2002。

Wormuth, Francis D. *The Origins of Modern Constitutionalism*. New York: Harper & Brothers, 1949.

文化、发展与民族区域自治*

——中国宪法语境中的西藏问题

郑戈**

联合国发展计划署(UNDP)每年发布的《人类发展报告》是研究法律与发展问题的重要参考文献之一。2004年的《人类发展报告》选取了“当今多样化世界中的文化自由”作为主题,更是直接切入了宪政与发展的最核心问题:如何在统一的多民族国家通过妥善的宪政安排,实现稳定、和谐及多元文化的共存共荣。这一问题在当下世界显得尤为紧迫,因为“我们所处的这个时代比以往任何时代都更加为族际冲突所困扰。在最近几十年间,国内(族际)冲突和战争(的范围和程度)已经远远超越了国家间的战争和冲突”。(Ghai,2000:1)基于对这一当前现实的焦虑,这份报告在开篇处提出了这样一个问题:“值此全球性‘文明之冲突’这一概念令人担忧地盘旋在整个世界之际,为这样一个老问题寻找

---

* 本文的部分内容曾在洪范法律与经济研究所(2008年10月,北京)和华东政法大学(“中华学人讲座”,2008年12月9日,上海)宣读过,梁治平、李强、强世功、秋风、高全喜、周林、贝淡宁、罗培新、程金华等师友提出了中肯的评论和建议,作者对他们表示感谢。所有可能的错误都是作者坚持己见的结果。

** 郑戈,法学博士,香港大学法学院副教授。

答案成了当务之急:如何更好地管理和缓解因语言、宗教、文化和民族身份认同而起的冲突。"(UNDP,2004:v)这份报告给出的药方是目前西方政治学界颇为流行的"多元文化模式(multiculturalism)",即在宪政和法律上承认民族差异的存在,并且为这种差异的保存和发展提供公共空间和政治舞台。这份报告连同为其提供理论支援的诸多文献,都未曾提及中国在解决民族问题方面的宪政实践。与汗牛充栋的批评中国在自己的少数民族地方"侵犯人权"的"新闻报道"和意识形态化评论形成鲜明对照的是,西方主流学界由于语言和眼界上的局限而对中国在制度建设上的经验置若罔闻。面对中国20年连续的高速经济增长,包括在少数民族地区实现的经济增长,多数研究"法律与发展"的学者只能说中国构成一个例外,即一般而言,健全的宪政和法律是经济发展的必要前提;在中国,经济发展实现于不完善的制度环境中,这是一个不好解释的"奇迹"或"例外"。对一个拥有13亿人口包括1.04亿多万少数民族人口(根据2000年第五次人口普查)的多民族大国解决民族问题之制度与经验的忽视或者简单视之为"例外",无疑使此类追求"普适性"的政策和学术研究隐含严重的局限性。

另一方面,中国知识界自清末以来一直处于缺乏文化自信的状态,知识分子在观念创新上往往落后于政治家和领导人。在制度理念上,中国百余年来一直是输入国。对于"民族区域自治制度"和"一国两制"这样的制度创新,学术界往往以"中国特色"一言以蔽之,未能提升出能够与西方学界进行平等对话的一般性理论。由于理论资源的缺乏,中国政府在应对西方批评的时候一直采取防御姿态,未能将自己的成功实践积极主动地以外国人也能够理解的理论话语展示给世人。比如,当"人权"概念进入中国的时候,主流话语将其驳斥为"资产阶级的矫饰"。随后,当中国政治家发现"人权"概念以及相应的制度设计被诸多国际公约和世界上大多数国家的国内法律接受为基本要件的时候,理论界又进而宣布"人权不是资产阶级的专利",并进而促成了"人权入宪"。这种以防御为主的策略使本来相当成功的中国外交在某些方面处处被动。"西藏问题"就是一个很好的例证。民族区域自治制度本来在西藏得到了较好的贯彻,但随着几个西方大国越来越多在"西藏问题"上批评中国,我国政府开始将西藏问题主要定位为一个"国家安全问题"。这种因应外来压力的做法,不符合中国作为一个崛起的世界强国的自我期许。就国际环境而言,即使在中国最为贫弱的时期,也没有任何重要的主权国家宣称过西藏不是中国的一部分。如今没有任何国家,包括收容达赖喇嘛"流亡政府"的印度,承认这个"流亡政府"是西藏的合法政府;也没有任何国家主张西藏是或者应该是独立于中国之外的。(Womack,2007:444)就国内环境而言,中国拥有强大的武装力量,即使西藏局势有变,恢复和维持秩序也是易如反掌。因此,在制度层面上成功地解决西藏问题是中国作为一个文明大国理应肩负的使命。成功的制度设计和制度实践可以增强一个国家的"软实力",可以帮助一个国家"获得她在世界政治中想要获得的结果,因为别的国家想要追随她,赞许她的价值,以她为榜样,希望达到她的繁荣和开明程度"。(Nye,2002:8)在中国目前经济繁荣、社会稳定、国际环境有利的情况下,坚持自己行之有效的宪法原则,不因海外藏人和一些西方利益集团的宣传攻势或政治鼓动而变更自己在西藏的政策,是在西藏实现长治久安并真正改善西藏人民生活(不仅是物质生活)的安邦之道。

本文旨在将"西藏问题"置入中国宪法尤其是民族区域自治制度的框架和语境之中,探讨这一制度设计是否一方面有利于西藏的经济发展和现代化,另一方面,有助于保护西藏独特的文化。同时,这一讨论将以西方政治学和宪法学中关于多民族国家宪政安排的主流理论为背景,试图用中国经验检验其有效性。

一、概念框架

对西藏问题,国内观点和国外意见之间存在巨大的差异,以至于中国人和西方人在很大程度上都不理解对方为何这样理解西藏问题。2008年3月,拉萨骚乱之后,西方媒体和中国民众对这一事件的迥异反应突出地体现了这一差异。(汪晖,2008:173)国内的主流观点认为:(1)西藏问题是个已经获得解决的历史问题。1911年,清朝崩溃,民国兴起,十三世达赖喇嘛在英国的唆使下宣布独立。此后数十年,由于中国处于社会动荡和战乱之中,中央政府能力减弱,未能对西藏有效行使主权。这一问题通过1951年的西藏和平解放以及1965年的西藏自治区成立这两个重要历史事件获得了解决。(2)西藏问题等于达赖喇嘛问题。1959年3月,时任全国人大副委员长和西藏自治区筹备委员会主任委员的达赖喇嘛在不满西藏民主改革的叛乱分子唆使和美帝国主义势力的策划下叛逃到印度。此后,以他为首的"西藏流亡政府"在海外散布谣言,挑拨汉藏关系,呼吁外国势力介入,试图将西藏分裂出中国。不时在西藏发生的抗议活动以及西方国家政府就西藏问题对中国政府施加的压力都是这个海外藏人团伙尤其是达赖喇嘛宣传鼓动和暗中策划的结果。生活在中国西藏的藏族人民生活幸福,享有宗教信仰自由,他们中的大多数热爱祖国,拥护社会主义制度,因此,在中国境内不存在所谓"西藏问题"。(3)西藏问题是敌视中国、对中国的和平崛起感到不安的外国敌对势力制造出来的假问题。对于他们散布的谎言,我国政府可以用《西藏的民族区域自治》(2004)和《西藏文化的保护与发展》(2008)等"白皮书"中所列举的事实和数据来加以"揭穿",而不必做任何政策调整和制度改革。

走出国门之后,我们会发现,许多外国人对西藏问题的理解跟我们大相径庭。尽管所有西方国家从未承认过西藏独立,但这些国家的许多民众却相信西藏是个“被中国占领的国家”。(Smith,1996,2008)许多人相信达赖喇嘛的宣传,认为中国政府在西藏推行了“文化灭绝(cultural genocide)”和“人口侵略(demographic aggression)”。每年数以百计的逃往印度和尼泊尔等国的西藏喇嘛和尼姑被认为是对这些指控的证明。

通过胡锦涛和达赖喇嘛对西藏问题的表述,我们可以更清楚地看到这两种相反舆论之间的价值分歧。在中国领导人看来,“发展是解决西藏所有问题的基础和关键”(胡锦涛,2007);达赖喇嘛则说:“藏传佛教和藏族文化是西藏人民身份认同的内核,而中国政府恰恰把这两个因素视为分裂主义威胁的源泉。因此,其精心设计的政策正导致一个有其独特文化和身份认同的民族面临消亡的危险。”(Dalai Lama,2001)中国政府的政策取向是通过发展以及对发展成果的再分配来缩小西藏与内地之间的经济差距,使西藏人民脱贫致富,最终的目标是消除差异,实现平等的公民权利,尤其是公民的社会、经济权利,而达赖喇嘛则强调对西藏独特文化的政治确认和保护,试图永久保存和巩固差异,尤其是文化差异,并把差异的弱化归咎于中央政府的政策。

整合主义

整合主义者们认为以族群差异为基础而进行的政治动员是社会不稳定和国内冲突的祸根,以平等公民权利为基础的制度设计则是实现长治久安的基本保障。因此,整合主义宪法对基于民族身份认同的特殊权利或利益诉求不予认可,试图将某一民族的独特文化/宗教实践“私人化”,不为其营造公共空间,更不允许以这种独特性为名而进行政治鼓动。有学者进一步将整合主义宪法分为三种:共和主义的、自由主义的以及社会主义的(McGarry,O'Leary and Simeon,2008:46—47)。共和主义的整合性宪法着力于激发和培养公民的"公心",即对整个国民群体的共同福祉和公共利益的体认与维护,从而避免私利和小群体利益("地方民族主义")对政治过程的侵蚀。实现这一目的的途径则是统一语言、公民教育(主要是爱国主义教育)以及实现平等的各种措施。法国和土耳其所奉行的"世俗主义(laicism)"宪法原则就是这种共和整合主义的突出体现:学生不允许穿着体现民族、宗教特征的服饰去学校,因为这样会将宗教因素带入公共领域,引发因差异而导致的摩擦和冲突。在法国,曾有多名穆斯林女生因按传统习惯戴头巾或面纱上学而遭开除。在2004年,法国正式通过了一部法律,禁止在学校穿戴"明显具有宗教象征意义的服饰"(Loi n°,2004:228)。

自由主义的整合性宪法则以个人权利为立基点,试图打破传统的、非自由选择的民族和宗教归属对个人的束缚,并消除基于种族、民族和宗教的差别待遇和不平等。自由主义者并非不承认或不尊重多元文化,恰恰相反,以罗尔斯为代表的主流自由主义者都将多元文化的存在作为其理论的事实前提。不过,整合主义的自由主义者认为保护少数民族宗教和文化的办法不是对少数民族的特殊性给予政治承认,而是将其"去政治化"。在一部对查尔斯·泰勒的"求异政治(politics of difference)"和维尔·金利卡(Will Kymlicka)的"多元文化模式(multiculturalism)"提出尖锐批评的著作中,布莱恩·拜瑞写道:

> 实际上,正因为多元文化这个事实十分重要,族群身份的政治化和发展专门针对特定族群的政策才是要不得的。同样的法律应当适用于所有人,这一自由主义原则在当下情境中不仅没有过时,而且足以应对文化差异带来的挑战。当然,这一自由主义原则并不主张任何

一部得到统一适用的旧法都是可取的。自由主义对公民平等的执著追求意味着法律必须平等地对待属于不同宗教派别和不同文化传统的人们。(Barry,2001:24)

当今世界上的许多民主国家,比如美国和英国,都致力于以自由主义整合性宪法为框架的国家建设。美国政府所采用的拉丁格言——*e pluribus unum*("多元一体")——就体现了这种宪政理念。

社会主义的整合性宪政将社会上基于经济因素而产生的阶级区分视为需要解决的首要问题,民族问题被视为伪装了的阶级问题。通过再分配尤其是向贫困的少数民族地区进行"输血式"财富转移来实现经济平等被认为是解决民族问题的根本之道。

整合论发展到极致便是所谓的"世界公民"构想。这种构想不仅试图取消对民族差异的政治确认,还进一步试图否认国族(nation-state)差异的政治意义。在一些启蒙思想家,尤其是孟德斯鸠的著作中,我们可以找到这种政治构想的思想端倪:

如果我知道什么事情对我自己有利却对我的家庭有害,我会将其摒除出我的思想;如果我知道什么事情对我的家庭有利却对我的祖国有害,我会尽力忘记它;如果我知道什么事情对我的祖国有利却对欧洲有害,抑或是对欧洲有利却对人类有害,我会视之为一种罪行。(Montesquieu,1951:981)

当代政治哲学家中也有不少主张用"世界公民"认同来取消民族认同和国家认同者。比如,保加利亚出生的法国学者尤丽雅·克丽丝特娃就主张把孟德斯鸠的上述警句"刻在所有学校和政府机构的墙上"。(Kristeva,1993:63)正如她在其中提出这一主张的那本书的书名所显示的那样,她认为民族主义是冲突和战争之源,试图打造"没有民族主义的世界各国"。而新中国民族政策的主要设计者之一李维汉也指出,民族问题最终将在世界大同的图景中得到彻底解决:

> 各民族平等的联合，是马克思列宁主义解决民族问题的根本原则，说得更清楚一点，各民族平等的联合，就是各民族在一切权利完全平等的基础上，自愿地联合和团结起来。各民族实行平等的联合，经过一系列的革命和发展的阶段，首先经过彻底的民族民主革命，然后，进行彻底的社会主义革命，完成社会主义建设，过渡到共产主义社会，进而逐步地互相融合为一体，走向世界大同。（李维汉，1981：658—659）

但值得注意的是，李维汉所设想的世界大同，是民族问题历史发展的最终归宿，而不应是人为的政策设计的结果。人类社会要经过长期的发展，在各种政治、经济、社会和文化条件都成熟的时候，世界大同的景象才会出现。而中国民族区域自治制度的基本原则，是各民族以（1）平等公民权为基础的（2）自愿的联合。

兼容主义

兼容主义者主张不仅允许多元文化在私人领域自由地实践和发展，而且在公共领域给予其空间，在政治上予以承认。这意味着宪法不仅要确认和保护平等的公民权利，还要确认和保护各民族的特殊文化、宗教、语言和教育权利，并允许各民族的人士以民族认同为基础进行政治动员，参与政治过程。在宪政制度设计上，有四种不同的方案体现了兼容主义的理念：向心模式（centripetalism），提议通过特殊的选举制度设计使得多数民族的政治精英必须在争取到足够多的少数民族选票的情况下才能胜出，从而造就温和的、对少数民族文化表示尊重的政治家，使“温和派能够获益”（Horowitz，1989）；多元文化模式（mulculturalism）：尊重并保护一个民族在其本身最为重视的事务上的自治权，并在重要的公共机构内按比例为各民族代表留出位置，保护少数民族在其聚居区内使用本民族语言文字并接受母语教育的权利（Kymlicka，1995）；

共治模式(Consociation):在国家行政权的配置上实行权力分享,吸收少数民族精英进入国家领导层,在所有公共部门(包括纪律部队和武装力量)内实行比例原则,实现各民族共同参与管理国家事务的安排,少数民族对其群体内部事务实行自治,在关系到少数民族利益的重大事务决策上,少数民族代表应享有否决权(Lijphart,2007);区域治理多元化模式(territorial pluralism):保障聚居在某一集中区域的少数民族对该区域的地方事务享有高度自治权,包括制定社会、经济和文化方面的法律和政策的权利,国家宪法和法律承认和保护各民族的民族身份认同及其作为一个民族的集体权利(Weller and Wolff,2005)。

兼容主义尤其是其中的多元文化模式,如今在国际舞台上显得颇受青睐。“各个国际组织时时鼓励、有时甚至施加压力要求各国采取更具多元文化倾向的路径”,而那些表态愿意采取“多元文化模式”的国家则会发现一系列国际组织愿意向其提供“援助、专业支持和资金”。(Kymlicka,2007:3)而另一方面,多数主权国家都认为“车同轨、书同文”是实现平等公民权、发展现代市场经济、维持国家统一的重要条件。兼容主义往往是出现严重民族冲突而处在危机中的国家的不得已选择。随着国际政治领域内“多元文化热”的兴起,多数主权国家在近10年来的确越来越重视对多元文化的包容和保护,但这种趋势还远没有达到“兼容主义”者所要求的赋予“多元文化”以政治意义的程度。目前,在世界各民主国家中较为通行的宪政设计模式仍然是以“整合的政治领域和兼容的文化领域”(Pildes,2008:193)为基本蓝图。

我国宪法所体现的民族政策兼具整合主义和兼容主义的某些要素,但又包含这两种理想类型所不具备的一些特点。对于后一类特点,下面的行文中会不断揭示,而前一类要素则包括:就整合主义的制度安排而言,我国宪法序言中提出了“统一的多民族国家”、各民族之间“平等、互助、团结”、“反对大民族主义,主要是大汉族主义,也要反对地方民族主义"、国家促进各民族"共同繁荣"的基本原则,宪法第 4 条进一步细化了这些原则,作出了"反歧视"、"反分裂"的规定,宪法第 33 条确立了不分民族的统一的"中华人民共和国公民"身份,并规定"公民在法律面前一律平等",宪法第 19 条提出推广"全国通用的普通话",等等,就体现兼容主义的方面而言,宪法第 4 条规定在各少数民族聚居的地方"实行区域自治,设立自治机关,行使自治权",并肯定"各民族都有使用和发展自己的语言文字的自由,都有保持或者改革自己的风俗习惯的自由",宪法第三章第六节则进一步明确了自治机关行使自治权的范围和方式,这些都体现了"多元文化"模式的特点;而宪法第 59 条规定在中国的最高国家权力机关全国人民代表大会中,"各少数民族都应当有适当名额的代表"。在目前的第十一届全国人大(2008—2013)代表中,共有 33 名藏族代表,其中,西藏代表团的 20 名代表中有藏族公民 12 人,其余四个有藏族自治地方的省各有藏族代表:四川,8 人;云南,3 人;甘肃,3 人;青海,4 人。解放军代表团中也有官却才旦和江勇西绕两位藏族代表。(中国人大网,2009)在最高国家权力机关的常设机关中,先后有十四世达赖喇嘛、十世班禅喇嘛、阿沛·阿旺晋美、帕巴拉·格列朗杰和热地等藏族公民担任副委员长。(《西藏的人口、宗教与民族区域自治》,2008:28)以上这些制度安排,充分说明中国宪法中对少数民族的保护在制度层面上符合世界先进宪政文化中体现出的一般标准和原则。

少数民族与原住民

在当今的国际法领域中,非主导性的民族—文化群体被区分为两大类:"原住民(indigenous peoples)"和"少数民族(ethnic minorities)",但两者之间的界限十分模糊,就连联合国大会于 1992 年 12 月通过的《在民族或族裔、宗教和语言上属于少数群体的人的权利宣言》以及于2007年9月通过的《原住民权利宣言》都未对其所保护的对象作出定义,更不用说厘清两者之间的区分。但这两类人所享有的权利却大不相同:“原住民享有被兼容的权利,少数民族享有被整合的权利。”(Kymlicka,1998:112)具体而言,少数民族所享有的权利主要是免受歧视的平等公民权,而原住民所享有的权利则主要是自治以及保持自己独特文化和宗教传统的权利。有趣的是,原住民所享有的自治权远远大于少数民族,因而许多非主导性族群都希望被界定为“原住民”,但各主权国家却要么否认自己国内有原住民,要么只愿意承认那些人数极少、居住在极偏远地区的群体是“原住民”,从而导致“原住民权利”对那些规模稍大、与主流族群和市场经济接触较多的族群失去了意义。对于中国来说,原住民与少数民族二分的概念体系与中国少数民族的历史形成过程和现实处境并不贴切。在欧洲和北美,少数民族主要是指外来移民(新少数民族或移民少数民族),比如法国的穆斯林,或者是在近代民族国家形成过程中被纳入本民族所建立的民族国家之外的另一国度的人群(老少数民族或“故土少数民族”[homeland minorities]),比如,波兰境内的日耳曼人、西班牙境内的加泰罗尼亚人和巴斯克人、比利时境内的佛兰芒人、意大利南部蒂罗尔地区的日耳曼人、法国的科西嘉人、芬兰境内的瑞典人、加拿大的魁北克人、美国的波多黎各人等,这些人群大多各自有本民族主导的“文化母国”,只是由于历史原因意外地在另一国家成了“少数民族”;原住民则主要是欧洲殖民者到达美洲、大洋洲和非洲、亚洲部分地区并按现代西方主权理论“建立国家”之前原本世世代代居住在那里的人民(比如北美的印第安人、澳洲的土著居民、新西兰的毛利人等)。中国少数民族长期与汉族交往和融合,大多有其世代聚居地,很少有外来移民形成的族群,也不存在汉族的“殖民”(费孝通,2006:244—281)。因此,在中国的确不存在少数民族与原住民的区别。有西方学者将原住民概念套用到藏族身上，认为藏族人民应当享有2007年《联合国原住民权利宣言》第3条所主张的“自决权（right to self-determination）”，而不仅仅是1992年联合国《在民族或族裔、宗教和语言上属于少数群体的人的权利宣言》所侧重的免受歧视的平等权，并进而以此为基础主张在西藏实行保障“高度自治”的特别行政区制度（Davis，2008：227—258），这未免有些混淆视听。

民族身份认同

民族身份认同与民族识别是两个不同的概念。民族识别是国家主导的、根据一些“科学”指标对一国之内的各民族进行区分和认定的活动。对于任何一个族群之内的民众来说，这种活动都是外生的，与他们的自我定位不一定吻合。民族身份认同则是一个族群内的民众依他们的生活方式、语言、宗教乃至服饰、饮食而形成的集体性自我认同，是具有内在凝聚力、趋向某些“核心价值”的向心性认同，因此，也就为“民族主义”提供了基础。比如，在四川省的汶川、北川、黑水、理县和茂县等羌、藏杂居的地方，传统上流行一种综合了祖先神、宗教仪轨、图腾等因素的“羊脑壳”和“牛脑壳”之分。这种区分与羌、藏之间的民族区分并不重合，但对“民族识别”之前当地人民的身份认同具有重要意义。用当地人民的话来说，“羊脑壳”和“牛脑壳”的“‘根根’不一样”，而不按照传统方式生活的人则被斥为“牛脑壳不像牛脑壳，羊脑壳不像羊脑壳”。（王明柯，2003：55—62）民族身份认同是民族主义政治动员的基础，但它是流变的，许多少数民族民众愿意融入主流社会，享受现代化和经济发展带来的好处。国家通过为这些少数民族提供现代教育、科技和医疗服务帮助他们实现现代化，在政治上将他们整合进统一的国家体制之中，而在文化领域承认他们的独特性，并允许他们在一定程度上自主地控制本民族的文化再生机制(比如教育、公共领域内对民族语言的使用、寺院管理等),这是多数多民族国家所采取的宪政方略。在宽松自由的环境中,少数民族民众更愿意同主流社会保持亲密接触,乃至主动接受"整合",而在政治控制增强,民族文化的生存空间缩小的情况下,"地方民族主义"更容易滋生。

不过,民族身份认同也不同于一个民族的政治家为其政治目的而进行的宣传鼓动。正像布鲁贝克所指出的那样,多文化主义以及其他少数民族政治权利的鼓吹者往往未能区分政治领袖"以本民族的名义"提出的政治主张与某一民族的人民在其日常生活中经验到的现实需要。(Brubaker,2004)政治动员的修辞与民族生活的日常话语不仅并不重合,还往往迥异其趣。这种差异往往令政客们无法自圆其说,比如,美国"西藏委员会"的一位理事说:"到现在,中国政府对西藏人民及其文化和宗教的压迫已经是个不争的事实",但她随后又承认:居住在拉萨的中产阶级藏人(她自承这是她惟一接触到的生活在西藏的藏人)并没有感到不幸福。(Clarke,2002)发生这种错位的原因显而易见:她前一句话中所谓"不争的事实"取材于达赖等海外藏族政治家及其西方支持者的宣传,而后面的评论又来自于对中国境内一部分藏族公民日常生活的经验观察。

毛泽东对政治鼓动所利用的"民族认同"旗帜与历史地、自发地形成的民族认同经验之间的区分有着清楚的认识。在1959年4月19日会见意大利共产党代表团时,毛泽东针对多数外国媒体一股脑批评中国在西藏平叛的情况说:"西藏一共有一百二十万人。讲民族自决,是由一百一十八万人自决呢?还是由两万反动派去自决?他们要的是两万农奴主反动派的自决。"(毛泽东,2001a:184)他也懂得去利用这种区别。1959年之后西藏的民主改革就是致力于唤醒藏族群众的"阶级意识",以"阶级认同"取代"民族身份认同"的一场运动。在"文革"中,破坏西藏寺庙、烧毁经文的主要是藏族红卫兵，这说明以阶级认同为基础的政治动员一度成功取代了民族身份认同。而1994年以来在全国轰轰烈烈展开的“爱国主义教育”运动，则旨在宣传和推进全国各族人民共同的“中华民族”身份认同，以此来消解“地方民族主义”。2008年底，教育部办公厅和国家民委办公厅联合发布了《学校民族团结教育指导纲要（施行）》，要求全国中小学开设民族团结教育课程，进一步将“中华民族”身份认同的培育制度化。（宗河，2008）有学者十分敏锐地指出，当代西方学术界对民族身份的“文化建构”保持了足够的敏感度，但却对宪政设计、法律制度以及国家民族政策对民族身份认同的更为具体和现实的影响，也就是“政治建构”的过程没有给予足够的重视。（Pildes，2008：184）

二、西藏问题：当下处境

达赖喇嘛1988年在欧洲议会演讲时首次提出了“真正的自治（genuine autonomy）”这一概念，用来取代“西藏流亡政府”此前主张的“西藏独立”。此后，他将这一概念整合到他的“中间道路（middle way）”体系中。不过，“中间道路”这一政治主张只是提出了一些“目标”，比如“大藏区”统一自治、非军事化、民主化、限制汉人入藏等，实际上并未涉及达致这些目标的“道路”。此后，一些西方学者鉴于中国在香港特别行政区实行“一国两制”的成功经验，主张将“特别行政区模式”适用到西藏问题的解决上。（Sautman and Lo，1995；Davis，2007，2008）

邓小平在中央政府同流亡后的达赖喇嘛开始接触时曾说过，只要流亡藏人承认西藏是中国领土不可分割的一部分，可以就西藏独立之外的任何问题进行谈判(*Tibet Review*,1978)。中央政府在1994年重申了这一底线:“只要达赖喇嘛承认西藏是中国不可分割的一部分,放弃他的‘西藏独立’立场,并停止其旨在分裂祖国的活动,中央政府愿意在任何时候同他进行谈判,而谈判的内容可以涉及除‘西藏独立’外的任何事项。”(*Beijing Review* Editorial,1994:6)如果只看这种表态以及《中华人民共和国宪法》第31条的字面内容,的确容易产生将特别行政区制度适用于西藏不违背中国宪法,也符合中央政策的印象,但中国政府已经明确地否定了这种可能性:

> 西藏与香港、澳门的情况完全不同。香港、澳门问题是帝国主义侵略中国的产物,是中国恢复行使主权的问题,而西藏自古就是中国领土不可分割的一部分,中央政府始终对西藏行使着有效的主权管辖,不存在恢复行使主权的问题。1951年西藏和平解放,从根本上摆脱了帝国主义的羁绊,此后,经过民主改革,废除政教合一的封建农奴制度,成立西藏自治区,社会主义制度不断巩固,人民的各项权利得以真正实现并不断发展,不存在重搞另一种社会制度的可能。民族区域自治是中国一项基本政治制度,与全国人民代表大会制度和中国共产党领导的多党合作和政治协商制度一起,构成中国政治制度的基本框架。西藏自治区的设立、地域范围是根据宪法和有关民族区域自治的法律规定以及历史和现实情况决定的。任何破坏和改变西藏民族区域自治制度的行为都是违反宪法和法律的,是包括广大西藏人民在内的全体中国人民所不能答应的。(国务院新闻办公室,2004)

在最近的一轮谈判(2008年11月)中,杜青林对达赖喇嘛的私人代表指出,中央政府在西藏问题上有“三个坚持”,即坚持中国共产党领导、坚持中国特色社会主义道路、坚持民族区域自治制度。这是中国宪法所规定的,“任何组织、个人都必须以宪法为根本的活动准则,维护宪法尊严,遵守宪法和民族区域自治法”。(新华社,2008)这表明中央政府在中国法治建设的大背景中致力于将“谈判”以及“西藏问题”的解决纳入宪政与法治的框架之中。在此之前,国家民委副主任丹珠昂奔率中国藏学家代表团访美(2008年7月)时也对西方媒体表达了中国政府的这一立场:“中央政府同达赖喇嘛之间就西藏的未来进行的讨论一定会在中国宪法的框架内进行。任何在宪法框架之外寻求解决之道的企图都是不现实和不可能成功的”。(香港《文汇报》,2008年7月19日)

在这种当下政治语境中,我们有必要澄清“中国宪法的框架”在西藏问题上具体包含哪些制度要素。达赖喇嘛和一些西方学者认为适用宪法第31条(特别行政区制度)来解决西藏问题是中国宪法框架所允许的,而中国政府认为这是在宪法框架之外谋求解决之道的企图。双方都承认中国政府在西藏自治区的经济建设成绩斐然,西藏的经济发展离不开中央政府和兄弟省区的扶持。达赖喇嘛在2008年3月拉萨骚乱之后发布“致中国人民书”,其中坦诚:“至少就现代化和经济发展而言,西藏作为中国的一部分获益良多。虽然西藏拥有丰富而古老的文化传统,它在物质方面是极不发达的。”基于这一认识,他指出自己的目的是“确保藏族人民的独特文化、语言和身份认同的延续”,其本人“没有任何寻求西藏独立的企图”。(Dalai Lama,2008)至此,对西藏独特文化的保护成了目前的焦点问题。在本文的以下部分,我将首先比较特别行政区制度与民族区域自治制度在中国宪法中的不同地位,随后分析现行的民族区域自治制度是否能够在支持西藏经济发展的同时有效保护西藏文化。

三、中国宪法框架中的区域自治

中国是一个单一制的多民族国家,不存在联邦制下的中央与地方分权。但中国宪法又明确规定了两种区域自治:一是宪法第4条所规定的民族区域自治,二是宪法第31条所规定的特别行政区自治。体现在后者之中的是“一国两制”原则,这是中国政府为在由于帝国主义侵略或其他历史原因而暂时无法有效行使主权的地区恢复行使主权而设计出的一种独特宪法原则。根据国内宪法学界的通行理解,这一原则原本是为解决台湾问题而设计的,由于时机问题等现实考虑,先行在香港和澳门得到适用。在国内学界,当人们谈到一国两制或特别行政区制度时,根本不会联想到西藏。西藏问题被认为已经通过另外一项宪政安排而得到了解决,那就是民族区域自治制度。民族区域自治制度是中国宪法规定的两项基本政治制度之一,另一项是中国共产党领导的多党合作和政治协商制度。加上作为根本政治制度的人民代表大会制度,它们构成了中国宪政的三大结构性基石。这意味着民族区域自治制度的宪法地位高于特别行政区制度,后者是一种解决问题的权宜之计,不影响中国宪法所包含的核心政治价值和相关制度安排。特别行政区制度作为边缘性宪政安排的地位体现在《香港特别行政区基本法》和《澳门特别行政区基本法》这两部我们国家的基本法律中。前者的第5条规定:“香港特别行政区不实行社会主义制度和政策,保持原有的资本主义制度和生活方式,五十年不变”,而后者的第5条也设定了同样的“五十年”期限。

民族区域自治制度作为中国的一项基本政治制度早在中华

人民共和国成立之前就被写进了中国共产党的建国方略之中。1938年,在党的六届中央委员会第六次全体会议上,毛泽东提出了各民族平等并有权在统一的中国之内管理其内部事务的观点。这一观点后来被正式写进1945年的中国共产党七大政治报告,也就是著名的《论联合政府》:

> 一九二四年,孙中山先生在其所著的《中国国民党第一次全国代表大会宣言》里说:"国民党之民族主义,有两方面之意义:一则中国民族自求解放;二则中国境内各民族一律平等。""国民党敢郑重宣言,承认中国以内各民族之自决权,于反对帝国主义及军阀之革命获得胜利以后,当组织自由统一的(各民族自由联合的)中华民国。"
>
> 中国共产党完全同意上述孙先生的民族政策。共产党人必须积极地帮助各少数民族的广大人民群众为实现这个政策而奋斗;必须帮助各少数民族的广大人民群众,包括一切联系群众的领袖人物在内,争取他们在政治上、经济上、文化上的解放和发展,并成立维护群众利益的少数民族自己的军队。他们的言语、文字、风俗、习惯和宗教信仰,应被尊重。(毛泽东,1991:1084)

从一开始,民族区域自治这一宪政构想就包含四个要素:(1)各民族在统一的中国之内的平等;(2)中国作为一个统一的多民族国家的独立;(3)各少数民族在其"内部事务"上的自治;(4)汉民族对少数民族在经济上的帮助。

包括费孝通在内的许多中国学者都已经指出,民族区域自治制度是中华人民共和国的"建国元勋"们在认真考量了中国的历史和现实处境之后设计出来的。主要的历史和现实因素包括:(1)中国自公元前221年始就是一个统一的、权力集中的国家,中间虽有间或的分裂,但统一是主流,这一长期形成的政治传统本身具有反分裂的倾向;(2)经过各民族在历史上长期的交往和融合,中国已经成为一个多民族、多文化的国家。大多数少数民族都生活在其他民族之中,只有少数集中生活在某一区域,也就是"大杂居,小聚居";(3)鸦片战争以来的中国历史已经证明,中国各族人民只有团结起来、荣辱与共,才能救亡图存;(4)中国共产党在国家建设中已经证明了自己的领导能力,各民族人民已经团结在党的领导下(参见:费孝通,2006;付春,2007:62—67;吴仕民,2007:169—170);(5)汉族人民构成中国人口的大多数,掌握着更先进的生产力,少数民族人民人口相对较少,分布在拥有大量自然资源的广袤土地上:

> 我国少数民族人数少,占的地方大。论人口,汉族占百分之九十四,是压倒优势。如果汉人搞大汉族主义,歧视少数民族,那就很不好。而土地谁多呢?土地是少数民族多,占百分之五十到六十。我们说中国地大物博,人口众多,实际上是汉族"人口众多",少数民族"地大物博",至少地下资源很可能是少数民族"物博"。(毛泽东,1977)

因此,中央政府要"诚心诚意地积极帮助少数民族发展经济建设和文化建设",而少数民族地区也可以以其资源支持全国的经济建设。这便是民族区域自治制度的政治经济学基础。

民族区域自治制度结合了区域自治和共治民主(consociational democracy)的要素。它一方面使得少数民族精英能够在中央政府中分享权力,另一方面,又允许他们负责管理本民族自治区域的行政事务。同时,民族区域自治制度又在整合主义与兼容主义倾向之间保持了平衡:一方面,中国宪法第33条规定了公民的平等权,对个人只承认"中华人民共和国公民"这一种宪法身份;另一方面,宪法第四条以及第112条至第122

条又承认少数民族集体身份可以作为享受某种特殊待遇的根据,包括通过自治机关管理本民族内部事务的自治权、发展民族语言和文化的权利、从中央政府和其他地区获得补贴和帮助的权利等。前面提到过,多数西方宪政民主国家目前对少数民族都采取"政治上整合,文化上兼容"的制度安排,而中国的民族区域自治制度除了体现这两点外,还包含另一要素:经济上扶助。

与特别行政区的"高度自治"相比,民族自治地方的自治程度要低一些,比如这些地方不能保留它们的政治和法律传统(就西藏而言,这就是传统上的政教合一体制),也不能豁免于宪法序言所规定的"四项基本原则",但它们享有获得经济扶助的权利,同时,它们的自治地位不受时间限制。如果说民族区域自治制度是一种在政治、法律层面侧重整合的制度,特别行政区制度则是一种在政治、法律、经济、文化乃至生活方式等方面都保持区域独特性的制度。造成这种区分的原因,主要是香港、澳门和台湾都没有参与中华人民共和国的建国(nation-building)过程,由于各种历史原因,这些区域在相当长的时间里游离于这个过程之外,发展出自己独立且成熟的政经体制以及法律制度;中国少数民族地区则与其他地区共同参与了这一过程,不存在自己独立的经济制度和法律制度。主张对西藏特殊对待的学者可能会说:西藏是个例外,在1951年和平解放之前乃至到1959年拉萨叛乱,西藏都有自己独特的政治制度,也就是以达赖喇嘛为政教领袖的制度以及相应的法律安排,西藏也有自己传统的经济结构和生产方式,而本文的回答是:正因为如此,中国的第一次"一国两制"试验发生在西藏。民族区域自治制度在西藏的实行,是在1959年之后;迟至1965年,西藏自治区才正式成立。

四、中华人民共和国的第一次"一国两制"试验(1951—1959)

"一个国家,两种制度"这个提法最早出现在邓小平在1984年6月22日和23日分别会见香港工商界访京团和香港知名人士钟士元时的谈话中:

> 中国政府为解决香港问题所采取的立场方针、政策是坚定不移的,我们多次讲过,我国政府在1997年恢复行使对香港的主权后,香港现行的社会、经济制度不变,法律基本不变,生活方式不变,香港自由港的地位和国际贸易、金融中心的地位也不变,香港可以继续同其他国家和地区保持和发展经济关系。我们还多次讲过,北京除了派军队以外,不向香港特区政府派出干部,这也是不会改变的。我们派军队是为了维护国家的安全,而不是去干预香港的内部事务。我们对香港的政策五十年不变。我们说这个话是算数的。
>
> 我们的政策是实行"一个国家,两种制度",具体说,就是在中华人民共和国内,10亿人口的大陆实行社会主义制度,香港、台湾实行资本主义制度。近几年来,中国一直在克服"左"的错误,坚持从实际出发,实事求是,来制定各方面工作的政策。经过五年半,现在已经见效了。正是在这种情况下,我们才提出用"一个国家,两种制度"的办法来解决香港和台湾问题。(邓小平,1993a)

从这段引文中我们可看出,一国两制这种构想的基本思路与整个中国改革的思路是一脉相承的,那就是:"坚持从实际出发,实事求是。"从宪政设计的角度来说,这意味着要从现有的制度安排出发,循序渐进地进行改革,而不能一切推翻,从头来过。由于香港、台湾已经有其不同于大陆的经济制度和法律体系,所以,要在肯定这种现实的前提下来设计它们回归后的制度安排。

尽管这一制度设计的名称是在上述场合由邓小平提出的，但叶剑英在1981年向新华社记者发表的关于台湾问题的谈话（“叶九条”）已经很清楚地发表了其中包含的要素：

> （三）国家实现统一后，台湾可作为特别行政区，享有高度的自治权，并可保留军队。中央政府不干预台湾地方事务。
>
> （四）台湾现行社会、经济制度不变，生活方式不变，同外国的经济、文化关系不变。私人财产、房屋、土地、企业所有权、合法继承权和外国投资不受侵犯。（叶剑英，1981）

追溯到此，已经是多数学者认为的“一国两制”的源头了，但实际的开端却要再往前推30年。

在进军西藏[1]之前，解放西藏的主力部队第18军接到西南局和西南军区电报，电报指出：“西藏问题包括对于散布在西康、川西北及云南境内之藏族问题之许多政策，尤其是政教问题，必须多方调查，提出具体意见，获得解决。”为了完成这一任务，第18军于2月28日成立了“西藏问题研究室”，后改名为“政策研究室”，主任是王其梅，成员包括李安宅、于式玉、谢国安等著名藏学家。（李刚夫，1987:33）该研究室在短期内写出了多份重要报告，其中，与本文论题关系密切的是1950年3月提出的《对西藏各种政策的初步意见》，第一条写道：

> 对西藏现行政教合一制度及对达赖、班禅的态度：
>
> 西藏政教合一制度要逐步改革，实行政教分离，但由于西藏人民对宗教信仰的根深蒂固，所以，这种改革必须根据西藏人民的觉悟程度，有步骤、有计划地在相

---

① 关于和平解放西藏的历史，参见：《解放西藏史》编委会（2008）。

当时期以后才能够达到。

对西藏的原有政权机构暂保留,对僧俗官员采取团结的方针,目前可成立军政委员会,待条件成熟时,再成立西藏人民自治政府。

达赖是西藏最高的政教领袖,对达赖的地位应予尊重。如达赖逃亡国外,不应以班禅代理达赖,对达赖仍应争取,以免为帝国主义所利用。

班禅同达赖同是西藏宗教领袖,但班禅不问政事,在宗教上亦稍逊于达赖。九世班禅与十三世达赖失和后,班禅长期居住青海,班、达对立。我军入藏,以暂不带班禅为宜,以免误认为我军入藏是扶助班禅反对达赖的。待我军入藏后,作适当调解,再由达赖方面欢迎,班禅再返藏。(引自:王小彬,2003:16)

这条"意见"十分清楚地表达了"一国两制"的核心原则:承认当地现行政治制度的有效性,包括达赖和班禅传统相对地位的有效性。只有当该地区的人民主动要求改革时,方可循序渐进地进行改革。

随后,1951年5月23日在北京签署的《中央人民政府和西藏地方政府关于和平解放西藏办法的协议》(简称"十七条协议")为西藏的和平解放奠定了基础。该协议基本采纳了上述"意见",其中包括:

四、对于西藏的现行政治制度,中央不予变更。达赖喇嘛的固有地位及职权,中央亦不予变更。各级官员照常供职。

五、班禅额尔德尼的固有地位及职权,应予维持。

七、实行中国人民政治协商会议共同纲领规定的宗教信仰自由的政策,尊重西藏人民的宗教信仰和风俗习惯,保护喇嘛寺庙。寺庙的收入,中央不予变更。

十一、有关西藏的各项改革事宜，中央不加强迫。西藏地方政府应自动进行改革，人民提出改革要求时，得采取与西藏领导人员协商的方法解决之。

比较"十七条协议"、"叶九条"、邓小平关于"一国两制"的谈话、两个特别行政区的《基本法》以及后来的"江八点"、"胡六条"之后，我们可以找出其间的一些共性：(1)维护中国的统一、主权和领土完整是其共同目的；(2)承认当时的西藏、台湾、香港等地方的特殊性，允许它们在中央政府的领导下享有高度自治；(3)允许这些地方保留其各自的经济、政治和社会制度以及生活方式；(4)这些地方的代表人物可以通过在全国人大、全国政协等中央机构中担任职务而参与管理国家事务；(5)整合性的改革措施只有在这些地方的人民主动要求的情况下才能够开展；(6)它们都体现了一种"摸着石头过河"的实用主义、渐进主义思路，主张实事求是，在现有条件的基础上一步一个脚印往前走。但它们之间也存在一个明显的区别：两部《特别行政区基本法》中都明确规定了"五十年不变"这个时限，时限过后在香港和澳门实行什么制度？基本法和领导人讲话中都没有给出明确的答案，而"十七条协议"虽没有讲明在多长时间内不变，却已经把"往哪里变"点明了。"协议"第三条明确写道："根据中国人民政治协商会议共同纲领的民族政策，在中央人民政府统一领导之下，西藏人民有实行民族区域自治的权利。"民族区域自治虽然以"权利"的面目出现，实际上则是与第十一条中所说的"改革"相对应：西藏地方应当主动进行改革，在一定时期内将政教合一的体制改变为民族自治地方的结构；如果改革停滞不前，"人民"有"权利"要求改革。实际上，1954年10月9日和10日，毛泽东在分别会见到北京参加第一届全国人民代表大会第一次会议的达赖和班禅时就提出了组建西藏自治区筹委会的建议。1955年3月9日，周恩来总理亲自主持召开国务院第七次扩大会议，审议通过了《关于成立西藏自治区筹备委员会的决定》(以下简称《决定》)。《决定》指出:"西藏自治区筹备委员会是负责筹备成立西藏自治区的带政权性质的机关,受国务院领导。其主要任务是依据我国宪法的规定以及关于和平解放西藏办法的协议和西藏的具体情况,筹备在西藏实行区域自治。"筹委会共有委员 51 人,由达赖喇嘛担任主任委员。(阿沛·阿旺晋美,2006:4)

1951 年到 1959 年期间,中央政府严格遵守了自己在"十七条协议"中的承诺,未曾在西藏推行土地改革和民主改革。在后来的西藏自治区范围内,重要的政策主要是开展针对上层人士的统战工作,但在四川、甘肃、青海和云南的藏区,则主要采取了发动群众的策略。土地改革和民主改革于 1956 年在上述省份的藏区开展起来,两种政策之间的不协调立刻暴露出来。在土地改革中失去财产的藏族僧侣和贵族起来反叛,其中一些人跑到拉萨,将自己的遭遇告诉自己的亲人和朋友,从而在西藏也造成了恐慌。1956 年,达赖赴印度参加世界佛教大会,他周围许多藏人劝他不要回西藏。为此,周恩来专门在印度会见了达赖,说中央决定把在西藏的改革推迟 6 年,如果西藏人民希望再推迟,也可以推迟更久(Smith,2008:39)。随后,《人民日报》于 1957 年 2 月 27 日刊登了毛泽东的著名讲话,即"关于正确处理人民内部矛盾的讲话"。其中,在谈到"少数民族问题"的时候,毛泽东说道:

> 经过各族人民几年来的努力,我国少数民族地区绝大部分都已经基本上完成了民主改革和社会主义改造。西藏由于条件还不成熟,还没有进行民主改革。按照中央和西藏地方政府的十七条协议,社会制度的改革必须实行,但是何时实行,要待西藏大多数人民群众和领袖人物认为可行的时候,才能作出决定,不能性急。现在已决定在第二个五年计划期间不进行改革。在第三个五年计划期内是否进行改革,要到那时看情况才能

决定。

由此可见,“十七条协议”所保障的西藏独特地位与后来的特别行政区制度一样,都是一种“有期限的承诺”。

50年之后来反思“一国两制”在西藏的试验,我认为主要有这样几点启示:首先,这一实践缺乏明确的法律保障,“十七条协议”不具有基本法律的确定性和刚性约束力,无法带来缺乏信心的藏族上层人士所需要的稳定预期;其次,没有在共享同一种宗教、文化传统的藏区推行一致的政策;最后,也是最重要的一点,就是中央政府没有打算在西藏长期推行这种制度安排,更具整合性的民族区域自治制度势在必行。从这一点上来说,1959年的拉萨叛乱不能说是“一国两制”在西藏的失败,而只能说是它完成了自己的历史使命。毛泽东非常清楚地道出了其中的历史因果关系:“过去我们和达赖喇嘛达成的口头协议是,在一九六二年以后再对西藏进行民主改革。……现在条件成熟了,不要等到一九六三年了。这就要谢谢尼赫鲁和西藏叛乱分子。他们的武装叛乱为我们提供了现在就在西藏进行改革的理由。”(毛泽东,2001b:203)在这种政治考量中,叛乱和平叛造成的生命和财产损失是改革西藏历史悠久的政教合一体制并使它走上现代化道路不得不付出的惨痛代价。

通过上述历史的和比较的分析,我们可以得出以下两个结论:(1)“一国两制”曾经在西藏得到实践,帮助实现了西藏的和平解放。当时采取这种制度安排,是由于西藏有其根深蒂固的独特政治传统,承认这种传统的存在并在此基础上进行制度设计是符合“一国两制”所包含的渐进主义思路的。1959年之后在西藏进行的各种政治改革、1978年之后改革开放政策在西藏的实践以及西藏作为中国不可分割的一部分与中国其他地区一同参与的社会主义法治建设的推进,已经使中国的宪政和法律制度充分适用到西藏,西藏不再拥有独立于中国法律之外的独特制度。达赖喇嘛和一些西方学者提议将特别行政区制度适用于西藏,在如今的政治、经济和社会环境中看来是一种激进的主张,涉及推翻现有的制度安排和社会条件从头再来,这是与"特别行政区"制度的设计理念完全相悖的。(2)民族区域自治制度是中国宪法所规定的一项基本政治制度,中国政府所指出的解决西藏问题的"宪法框架",指的就是民族区域自治。不过,将特别行政区制度同西藏问题联系起来并非空穴来风,只是"不合时宜"。毛泽东本人在建国初期的确是将西藏问题和台湾问题放到一个框架之内进行思考:"我们有两个问题没有解决,西藏问题和台湾问题。现在开始解决西藏问题。"(毛泽东,2001b:203)而明确提出"一国两制"这一概念的邓小平,正是和平解放西藏前夕负责设计西藏制度建设方案的西南局第一书记。(杨耀健,2004)1979 年 1 月,当中美关系正常化之后,中国资深外交家王炳南曾首先提出"以'十七条协议'为基础的'西藏模式'可以用来解决台湾问题。"(Norbu,2001:303)最近,国际关系学者张文木也指出了"西藏方式"与"香港经验"之间一脉相承的关系,以及两者对解决"台湾问题"的可能贡献。(张文木,2007)但是,今日的西藏已非 1951 年的西藏,重新将"一国两制"适用于西藏,无疑是要激进地改变西藏自治区在中国宪政框架内的地位和一系列相关制度安排,有悖于"一国两制"所体现的实事求是、从现有条件出发、循序渐进地进行改革的基本思路。如今,针对"西藏问题"来讲的"中国宪法框架",只能是民族区域自治制度。

五、民族区域自治制度与西藏发展

政府帮助少数民族地区发展,这是中国民族区域自治制度的重要原则之一。《共同纲领》第 53 条规定:“人民政府应帮助各少数民族的人民大众发展其政治、经济、文化、教育等建设事业。”1954 年宪法第 72 条规定各级国家机关应当“帮助各少数民族发展政治、经济和文化的建设事业”。现行的 1982 年宪法第 122 条则更为具体地规定:

> 国家从财政、物资、技术等方面帮助各少数民族加速发展经济建设和文化建设事业。
>
> 国家帮助民族自治地方从当地民族中大量培养各级干部、各种专业人才和技术工人。

作为唯物主义者,中国共产党的领导人认为,经济发展可以解决中国的大多数问题,包括西藏问题。许多领导人相信藏族人民对宗教的执著会随着物质生活和现代文化生活的丰富而减弱。1987 年 6 月 29 日,在会见美国前总统吉米·卡特的时候,邓小平指出:政治平等和经济发展是中国西藏政策的关键所在。他还以发展的需要来论证汉族人移居西藏的合理性:西藏地广人稀,汉族人民到西藏参与经济建设,与西藏人民共同发展当地经济,这是无可厚非的,甚至是必要的(邓小平,1993b:246—247)。与西方殖民主义者到亚、非、拉进行资源掠夺和土地占领的邪恶动机不同,汉族人民到少数民族地区是帮助他们发展,传播先进的科学技术和现代文化。这是许多汉族知识分子包括海外知识分子所分享的一项“共识”。比如,在纽约城市大学任教的成都籍政治学教授孙雁在 2008 年拉萨骚乱之后写道:汉族教师、医生和其他专业人士接受政府安排到西藏帮助这个“极为落后的地区”。虽然他们当中有些人在经济上成功了,但他们的经济收益“绝对不是政策设计的结果”。政府的政策始终一贯地偏向藏族人,却带来意想不到的结果。“一位藏族官员告诉我,优惠政策已经‘宠坏了’当地藏人。他们雇用四川民工在他们的承包地上劳动,或者在他们因优惠政策而赢得的工程项目上工作,而当这些勤劳的汉族民工赚到钱的时候,他们又十分嫉恨。”(Sun,2008:69)类似这种汉族人在西藏劳心劳力却不讨好的叙事在汉族学者的作品中十分常见。

从一些反映宏观经济状况的数字来看,西藏的发展是非常迅速的。政府基建投资的增加和旅游业的发展,使得西藏自治区的 GDP 增幅到 2006 年连续 7 年超过 12%,高于全国平均水平。2007 年西藏自治区国民生产总值达到 342.19 亿元,更比 2006 年增长了 14%。2007 年西藏人均 GDP 达 12 109 元,高于同处西南的四川、云南和贵州。此外,交通、通讯、医疗、贸易、金融等各方面的发展都很迅速。(《西藏的经济发展》,2008)1990 年,西藏人口的平均预期寿命是 59.64 岁,而当年的全国平均数是 68.55 岁;到 2000 年,西藏人口的平均预期寿命增加到 64.37 岁,全国平均数增加到 71.40 岁,差距逐渐缩小。(崔红艳,2003)

一些西方学者却指责中国政府的西藏发展政策,甚至说这些政策造成了“人为设计的贫困”。(Fischer,2002)他们认为中国在西藏实行的经济发展政策没有使大多数藏人获益。承包西藏基建项目的大多是内地公司,他们聘用的也多是汉人。在拉萨周围种植蔬菜以及在拉萨城里出售水果、经营旅游业的也多是汉人。(Fischer,2002)从人均收入、识字率、医疗服务供给率等指标来看,藏族人口仍然是中国最为贫困的一个群体。(Fischer,2005:127—153)另有一些学者认为,西藏经济严重依靠旅游业,而旅游业正严重腐蚀着西藏传统文化的“本真性”,文革摧毁了西藏文化的物质载体,而改革开放后对西藏文化的商品化又再一次稀释了西藏文化的精髓。(Adams,1996:515)

不过,双方观点在一点上是吻合的:西藏经济缺乏自给自足的生长点,属于一种“输血型经济”;西藏经济的增长在很大程度上依靠中央政府的补贴和其他省市的援助。在最近的一次访谈中,在加拿大英属哥伦比亚大学任教的著名藏族学者次仁夏加说道:"西藏自治区政府甚至无法依靠自己筹到足够的钱来给自己的雇员发工资;它目前的税收能力是非常之弱的。所有大型的基建项目,从铁路、公路到发电站,都依靠中央政府的资金投入。这种对中央的慢性依赖是西藏最大的问题:这个自治区没有经济筹码来同北京讨价还价,它不得不顺从中央的一切指令,因为基本上中央政府的钱在为这个区域的发展买单。"(Shakya,2008:9)从下表中我们可以看到,以2004年为例,中央财政对各少数民族地区的转移支付都相当可观,而对西藏的转移支付按人口平均高居第一,比第二位的内蒙古高出2倍。西藏在全国各省、市、自治区中是人均财政收入最少而人均开支最大的单位。

表1 中央财政对五个自治区的转移支付

	地方财政收入		地方财政支出		来自中央的财政转移支付(亿元)	人口(百万)	人均获得的中央财政支付转移(元)
	总收入(亿元)	按人口平均后排名(全国)	总支出(亿元)	按人口平均后排名(全国)			
西藏	10.0188	31	133.8355	3	123.81	2.74	4 518.61
内蒙古	196.7589	10	564.1117	6	367.35	23.84	1 540.90
宁夏	37.4677	16	123.0177	11	85.55	5.88	1 454.93
新疆	155.7040	11	421.0446	10	265.34	19.63	1 341.54
广西	237.721	23	507.4721	28	269.70	48.89	551.65

根据2005年《中国财政年鉴》和2005年《中国人口统计年鉴》整理。

中央财政拨款的直接获益者是国有单位(包括机关、事业和企业)的员工。如果将西藏自治区国有单位的人均年工资与农村家庭人均年收入相对比,我们会看到其间的巨大差异:

表2　国有单位职工平均工资与农村家庭人均纯收入对比

年份	国有单位人均工资(元)			农村家庭人均纯收入(元)		
	西藏	全国平均	西藏排名	西藏	全国平均	西藏排名
1985	1 996	1 213	1	352.97	397.60	20
1990	3 225	2 284	1	649.71	686.31	17
1995	7 572	5 625	4	1 200.31	1 577.74	22
2000	15 566	9 552	3	1 330.81	2 253.42	31
2001	20 112	11 178	2	1 404.01	2 366.40	31
2002	25 675	12 869	1	1 462.27	2 475.63	31
2003	27 611	14 577	3	1 690.76	2 622.24	28
2004	30 165	16 729	4	1 861.31	2 936.40	30
2005	28 644	19 313	4	2 077.90	3 255.93	27
2006	32 355	22 112	4	2 435.02	3 587.04	26

根据1986—2007年《中国统计年鉴》所提供的数据编制。

可以看到,西藏国有单位的职工工资一直高居全国前四位,农村家庭收入却远低于全国平均水平,2001年和2002年更是倒数第一。考虑到农牧业人口的比重,这部分人口的低收入对西藏民生的负面影响就更为可观了:在全区281万人口中,农牧民约为230多万,占全区人口的80%以上(北京周报社编制,2008);相比之下,全国2007年共有13亿2 129万人,其中,乡村人口7亿2 750万人,只占55.1%。(国家统计局,2008)。

西藏经济对国家财政拨款和其他省市援助的依赖还直接影响到当地的经济结构,对此,我们可以从下面这张表格中看出些端倪。

表3　西藏产业结构及与全国的对比

年份	西藏GDP构成(单位:亿元)						全国GDP构成(单位:亿元)					
	总值	第一产业	第二产业(总值)	第二产业(工矿业)	第二产业(建筑)	第三产业	总值	第一产业	第二产业(总值)	第二产业(工矿业)	第二产业(建筑)	第三产业
1998	91.18	31.31	20.24	9.02	11.22	39.63	78 345.2	14 552.4	38 619.3	33 387.9	5 231.4	25 173.5
1999	105.61	34.19	24.00	9.97	14.03	47.42	82 067.5	14 472.0	40 557.8	35 087.2	5 470.6	27 037.7
2000	117.46	36.32	27.21	10.13	17.08	53.93	89 442.2	14 628.2	44 935.3	39 047.3	5 888.0	29 878.7
2001	138.73	37.47	32.18	10.84	21.34	69.08	95 933.3	14 609.9	49 069.1	42 607.1	6 462.0	32 254.3
年增幅(%)	17.4	6.6	19.7	6.7	30.1	24.8	7.5	0.1	9.0	9.2	7.8	9.4

根据1999—2002《中国统计年鉴》所提供的数据编制。

从上表所列数据可以看出,西藏经济的结构与全国整体经济结构之间存在显著差异,尤其是体现在第三产业所占比重上。主要的差异体现在:(1)西藏第三产业的总量相当于第一和第二产业之和,就全国而言,第二产业的总量远远超过第三产业,基本相当于第一与第三产业之和,全国的总体情形符合工业化国家的一般规律,而西藏的情况在第三产业所占比重这一点上与后工业国家(即"发达国家")近似。(2)与发达国家经济结构不同的是,我国西藏自治区的第一产业(农业)所占比重直到近期仍超过第二产业,后者直到2003年才由于国家基建投资的持续增加而超过第一产业。(拉巴次仁、贾力君,2007)同时,与全国第一产业基本不增长(只有0.1%的年增幅)的情况相反,西藏农业保持着年均6.6%的增幅。(3)而西藏第三产业不仅总量在西藏经济中所占比例大,而且增长速度惊人,高达24.8%,远远超过全国第三产业9.4%的增长速度。(4)在第二产业中,西藏是以建筑行业为主,这方面的产值超过了包括制造、加工、采矿在内的工矿业,而且建筑行业产值的增长速度高达30.1%,就全国而言,工矿业的产值一直远远高于建筑业产值,前者是后者的7倍左右。建筑业的迅猛发展与国家在西藏的基建投资以及其他省市在西藏的援建项目密不可分。

第三产业在西藏经济中占如此大的比重,是否意味着西藏经济已经进入"后工业化时代",拥有发达的金融、保险、交通运输、贸易、娱乐等服务业了呢?为了回答这个问题,我们需要再进一步分析一下西藏的第三产业。

党政群机关、组织的非生产性运转经费自2000年以后就在第三产业"产值"中占据了1/4的份额。到2007年,西藏的行政开支达到32.30亿元,占当年西藏国民生产总值(342.19亿)的9.4%。(中国数据在线,2009)行政经费在西藏经济中占如此大的比重,其主要原因就是西藏治理的"安全化",也就是以公共安全和国家安全为侧重点的治理方式。因此,西藏经济发展中一个非常重要的环节——行政经费的增长——直接导致了西藏文化自治空间的缩小。这虽然是为了国家安全和社会稳定这一美好目标,但一旦被日常化,就有悖于民族区域自治制度的设计意图。

表4 西藏第三产业构成

		1998	1999	2000	2001
西藏第三产业构成	总值	39.63	47.42	53.93	69.08
	农业服务	1.91(4.8%)	2.08(4.4%)	2.23(4.1%)	2.18(3.2%)
	交通、邮政与电信	5.08(12.8%)	7.37(15.5%)	2.12(3.9%)	4.79(6.9%)
	贸易	11.13(28.1%)	12.71(26.8%)	14.15(26.2%)	16.59(24.0%)
	金融	0.67(1.7%)	2.13(4.5%)	2.45(4.5%)	3.22(4.7%)
	社会服务	1.94(4.9%)	3.11(6.6%)	3.96(7.3%)	4.28(6.2%)
	医疗卫生、社会福利	2.95(7.4%)	3.30(7.0%)	3.46(6.4%)	4.67(6.8%)
	教育、文化、广播、电视	5.02(12.7%)	5.41(11.4%)	6.89(12.8%)	9.22(13.3%)
	党、政、群机关、组织	7.59(19.2%)	8.51(17.9%)	14.29(26.5%)	18.23(26.4%)

根据1999—2002年《中国统计年鉴》整理,单位为亿元,括号内为该项目产值在整个第三产业中所占比例。

通过上面的分析,我们可以初步得出以下结论:(1)西藏人口的收入差距主要还是城乡差别,而不是汉、藏差别,但由于农牧业人口在西藏人口中所占比例远高于全国平均数,城乡差别在西藏显得更为突出。李维汉在1962年的"中国各民族解放的道路"中说:"民族问题,实质上是农民问题"(李维汉,1981:654),这迄今在很大程度上仍然是值得注意的。2008年3月拉萨骚乱后,美国记者 Abrahm Lustgarten 在《华盛顿邮报》撰文指出:这场骚乱更多是由藏人在拉萨经济生活中的边缘化而不是侵犯人权造成的。的确,政府往西藏投入了大量资金,但这些投资及其创造的工作机会的受益者多是汉人,而不是藏人。(Lustgarten,2008:B03)同样是关注西藏问题的经济发展维度,另一些学者则认为中央政府的财政补贴和资金投入的确没有使西藏人口利益均沾,但收入水平之间的差异不是按照民族身份来分界的,而是按照户口:城市人口获利较多,农村户口的人士包括到西藏打工的汉族民工,则享受不到政府补贴和优惠政策带来的好处(Hu and Salazar,2008)。(2)由于西藏农牧业人口中极少有汉人,所以,上述城乡收入差异在表象上容易被误解为汉藏收入差距。汉族人口包括流动人口,多集中在西藏城市尤其是拉萨、日喀则等少数几个大城市,广大牧区基本没有汉人,而游客通常去的就是这几个大城市,所以,很容易形成"西藏汉化严重"的印象,并认为汉族是西藏经济发展的主要获益者。(3)中央对西藏财政支付转移中的相当一部分是作为行政开支,而这部分开支中的相当一部分,王力雄称之为维持一个庞大的"稳定集团"的成本。(王力雄,1998:第十三章)这与联合国和世界银行等国际组织近年来主要使用的"人的发展"(Human Development)这一发展概念发生牴牾。"人的发展之第一要义是允许人们按照他们选择的方式生活,并且为他们提供作出这些选择所需要的条件和机会。"(UNDP,2004:v)这一概念框架下的发展与自由是密不可分的,或者说是以自由为核心要素的。

对于主流的现代化理论而言,西藏的现代化与全中国的现代化一样,取决于农村劳动力向城市的转移以及工业化,只有这样才能最终缩小城乡收入差距。正如有学者指出的:"我国是一个发展中国家也是一个农业大国,必须走工业化道路。西藏自治区作为我国不可缺少的一个组成部分,其工业化水平势必影响全国的工业化进程。"(王晓君、张建深,2007:7)但是,工业化势必会带来对自然环境的破坏,对于脆弱敏感的青藏高原生态环境来说,这种破坏造成的对中国乃至全球环境的负面影响,可能远大于其经济收益,即使在目前工业化程度很低的情况下,也已经有学者发出了警告(杨勤业、郑度,2004:142):

> 高原独特的地质地理环境赋予其丰富多样的自然资源,其中不乏高原特有的珍贵稀有的生物与矿产资源。然而,严酷、脆弱的地理生态特点,一方面,限制了部分资源的开发,另一方面,又容易使部分资源的开发产生不良的效应,尤其是过度的不合理利用常常造成自然资源的严重破坏,影响高原生态系统的平衡和环境的质量。被誉为"天然动物园"的藏北高原无人区,也因采矿、放牧、狩猎和运输等人类经济活动干扰影响,大部分野生动物的栖息范围逐渐缩小,并从原来的黑河—阿里公路一带退至北纬33度以北的无人区。

近年来,西藏冰川的融化更是引起了全世界的关注(当然,这是全球环境恶化所导致的气候变暖的后果之一,而不只是中国的责任),其中,念青唐古拉山东部著名的则普冰川被预言将在30年内消失。(French,2004)青藏高原上坐落着喜马拉雅山、冈底斯山、念青唐古拉山、喀喇昆仑山、唐古拉山、昆仑山等重要山脉,是黄河、长江、湄公河(在中国境内叫澜沧江)、萨尔温江(在中国境内叫怒江)、雅鲁藏布江(在印度境内叫布拉马普特拉河)、恒河以及印度河等欧亚大陆主要河流的源头,而位于中国境内的南北两极之外地球上最大的(面积达6万平方公里的)冰川带正是这些河流的水源。据有关专家指出,主要位于青藏高原的中国冰川目前正以惊人的速度融化,每年融化的冰川水量相当于黄河每年的总流量。(Zhao and Schell,2008:172—173)此外,西藏土地的沙漠化也日趋严重,西藏成为新的沙尘暴源区之一。目前,青藏高原荒漠化土地达到了五十多万平方公里,比20世纪70年代净增近4万平方公里,增长率超过8%。统计表明:西藏每年由沙漠化造成的总损失在34亿元到95亿元人民币之间,相当于1992年西藏国民经济总产值的1倍到2.8倍。(新华网,2006)

由于西藏的独特自然和社会环境,适用于中国其他地区的发展战略在西藏不一定行得通,尤其是以城市化和劳动力转移带动经济增长的策略。西藏的大规模城市化不仅是不可能的,也是不可欲的,会严重破坏作为亚洲最主要江河之源的青藏高原的生态环境。与中国西藏同处喜马拉雅山腹地的不丹,其前国王旺楚克于1972年提出用"国民幸福总值"概念取代"国内生产总值",以此来更为全面地衡量"生活质量"的改善和人类发展。这一概念的核心要素是:"经济繁荣应当为全社会所共享,并且与保存文化传统、保护自然环境以及维持一个负责任的政府等目标达致平衡。"(Mustafa,2005;Revkin,2005)在2007年的全球"主观幸福度"排名中,不丹高居178个国家中的第8位。(White,2007:17—20)这一概念所代表的发展观值得我们借鉴。与不丹在自然环境和宗教信仰方面十分接近的我国西藏自治区,它的发展也应当更为侧重非物质的人类发展。正如皇甫平所言(皇甫平,2008):

> 对西藏输入富裕还不等于输入幸福。藏族是一个具有丰富精神生活的民族,对西藏的支持援助要"唯物"也要"唯心"。要充分关注藏民和藏传佛教的精神需求,一丝不苟地尊重藏族独有的文化风俗习惯,无微不至地爱护西藏的生态环境和人文环境,制止对草地的超载放牧,对森林资源的乱砍滥伐,对珍稀动物的滥捕滥杀。

基于上述考虑,西藏的可持续发展模式必须能够兼顾环境保护、文化保存以及藏族人民因其独特文化传统而产生的特殊需要。尽管综合考虑以上要素的"可持续发展"概念自"世界环境与发展委员会"于1987年发表其重要报告《我们共同的未来》以来已经引起世界各国的重视,但由于工业化进程的惯性、各国之间的经济竞争以及更为复杂的人类心理因素,很少有哪个大国愿意放弃自己对GDP增长的追求,而真正调整自己以最低的眼前成本实现最大的当下收益的发展模式。尽管中国作为一个整体很难立即调整自己的发展模式,但在西藏试验一种新的发展模式确是有可能的,甚至是必须的。这种发展模式可以参考E. F. 舒马赫在其名著《小即是美》中以佛教中的"正业(Right Livelihood)"概念为基础而提出的"佛教经济学"诸原则:(1)工作。工作不仅仅是为了满足人的经济需要,更主要的是给人一个利用和发展其能力的机会,通过与他人合作完成一项任务而克服自我中心(我执),并带来人们需要的商品和服务。(2)消费。西方的或现代性的消费观是认为越多越好,因此,人的幸福取决于物质的极大丰富。而在佛教经济学中,最优的消费水平是通过消耗较少的物质达到最大的满足。(3)简单。人的日用品和生产工具应当简单适用,而且就地取材。任何不必要的繁琐设计都应当避免。(4)非暴力。以慈悲之心对待人类和世间万物(利乐有情),切忌因一己之贪念而伤害生灵。(5)保护自然资源。佛教将人类视为众生中的一员,人的生存依赖于自然,人类应当寻求对自然破坏最小的生存方式。(Schumacher, 1973: 54—58; Lamberton, 2005)以西藏人民传统的生活方式、宗教信仰和文化实践为基础而探索出一条新的发展道路,不仅有益于西藏,其经验将有益于中国、有益于已经看到当前单维发展模式之尽头的全人类。对于无神论者以及信仰"现世的经济成功乃蒙受神恩之证明"类型宗教的人们来说,放慢脚步将发展调适到真正的"可持续"状态也许是十分困难的,但对于藏族人民来说,这并不困难,只要给他们多点儿自由。旅居印度的著名藏人学者达瓦·诺布曾经指出:"实际上,传统和文化如果被明智地加以利用,可以成为产业革命的助手和发展的有效润滑剂,正像亚洲现代史所显示的那样。这意味着我们不应当只考虑政府对经济干预,还应当考虑生产力的社会源泉,这些源泉都发端于一个仍然鲜活的伟大传统,即佛—儒文化。"(Norbu,2006:161)目前,我国政府正在按照"科学发展观"来调整发展战略,而"科学发展观的本质和核心是'以人为本'",(孙文营,2008:52)注重人的全方位需求、促进人的多方面发展是这一发展观的目标。既然"人"不是抽象的、千篇一律的个体,而是特定文化土壤所滋养的行动主体,以人为本的科学发展观也就意味着有文化内涵的发展观。在以经济发展为单一维度的发展模式中,西藏将长期处于"受供养"和"接受输血"的状态,而在包含文化维度的"科学发展"模式中,西藏将以其独特文化贡献于中华民族"一体"中的"多元"。

六、民族区域自治制度与西藏文化的保护

文化现在成为西藏问题中的新热点。在2008年8月的一次访谈中,达赖喇嘛说:"当务之急是保全我们的文化,保全西藏的特质。这才是最重要的,而不是政治。"(Kristof,2008)在整个2008年,他传达的信息是他愿意把自己的政治诉求从"真正的自治"缩小为"文化自治"。西方媒体也适应这一转变而将"文化自治"作为关注西藏问题的新视角。有评论指出:"中国只需要贯彻现有的关于文化自治的法律。这样做不仅是保护西藏文化的最佳方式,还可以对国际社会的批评作出正面答复,同时可以提供一个杠杆,促使达赖喇嘛充分、正式、永远地放弃藏独主张。"(Philips,2008)我国政府则因应这一新形势而于2008年9月发表了《西藏文化的保护与发展》白皮书,指出"达赖集团提出什么'西藏文化自治'的主张,其实质是妄图借'文化自治'之名,恢复其对西藏和其他藏区的神权文化统治,进而实现'大藏区独立'的政治

图谋”。(国务院新闻办公室,2008)“白皮书”仍以单维度经济发展观为基本思路,强调“现代化潮流浩浩荡荡,顺之者昌,逆之者亡”,将“文化自治”视为“开历史倒车”。

中国和西方对于西藏文化问题的不同理解其实也是由于中国社会与西方社会处在不同发展阶段所导致。单纯地将西藏文化问题视为无神论与宗教之间不可调和的矛盾所导致的结果,是对意识形态问题的意识形态化处理,而不具有理论分析上的意义。因格哈特和魏尔泽尔根据对六大洲的81个社会(占全球人口85%)所做的长达20年(1981—2001)的“价值调查”(Value Survey)得出结论说:对于现代化和经济发展与文化变迁之间的关系,马克斯和韦伯所提出的理论都没错,但需要放到一个动态的时间序列中加以整合。在前工业社会,由于生产力水平较低,人们忙于为生存而劳碌,对文化价值的自我选择能力和自我选择空间都很小,所以,根深蒂固的传统价值会主导人们的生活;在工业化社会,由于社会分工、大规模生产和复杂化社会组织的需要,理性化—世俗化价值逐渐取代了传统价值,而理性化—世俗化价值与专制或威权政府类型是兼容的,因为工业化要求集体规训和整齐划一的生活方式;到了后工业社会,由于生存安全已经不再成为人们所操心的事情,自我表达价值逐渐取代理性—世俗价值,人们开始追求多样化的生活方式,宗教在这个阶段会重新回到许多人的生活当中,民主、价值多元和自由会成为主流的政治诉求,在这个阶段,以人为本的发展(human development)会取代单纯的经济发展成为主流的发展模式。在这一宏观叙事框架中,对文化的理解可以分两个维度,一个维度是以传统价值和世俗—理性价值为两极,另一个维度是以生存价值(survival values)和自我表达价值(self-expression values)为两端,从这两个维度来看,发展与文化之间的关系有规律可循:

> 尽管一个社会的文化遗产会发生持续的作用,社会经济发展会以可预见的方式改变一个社会在这两个价值维度上的位置:随着劳动力从农业向工业的转移,人们的世界观倾向于从看重传统价值朝看重世俗—理性价值的方向转移。此后,随着劳动力从工业向服务业的转移,第二轮价值转换发生了,对生存价值的强调被对自我表达价值的侧重所代替。(Inglehart and Welzel,2005:6)

就西藏目前的经济发展水平而言,西藏社会仍处在前工业化时代,因此,藏族人民对传统价值的坚持大体上仍未动摇,尽管在他们中占少数的城市中产阶级开始转向世俗—理性价值,热衷于卡拉OK等现代物质享受。(Adams,1996)中国沿海和内地大部分地区处在工业化时代,世俗—理性价值大行其道,传统文化的影响微乎其微。无论是西藏还是中国其他地区,都仍未摆脱生存价值的束缚,对物质匮乏的担忧仍然主宰着人们的选择。西方国家大多处在后工业化时代,自我表达价值占据主流,越来越多的人支持为人们提供更多选择的多元文化格局,对正在消失的濒危文化更是备加关注。西方国家的人们以自己目前的价值取向来批评中国在西藏的政策包括善意的经济发展政策,显然是难以令人信服的。中国的经济发展政策(包括西部大开发)同藏族同胞的价值观之间存在冲突,这种现实情形如果被置入到上述框架中来考虑,就是很可以理解的了。工业化过程中的中国希望通过中央和较发达省市的帮助使西藏尽快走上工业化道路,这同样是很好理解的。

教育是文化和发展的衔接点。和平解放之前的西藏只有西藏小学等极少数现代教育机构。1952年,西藏有政府官办学校20所,私塾95所,学生共3 000人左右。寺庙是当时西藏最主要的教育机构,而官办学校的教学也以佛学教育为主,很少涉及现代自然科学和社会科学的内容。(刘瑞,1989:315)到2007年西藏自治区成立42周年的时候,全区共有普通高等教育院校6所,年内招生8 046人,在校生26 767人,毕业生5 859人;各类中等职业教育学校7所,年内招生6 654人,在校生18 958人,毕业生10 288人;普通中学117所,其中高中年内招生16 307人,在校生44 215人,毕业生12 332人;普通初中年内招生50 707人,在校生135 995人,毕业生39 463人;普通小学884所,年内招生51 890人,在校生320 589人,毕业生52 238人;特殊教育学校招生78人,在校生268人。年末幼儿园在园幼儿11 110人,比上年增加1 961人。全区小学学龄儿童入学率达98.2%,比上年提高了1.7个百分点。(西藏自治区统计局、国家统计局西藏调查总队,2008)从这些数字来看,西藏的教育事业的确经历了翻天覆地的变化,但如果从不识字人口的比率、小学文化人口比率、中学文化人口比率和大学文化人口比率等几方面将西藏的情况同其他几个邻近的西部省份以及全国平均数据作一对比,就会发现西藏的现代教育发展水平还是相当落后的。

表5 15岁以上(含15岁)人口中的文盲率

年份	西藏	青海	甘肃	四川	全国
1998	60.0	42.9	28.7	15.7	15.8
1999	66.2	30.5	16.3	16.8	15.1
2000	47.3	25.4	19.7	9.9	9.1
2001	45.5	29.6	22.5	14.1	11.6
2002	43.8	24.8	21.1	13.6	11.6

Fischer根据1999年、2000年、2002年《中国统计年鉴》和2003年《中国人口统计年鉴》整理,Fischer,2005:137。

表6　2002年6岁以上(含6岁)人口的教育程度

	没上过学	小学	中学	高等教育(含大、中专)
西藏	38.0	62.0	15.4	0.8
青海	22.2	77.8	39.8	3.2
甘肃	18.1	81.9	43.5	3.1
四川	12.2	87.8	48.2	3.7
全国	10.2	89.8	54.8	4.7

Fischer根据2003年《中国人口统计年鉴》整理,Fischer,2005:140。

接受现代教育的程度决定了一个人在现代社会中的就业机会。如果说高等教育是进入“白领”职业的必要条件的话,小学教育水平恐怕是进入城里打工的基本条件。西藏人口中极高的不识字人口比率导致劳动力转移很难实现。

现代化政策所开放出的边境空间使得受过现代教育、拥有现代技能的人士(通常是主流族群的人士)得到新的发展机会。同时,它将传统上的少数民族文化中心变成现代国家的边缘地带。由此造成的少数民族知识分子的心理失衡和心灵创伤,是每一个现代多民族国家都正在遭遇或曾经遭遇过的问题。其藏语含义为“圣城”的拉萨,在上千年的时间里曾经是一个重要文化群体的中心,如今变成了一个受补贴的边陲行政枢纽。这可能是“现代性”所蕴含的必然结果,没有哪个致力于“现代化”的国家可以避免。但是,为不再成其为“主流”的传统文化留下生存和发展的空间,却是合理的宪政结构所能够作到的。

文化是个边界十分模糊的概念。宪法和法律要保护“文化”,就需要对它作出一番界定,但“界定文化”本身又是一项很成问题的工作。因为这项工作假定文化是静态的、有固定疆域的。正如阿南德所说,整个文化保护和文明保存构想在理论上就是成问题的,因为它假定“文化是某种可以被识别、定位、实践和保存的东西。这样一种概念化文化的方式将某种被社会和政治所建构和争夺的东西本质化和自然化了”。(Anand,2007:119)对此,中国民族区域自治制度的处理方式是采用“文化事业”这个动态的、侧重当代人贡献的概念。中国宪法第119条和《民族区域自治法》第38条是民族区域自治制度中关于“文化事业”的两个具体条文。宪法第119条规定:“民族自治地方的自治机关自主地管理本地方的教育、科学、文化、卫生、体育事业,保护和整理民族的文化遗产,发展和繁荣民族文化。”这一宪法条文对何谓“文化”并未给出界定。《民族区域自治法》第38条规定:

> 民族自治地方的自治机关自主地发展具有民族形式和民族特点的文学、艺术、新闻、出版、广播、电影、电视等民族文化事业,加大对文化事业的投入,加强文化设施建设,加快各项文化事业的发展。
>
> 民族自治地方的自治机关组织、支持有关单位和部门收集、整理、翻译和出版民族历史文化书籍,保护民族的名胜古迹、珍贵文物和其他重要历史文化遗产,继承和发展优秀的民族传统文化。

这一条文倒是通过举例的方式表明了立法者心目中的少数民族“文化”大概包括哪些内容。我们大致可以把这一条文所涉及的“文化”分为两类:一类是文学、艺术、新闻、出版、广播、电影、电视等表达“文化”的当代载体;另一类是历史文化古籍、名胜古迹、珍贵文物等承载“文化”信息的历史性物质载体。至于它们所承载的文化内容,这一条文并没有提及。这倒是与多数汉族老百姓印象中的少数民族文化的含义高度一致:一方面,是载歌载舞,另一方面,是旅游胜地。对于西藏传统文化的物质载体(包括寺庙、古迹、经书等)的保护,政府投入了大量的物力和人力。自20世纪80年代以来,“中央和西藏地方财政先后投入7亿多元人民币和大量黄金、白银等物资,修缮了一大批宗教活动场所”。政府还资助整理出版了《丹珠尔》和《甘珠尔》这两套藏文大藏经以及一些经典、藏医经典和历史文献。对大型口头说唱史诗《格萨尔王传》的收集、整理、出版和研究,使这部千百年来口耳相传的文化宝藏终于形成文字,使更多人可以从中获得知识和文化上的增益。至于科学教育、广播电视、报纸刊物等现代文化事业,更是在政府的支持下从无到有,发展迅速。(国务院新闻办公室,2008)

少数民族文化的延续和传承在世界许多国家遭遇的最严重问题是,以少数民族语言为交流媒介的现代教育供给不足。大多数西方国家将少数民族语言教育视为一种“消极自由”,国家不承担提供或扶助这种教育的义务。在现代化和全球化的大背景中,这种任由其自生自灭的国家政策,必然导致少数民族语言的衰落乃至失传。中国《民族区域自治法》第10条的规定从表面看来非常近似于这种“自由主义”的制度安排:“民族自治地方的自治机关保障本地方各民族公民都有使用和发展自己的语言文字的自由……”,其基本假定貌似是“各民族都很珍视自己的语言文字,都乐意使用和发展自己的语言文字”(陈云生,2006:212),只要拥有了这种“自由”,少数民族的语言文字就会因少数民族民众的自由选择而茁壮生长。实际上,这一规定更主要是一项“确定义务”的条款,要求自治机关承担保障这种自由的义务。选择的自由一旦失去物质保障就会失去意义,在市场经济社会处于劣势的少数民族语言文字,需要政府的积极扶持,才能获得真正的发展空间。正是基于这种理解,西藏自治区于1987年颁布了《西藏自治区学习、使用和发展藏语文的若干规定(试行)》,1988年又颁布了这一“规定”的实施细则,提出了在全区各级学校(小学到大学)推行以藏语为主的双语教学的目标,并为此作出了具体的安排。这些制度性安排在实践中取得了很好的效果,“目前,全区一千余所各级各类学校的四十多万名各民族学生都在接受双语教育。”(张廷芳、次仁央宗、南晓民,2008:94)

对于藏族人民来说,藏传佛教是他们独特文化的内核。传统歌舞、文学作品和音乐、绘画等艺术形式大多是为表达藏传佛教中所涉及的传说、比喻、仪轨和义理而发展起来的。在1984年2月27日至3月28日召开的第二次全国西藏工作座谈会上,胡耀邦总结了西藏的五点独特性:位于世界屋脊;历史上的政教合一传统;相对单纯的民族构成(藏族人口占西藏人口的绝大多数);虔诚的宗教信仰(几乎所有藏人都信奉藏传佛教);易受境外分裂主义势力影响。(西藏自治区党史资料征集委员会,1995:278—283)对于藏族人民虔诚的宗教信仰,中国共产党的第一代和第二代领导人都有基于切身体会的深刻认识。1979年,邓小平邀请达赖喇嘛的哥哥嘉乐顿珠到北京,他表示除了西藏独立什么都可以谈,什么都可以解决,并且说达赖喇嘛可以在1979—1980年间派三个现状考察团到西藏参观访问。当时,邓小平和其他领导人都认为,经过20年的社会主义改造,西藏人民的宗教信仰可能已经淡化,或者至少对达赖的尊崇已经弱化。当时的西藏自治区第一书记任荣也向中央报告说,西藏的政治形势非常好,藏族人民坚决拥护党的领导,维护祖国统一。当达赖的第一个代表团到达青海的时候,他们受到当地藏族群众极其热烈的欢迎。当中央要求任荣再次确认拉萨的形势时,任荣仍然十分自信地报告说,拉萨市民比青海的农牧民政治觉悟高,达赖代表团在这里不会受到夹道欢迎。西藏自治区党委和政府甚至发动各街道办事处召开群众动员会,要求群众在达赖代表团来到时不要将对旧社会的仇恨发泄到这些人身上,禁止向他们扔石头、吐唾沫。当达赖代表团到达拉萨时,他们受到的欢迎远比在青海更为热烈,许多群众自发向他们磕长头,献哈达,乃至放声痛哭,表达希望达赖回来的强烈愿望。(Goldstein,1997:61—62)中央本来希望借这几次参访活动打消达赖及其追随者谋求改变西藏政治现状的念头,实际效果却是强化了这种念头。

对于少数民族的宗教信仰和宗教活动,宪法和民族区域自治法并未作出特殊规定。那么,宗教事务是否属于民族区域自治的范围呢？在起草1954年宪法的过程中,一些人主张在第三条涉及民族政策部分加上宗教信仰自由方面的内容,但李维汉在讨论中指出:个人信仰宗教的自由,公民基本权利和义务一章已有规定,宪法恐怕不能保障一个民族信仰一种宗教。(蔡定剑,2006:177)而现行宪法遵循五四宪法的传统,也没有在民族区域自治制度部分涉及宗教自由。不过,《民族区域自治法》第11条却明确规定"民族自治地方的自治机关保障各民族公民有宗教信仰自由",这可以解释为民族自治地方的自治机关可以根据本地方的特点采取适应不同民族需要的措施确保宗教信仰自由,也就是说,民族区域自治包含管理宗教事务方面的自治。有学者指出:"民族自治地方的宗教,除和全国宗教共同具有长期性、群众性、复杂性和国际性外,还具有民族性的重要特点。这表现在民族自治地方的多数少数民族都信仰宗教,伊斯兰教、藏传佛教和小乘佛教对许多少数民族来说,基本上是全民族信仰的宗教……宗教问题经常以民族问题的形式表现出来,影响各民族的团结与国家的安定和统一,在民族自治地方正确地贯彻执行国家的宗教政策具有重大意义。"(陈云生,2006:215)由于藏族同胞几乎全民信仰藏传佛教,在西藏宗教事务上允许自治机关制定单行条例来确保宗教自由,不仅符合民族区域自治制度的基本原则,还是民主原则所要求的。

中国宪法是一部以无神论为指导思想的宪法,这体现在宪法序言第七自然段中:马克思列宁主义、毛泽东思想、邓小平理论和"三个代表"重要思想,是中国国家建设的基本指引,而这些思想中都包含无神论这一要素。马克思在《〈黑格尔法哲学批判〉导言》中对宗教的定性:宗教是"人民的鸦片",是无力消除现实苦难的人们寻求心灵慰藉的海市蜃楼。这是所有马克思主义者都熟知的。通过革命和社会主义建设帮助人民摆脱现实苦难,是共产党为自己确立的根本任务。如果只强调这个方面,我们便会认为以宗教为内核的藏族传统文化在中国宪法框架内必然会受到严重限制,甚至遭到扼杀。一些有代表性的当代学者确实也主张使藏传佛教"世俗化和现代化",变成"人间宗教",乃至最后成为"道德宗教"。"道德宗教"的主要特征是:"注重道德教化,崇拜'人'的力量,宗教的神学功能下降,道德教化功能提升。"(杜永彬,2007:94)这一目标如果真能实现,到时候藏传佛教便和"五讲四美"、"八荣八耻"等道德教育没有什么区别了。

但宗教的本质观只是马列主义、毛泽东思想中关于宗教问题的一种思路,另一种思路是宗教的历史观。根据这种思路,宗教在社会主义社会仍然会长期存在,靠行政命令和其他人为手段去"消灭宗教"是行不通的。毛泽东和李维汉等制宪元勋对此有很明确的表述。1952年,在一次与宗教界人士的会谈中,毛泽东指出:"共产党对宗教采取保护政策,信教的和不信教的,信这种教的和信那种教的,一律加以保护,尊重其信仰,今天对宗教采取保护政策,将来也仍然采取保护政策。"(毛泽东,1999a:239)在1957年的《关于正确处理人民内部矛盾的问题》中,他更明确地说:

> 企图用行政命令的方法,用强制的方法解决思想问题,是非问题,不但没有效力,而且是有害的。我们不能用行政命令去消灭宗教,不能强制人们不信教。不能强制人们放弃唯心主义,也不能强制人们相信马克思主义。凡属于思想性质的问题,凡属于人民内部的争论问题,只能用民主的方法去解决,只能用讨论的方法、批评的方法、说服教育的方法去解决,而不能用强制的、压服的方法去解决。(毛泽东,1999b:209)

李维汉在解释宗教信仰自由在中国宪法语境中的含义时更明确指出:国家意识形态(无神论)并不妨碍作为个人自由的宗教

信仰自由:

> 关于宗教信仰自由,我们历来有一个完整的解释,这就是:每个公民既有信仰宗教的自由,也有不信仰宗教的自由;有信仰这种宗教的自由,也有信仰那种宗教的自由;在一个宗教里面,有信仰这个教派的自由,也有信仰那个教派的自由;过去不信仰现在信仰自由,过去信仰现在不信仰也自由。也就是说,不论信教不信教,也不论信仰什么宗教,对国家来说,是个人的自由,都不受干涉和限制。(李维汉,1981:601)

宗教不是一种单纯的心理活动,还包括一系列实践,也涉及到宗教活动场所等公共空间。中国宪法规定保护"宗教信仰"自由,而未提到更完整的"宗教自由",是否意味着只允许宗教在私人领域"苟延残喘"呢?李维汉对此有明确的回答:

> 一定的宗教信仰,就有一定的宗教生活,这是不可分离的。保护群众的宗教信仰自由,就不要干涉信教群众的正当的宗教生活,并且要允许他们有宗教活动的场所(必需的寺庙)和一定数量的宗教职业者(阿訇、喇嘛等)(李维汉,1981:571)。

我国现行宪法第36条在保护宗教信仰自由的同时,也表明国家保护"正常的宗教活动",对何谓"正常",宪法并未明确定义,但却指出了几种"非正常"的情况,即利用宗教"破坏社会秩序"、"损害公民身体健康"、"妨碍国家教育制度"。这样的限定符合国际通行的人权保护标准,但在实践当中,对宗教活动是否正常的判断往往由行政机关(主要是公安部门和宗教事务管理部门)来把握,缺乏统一的标准。

宗教"信仰"自由所提供保护的有限性在西藏体现得尤其明显。藏传佛教传统上是以其寺院体制(monasticism)为核心的。根据1959年拉萨叛乱之后不久的统计,西藏共有大约2 700个寺庙和112 600名僧人,约占当时西藏总人口的10%,其中男性为僧的占西藏男性人口的40%。(彭英全,1983:122)寺院组织的各种公共活动,如法会,是藏族人民公共生活的重要组成部分。此外,寺院外藏族人民的一些宗教活动,比如集体朝圣,也涉及到公共领域的管理和控制问题。近年来国际社会对中国管理西藏宗教事务的方式提出较多批评的主要有以下三个方面。

活佛转世

活佛在西藏文化的传承和发扬中具有举足轻重的地位。以活佛转世的方式来延续宗派传承的做法最早是由嘎玛嘎举教派于1193年开始实践的。在那一年,嘎玛派喇嘛都松钦巴预言了自己的再生,他的弟子在他圆寂后很快根据他的语言找到了他的转世灵童。“在一个许多宗教门派为争取信徒而不断竞争的世界,这种转世形式的宗教和政治好处是十分显著的,它很快成为西藏宗教图景中的常规组成部分。”(Goldstein,1997:6—7)黄教中的转世制度则形成较晚。公元1578年(明朝万历六年),黄教大喇嘛索南嘉措应蒙古首领俺答汗之邀会晤于青海,两人互赠封号:索南嘉措赠俺答汗“咱克瓦尔第彻辰汗”尊号,取自梵文,意为“睿智人间主,护法转轮王”;俺答汗赐索南嘉措“圣识一切瓦齐尔达赖喇嘛”封号,其中,“达赖”在蒙古语中意为“海洋”,“达赖喇嘛”之名始于此时。虽然索南嘉措是第一个得到这个封号的喇嘛,但他在黄教内部被认为是根敦嘉措的转世之身,而根敦嘉措又是扎什伦布寺创建者根敦珠巴转世,所以,他被认为是第三世达赖。索南嘉措此后一直生活在蒙古,当他于1588年圆寂后,被确认为第四世达赖的不是别人,正是俺答汗的曾孙。(Goldstein,1997:8—9)可见,达赖喇嘛世系从一开始就不是单纯的宗教传承,而是带有强烈的政治色彩。此后,当黄教掌握西藏政权之后,由于黄教喇嘛不能结婚生子,转世制度更是进一步发挥了寻找政

治领袖接班人的功用。此外,转世制度还有财产继承方便的功能。(Goldstein,1973)

十四世达赖喇嘛本人清楚地认识到"达赖喇嘛"这种制度的历史性,并承认它不是西藏文化或藏传佛教中必不可少的要素。在一次访谈中,他说:"根据不同的历史发现,西藏的正式文明(formal civilization)已经存在了4000年、6000年或8000年。达赖喇嘛制度只有300年左右的历史。它只是西藏历史的一部分。"(Yoon,1999)而在另一次与台湾记者的访谈中,达赖喇嘛进一步说,基于转世制度的西藏神权政治应当被放弃;如果他有机会回到中国,他将"不插手任何政治事务"。(陈玉慧,2002:2)

尽管如此,一般藏族民众对转世活佛尤其是达赖、班禅的尊崇是他们宗教信仰的一部分。近年来经常见诸报端的对达赖的辱骂不仅无法消除藏民对他的尊敬,反而会损害民族感情,促生"地方民族主义"。尽管我国自清朝开始便对西藏活佛转世进行了管理,尤其是1792—1793年制定的《钦定藏内善后章程》第29条规定了由驻藏大臣监督、主持、以金本巴瓶掣签的方式认定达赖、班禅及藏区各大呼图克图转世灵童的制度,但这最后认定程序之前的寻访过程则长期是遵照藏传佛教传统来进行的,最后的认定更侧重宏观上的政治控制和主权象征意义。国务院宗教事务管理局于2007年7月13日颁布的《藏传佛教活佛转世管理办法》则以部门规章的形式将活佛转世纳入日常行政管理范围。其中,第四条规定了两种"不得转世"的情况,第二种情况是"设区的市级以上人民政府明令不得转世的",更是将活佛转世的控制权下放到比较基层的行政部门,而且没有说明具体条件,等于是允许设区的市级以上人民政府自由裁量是否允许某一活佛转世。这一类的部门规章明显违背了宪法和《民族区域自治法》中关于保护正常宗教活动的规定,表面上看似乎是要将活佛转世纳入法治轨道,实际上是不符合宪法的原则和精神的。

寺院管理

1959年之前西藏寺庙和僧侣人数众多是由于多种原因造成的,除藏族人民虔诚的宗教信仰外,还包括一些政治、社会、经济原因:(1)在政教合一的体制下,出家当喇嘛是一种提升政治和社会地位的途径;(2)在缺乏公共教育供给的情况下,寺院是接受教育、成为"知识分子"的最重要机构;(3)对于穷苦人家来说,送子女出家一来可以减少家中吃饭的人口,二来可以确保出家子女的衣食。在民主改革之后,西藏寺院和僧侣的人数大幅度减少,在"文革"中更濒临消失。改革开放之后,国家投入大量资金修复被损毁的寺庙,僧侣人数也在一定程度上恢复。

表7　西藏自治区之外有藏族自治州的四省藏传佛教寺庙和僧侣人数

	1958年之前的寺庙数	1990年代的寺庙数	1958年之前的僧侣人数	1990年代的僧侣人数
四川	922	732	106 226	62 982
青海	722	666	57 647	28 128
甘肃	218	131	10 765	7 076
云南	24	21	2 945	1 508
总计	1 886	1 550	177 583	99 694

Kolås and Thowsen,2005:50。

同时,根据2008年《西藏文化的保护与发展》白皮书的数据,西藏自治区内现有"各类宗教活动场所"1 700多座,住寺僧尼4.6万余人。(国务院新闻办公室,2008)

西藏的寺庙如今实行民主管理。这一制度形成于60年代。1963年,在十世班禅的主持下,中国佛教协会西藏分会协商起草了《寺庙民主管理试行章程》,这一草案后来由西藏自治区筹备委员会第54次会议通过。这份规范性文件为民主改革后藏区寺庙的新型治理结构奠定了基础。从那时起,藏区寺庙便开始由民主管理委员会管理,该委员会成员由寺庙中的全体僧侣在充分协商的基础上选举产生。民主管理委员会接受当地政府宗教事务管理部门的指导和帮助,并向其汇报执行国家政策过程中遇到的任何问题。(曾传辉,2003)改革开放后,西藏自治区民族宗教事务委员会于1987年9月制定了新的《西藏自治区佛教寺庙民主管理章程》(试行),11月获自治区人民政府批准正式实施。各寺的民主管理委员会往往由若干小组或科室组成,分工负责不同事务。比如,黄教四大寺之一、历代班禅的住锡地扎什伦布寺的民主管理委员会内就分成六个"德参"(小组),分别负责宗教事务管理、文物管理、财务、安全保卫、生产和政治学习。

西方人士批评中国西藏的寺庙管理体制,主要是针对以下几点:(1)控制寺庙人数。1959年之前,拉萨三大寺和日喀则扎什伦布寺各有数千僧众,如今则各有数百政府确定的"编制"。比如,哲蚌寺在过去按西藏地方政府确定的上限有7 700名僧人,实际则更多(1959年有1万名左右),而在1995年则只有547名。(2)僧人需从事生产劳动,无法专心学经。(3)民主管理委员会需接受政府的领导,使寺庙在管理上丧失独立性。其实,这些现象大多有其社会、经济原因,比如,在民主改革前,西藏所有的生产资料为寺庙、官家和贵族所占有,其中,寺庙占有39%的生产资料,政府和贵族又各将其收入的1/3和1/2用于供养寺庙和佛事活动。经过社会主义改造之后,这种生产资料分配格局已经不复存在。这一方面导致寺庙规模缩小,另一方面,也导致僧人需自食其力。其实,即使在旧体制下,大多数出生贫苦人家的僧侣也要从事生产性活动养活自己,只有拥有田产的富裕僧侣不必劳动,而且即使在旧体制下,寺庙中学经的喇嘛也是少数,多数僧侣往往因为不能去赚钱而生活艰苦。(邢肃芝,2003;Goldstein,1998)

在如今的体制下,政府为学经喇嘛提供奖学金性质的资助,使他们可以较为安心地学习佛法。(Goldstein,1998)至于政府对寺院的控制,则是因应国际形势和西藏社会局势而时紧时松,西藏寺院和喇嘛本身的政治化是政府加强控制的主要原因。(Goldstein,1998:39—45)民主管理委员会本来完全由僧人组成,政府对其"指导"只是宏观的、不涉及日常事务的。在90年代中期,由于西藏寺庙日益成为"地方民族主义"的温床,许多重要寺庙的"民主管理委员会"才被改为"管理委员会",一些未出家人士开始进入"管理委员会",政府对寺院的控制变得更加直接和具体。因此,正如戈尔斯坦所言:"像哲蚌寺这样的寺院的未来,越来越取决于僧人们是否愿意配合政府将宗教与政治异议分离的努力,也就是说,他们是否愿意服从政府的要求,专注于他们的宗教,而避开一切反政府的政治活动。"(Goldstein,1998:52)政教分离是多数宪政民主国家共同接受的原则,任何主权国家恐怕都不会听任自己领土范围内的寺庙从事反政府活动而不加以控制和管理,宗教的政治化无论对宗教还是对政治都是有害的。

爱国主义教育

1996年,在全国"爱国主义教育"运动的大背景下,政府也在西藏寺院开展了爱国主义教育。工作组开始进驻寺庙,除了开展惯常的历史教育和政治、法律教育外,还要求"人人过关",表态谴责达赖集团"背叛祖国,分裂祖国,祸族祸民,祸藏祸教"的反动行径。(沙舟,1996:5)自此之后,直到今天,谴责达赖成为"爱国主义教育"在西藏的主要表现形式。在公开场合谴责本教地位最高的一位活佛对大多数僧侣来说都是一种不堪忍受的折磨。(Goldstein,1998:49)1998年,时任全国政协委员、青海省政协副主席、中国佛协副会长、青海省佛协会长、塔尔寺住持的阿嘉活佛出走,其原因不是中国的宪政、法律或大政方针,而正是政府不断施加压力让他公开谴责达赖喇嘛。(Arjia Rinpoche,2007)藏传佛教嘎玛嘎举派的"大宝法王"嘎玛巴活佛是达赖、班禅之下位居第三的活佛,1992年,国务院宗教事务管理局批准了第十七世嘎玛巴活佛的继任,这是新中国成立后第一位获得政府确认的重要转世活佛。(《西藏的人口、宗教与民族区域自治》,2008:15)2000年1月,他出逃到印度,在致印度总理申请避难权的信中,他也将"被迫谴责十四世达赖喇嘛"列为自己出走的主要原因之一。(The Seventeenth Karmapa,2004:267)

由此可见,中国民族区域自治制度为保护西藏文化提供了很好的制度框架,在以此为基础的政策设计与实施中,西藏文化也的确得到了保护和发展。但是,作为西藏文化之内在核心的藏传佛教,由于其首要宗教领袖十四世达赖喇嘛流亡海外以及这一事件所导致的当代寺庙和僧侣的政治化,如今受到较多的政治控制。其中,有些控制手段,比如对达赖喇嘛的谴责甚至辱骂,其效果与政府的预期相反。藏传佛教高僧大德的连续出走,对中华民族的多元文化来说无疑是极为严重的人力资源损失。

七、结论:中国宪法框架内的制度设计方案

中国目前国力强盛,民众爱国主义热情高涨,国际形势大体上也十分有利,而达赖喇嘛也将其政治诉求压缩为"文化自治",许多对中国友好、对西藏问题采取客观中立的学术立场的海外中国学者和西方学者都认为目前是彻底解决西藏问题的最好时机,而要从根本上解决西藏问题,关键点在于达赖喇嘛的回国。正如沃迈克所言:"由于达赖喇嘛的继续流亡而给作为中国一部分的西藏造成的最根本问题就是,它给西藏问题增添了一个国家安全

维度,从而扰乱了正常的中央—地方关系结构。”(Womack,2007:451)根据这些学者的观点,要解决达赖喇嘛回国的问题,就要针对他最关心的两个问题作出相应安排:一是藏族文化独特性(涉及整个藏族人口)的保存和发展问题,二是藏区汉族人口的问题。其实,这两个问题在中国宪法框架中都能得到很好解决。

谈判,即使是双方地位严重不均衡的谈判,也需要真诚地寻找双方主张的会合点,而强势的一方更应当采取主动,除了在主权、宪法所规定的基本政治制度等关键问题上决不让步之外,在具体的制度安排上保持灵活和开放。正如《中国的民族区域自治》白皮书所表明的,尽管民族区域自治制度本身是不可动摇的,但其“具体实现形式”则有待进一步探索:

> 中国政府将从本国国情出发,坚持以人为本、全面协调可持续的科学发展观,进一步探索和健全民族区域自治制度的具体实现形式,完善《民族区域自治法》的配套法律法规,不断充实实行民族区域自治制度的物质基础,促进少数民族和民族地区经济社会的全面发展。(国务院新闻办公室,2005)

西藏与甘肃、青海、四川、云南境内的藏区在地理上相邻、在文化上相通,在行政上都属于民族区域自治地方,在不改变现有行政区划的情况下,如果能将这些地方的文化、教育、宗教政策统一起来,形成一个“藏族特别文化区”,在其中实行“文化自治”,则既能满足达赖喇嘛近来一直坚持的西藏“文化自治”主张,也符合中国宪法。改革开放以来,我国政府先后在不同地方实行了特别行政区、经济特区、自然保护区等灵活的区域性制度安排,赋予这些地方在某些方面的自治权,而“特别文化区”模式符合这一制度设计传统。受迈克尔·沃尔泽所提出的“正义诸层面”(Walzer,1983)这一概念的启发,本文作者认为“自治”与“正义”一样,也不是一个铁板一块的概念。笼统地谈自治,哪怕是所谓“真正的自治”,无助于实现特定领域的自治,比如文化自治。考虑到目前的各方诉求和现实约束条件,切实可行的办法是将“自治”变薄,集中到文化层面,并使它在这个层面真正发挥效力。在改革开放之初,邓小平、叶剑英等提出建立特区,在税收等方面实行特殊政策,以吸引投资、鼓励出口。邓小平在讨论中指出:“过去陕甘宁边区就是特区嘛!”随后有反对设置特区的认识说:“陕甘宁边区是政治特区,不是经济特区。”这个说法倒是启发了吴南生,在他的提议下,最终确定了“经济特区”这个名称。(孟兰英,2008:46)如今,在以人为本的科学发展观指导下,在中国民族区域自治制度这一宪政框架中,我们或许可以探索一种新的制度安排,即文化特区。文化特区内可以实行统一的、基于自治原则的文化、宗教和教育政策,比如关于双语教育的政策、周工作时间政策(将目前适用于西藏自治区的35小时政策扩展到整个藏族文化区)、公共假期政策(将“藏历新年”、“雪顿节”等藏族传统节日确定为整个藏区文化区的公共节假日)、尊重藏传佛教传统的宗教政策等。当然,藏族文化区的设立并不意味着政教合一传统在这个区域的恢复,政教分离这一现代宪政原则必须得到坚持,而寺庙的民主管理这一行之有效的制度安排也将继续有效。根据嘉乐顿珠的回忆,邓小平在世时的统战部部长丁关根曾经托他带信给达赖喇嘛,说达赖回国后可以主管藏区的宗教事务。(吴静怡、张燕秋,2008:278)这说明“藏族文化区”这一特殊制度安排未尝没有在中国共产党领导人的治国理念中占有一席之地。

至于确保藏族自治地方不被“汉化”,由于涉及行政管理问题,仍应由民族自治地方的政府来制定和执行相关政策,而不应由“藏族文化区”来负责。《民族区域自治法》第43条规定:“民族自治地方的自治机关根据法律规定,制定管理流动人口的办法。”在这方面,各自治机关完全可以根据当地的实际情况,灵活处理。达赖喇嘛本人在其影响甚大的一本自传中坦率地承认,西藏不是专属于藏族人民的孤立领域,藏族人民的日常生活离不开中国其他民族人民的帮助,各族人民在西藏的团结互助是藏族人民自身生存和发展的必要条件,他从自己的儿时记忆中找出一个具体、鲜活的例子:"在西藏社会,吃肉是允许的——实际上,这是必须的,除了糌粑,西藏通常没更多选择,但藏人却不能从事屠宰业。这个行业由其他人从事。穆斯林就是这样一个群体,他们在西藏形成一个繁荣兴旺的社群,在拉萨有自己的清真寺。"(Dalai Lama,1990:20)在充分协商的情况下,一种有利于民族团结也有利于保护藏族文化的人口政策和流动人口管理模式必定能够发展出来。

通过藏族特别文化区的设立,可以将对藏族文化的保护与对青藏高原自然环境的保护结合起来。这一制度设计有助于西藏独特文化的发展,同时,也对中国的文化崛起大有裨益。佛教是三大世界性宗教之一,在世界各地拥有3亿多信徒,(Religion Facts,2009)而藏传佛教是其中一个重要的分支,而且是在西方国家信徒人数增长最快的分支之一。建立在平等基础上的民族关系是一种互助和共同繁荣的关系,而不是汉族单方面帮助少数民族并因此居高临下的姿态。正如李维汉所言:"没有汉族的真诚帮助,西藏民族的发展繁荣是困难的。反过来,西藏的发展繁荣,又是对国家、对汉族和其他民族的极大帮助。"(李维汉,1987:601)西藏能够为中华民族和中华人民共和国作出最大贡献的领域便是以藏传佛教为其精髓的西藏文化。本文作者非常期待这么一个时代的来临:那时,世界各国的佛教徒都要到"西天"取经,而"西天"不是别处,正是中国西藏。为了西藏经济的可持续发展和西藏文化的繁荣,我们应当维护中国宪法所确立的民族区域自治制度,在政治上维护国家主权和领土完整,在经济上继续帮助西藏发展,而在文化上则确保更广泛和真实的自治。只要在自身的宪政制度建设和实践上站稳了脚跟,我们就可以占据主动,而不必担心外国政府和外国人怎么说。相反,如果将西藏问题“安全化”,随时从国家安全的角度对西藏的宗教文化活动实施严格控制,则会适得其反,使宗教问题政治化,影响西藏的繁荣和稳定。通过制度创新而成功地保护西藏的生态、文化环境,探索出一条有中国特色的可持续发展之路,其意义还远大于此。

参考文献

阿沛·阿旺晋美:“追忆西藏自治区筹备和成立过程”,载《中国藏学》2006 年第 1 期,第 3—6 页。

Adams, Vincanne. “Karaoke as Modern Lhasa, Tibet: Western Encounters with Cultural Politics”, *Cultural Anthropology*, 11:4(1996):510 - 546.

Anand, Dibyesh. *Geopolitical Exotica: Tibet in Western Imagination*, University of Minnesota Press, 2007.

Arjia Rinpoche, “An Interview” by Mikel Dunham, *Tricycle Magazine*, Fall 2007.

北京周报社(编制):《中国西藏:事实与数字,2008》,北京:外文出版社,2008。

Barry, Brian. *Culture and Equality: An Egalitarian Critique of Multiculturalism*. Harvard University Press, 2001.

Beijing Review Editorial, “Door Open for Talks with Dalai Lama”, *Beijing Review*, vol. 37, no. 22, May 30, 1994.

Brubaker, Rogers. *Ethnicity without Groups*. Harvard University Press, 2004.

蔡定剑:《宪法精解》,北京:法律出版社,2006。

陈玉慧:“达赖喇嘛:寻求西藏自治非与中国分裂”,载《西藏通讯》第 3—4 期,2002 年 4 月。

陈云生:《民族区域自治法:原理与精释》,北京:中国法制出版社,2006。

Clarke, Terence. “Tibet: Lost in the Himalayas”, *Salon*, February 4, 2002.

崔红艳:“我国人口平均预期寿命存在差异”,载《中国信息报》2003 年 5 月 8 日。

Dalai Lama. *Freedom in Exile*, New York: HarperOne, 1990.

——“Speech of His Holiness the Dalai Lama to the European Parliament” (Oct. 24, 2001), available at: http://www.dalailama.com/page.99.htm.

——"An Appeal to the Chinese People",27 March 2008,http://www.dalailama.com/news.220.htm.

Davis,Michael C. "The Quest for Self-rule in Tibet",*Journal of Democracy*,Vol. 18,Number 4,October 2007,pp. 158 – 171.

——"Establishing a Workable Autonomy in Tibet",*Human Rights Quarterly* Vol. 30,2008,pp. 158 – 227.

邓小平(1993a):"一个国家,两种制度",载《邓小平文选》,第3卷,北京:人民出版社,1993。

——(1993b):"立足民族平等,加快西藏发展",载《邓小平文选》,第3卷,北京:人民出版社,1993。

杜永彬:"论当代藏传佛教的发展路向",载《西藏大学学报》第22卷第1期,2007年3月,第88—96页。

费孝通(1988):"中华民族的多元一体格局",载《费孝通民族研究文集新编》,下卷,北京:中央民族大学出版社,2006。

Fischer,Andrew Martin. *Poverty by Design:The Economics of Discrimination in Tibet*,Canada Tibet Committee,2002.

——*State Growth and Social Exclusion in Tibet:Challenges of Recent Economic Growth*,Copenhagen:NIAS Press,2005.

French,Howard W. "A melting glacier in Tibet serves as an example and a warning",*New York Times*,November 9,2004.

付春,《民族权利与国家整合》,天津:天津人民出版社,2007。

Ghai,Yash. "Ethnicity and Autonomy:A Framework for Analysis",in Yash Ghai(ed.),*Autonomy and Ethnicity:Negotiating Competing Claims in Multi-ethnic States*,Cambridge University Press,2000,pp. 1 – 26.

Goldstein,Melvyn C. *The Snow Lion and the Dragon:China,Tibet,and the Dalai Lama*,University of California Press,1997.

——"The circulation of estates in Tibet:Reincarnation,Land,and Politics",*Journal of Asian Studies*,vol. 32,no. 3,(May,1973):445 – 455.

——"The Revival of Monastic Life in Drepung Monastery",in Melvyn C. Goldstein and Matthew T. Kapstein(eds.),*Buddhism in Contemporary Tibet:Religious Revival and Cultural Identity*,University of California Press,1998,pp. 15 – 52.

国家统计局:"2007年国民经济和社会发展统计公报",http://www.stats.gov.cn/tjgb/ndtjgb/qgndtjgb/t20080228_402464933.htm。

国务院新闻办公室,《西藏的民族区域自治》白皮书,2004 年 5 月。在线可读:http://news. xinhuanet. com/zhengfu/2004 - 05/24/content_1487517. htm。

——《中国的民族区域自治》白皮书,2005 年 2 月 28 日。在线可读:http://news. xinhuanet. com/zhengfu/2005 - 02/28/content_2628105. htm。

——《西藏文化的保护与发展》白皮书,2008 年 9 月 25 日。在线可读:http://news. xinhuanet. com/newscenter/2008 - 09/25/content_10108554. htm。

He, Baogang and Sautman, Barry. "The Politics of the Dalai Lama's New Initiative for Autonomy", *Pacific Affairs*, Vol. 78, No. 4, Winter 2005 - 2006, pp. 601 - 629.

Horowitz, Donald L. "Making moderation pay: The comparative politics of ethnic conflict management", in *Conflict and Peacemaking in Multiethnic Societies*, Joseph Montville ed., Prentice Hall and IBD, 1989, pp. 451 - 475.

皇甫平:"不畏浮云遮望眼",财经网,http://www. caijing. com. cn/2008 - 04 - 30/100058921. html,2008 年 4 月 30 日。

胡锦涛:"发展是解决西藏所有问题的基础和关键",载《人民日报》2007 年 3 月 6 日。

Inglehart, Ronald and Welzel, Christian. *Modernization, Cultural Change, and Democracy: the Human Development Sequence*, Cambridge University Press, 2005.

《解放西藏史》编委会:《解放西藏史》,北京:中共党史出版社,2008。

Kolås, Ashild and Thowsen, Monika P. *On the Margins of Tibet: Cultural Survival on the Margin of Sino-Tibetan Frontier*, University of Washington Press, 2005.

Kristeva, Julia, *Nations without Nationalism*, translated by Leon S. Roudiez, New York: Columbia University Press, 1993.

Kristof, Nicholas D. "An Olive Branch from the Dalai Lama", *The New York Times*, 6 August 2008.

Kymlicka, Will. *Multicultural Citizenship: a Liberal Theory of Minority Rights*, Oxford: Clarendon Press, 1995.

——*Finding Our Way: Rethinking Ethnocultural Relations in Canada*, Oxford University Press, 1998.

——*Multicultural Odysseys: Navigating the New International Politics of Diversity*, Oxford University Press, 2007.

拉巴次仁、贾力君:"第三产业正成为拉动西藏经济增长的最大产业",新华社,2007。在线可读:http://finance. people. com. cn/GB/1037/6476282. html。

Lamberton, Geoffrey. "Sustainable Sufficiency: An Internally Consistent Version of Sustainability". *Sustainable Development* 13, (2005): 53 - 68.

李刚夫："访'西藏问题研究室'"，载《西藏党史通讯》1987年第4期。

李维汉："关于民族工作中的几个问题"，载《统一战线问题与民族问题》，北京：人民出版社，1981。

——"西藏民族解放的道路"，载《李维汉选集》，北京：人民出版社，1987。

Lijphart, Arend. *Thinking about Democracy: Power Sharing and Majority Rule in Theory and Practice*, Routledge, 2007.

刘瑞（主编）：《中国人口（西藏分册）》，北京：中国财政经济出版社，1989。

Loi n° 2004 - 228 du 15 mars 2004 encadrant, en application du principe de laïcité, le port de signes ou de tenues manifestant une appartenance religieuse dans les écoles, collèges et lycées publics.

毛泽东："论十大关系（1956）"，载《毛泽东选集》，卷五，北京：人民出版社，1977年第1版，第267—288页。

——"论联合政府（1945）"，载《毛泽东选集》，卷三，北京：人民出版社，1991。

——（1999a）"接见西藏致敬团代表谈话的要点（1952）"，载《毛泽东文集》，第六卷，北京：人民出版社，1999。

——（1999b）"关于正确处理人民内部矛盾的问题（1957）"，载《毛泽东文集》，第七卷，北京：人民出版社，1999。

——（2001a）"同意大利共产党代表团的谈话"，载《毛泽东西藏工作文选》，北京：中央文献出版社、中国藏学出版社，2001，第183—185页。

——（2001b）"关于西藏民主改革（1959）"，载《毛泽东西藏工作文选》，北京：中央文献出版社、中国藏学出版社，2001，第203—204页。

孟兰英："中国经济特区建立的台前幕后"，载《先锋队》2008年第21期，第43—47页。

Montesquieu, C. S. de, *Mes Pensees*, in Oeuvres Completes, 2 vols., Pans: Pleiade, 1951.

McGarry, John, O'Leary, Brendan, and Simeon, Richard, "Integration or accommodation? The enduring debate in conflict regulation", in Sujit Choudhry (ed.), *Constitutional Design for Divided Societies: Integration or Accommodation?* Oxford University Press, 2008.

Mustafa, Nadia. "What about gross national happiness", *Time*, 10 January 2005.

Norbu, Dawa. "Economic policy and practice in contemporary Tibet", in Barry Sautman and June Teufel Dreyer (eds.), *Contemporary Tibet: Politics, Development, and Society in a Disputed Region*, M. E. Sharpe, 2006, pp. 152 - 165.

——*China's Tibet Policy*, Curzon, 2001.

Nye, Joseph S., Jr. *The Paradox of American Power: Why the World's Only Superpower Can't Go It Alone*. Oxford University Press, 2002.

Parthasarathy, G.. "Tibet uprising and its implications for national security", *Business-Line*, March 20, 2008.

彭英全:《西藏宗教概说》,拉萨:西藏人民出版社,1983。

Pildes, Richard H. "Ethnic identity and democratic institutions: A dynamic perspective", in Sujit Choudhry (ed.), *Constitutional Design for Divided Societies: Integration or Accommodation?*, Oxford University Press, 2008, pp. 173 – 201.

Philips, David L. "Cultural Autonomy for Tibet", *Wall Street Journal Asia*, April 8, 2008.

Religion Facts, "The Big Religion Chart", 在线可读: http://www.religionfacts.com/big_religion_chart.htm.

Revkin, Andrew C. "A new measure of well-being from a happy little kingdom", *New York Times*, October 4, 2005.

Sautman, Barry and Lo, Shiu-hing. *The Tibet Question and the Hong Kong Experience*, Occasional Papers/Reprints Series in Contemporary Asian Studies, no. 127, Baltimore: School of Law, University of Maryland, 1995.

Sautman, Barry. "Tibet: Myths and realities", *Current History*, Sept. 2001.

Schumacher, E. F. *Small is Beautiful*, New York: Harper Row, 1973.

沙舟:"西藏长治久安的重要举措——漫谈在寺庙进行爱国主义教育",载《中国西藏》1996 年第 6 期。

Shakya, Tsering. "Tibetan Questions", *New Left Review*, 51, May-June, 2008.

Smith, Warren. *Tibetan Nation: A History of Tibetan Nationalism and Sino-Tibetan Relations*, Westview Press, 1996.

Smith, Warren. *China's Tibet? Autonomy or Assimilation*, Rowman & Littlefield Publishers, 2008.

孙文营:"科学发展观统领和谐社会构建的三维视野",《马克思主义研究》,2008 年第 2 期,第 51—58 页。

Sun, Yan. "A Sichuan Family and the Tibet Issue", *Perspectives*, Vol. 9, No. 2, Summer 2008, pp. 68 – 70.

The Seventeenth Karmapa, "A Letter to the Prime Minister of India, Atul Behari Vajpayee", translated by Tashi Tsering, in Lea Terhune, *Karmapa: the Politics of Reincarnation*, Boston: Wisdom Publications, 2004.

Tibetan Review, June 1978, p. 4.

UNDP. *Human Development Report* 2004: *Cultural Liberty in Today's Diverse World*, New York: United Nations Development Programme, 2004.

汪晖:"东方主义、民族区域自治与尊严政治——关于'西藏问题'的一点思考",载《天涯》2008年第4期,第173—191页。

王力雄:《天葬:西藏的命运》,香港:明镜出版社,1998。

王明柯:《羌在汉藏之间:一个华夏边缘的历史人类学研究》,台北:联经,2003。

王小彬:《中国共产党西藏政策的历史考察》,中共中央党校博士论文,2003。

王晓君、张建深:"西藏自治区农村非农业化实证分析",载《甘肃科技》第23卷第7期,2007年7月。

Walzer, Michael. *Spheres of Justice*, Oxford: B. Blackwell, 1983.

Womack, Brantly. "Resolving Asymmetric Stalemate: the case of the Tibet Question", *Journal of Contemporary China* 16(52), (August, 2007): 443 - 460.

Weller, Marc and Wolff, Stefan eds. *Autonomy, Self-Governance and Conflict Resolution: Innovative Approaches to Institutional Design in Divided Societies*, Routledge, 2005.

White, A. "A global projection of subjective well-being: a challenge to positive psychology?" *Psychtalk* 56(2007): 17 - 20.

吴静怡、张燕秋(编著):《西藏之乱:掩盖和扭曲的真相》,香港:明镜出版社,2008。

吴仕民(主编):《民族问题概论》,成都:四川人民出版社,2007。

《西藏的经济发展》,北京:外文出版社,2008。

《西藏的人口、宗教与民族区域自治》,北京:外文出版社,2008。

西藏自治区党史资料征集委员会编:《中共西藏党史大事记》,拉萨:西藏人民出版社,1995。

西藏自治区统计局、国家统计局西藏调查总队:《2007年西藏自治区国民经济和社会发展统计公报》,2008。

新华网:"青藏高原已成新沙尘源区,荒漠化土地占两成以上",2006年4月29日。

——"杜青林接见达赖喇嘛私人代表一行",《人民日报》,2008年11月7日。

邢肃芝口述,杨念群、张建飞笔录:《雪域求法记:一个汉人喇嘛的口述史》,北京:生活·读书·新知三联书店,2003。

杨勤业、郑度:《西藏地理》,北京:五洲传播出版社,2004。

杨耀健:《西南局第一书记》,重庆:重庆出版社,2004。

叶剑英:"建议举行两党对等谈判实行第三次合作",载《人民日报》,1981年9月30日。

Yoon, Suthichai. "Tibet versus Dharamsala", *The Nation*(Thailand), June 16, 1999.

曾传辉:"试论当代藏区宗教机构和制度的变迁:藏区宗教现状考察报告之三",载《宗教与世界》2003年第6期。

张廷芳、次仁央宗、南晓民:"西藏双语教育与和谐社会的构建",载《西藏研究》2008

年第5期,第92—99页。

张文木:"大国博弈中的'台湾问题':底线和极限",连载于《领导者》第18卷和第19卷,2007年。

中国数据在线:http://chinadataonline.org,2009年1月18日查询。

中国人大网:"第十一届全国人民代表大会代表名单",http://www.npc.gov.cn/delegate/delegateArea.action,2009年1月20日查询。

Zhao, Michael and Schell, Orville. "Tibet: Plateau in Peril", *World Policy Journal*, Fall 2008.

宗河:"全国中小学将设置专门的民族团结教育课程",载《中国教育报》2008年12月19日。

香港的宪政发展:从殖民地到特别行政区

陈弘毅*

一、前言

在过去20年里,宪政的事业在东亚和东南亚地区大有进展①,而香港是其中一个值得研究的宪政实验的个案。

香港的宪政实验乃建基于"一国两制"的概念。已故我国领导人邓小平在20世纪70年代末提出这个概念时②,原意是促进台湾与祖国大陆的和平统一,但台湾方面拒绝接受这个安排③。

---

* 陈弘毅,香港大学法学院教授,全国人大常委会香港基本法委员会委员。

① 东亚和东南亚的有关个案可理解为杭廷顿所谓的"第三波民主"的一部分。可参见 Huntington(1991);Diamond and Plattner(1993);Austin(1995);田弘茂等(1997a,1997b);倪炎元(1995)。

② 参见赵春义(1988);赵小芒等(1989);中共中央文献研究室(1997);《邓小平论"一国两制"》(2004)。

③ 参见 Ma(1993:chapter 8);耶鲁两岸学会(1995);石之瑜(1998);许宗力(1999:239)。

1984年,中英两国签署《关于香港问题的联合声明》,英国政府承诺于1997年把香港交还我国,于是,香港成了实行"一国两制"的首个试验场①。

香港岛于1842年割让予大英帝国。在英国殖民统治下的香港,采用的是一种软性的政府威权主义。政治权力紧握于由伦敦委任的香港总督手中,全体立法局议员均由其任命。与此同时,香港沿袭了英格兰的普通法的法治和司法独立的传统;在20世纪60年代下半期的暴动过后,香港的人权保障的水平也逐渐提高②。

在20世纪50—70年代,香港的经济发展蓬勃,成为"亚洲四小龙"之一③。80年代,香港出现民主化的曙光。香港立法局在1985年首次有部分议席由选举产生④。1990年,我国全国人大制定了《中华人民共和国香港特别行政区基本法》,此法于1997年在香港实施。1991年,香港立法局通过了《香港人权法案条例》,开展了香港法制史上的"违宪审查"的时代,香港法院开始建立起一套关于人权法的案例。同年,香港亦举行了立法局选举,首次有部分议席由"直接选举"(全民普选)产生。1997年回归祖国后,新成立的香港终审法院领导下的香港法院继续在宪法性诉讼案件中发挥着重要作用,而立法会(相当于回归前的"立法局")中由全民直接选举产生的议席的比例则逐步增加。

宪政主义的主要元素包括法治、宪法(或宪法性法律)至上、分权制衡、司法独立及人权保障,尤其是确保权力的行使受到法

---

① 葡萄牙统治下的澳门在1999年也在"一国两制"的框架下回归中国。可参见谭志强(1994);《澳门基本法文献集》(1993);骆伟建(2000);萧蔚云等(2002)。

② 关于香港的历史,可参阅 Endacott(1964a,1964b);Welsh(1993);Tsang(2004);刘蜀永(1998);蔡荣芳(2001);王赓武(1997)。

③ 参见 Vogel(1991)。

④ 关于香港的民主化,可参阅 Cheek-Milby(1995);Lo(1997);So(1999);刘兆佳(1996);黄文娟(1997)。

律的约束,选举按既定规则进行,最高领导人的政治权力有序地转移。广义的宪政主义概念不单可以用来讨论一个国家的情况,也可用来讨论像香港一样的具有高度自治权的地区。20世纪80年代以来,香港在宪政建设方面取得了一定的成绩。

二、宪政主义在香港的源起及演变

宪政主义虽然是现代西方文明的产物,但与科学一样,它具有普遍意义,已广泛为全人类所接纳,作为政治和法律的理论和实务的典范。在过去两个世纪,宪政主义的运作模式已被移植到全球每一个角落。拥有一部宪法,成了现代主权国家的特征之一;不同政治意识形态的国家,无论是奉行资本主义,抑或社会主义,都宣称其宪法在其国土上有至高无上的权威。宪政,就正如科学、民主、人权一样,被视为现代化的指标之一。

然而,近代史告诉我们,统治者经常对其国家的宪法和宪政主义口惠而不实。真正实施宪政,并不容易;不少发展中国家尝试模仿西方,在本土建立宪政,但却以失败告终。比较宪法学学者 Karl Loewenstein 在考察不同国家的情况后,曾把宪法区分为三种:名义性宪法(nominal constitutions)、文字性宪法(semantic constitutions)和规范性宪法(normative constitutions)(Loewenstein, 1957:147—153)。名义性宪法与该国的政治制度的现实脱节,仅为一纸空言;文字性宪法提供一些关于该国的政治制度及其运作的有用资讯,但并不能约束从政者的行为。规范性宪法真正决定当权者如何产生,它能真正监督权力的行使和不同权力机关之间的关系;从政者通过潜移默化,均认真地看待宪法的条文,并自愿接受其约束。由此可见,规范性宪法的存在乃宪政主义得以成功实施的重要元素。

正如 Nino 指出,宪政主义一词"有不同的含义,其深浅度不一"(Nino,1996:3)。这些含义包括:(1)法治(政府依法施政);(2)宪法性条文高于一般立法;(3)法律应具有某些特性,如普遍性、确定性、公开性、无追溯力和不偏不倚地执行;(4)权力分立和司法独立;(5)个人权利的保障;(6)司法审查;(7)民主。可是,这个分析并未厘清宪政主义中上述各项元素的相互关系。就本文的讨论而言,宪政主义可理解为以下两种制度的结合:一个奉行法治原则(包括上述第(1)、(3)和(6)项元素)的法律制度,加上一个实行权力分立和内部制衡的政治制度。二者的结合确保人权得到尊重和保障[①]。宪政主义的实施有程度之分,因为人权保障有程度之分。公民的政治权利乃人权的其中一种,一个充分实现公民政治权利的政体,便是民主政体。从这个角度看,"民主宪政"是"宪政"的最高层次的体现[②]。

香港的宪政主义的发展(特别是法治、司法独立和人权保障)是英国殖民统治的产物[③]。长期以来,香港享有的一定程度的宪政(但不是民主宪政)乃建基于一部殖民地宪法和殖民地政府的实践和惯例,直至1997年7月1日,香港回归中国,成为一个特别行政区,香港的宪政的基础乃转移为我国的全国人民代表大会制定的《中华人民共和国香港特别行政区基本法》[④]。

直至20世纪80年代,英国在香港的殖民统治的法理依据,除了清朝政府与大英帝国签订的三条(分别关于香港岛、九龙半岛

---

① 参见陈弘毅(2003:108,119—120)。

② 以英国为例,英国在17世纪末(即"光荣革命"后)已初步完成宪政的建设,成为一个君主立宪的国家,但民主化在20世纪才完成。参见 Friedrich(1950:2,31,45,50,128);Canning(1988);Speck(1993);布勒德(2003);比几斯渴脱(2002)。

③ 关于香港在殖民地时代(尤其是20世纪80年代)的宪法、政治与法律制度,可参阅 Miners(1986);Wesley-Smith(1987a,1988);Harris(1988);Wesley-Smith(1987b)。

④ 参见肖蔚云(1990);王叔文(1997);王泰铨(1995);Ghai(1999)。

的割让和"新界"的租借的)"不平等条约"外[①],便是由英皇颁布的《英皇制诰》(*Letters Patent*)和《皇室训令》(*Royal Instructions*)[②]。这两部宪法性文件与大英帝国在亚、非等地区的殖民地所用的宪法性文件类似[③],它们都是在19世纪写成的文件,内容相当简陋,可以体现出宪政主义的条文不多。港督手握大权,施政时由行政局和立法局辅助,两局的成员(包括身为殖民地政府官员的"官守议员"和由社会人士出任的"非官守议员")都是由港督挑选委任。除了一个市政机构(称"市政局",负责公众健康、环境卫生和管理文娱康乐设施等工作)是由狭窄的选民基础产生外[④],并没有其他民主选举[⑤]。港英政府的统治模式是所谓"行政吸纳政治"(金耀基,2003:69),即由港督委任香港商界和专业界的精英人士进入行政局和立法局,以及各种咨询委员会,以便在政策制定时作出咨询,寻求共识。正如在其他殖民地一样,英国将普通法传统、法治模式、司法独立的精神和区分为律师(solicitors)与大律师(barristers)的法律职业移植到香港[⑥]。《英皇制诰》和《皇室训令》等殖民地宪法文件中没有人权法案,不少香港法例对言论自由、结社自由和集会游行等自由作出远超于英国本土法律的限制,虽然政府在实践中并不经常地严格执行这些法例[⑦]。

然而,吊诡的是——有人更认为是奇迹的是,虽然香港没有一部符合民主宪政理念的宪法性文件,但到了20世纪70年代,英

---

① 参见刘蜀永(1996:第2—4章及附录1);余绳武、刘存宽(1994);Wesley-Smith(1998)。

② 参见Miners(1986:第5章及附录);Wesley-Smith(1987a:chapter 4)。

③ 参见Roberts-Wray(1966);Chen(1989:76)。

④ 参见范振汝(2006:39—43)。

⑤ 关于香港原有的政治体制,可参阅157页注③所引书,及Tsang(1995)。

⑥ 参见Wesley-Smith(1987b:第11章)。

⑦ 参见陈弘毅(1986:45);陈文敏(1990);Wacks(1988);Jayawickrama(1989:chapter 2)。

国的殖民管治下的香港市民却能享受到相当程度的公民权利(包括人身自由、言论自由、新闻自由、出版自由、结社自由和示威自由)①。70年代以来,香港政府的管治效率及其法治精神,在亚洲国家和地区之中名列前茅②。公民享有多少自由和人权是宪政主义的实施的重要指标之一,而香港在70年代的人权纪录比"亚洲四小龙"的其他三者(即新加坡、台湾地区和南韩)为佳。在*A Modern History of Hong Kong*一书中,历史学家Steve Tsang把80年代初期——也就是中英两国开始就香港前途问题进行谈判时——的香港政府形容为"以中国政治传统的标准来说的最佳政府":

> 港英政府在它以往的纪录的基础上逐步回应1945年后的转变,创造出一种吊诡的情况。一方面,它在本质上仍是一个英国殖民地政府,另一方面,它却符合了儒家传统中一个理想政府须具备的基本条件,即施政效率高、公平、廉洁、实行仁政(纵使是家长式的管治),并且不干扰一般市民的生活。(Tsang,2004:197)

这段文字或许有点言过其实,但可以肯定的是,到了80年代初期,绝大部分香港人对当时的政治现状大致满意。尽管60年代祖国大陆的文化大革命在香港也产生一些影响:1967年香港发生过由左派人士发动的反对英国殖民统治的大型暴动,但绝大多数香港人并不反当时的殖民地政府继续统治香港(Tsang, 2004: 183—190; Bonavia, 1983: chapter 3; Hughes, 1968)。到了70年代,港督麦理浩(MacLehose)推出新的劳工、社会政策和福利政策(Tsang,2004:192;England and Rear,1981:21—23,203—205;Chow,1986:chapter 6),又成立廉政公署以厉

---

① 关于东亚和东南亚各国的人权的历史和现况,可参阅Christie and Roy(2001);Peerenboom,Petersen and Chen(2006)。

② 关于东亚和东南亚各国的法治的历史和现况,可参阅*The Rule of Law:Perspectives from the Pacific Rim*(2000);Peerenboom(2004)。

行反贪污[①],港府的认受性更进一步提高。虽然在战后出生的新一代香港人与他们的上一代从大陆逃难来港的情况不同,新生一代从未在中国大陆生活,他们以香港为家,“香港人”这个自我身份认同感开始建立[②],但香港没有像台湾一样,出现过独立运动。英国在香港的殖民地管治享有巩固的社会基础,绝大多数香港人都自愿接受英国的管治;香港没有所谓“异见人士”(虽然有反对政府个别政策的压力团体[③],但没有旨在推翻港英政府的组织或意识形态)或政治囚犯(虽然在香港的中国共产党党员和爱国人士长期受到港英政府的监视和歧视[④])。港英政权的稳固性[⑤],可以解释为什么港英政府愿意给予香港人较多的人权和自由。

总体而言,到80年代初期,香港是一个在亚洲地区里令人羡慕的法治社会和开放社会,市民享有一定程度的公民权利,而且经济蓬勃发展;但这一切却是建基于英国的殖民统治和一些简陋的宪法性文件,文件里没有明文保障人权,也没有设立民主选举的制度。这个情况,便是80年代以后香港的民主化和宪政创新的起点。

三、80年代以来香港的宪政创新

1976年毛泽东逝世,邓小平在70年代末成为中国共产党的领导人,决定以“改革开放”政策取代毛泽东时代的极左路线。同

① 参见Lethbridge(1985)。

② 参见Tsang(2004:190—196);吕大乐(1997:1);谷淑美(2002,第12章);Faure(1997:chapter 5)。

③ 参见Miners(1986:第13章);吕大乐(1989)。

④ 关于香港的右派(亲国民党)和左派(亲中共)政治势力及其与港英政府的关系,可参阅许之远(1997:第2章);余绳武、刘蜀永(1995:第8、9章)。

⑤ 参见Miners(1986:第3章);Lau(1982);King and Lee(1981)。

时,我国政府政策也出现了重大改变①。原来的路线是提倡“解放台湾”,即推翻国民党的统治和资本主义制度,把在大陆实施的社会主义延伸到台湾。邓小平时代的新思维是,为了促进两岸的和平统一,提出“一国两制”的创新性概念。根据“一国两制”的构想,大陆和台湾实现和平统一后,原来在台湾实行的资本主义与在大陆实行的社会主义将和平共存,台湾实施在中国主权下的高度自治,在统一后保留其原有的社会、经济和其他制度。1982 年底通过的新的《中华人民共和国宪法》(即中华人民共和国第四部宪法)第 31 条为在中国境内设立“特别行政区”提供宪法依据,在特别行政区内可实行与中国大陆不同的制度。

1982 年 9 月,中英两国政府就香港前途的问题展开谈判②。究其原因,一般相信不是因为中国主动向英国提出要求,要收回香港的主权,而是因为英国政府在 80 年代初期开始担心,1997 年后,港英政府在已成为香港这个城市的重要部分的“新界”地区的管治将再没有法理基础(香港岛和九龙半岛分别在 1842 年和 1860 年永久割让予英国,但满清政府在 1898 年只把“新界”租予英国 99 年),所以,希望争取中国政府同意让英国在 1997 年后继续管治整个香港。

中国政府认为,英国在香港的殖民统治所建基于的三个条约都是“不平等条约”,对中国政府没有约束力。回顾中国近代史,中国在鸦片战争中战败而被迫割让香港,与中华民族在整个近代史中饱受西方列强的欺负和侮辱密不可分,怀着强烈的民族主义情感的中国共产党,坚决拒绝了英国政府关于继续合法地管治香港的要求。虽然“一国两制”原来为台湾而设,但在与英国谈判香港前途的过程中,中方便向英方提出这个概念,作为解决香港前

① 参见 154 页注②所引书;李福钟(1997:221)。

② 关于中英谈判及香港回归的历程,可参阅齐鹏飞(2004);李后(1997);钟士元(2001);Tsang(1997);Roberti(1994)。

途问题的关键。

中方的构思是，整个香港在1997年7月回归中国，成为中国的一个"特别行政区"（以下简称"特区"）。香港特区将享有高度自治权，实行"港人治港"；香港原有的社会、经济及法律等制度及香港市民的生活方式和人权自由将维持不变，中国政府不会在香港实行社会主义或大陆的其他制度，中共干部不会加入香港特区政府。"一国两制"的方针政策及中国政府就1997年后的香港特区作出的承诺将会写进一部《香港特别行政区基本法》（以下简称《基本法》），作为香港的宪制性文件。经过近两年艰辛的谈判，英国政府别无选择，只有接受中方的建议。在1984年，双方终于签订中英两国《关于香港问题的联合声明》。

《基本法》的起草在1985年开始，1990年获全国人民代表大会通过，这无疑是中华人民共和国法制史上最重要的宪法性文件制定工作之一①。《基本法》要作为香港特区的"小宪法"，便要勾画出香港的政治体制，厘定香港特区政府与北京中央政府的关系，并确保香港原有的社会和经济制度、法律、法治传统、人权和公民自由得以延续下去。如要成功达到这些目的，并使"一国两制"成功落实，《基本法》必须是一部"规范性的宪法性文件"（套用 Loewenstein 的用语）。

为了起草《基本法》的工作，全国人大常委会委任了一个由内地和香港人士组成的"基本法起草委员会"，又在香港成立了一个"基本法咨询委员会"，成员包括社会上不同界别和阶层的人士②。《基本法》的第一稿（即《基本法（草案）征求意见稿》）在1988年4月公布，经过广泛咨询，《基本法》的第二稿（即《基本法（草案）》）对初稿作出了不少修订，并在1989年2月公布，再进行咨询。最

① 可参阅157页注④所引书；许崇德（2003）；张结凤等（1991）；Wesley-Smith and Chen（1988）；Chan and Clark（1991）。

② 可参阅157页注④所引书；Lau（1988：第6章）。

终的定稿在1990年4月由全国人民代表大会通过,准备于1997年实施。

在《基本法》的草拟过程中,最具争议性的课题包括香港特区的政治体制应民主到什么程度,和中央政府对香港事务享有多大的权力①。正如上文提及,在战后出生的香港人有较强的"香港人"自我身份认同感,但直至80年代初期,香港既没有出现过争取香港独立的运动,也没有争取香港回归中国的运动(上述的1967年的暴动除外)。中英两国政府在1982年就香港前途问题展开谈判,当时的政治精英、学术界和民意领袖的意见主要有以下两种:一部分人期望香港能维持现状;另一些则赞成香港回归中国并根据"一国两制"的构想实行高度自治,但同时坚持高度自治必须以民主为依归;这种"民主回归"的思想一方面支持"港人治港"的原则,但另一方面强调治港的港人必须由全体香港市民选举产生②。

《基本法》的起草与港英政府在《联合声明》签署后推行的政制改革基本上是同步进行的,两者产生了互动。港英的政制改革的进程大致如下③:1982年,各区区议会(在地方层次的咨询组织)正式成立,其成员部分由政府委任,部分在区内由普选产生。与此同时,市政局的选民基础扩大至全民普选。1985年,立法局的部分议席首次由选举产生(以前全体议员都是由港督委任)——虽然这仍未是普选,而是各"功能组别"的选举,如商界(界定为香港总商会的成员和香港中华总商会的成员)、工业界(香港工业总会的成员和香港中华厂商联合会的成员)、金融界(香港银行工会的成员)、劳工界(由所有已注册的工会组成),以

---

① 可参阅162页注①所引书;司徒华、李柱铭(1988);McGurn(1988)。

② 参见《民主改革与港人治港——"汇点"文件集》(1984);郑赤琰(1982)。

③ 可参见155页注④所引书;雷竞璇(1987);李明堃(1987);郑宇硕、雷竞璇(1995);蔡子强等(1995);蔡子强(1998);马岳、蔡子强(2003)。

及分别由所有律师、医生、工程师、教师组成的功能组别等。同时,区议会、市政局和新成立的(为"新界"地区而设的)区域市政局亦可选出代表进入立法局[①]。

1987年,港英政府再开展政制发展的咨询[②],社会上出现了激烈的辩论,关于在1988年的立法局选举中应否开放部分议席在各地区由直接选举(即全民普选)产生。政界中的"民主派"、学术界和不少社团都致力推动在1988年举行立法局的局部直选,但中国政府、香港的爱国人士和商界对在香港急速引进直接选举有所保留,认为《基本法》尚未草拟完成,应由《基本法》规定的1997年后香港的政制模式尚未有定案,故港英政府不应单方面改变香港的政治制度,造成既成事实强加诸将来的香港特别行政区。最终,港英政府作出妥协,宣布不在1988年在立法局引入直选,但承诺会在1991年进行立法局首次的局部直选[③]。

1990年由全国人大通过的《基本法》没有否决实现全民直接选举的可能性,它规定要"根据香港特别行政区的具体情况和循序渐进的原则"发展香港的政治体制,最终达至全民普选行政长官和立法会全体议员的目标[④]。然而,这个最终目标并不会在香港特区于1997年成立后的短期内实现。《基本法》和相关的第一届特区政府的产生办法[⑤]规定,首两任行政长官分别由400人的推选委员会和由功能组别选举产生的800人的选举委员会选举。

---

① 参见《代议政制白皮书——代议政制在香港的进一步发展》(香港政府印务局,1984年11月)。

② 参见《绿皮书:一九八七年代议政制发展检讨》(香港政府印务局,1987年5月)。

③ 参见《白皮书:代议政制今后的发展》(香港政府印务局,1988年2月)。

④ 见基本法第45、68条。第45条并规定,参加普选的行政长官候选人须"由一个有广泛代表性的提名委员会按民主程序提名"。

⑤ 《全国人民代表大会关于香港特别行政区第一届政府和立法会产生办法的决定》,1990年4月4日通过。

立法会方面,由全民分区普选的议员人数将由第一届立法会的20席(全体议员人数是60人),增加至第二届的24席和第三届的30席,其余议席主要由功能组别选举产生(第三届立法会的其余议席全部由功能组别选举产生,而首两届立法会有部分议席由选举委员会选举产生)①。

《基本法》可算是一部具有宪政主义色彩的宪法性文件:它规定了人权的保障,容许立法机关根据若干选举规则,自由和开放地选举产生,并设立了特区行政长官与立法会之间的分权制衡②。基本法起草委员会主任委员姬鹏飞在1990年向全国人大提交《基本法》草案时曾表示,香港特别行政区的"行政机关和立法机关之间的关系应该是既互相制衡又互相配合"③。举例来说,《基本法》规定行政长官可拒绝签署立法会已通过的法案,并把法案发回立法会重议④。如果立法会以全体议员2/3多数再次通过原案,行政长官必须签署法案或解散立法会⑤。如果立法会遭解散,而重选后的立法会仍以全体议员2/3多数通过该法案,行政长官必须签署该法案,否则,必须辞职⑥。此外,《基本法》第64条规定行政机关须向立法机关负责。

《基本法》在1990年制定,但要等到1997年香港特别行政区成立时才正式实施。1990年后,香港的政治体制改革的争议并未因《基本法》草拟完毕而停止。如上所述,1991年,部分立法局议席首次由全民直接选举产生⑦。1992年,新任港督彭定康(Christopher Patten)推出急进的政治体制改革方案,大幅增加功能组别

---

① 见基本法附件一、二。

② 基本法第49—52条。

③ 《中华人民共和国香港特别行政区基本法》(1991:67)。

④ 基本法第49条。

⑤ 基本法第49、50条。

⑥ 基本法第52条。

⑦ 参见Lau and Kin-sheun(1993)。

的选民基础,使在功能组别中符合资格投票的人数由原来的少于10 万人增加至超过 200 万人[①]。中方谴责该方案违反《联合声明》、《基本法》和违反中英两国政府在 1990 年透过书信来往就香港政制发展问题取得的共识[②]。1993 年 4 月至 11 月,中英两国政府举行了 17 轮的谈判以解决分歧,但最终谈判破裂[③]。港督彭定康单方面把政改方案提交立法局审议[④],以些微的多数票获得通过,1995 年的立法局选举便是根据这个政改方案进行[⑤]。于是,我国政府决定放弃 1990 年与英方达成共识的"直通车方案"(即 1995 年选出的立法局可于 1997 年自动过渡为香港特别行政区第一届立法会),转而"另起炉灶"[⑥],在 1997 年成立"临时立法会",负责处理特区刚成立时的立法工作,然后,在 1998 年才根据《基本法》的条款选出特区第一届立法会[⑦]。

在 90 年代,除了《基本法》的制定和彭定康的政改方案外,香港另一项重大宪政发展是 1991 年《香港人权法案条例》(下称《人权法案》)的制定[⑧]。这个立法的背景是 1989 年的"六四事件",港英政府希望藉《人权法案》增强港人对香港前途和其人权保障的信心。英国政府早在 1976 年已把英国自己已参加的《公民权利和政治权利国际公约》(以下简称《公约》)的适用范围伸延至香港,而《人权法案》则把《公约》的条款转化为香港本地的法律;在香港立法局通过《人权法案》的同时,英国政府对香港的宪法性文件《英皇制诰》亦作出相应的修改,规定香港的立法须符合《公

① 参见 So(1999:第 7 章);黄文娟(1997:第 8 章)。
② 参见开放杂志社(1994)。
③ 参见赖其之(1994)。
④ 参见《香港代议政制》(香港政府印务局,1994 年 2 月)。
⑤ 参见 Kuan et al. (1996)。
⑥ 参见雷竞璇(1996:第 10 章)。
⑦ 参见 Kuan et al. (1999)。
⑧ 参见 Chan and Ghai(1993)。

约》订出的人权标准①。《人权法案》制定后,港英政府全面检讨当时的香港法例,并向立法局提出多项修订,以确保香港法律修改为符合《人权法案》所订下的标准②。立法局又通过了一些新法例,包括保障个人私隐的法例和禁止性别歧视的法例③,藉以贯彻执行《人权法案》。由于有了《人权法案》以及修订后的《英皇制诰》的相关条款,香港法院开始有权审查法律和行政措施,以决定它是否抵触《人权法案》或《公约》内订下的人权保障标准;如有违反,法院可裁定有关条文或措施为违宪及无效。1991 年以来,香港法院就如何行使这种违宪审查权订立了一系列的案例④。1997 年后,香港法院根据《基本法》继续行使着对香港法律的违宪审查权,《基本法》第 39 条(该条确保《公约》在香港回归中国后仍适用于香港)被理解为法院继续以《公约》所订立的人权标准来审查香港的立法的基础⑤。如下所述,在 1997 年回归后,香港法院的违宪审查权有增无减,其适用范围从违反《公约》的人权标准的情况扩展到违反《基本法》内的任何其他条款的情况。

总括来说,在 1997 年,香港进入到一个以《中华人民共和国香港特别行政区基本法》为根基的新宪政秩序。在这个独特的宪政秩序里,新、旧制度的元素共冶一炉,新旧秩序的交替中既有延续性,也有创新性。虽然《基本法》是全新的一部宪法性文件,但它尝试保留香港原有的法律、社会和经济制度,以至其正在民主化过程中的政治制度。

---

① 参见 Byrnes and Chan(1993)。

② 参见 Byrnes(2000:chapter 9,318)。

③ 例如《个人资料(私隐)条例》、《性别歧视条例》、《残疾歧视条例》等。

④ 参见 Byrnes(2000);Ghai(1997);陈弘毅(2002:371,特别是 387—391)。

⑤ 有关主要判例包括 *HKSAR v. Ng Kung Siu*(1999)2 HKCFAR 442;*Gurung Kesh Bahadur v. Director of Immigration*(2002)5 HKCFAR 480;*Leung Kwok Hung v. HKSAR* [2005] 3 HKLRD 164。本文论及的香港法院判例均见于香港法院网站 http://legalref.judiciary.gov.hk。

四、香港的宪法性解释传统

如果说一部宪法性文件是一棵生长中的大树，那么，作为权威的释宪者的法官便是负责看护大树健康成长的园丁。因此，法院被称为宪法的监护者，也就受之无愧。在过去17年，香港法院自觉地担当这个角色，并已能成功地扮演和进入这个角色。

正如在其他有成文宪法的普通法国家（如澳大利亚、印度、加拿大和美国）一样[①]，香港的违宪审查制度不是集中的，各级法院在审理案件时，都有权审查涉案的法律、规例或行政行为是否因违宪而无效。在香港，并不存在专门以请求法院作出宪法解释的宪法诉讼，法院只会在审理普通案件时（例如刑事案件、民事案件或涉及政府行政行为的司法审查，在香港一般称为"司法复核"案件），处理当中牵涉的宪法性争议。香港法院在处理一宗涉及宪法性问题的诉讼时，其主要任务在于判决诉讼当事人谁胜谁负（例如，刑事案件中被告人被控的罪名是否成立；就某行政行为申请司法审查的人可否胜诉，有关行政决定是否应予撤销；民事案件中的原告人能否胜诉，并获得损害赔偿），而裁定涉案的法规或行政行为是否合宪，只是为了达到上述判决而需要履行的附带任务。但是，如果一件案件的案情事实真的涉及宪法性问题，法院就必须就有关的宪法性争议作出裁决，不能回避。

现在让我们开始研究香港的宪法性案例和宪法性解释。如上文所述，在1991年制定《人权法案》以前，香港的殖民地宪法文件的内容简陋，规范政府部门之间权力制衡的条文不多，保障人

---

① 参见Cappelletti（1971，1989）。

权的条款也付之阙如。因此,宪法性诉讼的空间非常有限。《人权法案》颁布前,主要的宪法性案例中处理的问题可举例如下:

(1)政府把某法律草案提交立法局开始进行立法程序后,法院是否有权基于下列理由,终止立法局对该法案进行的审议;有关理由是,鉴于本法案的性质,根据《皇室训令》(作为香港殖民地宪法的一部分),立法局无权通过这个法案①;

(2)涉及新界土地权益的某条法例和相关的政府行为,是否因违反清政府与英国在1898年签订的关于把新界地区租借予英国的条约中的条款而无效②;

(3)根据香港的殖民地宪法,委任裁判官(magistrate,即基层法院的法官)的权力原本属于港督,但在实践中裁判官是由首席大法官任命的,这些任命是否因港督并未有合法地和有效地把其委任裁判官的权力转授予首席大法官而无效③;

(4)根据《公务员事务规例》(*Civil Service Regulations*)和《殖民地规例》(*Colonial Regulations*),政府是否有权把罢工的公务员暂时停职及暂停支付其薪金④。

以上例子显示,在殖民地宪法之下,虽然提出宪法性诉讼的空间有限,但英国式的法治还是被认真对待的,诉讼当事人愿意把宪法性问题交由法院裁决,在法庭上尝试挑战法律或政府行为的合宪性,这反映出他们对香港的司法独立有一定信心。除了这些关于法律或政府行为是否违宪的诉讼外,在1991年制定《人权法案》前⑤,香港已有不少行政法上的诉讼,挑战行政行为是否违

---

① *Rediffusion v Attorney General* [1970] AC 1136。

② *Winfat Enterprise v Attorney General* [1983] HKLR 211。

③ *Attorney General v David Chiu Tat-cheong* [1992] 2 HKLR 84。

④ *Lam Yuk-ming v Attorney General* [1980] HKLR 815。

⑤ 参见 Wesley-Smith(1987a:第16—18章);Jayawickrama(1989);Clark(1989)。关于《人权法案》通过后的香港行政法,参见 Wesley-Smith(1995:chapters 8—9);Clark and McCoy(1993)。

法，又或质疑由行政部门或官员制定的附属法例（subordinate legislation），是否因超出其主体法例（primary legislation，即由立法局通过的法律）所给予该部门或官员的授权范围而越权（ultra vires）及无效。

1991年，香港制定《人权法案》，开始了违宪审查的新时代①。在此之前，香港法院理论上已有权在诉讼中审查某本地法例是否违反《英皇制诰》或其他适用于殖民地议会的立法权力的宪法性限制。然而，如上所述，《英皇制诰》的实质内容有限，可用于挑战法例的宪法性理据不多，结果并没有出现法例被裁定违宪而无效的案例。1991年后，原讼人、与讼人或被告人开始可以涉案的法例违反《人权法案》为理由，来挑战法例的合宪性。在1997年回归前，香港法院关于违宪审查的案例中，最著名的是上诉法院在1991年判决的《冼有明案》②。在本案中，被指违宪的是《危险药品条例》中若干有利于控方的证据法上的推定（presumption）条款。有关条款规定，如果被告人藏有0.5克以上的毒品，他将会被推定为藏有这些毒品作贩毒用途（藏有毒品作贩毒用途是一项比藏毒本身更为严重的罪行），除非被告人能予以反证。香港法院过往多数援引英国和香港的判例来作出裁决，但在本案中，上诉法院援引了大量其他判例（特别是加拿大人权法的判例，尤其是这些判例所订立的“比例原则”），裁定该推定条款违反《人权法案》和《公民权利和政治权利国际公约》中的“无罪推定”原则（presumption of innocence），因而是无效的。这个案例推出以来，香港法例中不少类似的推定条款都受到法院的审查，在一些案例中更被裁定为违宪和无效。大部分有关《人权法案》的案例都与刑法和刑事诉讼法有关，其他主要的案例则涉及新闻自由、集会

---

① 参见 Chan and Ghai（eds）（1993）；陈弘毅（2002：384—391）；Chen（2000：417—420）。

② *R v Sin Yau-ming*（1991）1 HKPLR 88，[1992] 1 HKCLR 127。

自由、在选举中的投票权和参选权等[①]。

1997 年 7 月 1 日,香港回归中国,成为中华人民共和国境内的一个特别行政区,《基本法》亦正式实施。如上所述,《基本法》的实施实际上使违宪审查的空间更为广阔,司法机关作为《基本法》的监护者的角色有增无减。香港特别行政区成立了终审法院,取代伦敦的枢密院(Privy Council)作为香港最高级的司法机关[②]。1997 年《基本法》实施以来,香港法院处理的宪法性诉讼不再限于《人权法案》或《公约》保障的权利的范围,更涉及不在这两份文件之内但受到《基本法》明文保障的权利,包括在香港的居留权[③]、旅行和出入香港的权利[④]、新界原居民的权利[⑤]和公务员享有不低于 1997 年前的服务条件的权利[⑥]。就 1997 年前已在《人权法案》下得到宪法性保障的权利来说,香港法院在 1997 年后也作出了不少重要的裁决,涉及的问题包括言论和表达自由[⑦]、集会游行自由[⑧]、参与政治事务的权利[⑨]、平等权

---

① 参见 Byrnes(2000);Ghai(1997);Chan(1998)。

② 参见《基本法》第 81—82 条及《香港终审法院条例》。关于终审法院成立的背景,参见 Lo(2000)。

③ 当中最轰动的是终审法院在 1999 年 1 月 29 日判决的 *Ng Ka-ling v Director of Immigration*(吴嘉玲诉入境事务处处长)[1999] 1 HKLRD 315 和 *Chan Kam-nga v Director of Immigration*(陈锦雅诉入境事务处处长)[1999] 1 HKLRD 304。全国人民代表大会常务委员会其后应香港政府的请求行使《基本法》第 158 条赋予的权力解释《基本法》中两项有关的条文,推翻了终审法院在这两宗案件里对这些条文作出的解释。人大常委会的解释适用于该解释颁布后香港法院要处理的案件,而不影响这两宗案件里的诉讼当事人。参见佳日思等(2000)。

④ 例如 *Bahadur*(同 167 页注⑤);*Official Receiver v Chan Wing Hing*(FACV Nos. 7 and 8 of 2006;Court of Final Appeal,20 July 2006)。

⑤ 例如 *Secretary for Justice v Chan Wah*(2000)3 HKCFAR 459。

⑥ *Secretary for Justice v Lau Kwok Fai*[2005] 3 HKLRD 88。

⑦ 例如 *HKSAR v Ng Kung Siu*(同 167 页注⑤)。

⑧ 例如 *Leung Kwok Hung v HKSAR*(同 167 页注⑤)。

⑨ *Chan Shu Ying v Chief Executive of the HKSAR*[2001] 1 HKLRD 405。

和不受歧视的权利[①]、人身自由[②]、得到公正法律程序对待的权利[③]、免受残酷和不人道惩罚的权利[④]、私隐权和免受秘密监视的权利[⑤]等。

五、香港回归后的法制史

现在让我们回顾过去11年《基本法》实施的历史进程，尤其是一些重要的案例、事件和发展。以《基本法》实施的总体情况为标准，我认为我们可以把过去11年的香港法制史分为四个阶段或时段。

（一）1997—1999年：初试、碰撞与适应

1997年7月1日香港特别行政区成立后，新诞生的法律秩序便立刻受到两个关于如何理解和实施《基本法》的问题所困扰：关于"临时立法会"的合法性的问题，和关于港人在中国内地所生子女的居港权问题。在这里，我们先介绍这两个问题产生的背景，然后，叙述有关的诉讼及其后果。

根据与《基本法》同日通过的《全国人民代表大会关于香港特别行政区第一届政府和立法会产生办法的决定》（以下简称《决定》）[⑥]，香港特别行政区第一届立法会由选举产生，全体议员60

---

① 例如 *Equal Opportunities Commission v Director of Education*[2001] 2 HKLRD 690。

② 例如 *Shum Kwok Sher v HKSAR*(2002)5 HKCFAR 381。

③ 例如 *Stock Exchange of Hong Kong Limited v New World Development Company Limited*(FACV No. 22 of 2005; Court of Final Appeal, 6 April 2006)。

④ *Lau Cheong v HKSAR*(2002)5 HKCFAR 415。

⑤ *Koo Sze Yiu v Chief Executive of the HKSAR*(FACV Nos. 12 and 13 of 2006; Court of Final Appeal, 12 July 2006)。

⑥ 《基本法》附件二也提到这个决定。

人中20人由市民分区普选产生,其余由功能团体和选举委员会选举产生。这个《决定》同时确立了所谓"直通车"的安排,即如果1995年香港立法局的选举模式符合《决定》和《基本法》,那么,1995年选出的议员基本上可自动过渡成为香港特别行政区第一届立法会的议员。这个"直通车"安排是中英两国在1990年《基本法》通过之前不久通过谈判达成的共识。

如上所述,1992年彭定康接任香港总督后,推出违反《基本法》和中英两国在1990年达成的共识的政治体制改革方案,我国政府决定放弃"直通车"安排,转而"另起炉灶":在1997年先成立香港特别行政区临时立法会,成员由负责推选第一届行政长官的400人推选委员会选举产生,然后,在1998年才按照上述《决定》选举产生第一届立法会,但《基本法》和《决定》都未有提及有别于第一届立法会的临时立法会,香港的一些"反对派"人士主张临时立法会的成立是没有法律依据的。

至于"居港权"问题,背景则是《基本法》实施前后港人在内地所生子女的法律地位的转变。在《基本法》实施之前的殖民地时代,香港居民在中国内地所生的子女并不享有来港居留的权利,他们只能向内地的出入境管理当局申请移居香港的"单程通行证",但通常要轮候多年才能来港定居。《基本法》第24条则规定,享有居港权的香港特别行政区"永久性居民"包括香港永久性居民"在香港以外所生的中国籍子女",这类人士大都是在中国内地出生和长大的。

第24条的这些规定有其不清晰之处。例如,如果某人在内地出生时,其父母均非香港永久性居民或甚至未来港定居,但其父或母后来成为了香港永久性居民,那么,该某人现在是否为香港永久性居民?又例如,如果某人从中国内地偷渡来港或以旅游或探亲为理由来港后逾期居留,但却能向香港当局证明其符合"永久性居民"的条件,那么,香港当局是否还有权把他遣返中国内地?

临时立法会在1997年7月为了实施《基本法》第24条而对原有的《入境条例》作出修订。修订后的《入境条例》(以下简称《条例》)对上述问题均提供了答案。《条例》规定,港人在香港以外所生的中国籍子女,出生时其父或母必须已取得香港永久性居民身份,否则,该名子女不具香港永久性居民身份。至于偷渡来港者,则不可行使其居留权,因为《条例》规定,即使某名内地居民因其身为港人子女而根据《基本法》第24条享有香港永久性居民身份,他仍须先取得内地机关签发的"单程通行证"和香港入境事务处签发的"居留权证明书",才能来港定居,否则可被遣返。但是,一些争取居港权人士认为上述规定都是违反《基本法》的,剥夺了《基本法》所赋予他们的权利,于是提起诉讼。

香港终审法院在1999年1月29日在《吴嘉玲诉入境事务处处长》①和《陈锦雅诉入境事务处处长》②两案对上述的"临时立法会问题"和"居港权问题"作出了终局裁决。终审法院处理的是上述规定是否违宪(即违反《基本法》)的问题,涉及对《基本法》第22条及第24条的解释。由于有关规定是由临时立法会制定的,所以,案中也涉及临时立法会的合法性问题。终审法院裁定上述规定的部分内容是违宪和无效的。就临时立法会的合法性问题,终审法院的结论和上诉法院在1997年7月的"马维騉案"③的结论一样,肯定了临时立法会的合法性,但终审法院同时否定了上诉法院在《马案》中表达的观点(即香港法院无权审查中央权力机关的行为是否违反《基本法》),终审法院认为香港法院的违宪审查权的适用范围,既包括香港立法,也包括中央权力机关就香港事务作出的立法行为。

---

① *Ng Ka Ling v Director of Immigration*[1999] 1 HKLRD 315。

② *Chan Kam Nga v Director of Immigration*[1999] 1 HKLRD 304。

③ *HKSAR v Ma Wai Kwan*[1997] HKLJD 761。

由于终审法院在"吴嘉玲案"对于香港法院就中央国家权力机关的行为的违宪审查权的论述有所偏差,引起不少批评。在2月26日,终审法院应律政司的要求就其1月29日的判词作出了"澄清",表明该判词"并没有质疑人大常委会根据第158条所具有解释《基本法》的权力","也没有质疑全国人大及人大常委会依据《基本法》的条文和《基本法》所规定的程序行使任何权力"①。

但事情还没有了结。香港政府十分关注判决对香港造成的人口压力,并在4月28日公布了评估报告:如果终审法院对《基本法》有关条文的解释是对的话,那么,在未来10年内,便会有167万大陆居民有资格来香港定居②,香港政府认为,这样大量的移民是香港社会和其经济资源所无法承受的。香港政府终于在5月21日向国务院提交报告,建议由全国人大常委会对《基本法》有关条文作出解释。人大常委会于6月26日颁布解释③,基本上否定了终审法院的解释,间接重新肯定《入境条例》有关条文的合宪性。但是,香港一些"反对派"人士强烈反对这次人大释法,认为它对香港的法治造成打击。

我不同意这种观点。正如香港终审法院在1999年12月的"刘港榕诉入境事务处处长"④案的判词中承认,根据《基本法》第158条,人大常委会确实有权在任何它认为适当的情况下颁布关于《基本法》的个别条文的解释,亦即是说,其解释权不限于香港终审法院在诉讼过程中根据第158条第3款提请人大常委会释法的情况。此外,第158条又订明,人大释法只对法院日后的判案

---

① [1999] 1 HKLRD 577 -578(英文版),579—580(中文版)。

② 其中包括即时享有居留权的69万人(所谓"第一代"人士),而当"第一代"人士移居香港及住满7年后,其现有子女(所谓"第二代"人士)98万人亦将有资格来港。

③ 参见《中华人民共和国香港特别行政区基本法及相关文件》(2007:82)。

④ *Lau Kong Yung v Director of Immigration*[1997] 3 HKLRD 778。

工作有约束力，并不影响释法前终审法院已判决的案件对其当事人的结果。因此，这次人大释法只是“一国两制”下香港的新法律秩序的产物，不应视为对香港法制的冲击。总括来说，1999年的终审法院“澄清”判词事件和“人大释法”事件可以理解为回归初期初试《基本法》的实施时，香港和内地两地法制的相互碰撞并开始相互适应的表现。

（二）2000—2002年：权利保障体系的阐明

现代的法治和宪政的主要目的之一是保障人权，使人民和公民社会的基本权利和自由得到国家的承认和尊重。《基本法》中不少条文——尤其是《基本法》第3章——便是关于人权保障的。香港在殖民地时代的人权保障主要建基于从英国移植过来的法治、司法独立传统和英伦普通法传统的案例法中对个人基本权利和自由（如人身自由以至财产权）的不成文（即并非以成文宪法文件提供的）保障，直至1991年，这种不成文保障的制度才改为成文保障。如上所述，1991年6月，香港立法局通过了政府起草的《香港人权法案条例》[①]，把自从1976年英国已在国际法的层面引用于香港的《公民权利和政治权利国际公约》，引入成为香港本地的立法。

1997年《基本法》生效后，香港的人权保障制度不单以《香港人权法案条例》为基础，更直接建基于《基本法》。从1999年底到2002年，香港特别行政区法院在一系列案例中阐明了回归后香港的新法律秩序的权利保障体系的架构。首先是1999年12月终审法院在《香港特别行政区诉吴恭劭及利建润》[②]（即所谓“国旗案”）

① 《香港法例》第383章（以下简称《人权法案》）。本文提到的香港法例均见于http://www.doj.gov.hk/chi/laws。

② *HKSAR v Ng Kung Siu*（1999）2 HKCFAR 442（英文判词）及469（中文判词）。

案的判决。案中两名被告人在一次示威中使用了自制的、经有意损毁和涂污的中华人民共和国国旗和香港特别行政区区旗,结果被控触犯临时立法会在回归时制定的《国旗及国徽条例》[①]和《区旗及区徽条例》[②]中关于禁止侮辱国旗和区旗的规定[③]。被告人的抗辩理由是,这些规定违反了《基本法》、《公民权利和政治权利国际公约》(此《公约》根据《基本法》第39条在香港实施)和《香港人权法案条例》所保障的言论和表达自由原则,因而是违宪和无效的。终审法院在判词中指出,侮辱国旗的行为是在语言文字以外的表达意见的行为,故人权法中言论和表达自由原则是适用的,问题是案中被质疑的法规对表达自由的限制是否有其需要及符合"比例原则"。终审法院认为,为了保护国旗和区旗的重大象征意义而对表达自由作出某些限制,是"公共秩序"所需要的,而案中被质疑的法规对表达自由的限制并不过分——人民虽然不被允许以侮辱国旗和区旗的方式来表达其意见,但他们仍可通过其他方式表达类似的意见。因此,这样的对表达自由的限制是与其背后的正当目的相称的,没有违反比例原则。

另一宗有重大政治和社会意义的案件,是终审法院在2000年12月22日在《律政司司长诉陈华及谢群生》[④]案的判决。案中两名原告人是居于香港新界的村民,他们提出了司法审查申请,指他们所住的两个乡村关于选举村代表的安排,以他们是"非原居民"为理由排除他们的选举权和被选举权,是违反人权法和无效的。该案有广泛的宪制性意义,因香港新界的约600个乡村中大多有类似本案的两条村的选举安排。根据香港法律[⑤],新界居

① 1997年第116号条例。

② 1997年第117号条例。

③ 见《国旗及国徽条例》第7条、《区旗及区徽条例》第7条。

④ *Secretary for Justice v Chan Wah*(2000)3 HKCFAR 459。

⑤ 参见《地租(评估及征收)条例》(《香港法例》第515章)。

民有“原居民”和“非原居民”之分,原居民是指在1898年新界被租借给英国时已存在的乡村的居民经父系传下来的后代。《基本法》特别保障了这些原居民的权益[1]。终审法院指出,随着社会和人口结构的转变,新界乡村居民中的非原居民的数目已大大增加。终审法院裁定,案中被质疑的村代表选举安排是违法的,以原告人为非原居民为理由排除其选举权或被选举权,违反了《公民权利和政治权力国际公约》第25条的规定。

2001年高等法院判决的《平等机会委员会诉教育署署长》[2]一案也是值得注意的。案中被质疑为违宪的是香港政府教育署长期以来为完成小学学业的学生分配中学学位时采用的一项政策。关于全香港学生的成绩的统计显示,在小学毕业时,女生的平均成绩比同龄的男生为佳。为了平衡中学(尤其是“名校”)里男生和女生的比例,教育署在处理男、女生的成绩时根据其性别作出一些调整,结果是令相同成绩的男生和女生当中,男生入读其首选的中学的机会较女生高。平等机会委员会(本身是政府成立的机构)应一些女生家长要求入禀法院,控诉教育署这项行政措施违宪和违法。结果法院裁定,这个措施的确有违男女平等和禁止性别歧视的原则,应予废止。

以上三案所呈现的是由《基本法》第39条、《公民权利和政治权利国际公约》及《香港人权法案条例》所构成的权利保障体系,而2002年终审法院在“Bahadur诉入境事务处处长”[3]的判决则显示,即使某项权利并非载于此《公约》或《人权法案》,只要它是《基本法》明文规定的权利,便会获得法院同样积极的保障。Bahadur案所涉及的是香港居民(尤其是非永久性居民)的“旅行

---

① 例如第122条给予他们的农村土地地租上的优惠,第40条更规定“‘新界’原居民的合法传统权益受香港特别行政区的保护”。

② *Equal Opportunities Commission v Director of Education*[2001] 2 HKLRD 690。

③ *Bahadur v Director of Immigration*(2002)5 HKCFAR 480。

和出入境的自由”[①]。此外,2001年7月,终审法院在《入境事务处处长诉庄丰源》[②]的判决指出,香港法院可沿用普通法的法律解释方法来解释《基本法》,但如人大常委会已对《基本法》有关条文正式作出解释,则香港法院必须遵从。《庄丰源案》裁定在香港特别行政区出生的中国公民,即使其父母当时并非在港合法定居,仍属香港永久性居民,享有居港权。该案判决后,内地孕妇来港产子大幅增加,到了2007年,特区政府和内地政府采取了行政措施予以限制。

(三)2003—2004年:第23条立法的震荡

2002年9月,刚成立不久的(由董建华连任行政长官的)第二届特区政府推出《实施基本法第23条咨询文件》(以下简称《咨询文件》)。第23条规定,“香港特别行政区应自行立法禁止”若干危害国家安全的犯罪行为,包括叛国、分裂国家、煽动叛乱、颠覆、窃取国家机密等。

《咨询文件》在社会上引起广泛的讨论,政府在咨询期届满后,对《咨询文件》中的建议作出了调整(基本上是作出从宽的修订),并在2003年2月向立法会提交《国家安全(立法条文)条例草案》(国安条例)。2003年春天,“沙士”(SARS,即非典型肺炎)在香港爆发,整个社会忙于抗疫,国安条例的内容及其在立法会的进程并未受到市民的关注。

到了6月,瘟疫已过,关于国安条例的争议进入高峰,“反对派”人士强烈反对条例草案中一些被指为过于严厉的条文,在传媒广泛报道和“反对派”积极动员的情况下,香港在2003年7月1日爆发了回归以来最大型的游行示威。7月7日,特区政府宣布

① 参见《基本法》第31条。

② *Director of Immigration v Chong Fung Yuen*[2001] 2 HKLRD 533。

暂缓立法，以后再作广泛咨询，从长计议。

平心而论，国安条例草案的内容大部分是合情合理的，它没有把中国内地的各种“危害国家安全罪”引进香港，而是在参照国际人权标准和外国的有关法律的基础上，为香港特别行政区“度身定造”一套国家安全法，并且对原来港英殖民时代的（并在 1997 后仍然存在的、相当严厉的）有关法律作出从宽的修订（例如收窄原有的“煽动叛乱罪”的范围）①。

“七一游行”后，“反对派”提出在 2007 年（第三届特首选举年）和 2008 年（第四届立法会选举年）“双普选”的要求。《基本法》的规定是，香港特别行政区根据其“实际情况”“循序渐进”地发展民主，“最终”达至行政长官和立法会全部议员的普选。为了澄清这些原则应如何贯彻实施，全国人大常委会在 2004 年 4 月第二次解释《基本法》和对选举问题作出相关决定，表明在 2007 年、2008 年“双普选”并非适当时机。中央这次行动的法理依据是，香港特别行政区的高度自治权不包括改变现行政治体制和选举制度的权力，关于香港政治体制的改革的主导权属于中央，中央有权全程（包括在启动政改时而非只在最后的“批准”或“备案”阶段）参与。

（四）2005—2008 年：权利保障体系的进一步发展和普选时间表的制定

第二次释法后一年，全国人大常委会进行了第三次释法。事缘董建华先生于 2005 年春辞职，关于其继任人的任期问题引起争议。《基本法》规定特首任期为 5 年，并无明文规定因上一任特首辞职而选出新特首时新的特首的任期。特区政府与中央磋商

① 参见 Fu et al.（eds）（2005）。

后向立法会提出立法修订建议,把因原特首辞职而再选出的新特首的任期规定为前任特首的剩余任期。“反对派”人士反对这个修订草案,更有个别议员向法院提起司法复核之诉,要求法院宣布该草案违宪。特区政府乃提请人大常委会释法。常委会在4月终于再度释法,确立“剩余任期”之说,理由是负责选举特首的选举委员会的任期也是5年,而且《基本法》预设了在2007年选出第三届的特首。

2005—2008年作为回归11年法治和宪政实践的最后阶段,除了出现第三次释法之外,其主要特征是特区权利保障体系的进一步发展。有关的案例不少,最值得留意的有以下三个。

2005年7月,终审法院在“梁国雄诉香港特别行政区”[①]案中裁定,《公安条例》中要求主办集会或游行的团体事先通知警方(否则构成刑事罪行)的规定没有违宪。但该条例的其中一个规定是,警方在接到通知后有权以“ordre public”(这个法文词语连同它的英语版本“public order”皆见于《公民权利和政治权力国际公约》第21条“关于集会自由”,并照搬到香港的《公安条例》之中)为理由禁止有关集会游行或对它施加限制;终审法院认为,这个规定是违宪和无效的,因为“ordre public”这个概念覆盖的范围太大,而且意思含糊,未能符合法律明确性原则。《公安条例》的另一规定是,警方可以“public order”(公众秩序——意指维持治安,防止暴乱)、公共安全或国家安全为理由,禁止集会游行或对其施加限制;终审法院裁定这个规定没有违宪。

关于《基本法》所明文保障的“通讯秘密”和人权法保障的私隐权方面,自从2005年起,香港法院在两宗案件中开始质疑执法机关采用秘密监察手段(例如偷听和对嫌疑人的言行偷偷录音、录像)以调查案件是否合宪,最终导致高等法院在2006年2月的

① *Leung Kwok Hung v HKSAR*(2005)8 HKCFAR 229。

《梁国雄诉香港特别行政区行政长官》案中[①]，裁定现行的关于截听电话的法例及关于其他秘密监察行动的行政指令均属违宪，并在香港法制史上首次给予政府6个月的宽限期，以修改法例，而非像以往的违宪审查判例那样，即时宣判违宪的法规为无效。这个创新性的做法，是香港法院颁发司法补救的工作上的一个突破，它在案件上诉到终审法院时得到该法院的肯定[②]。

最后，在"梁威廉诉律政司司长"[③]一案里，一位少年男同性恋者以性别歧视（包括性倾向歧视）、平等权、私隐权受到侵犯为理由，对现行刑法的一些条文提出司法复核、违宪审查之诉。被挑战的主要条文规定，两男士（在双方同意下）发生肛交，如其中一人（或两者）低于21岁，则两人均犯了严重罪行，可处终身监禁。高等法院上诉庭同意原讼庭的判决，即此规定违宪而无效，因为它对男同性恋者有歧视性：根据香港法律，异性恋者（在双方同意下）发生性行为，只要双方都年满16岁，便不构成犯罪。法院认为，政府在案中未有提供足够的论据，以说明这些法律对异性恋者和男同性恋者的不平等对待是合理的、能够证成的。在本案中，法院动用其违宪审查权推翻的立法，属于社会伦理道德的范畴，判决在社会中引起一些非议。但是，以违宪审查方式保障人权的制度的其中一个重要功能，是防止少数人的基本权利受到代表大多数人的立法机关的立法的侵犯。从这个角度看，"梁威廉

① *Leung Kwok Hung v Chief Executive of the HKSAR*（HCAL 107/2005；2006年2月9日）。

② *Koo Sze Yiu v Chief Executive of the HKSAR*［2006］3 HKLRD 455（*Koo* 和 *Leung* 乃同一件案件的不同名称，Koo 和 Leung 均为此案的原告）。终审法院也同意给政府和立法机关6个月的时间去修改有关法律，但和下级法院不同的是，终审法院拒绝颁令宣告有关法律在这6个月内仍然有效，它只颁令说对有关法律的违宪宣告不即时生效，而是6个月后（从原讼庭的判决日期起计算）才生效。意思是如果政府在这6个月内倚赖有关法律作出任何行动，行动虽不算违反法院在本案的颁令，但有关的其他法律风险须由政府承担。

③ *Leung v Secretary for Justice*［2006］4 HKLRD 211。

案”并非全无积极意义。

2005—2008 年香港的另一方面的重大宪政发展,便是关于香港特别行政区的政治体制的进一步民主化的探索。如上所述,2004 年 4 月 6 日,全国人大常委会通过《关于〈中华人民共和国香港特别行政区基本法〉附件一第 7 条和附件二第 3 条的解释》,对行政长官和立法机关的产生办法的修改的启动程序作出规定,包括要求香港特别行政区在启动有关修改程序之前,先由行政长官就“是否需要进行修改”向全国人大常委会提出报告,然后,由常委会根据《基本法》的有关规定予以确定。2004 年 4 月 15 日,行政长官董建华先生提交了《关于香港特别行政区 2007 年行政长官和 2008 年立法会产生办法是否需要修改的报告》。2004 年 4 月 26 日,全国人大常委会在审议这份报告后,通过《关于香港特别行政区 2007 年行政长官和 2008 年立法会产生办法有关问题的决定》,规范了有关产生办法在 2007 年和 2008 年可以修改的范围。2005 年 10 月 19 日,行政长官曾荫权先生领导下的特区政府发表《政制发展专责小组第五号报告:二〇〇七年行政长官及二〇〇八年立法会产生办法建议方案》,方案在 2005 年 12 月 21 日在香港立法会付诸表决,但因得不到《基本法》附件一与附件二所要求的 2/3 的多数票而未能通过。

2007 年 7 月 11 日,已当选香港特别行政区第三任行政长官的曾荫权先生履行其竞选承诺,发表《政制发展绿皮书》,就香港如何实现《基本法》规定的普选行政长官和立法机关全部议员的最终目标进行咨询,咨询范围包括普选模式、达至普选的路线图和时间表等。2007 年 12 月 12 日,行政长官就咨询结果向全国人大常委会提交报告。2007 年 12 月 29 日,全国人大常委会作出《关于香港特别行政区 2012 年行政长官和立法会产生办法及有关普选问题的决定》,规范了有关产生办法在 2012 年可以修改的范围,并表明在 2017 年香港的行政长官可由普选产生，此后立法会全部议员也可由普选产生。这样，香港特别行政区进一步民主化的前景便得以明朗化，实行全面普选的时间表也得以确定。

六、结论

“一国两制”是中华人民共和国史无前例的新事物，也是香港在英国殖民统治终结后的新时代、大时代。所谓“实践是检验真理的唯一标准”，经过过去十多年的实践，邓小平等上一代中国领导人设计的“一国两制”、“港人治港”的构想是否行得通，有目共睹。我认为总体来说，这 11 年的实践是成功的。

从宪政实践的角度看，我认为这 11 年经验可作以下四点总结。

第一，香港特别行政区在“一国两制”的框架下和《基本法》的基础上的自治、法治、人权和自由都得到相当成功的实现。不单是港人本身即使是国际上也普遍承认，北京的中央政府十分尊重香港特别行政区的高度自治权，没有干预特区政府的决策或施政。香港的行政执法、独立司法和廉政制度健全，回归前原有的法治传统继续发挥其活力。正如中英《联合声明》所承诺，回归后港人的生活方式不变，香港的人权和自由水平绝对没有像一些人在 1997 年前担心的在回归后经历倒退。

第二，全国人大常委会三度解释《基本法》和《基本法》第 23 条立法事件确实是回归以来在法制领域以至整个社会引起争议和震荡的最重要事件。上文已叙述了这些事件的来龙去脉，从中可以看到，人大释法是香港特别行政区法律秩序本身的一部分，三次释法背后都有其理据，并非中央权力机关任意行使其权力或破坏香港的法治或自治。香港法院在一般案件的诉讼过程中适用和解释《基本法》和其他香港法律的权力并没有受到干扰、剥夺或减损。至于第23条立法,其用意并非削减港人原有的人权和自由,这次立法之所以引起这么大的恐慌和社会动荡,主要应归咎于特区政府当时处理手法的失当。

第三,香港特别行政区法院在11年来充分发挥了它作为香港的法治、宪政、人权和自由的监护者的角色,其重要性、积极性和活跃程度与回归前相比,有增无减。我在1997年曾写道(陈弘毅,1997:138,149—150):"在九七过渡后,香港法院在香港法制以至政制中的功能将有增无减,……1997年后的香港法院有宽阔的空间去发展香港的法律……香港法院所面临的挑战是如何采取一种中庸之道,一方面,勇于坚持它们的独立司法权和敢于发挥它们法定的管辖权,藉以维护法治和权利保障等原则;另一方面,不采取过高的姿态,以避免法院的角色过于政治化。"从香港法院过去11年的重要判例(包括本文没有机会介绍的判例)[1]来看,法院的确成功地掌握了此中庸之道,在面对中央权力机关时,不卑不亢,在处理香港内部人权与社会整体利益的平衡时,既不过于激进也不过于保守,恰到好处。

第四,如果我们引用上文所述的Lowenstein曾提及的关于名义性宪法、文字性宪法和规范性宪法的区分,那么,1997年以来在香港实施的《基本法》应可算是规范性的宪法性文件。套用H. LA. Hart的"内在观点"(internal point of view)[2]的概念,参与实施《基本法》的官员和各方人士都从内在观点出发(即自愿地、真诚地,以认同的心态)接受了这部宪法性文件作为规范政治权力的获取、转移和行使的"游戏规则"。人民享有言论、集会、结社、游

① 参见Chen(2006)。

② 参见Hart(1994)。

行示威等自由，政府亦定期举行公正的选举。人民可以通过诉讼，要求法院维护宪法性文件所赋予他们的神圣的公民权利。法院在解释宪法性文件时，采用了国际上先进的宪政原理，并赢得了法律界以至社会大众的敬重。这些事实，都是一部规范性的宪法文件正在发挥其生命力的凭证。

参考文献

《澳门基本法文献集》，澳门：澳门日报出版社，1993。

Austin, Dennis (ed). *Liberal Democracy in Non-Western States*. St. Paul: Professors World Peace Academy, 1995.

比几斯渴脱（著）、清代翰墨林编著印书局（编译）：《英国国会史》，北京：中国政法大学出版社，2002。

布勒德（著）：《英国宪政史谭》，陈世第译，北京：中国政法大学出版社，2003。

Bonavia, David. *Hong Kong* 1997. Hong Kong: South China Morning Post, 1983.

Byrnes, Andrew and Johannes Chan (eds). *Public Law and Human Rights: A Hong Kong Sourcebook*. Hong Kong: Butterworths, 1993.

Byrnes, Andrew. "And Some Have Bills of Rights Thrust Upon Them: The Experience of Hong Kong's Bill of Rights", in Philip Alston (ed). *Promoting Human Rights Through Bills of Rights: Comparative Perspectives*. Oxford: Oxford University Press, 2000.

蔡荣芳：《香港人之香港史 1841—1945》，香港：牛津大学出版社，2001。

蔡子强：《香港选举制度透视》，香港：明报出版社，1998。

蔡子强等：《选举与议会政治：政党崛起后的香港崭新政治面貌》，香港：香港人文科学出版社，1995。

陈弘毅："《香港特别行政区基本法》的理念、实施与解释"，载刘孔中、陈新民（编）：《宪法解释之理论与实务》第三辑下册，台北：中研院社科所，2002。

Canning, John (ed). *The Illustrated Macaulay's History of England*. London: Weidenfeld and Nicolson, 1988.

Cappelletti, Mauro. *Judicial Review in the Contemporary World*. Indianapolis: Bobbs-Merrill, 1971.

——*The Judicial Process in Comparative Perspective*. Oxford: Clarendon Press, 1989.

Chan, Johannes and Yash Ghai (eds). *The Hong Kong Bill of Rights: A Comparative Ap-*

proach. Hong Kong: Butterworths Asia, 1993.

Chan, Johannes M. M. "Hong Kong's Bill of Rights: Its Reception of and Contribution to International and Comparative Jurisprudence". 47 *International and Comparative Law Quarterly* 306(1998).

Cheek-Milby, Kathleen. *A Legislature Comes of Age: Hong Kong's Search for Influence and Identity*. Hong Kong: Oxford University Press, 1995.

Chen, Albert H. Y. "Constitutional Adjudication in Post-1997 Hong Kong". 15 *Pacific Rim Law and Policy Journal* (2006): 627 – 682.

——"From Colony to Special Administrative Region: Hong Kong's Constitutional Journey", in Raymond Wacks(ed). *The Future of the Law in Hong Kong*. Hong Kong: Oxford University Press, 1989.

——"The Interpretation of the Basic Law". 30 *Hong Kong Law Journal* 380(2000): 417 – 420.

陈弘毅:"结社自由与表达自由",载氏著:《香港法制与基本法》,香港:广角镜,1986。

——"九七回归的法学反思",载《二十一世纪》总第41期,1997年6月。

——"论立宪主义",载氏著:《法理学的世界》,北京:中国政法大学出版社,2003。

陈文敏:《人权在香港》,香港:广角镜,1990。

Chow, Nelson W. S. "A Review of Social Policies in Hong Kong", in Alex Y. H. Kwan and David K. K. Chan(eds), *Hong Kong Society: A Reader*. Hong Kong: Writers & Publishers' Cooperative, 1986.

Christie, Kenneth and Denny Roy. *The Politics of Human Rights in East Asia*. London: Pluto Press, 2001.

Clark, David and Gerard McCoy. *Hong Kong Administrative Law*. Hong Kong: Butterworths, 2nd ed. 1993.

Clark, David. *Hong Kong Administrative Law*. Singapore: Butterworths, 1989.

《邓小平论"一国两制"》,香港:三联书店,2004。

Diamond, Larry and Marc F. Plattner(eds). *The Global Resurgence of Democracy*. Baltimore: John Hopkins University Press, 1993.

Endacott, G. B(1964a). *A History of Hong Kong*. Hong Kong: Oxford University Press, 2nd ed 1964.

——(1964b). *Government and People in Hong Kong 1841 – 1962: A Constitutional History*. Hong Kong: Hong Kong University Press, 1964.

England, Joe and John Rear. *Industrial Relations and Law in Hong Kong*. Hong Kong: Oxford University Press, 1981.

范振汝:《香港特别行政区的选举制度》,香港:三联书店,2006。

Faure, David. "Reflections on Being Chinese in Hong Kong", in Judith M. Brown and Rosemary Foot(eds), *Hong Kong's Transitions, 1842 – 1997*. Basingstoke: Macmillan Press, 1997.

Friedrich, Carl J. *Constitutional Government and Democracy: Theory and Practice in Europe and America*. Boston: Ginn & Co., rev. edition 1950.

Fu Hualing et al. (eds). *National Security and Fundamental Freedoms: Hong Kong's Article 23 Under Scrutiny*. Hong Kong: Hong Kong University Press, 2005.

Ghai, Yash. "Sentinels of Liberty or Sheep in Woolf's Clothing? Judicial Politics and the Hong Kong Bill of Rights". 60 *Modern Law Review* 459(1997).

——*Hong Kong's New Constitutional Order*. Hong Kong: Hong Kong University Press, 2nd ed. 1999.

谷淑美:"文化、身份与政治",载谢均才(编):《我们的地方 我们的时间 香港社会新编》,香港:牛津大学出版社,2002。

Harris, Peter. *Hong Kong: A Study in Bureaucracy and Politics*. Hong Kong: Macmillan, 1988.

Hart, H. L. A. *The Concept of Law*. Oxford: Oxford University Press, 2nd ed 1994.

Hughes, Richard. *Hong Kong: Borrowed Place-Borrowed Time*. London: Andre Deutsch, 1968.

黄文娟:《香港的宪制与政治》,台北:国家发展基金会,1997。

Huntington, Samuel P. *The Third Wave: Democratization in the Late Twentieth Century*. Norman and London: University of Oklahoma Press, 1991.

Jayawickrama, Nihal. "Public Law", in Raymond Wacks(ed). *The Law in Hong Kong 1969 – 1989*. Hong Kong: Oxford University Press, 1989.

佳日思等(编):《居港权引发的宪法争议》,香港:香港大学出版社,2000。

金耀基(Ambrose King),"Administrative Absorption of Politics in Hong Kong",载成名(编):《香港政府与政治》,香港:牛津大学出版社,2003。

开放杂志社(编):《中英世纪之争:彭定康政改方案论战集》,香港:开放杂志社,1994。

King, Ambrose Y. C. and Rance P. L. Lee(eds). *Social Life and Development in Hong Kong*. Hong Kong: Chinese University Press, 1981.

Kuan Hsin-chi et al. (eds). *Power Transfer and Electoral Politics: The First Legislative Election in the Hong Kong Special Administrative Region*. Hong Kong: Chinese University Press, 1999.

——(eds). *The 1995 Legislative Council Elections in Hong Kong*. Hong Kong: Hong Kong Institute of Asia-Pacific Studies, Chinese University of Hong Kong, 1996.

赖其之(编):《关于香港94—95选举安排问题会谈的前前后后》,香港:广宇出版社,1994。

Lau Siu-kai and Louie Kin-sheun (eds). *Hong Kong Tried Democracy: The 1991 Elections in Hong Kong*. Hong Kong: Hong Kong Institute of Asia-Pacific Studies, Chinese University of Hong Kong, 1993.

Lau, Emily. "The Early History of the Drafting Process", in Wesley-Smith and Chen (eds). *The Basic Law and Hong Kong's Future*. Hong Kong: Butterworths, 1988.

雷竞璇:"评估北京'另起炉灶'策略之进展与预期后果",载田弘茂(编):《一九九七过渡与台港关系》,台北:业强,1996。

——《香港政治与政制初探》,香港:商务印书馆,1987。

Lethbridge, H. J. *Hard Graft in Hong Kong: Scandal, Corruption and the ICAC*. Hong Kong: Oxford University Press, 1985.

李福钟:"'解放台湾'与台海危机——一九四九年以来的中国对台政策",载《现代学术研究》专刊8,台北:财团法人现代学术研究基金会,1997。

李后:《回归的历程》,香港:三联书店,1997。

李明堃:《变迁中的香港政治和社会》,香港:商务印书馆,1987。

刘蜀永(编):《简明香港史》,香港:三联书店,1998。

——《香港的历史》,北京:新华出版社,1996。

刘兆佳:《过渡期香港政治》,香港:广角镜,1996。

Lo Shiu Hing. "The Politics of the Debate over the Court of Final Appeal in Hong Kong". 161 *China Quarterly* 221 (2000).

——*The Politics of Democratization in Hong Kong*. Basingstoke and London: Macmillan Press, 1997.

Loewenstein, Karl. *Political Power and the Government Process*. Chicago: University of Chicago Press, 1957.

吕大乐:"香港故事——'香港意识'的历史发展",载高承恕、陈介玄(编):《香港:文明的延续与断裂?》,台北:联经,1997。

——"压力团体政治与政治参与——本地经验的观察",载郑宇硕(编):《过渡期的香港》,香港:三联书店,1989。

骆伟建:《澳门特别行政区基本法概论》,澳门:澳门基金会,2000。

Ma, Ying-jeou. "Policy Towards the Chinese Mainland: Taipei's View", in Steve Tsang (ed), *In the Shadow of China: Political Developments in Taiwan Since* 1949. Hong Kong: Hong Kong University Press, 1993.

马岳、蔡子强:《选举制度的政治效果:港式比例代表制的经验》,香港:香港城市大学出版社,2003。

McGurn, William (ed). *Basic Law, Basic Questions*. Hong Kong: Review Publishing Company, 1988.

《民主改革与港人治港——"汇点"文件集》,香港:曙光图书,1984。

Miners, Norman. *The Government and Politics of Hong Kong*. Hong Kong: Oxford University Press, 4th ed. 1986.

Ming K. Chan and David J. Clark (eds). *The Hong Kong Basic Law*. Hong Kong: Hong Kong University Press, 1991.

倪炎元:《东亚威权政体之转型:比较台湾与南韩的民主化历程》,台北:月旦,1995。

Nino, Carlos Santiago. *The Constitution of Deliberative Democracy*. New Haven: Yale University Press, 1996.

Peerenboom, Randall (ed). *Asian Discourses of Rule of Law*. London: Routledge Curzon, 2004.

Peerenboom, Randall, Carole J. Petersen and Albert H. Y. Chen (eds). *Human Rights in Asia*. London: Routledge, 2006.

齐鹏飞:《邓小平与香港回归》,北京:华夏出版社,2004。

Roberti, Mark. *The Fall of Hong Kong: China's Triumph and Britain's Betrayal*. New York: John Wiley & Sons, 1994.

Roberts-Wray, Kenneth. *Commonwealth and Colonial Law*. London: Stevens & Sons, 1966.

石之瑜:《两岸关系论》,台北:扬智文化,1998。

司徒华、李柱铭:《对基本法的基本看法》,香港,1988。

Siu-kai, Lau. *Society and Politics in Hong Kong*. Hong Kong: Chinese University Press, 1982.

So, Alvin Y. *Hong Kong's Embattled Democracy*. Baltimore: John Hopkins University Press, 1999.

Speck, W. A. *A Concise History of Britain 1707 – 1975*. Cambridge: Cambridge University

Press,1993.

谭志强:《澳门主权问题始末(1553—1993)》,台北:永业,1994。

The Rule of Law:Perspectives from the Pacific Rim. Washington,DC:Mansfield Center for Pacific Affairs,2000.

田弘茂等(编)(1997a):《巩固第三波民主》,台北:业强,1997。

——(1997b):《新兴民主的机遇与挑战》,台北:业强,1997。

Tsang,Steve(ed). *Government and Politics:A Documentary History of Hong Kong*. Hong Kong:Hong Kong University Press,1995.

——*A Modern History of Hong Kong*. Hong Kong:Hong Kong University Press,2004.

——Hong Kong:An Appointment with China. London:I. B. Tauris,1997.

Vogel,Ezra F. *The Four Little Dragons*. Cambridge,Mass:Harvard University Press,1991.

Wacks,Raymond(ed). *Civil Liberties in Hong Kong*. Hong Kong:Oxford University Press,1988.

王赓武(编):《香港史新编》(上、下册),香港:三联书店,1997。

王叔文(编):《香港特别行政区基本法导论》,北京:中共中央党校出版社,修订本,1997)。

王泰铨:《香港基本法》,台北:三民书局,1995。

Welsh,Frank. *A History of Hong Kong*. London:HarperCollins,1993.

Wesley-Smith,Peter and Albert H. Y. Chen(eds). *The Basic Law and Hong Kong's Future*. Hong Kong:Butterworths,1988.

Wesley-Smith,Peter(1987a). Constitutional and Administrative Law in Hong Kong. Hong Kong:China and Hong Kong Law Studies,volume I,1987.

——(1987b). *An Introduction to the Hong Kong Legal System.* Hong Kong:Oxford University Press,1987.

——Constitutional and Administrative Law in Hong Kong. Hong Kong:China and Hong Kong Law Studies,volume II,1988.

——*Constitutional and Administrative Law*. Hong Kong:Longman Asia,1995.

——*Unequal Treaty 1898 - 1997*. Hong Kong:Oxford University Press,revised edition 1998.

萧蔚云等(编):《依法治澳与稳定发展:基本法实施两周年纪念研讨会论文集》,澳门:澳门科技大学,2002。

肖蔚云(编):《一国两制与香港特别行政区基本法》,香港:文化教育出版社,1990。

许崇德:《中华人民共和国宪法史》,福州:福建人民出版社,2003。

许之远:《1997香港之变》,台北:展承文化,1997。

许宗力:“两岸关系法律定位百年来的演变与最新发展”,载氏著:《宪法与法治国行政》,台北:元照,1999。

耶鲁两岸学会(编):《迈向21世纪的两岸关系》,台北:时报文化,1995。

余绳武、刘存宽(编):《十九世纪的香港》,香港:麒麟书业,1994。

余绳武、刘蜀永(编):《20世纪的香港》,香港:麒麟书业,1995。

张结凤等:《不变,五十年? 中英港角力基本法》,香港:浪潮出版社,1991。

赵春义(编):《一国两制概论》,长春:吉林大学出版社,1988。

赵小芒等:《一个国家两种制度》,北京:解放军出版社,1989。

郑赤琰:《收回主权与香港前途》,香港:广角镜,1982。

郑宇硕、雷竞璇:《香港政治与选举》,香港:牛津大学出版社,1995。

中共中央文献研究室(编):《一国两制重要文献选编》,北京:中央文献出版社,1997。

《中华人民共和国香港特别行政区基本法及相关文件》,香港:三联书店,2007。

钟士元:《香港回归历程》,香港:中文大学出版社,2001。

当今中国宪政发展的阻力与助力

——以强制拆迁和刑罚权为线索*

季卫东**

首先,我要把宪政的基本问题作一个简单的介绍。大家都知道宪政主要有两个方面:一个方面是保障人权,另外一个方面就是限制政权,通过这种方式来实现自由。而人们实现自由需要有一定的经济基础。私有财产权就是这种经济基础的最基本的构成因素。限制政权的目的,主要是防止对自由的不适当限制。所以,我这次发言的内容有两个着重点:一个就是关于实现自由的财产所有权,另一个就是关于限制自由的犯罪刑罚权。今天我要从这两个角度来观察宪政发展的问题。

强调财产所有权是有现实背景的,因为最近通过了《物权法》,在《物权法》通过之后还发生了一系列的事件,大家都很关心。另外,《刑事诉讼法》的修改工作正在进行,并且从今年开始,死刑的核准权已经收回到了最高法院。所以,今天我选定财产权和刑罚权这样两个基本点。顺便还要指出,当我们谈到人权保障

---

* 本文系2007年4月25日在中国政法大学系列高级论坛"宪政的中国趋势"演讲的文字整理稿。

** 季卫东,上海交通大学凯原法学院院长。

时,除了个别的自由范围的界定外,不得不面对人权与人权之间的关系如何协调的问题。后面这个问题主要通过公共财政来解决。大家都知道,最近开始启动财税制度的改革,预算正在透明化。我想,这些都是推动宪政发展的非常基础的工作。

可见,我们对中国宪政发展的前景应该有信心。但是,也要看到,在推动宪政发展的过程中也存在着一些问题。比如说,在意识形态以及权力结构等方面有抵制改革的阻力,等等。从法律的角度看,程序的残缺就是一个非常突出的问题。既表现在立法方面,也表现在——比如说——解决“重庆钉子户”这个事件的过程中,缺乏调整不同利益集团之间关系的公正程序。我们还可以看到,围绕着宪法秩序的变迁已经存在着一系列的权利博弈。

在这样的互动当中,对中国宪政发展阻碍最大的因素是什么呢? 不得不指出,是上层的分利同盟。也就是说,少数人垄断了经济利益,而这一部分既得利益者对深层改革持一种抵抗的态度,是宪政发展的最大阻力。那么,宪政发展的主要推动力来自什么地方呢? 主要来自于民间的维权活动。所以,我要说,基层的民生纠纷及其处理就是宪政发展的最大助力。基层的民生纠纷,目前最突出的表现是围绕土地征用和补偿的争执。蔡定剑教授告诉我,有个村长曾经说过一句很精彩的话,就是共产党“成也土地,败也土地”。他的意思是中国共产党夺取政权是靠农民的支持和土地改革的成功,但是,现在恰恰是在这个土地问题上弄不好很可能要因腐败而失去民心。所以,我想从这个最突出的问题开始谈起。

根据报道,昨天通过了《信息公开条例》,其中,特别规定了土地的征用和转让的标准以及补偿额度都应该公开。另外,城乡规划法案也刚刚提交全国人大,城乡的开发中征地用地需要经过严格的法律程序并得到有关群众的承认。总之,土地征用和补偿的问题已经引起了立法部门以及有关方面的注意,出现了某些进展和突破。然而,有些根本的法律困境仍然没有突破。所以,我认为把土地财产权的保障和强制拆迁的权力边界作为宪政发展的一个重要契机是比较适当的。

在中国两级土地市场的制度框架里,存在着不少特色和问题。众所周知,中国没有私人所有的土地——城市部分是国有的,农村部分是集体所有的。在所谓土地市场上流动的只是国有土地使用权。农村集体所有的土地,只有在经过征用程序国有化之后,才能以使用权交易的方式进入流通。所以,土地买卖之前必须首先设定可交易的土地使用权,由政府的土地管理部门审查决定。实际上,在整个土地交易过程中,政府始终发挥着主导作用。在土地交易中,一些地方政府权力过大究竟意味着什么?答曰:在扭曲的价格机制中寻租。我想,大家可能比我更知道其中的猫腻和流弊。

比如说,同学们生活在北京的郊区,在这里,政府如果要对农村集体所有的土地进行征用,一般来说,每平方米付给农民的代价是120元钱左右。而征用的土地拿到第一级土地市场上出让土地使用权时,价格是多少呢?每平方米高达6 700元。然后,再由土地使用权者拿到第二级土地市场上转让,就是说,经过土地不动产开发商开发之后,每平方米的价格翻倍为13 000元左右,是120元的征用补偿费的一百多倍。大家都知道,这个时候土地资源已经立体化了,假如建成一座25层的高楼,那么,每平方米的价格实际上暴涨为325 000元左右。当然,要扣去开发的投资成本。但无论如何大家都可以看到,这中间存在着多么巨大的价差。这意味着什么呢?意味着土地使用权本身构成一棵巨大的摇钱树。也就是说,土地使用权的设定和转让,在中国成为各个方面——当然是有权力这么做的方面——的炼金术,人们拿一纸土地使用权证书就可以不断招财进宝。因此,个别官员在批地中寻租,不动产开发业成为暴利行当和腐败的最大温床,也就不足为奇了。

在土地价格发生这么巨大变化的情况下,它的标准是什么,并不是非常清楚的。在有关操作程序不透明的情况下,这可能导致什么后果呢?导致土地评价的任意性,导致泡沫化。据我看到的一则报道的记忆,中国土地泡沫化的整体比率已经达到5.6%,相对于日本的3.8%、美国的2.5%已经很大,而北京市的泡沫率竟然飙升到了将近18%。如果在其他国家,土地出现泡沫化现象之后,会采取什么措施呢?由政府来控制交易,就可以控制土地泡沫化。但在中国,正是由于一些政府部门对土地所有权控制得非常严密,所以,才出现这样的价格扭曲,才出现土地泡沫化现象。因此,可以推断,如果中国的土地泡沫化使实体经济到了崩溃的边缘时,中国将没有任何措施来阻止这种泡沫化经济对实体经济的冲击。这就是目前土地行政可怕的地方,危险的地方。这也就是为什么国务院从去年开始对土地转让问题采取较大幅度宏观调控措施的一个重要原因。

这样的土地使用权结构是必须改革的。改革的一个很重要的方面,就是把土地所有权的主体以及处分的手续弄清楚。也就是产权关系要明晰,在这里《物权法》可以发挥重要的作用。正是因为这个道理,《物权法》的制定受到方方面面的关注,引起了激烈的争论。大家知道,以北京大学法学院巩献田教授为代表,曾经出现过一场围绕《物权法》草案的宪法论争。巩教授搞的那个千人附议、万言上书,从内容来看,真是语不惊人死不休。在他看来,《物权法》简直成为国有资产流失的罪魁祸首,实在是一种像“燕山雪片大如席”那样的夸张。也许巩教授的动机不错,但他的质疑方式却是完全错误的。为什么呢?从两级土地市场的框架可以很清楚地看到,确实存在国有资产流失这样一个问题,但原因正是公共所有关系导致行政主管部门的权力太集中,太缺乏制约,因此,个别官员可以肆无忌惮地与不动产开发商勾结在一起,把国有资产变成了私人财物,牟取暴利,坐地分赃。要防止国有资产的流失和结构性腐败的蔓延,首先的或者根本的是要改变国有资产的管理体制。因此,仅仅采取治标的方法是不够的,需要治本,而《物权法》实际上就是一个重要的治本性措施。

的确,《物权法》里有宪法问题,但这个宪法问题不是如何防止国有资产流失,而是如何防止政府权力的异化和侵害私有财产。所以,保障个人所有的财产不仅是《物权法》的原则,也是宪法性权利,是一项基本人权。从这个角度来看,《物权法》的不足之处,最重要的是农村集体所有的土地的处分性决定的主体是不明确的。从理论上说,集体所有的土地是把所有农民个人的私有土地放在一起而形成的财产权构成物。但是,该集体的所有农民,或者其中每一个人,或者集体的代表,实际上不能按照自己的意愿对土地进行处分,至少没有最终决定权。即使他们作出处分土地的决定,也要经过政府有关部门的同意才能产生法律效力。这样的状况是极其特异的。无论如何,在这样的状况下,怎样防止政府对私人所有以及集体所有的财产权的侵害,就成为一个非常重要的宪法问题。

现在从土地权益之争来考察宪政的阻力和动力。目前,土地使用权交易的收入已经成为地方政府非常重要的财源。据不完全统计,各地政府的土地使用权交易收入的年度总量已经超过1兆亿元人民币,在财政岁入中所占的比率已经超过50%。显而易见,土地使用权交易对于地方政府的财务是非常重要的。前面已经指出,目前的土地交易中存在着极其巨大的差价,得到征地批条、政府设定土地使用权的行为可以带来巨额的利益,这就给个别官员寻租提供了丰富的机会,也给行贿受贿提供了强有力的诱因。据有些经济学者的研究,现阶段不动产开发商向个别政府部门官员行贿的一般行情是转让收入的1/3。这么巨大的诱饵,难怪中国官员经济犯罪案件的80%都与土地使用权交易有关。正因为存在暴利，所以，与土地征用相伴随的往往是赤裸裸的、残酷的暴力，既有自发的抗争，也有买凶现象，还有对国家暴力机器的滥用。地方政府中既然存在着官商勾结分利的共谋或同盟，存在着如此庞大的既得利益集团，那么，要改变这样一种资源配置格局就是极其困难的。

既然有人获得暴利，就必然有人牺牲。实际上，土地使用权交易的黑洞吞噬了无数市民和农民的财产权益，从而也就激起越来越频繁而激烈的抵抗。从21世纪开始，围绕土地征用和拆迁，各地已经出现了一系列的抵抗运动。例如在北京，出现过万人行政诉讼；在南京，出现过拆迁户翁彪烧身自杀的案件；还有移民运动代表伤害事件，等等。在这类抵抗运动的背后，我们可以看到一种为了生存权的斗争，正在形成推动中国宪政发展的新的政治压力。特别引人瞩目的是失地农民的抵抗运动的激化，例如，2004年的四川汉源事件，2005年的河北定州事件，都是与水利事业或者电站建设的征地相关的。到2006年，据有关部门的推算，失地的农民人数已经高达6 000万，其能量和影响不可轻视。所以，我们有理由说失地农民已经成为推动制度变迁的重要的压力集团。

引起抵抗运动的主要原因是有关部门在征用土地的过程中滥用权力、不进行充分的补偿，也不充分听取有关群众的诉求。因此，在这里，我们有必要对农村土地征用和补偿的规定以及实际操作进行简单的考察和分析。关于土地征用的程序和补偿标准，土地管理法已经作出了规定。土地管理法第2条第4款明确指出，征用土地必须满足公共利益这一要件。由于中国的人均耕地面积大大减少，已经不到世界平均人均面积的40%。所以，中国政府采取了比其他国家更加严格的保全耕地政策，限制土地的征用以及土地使用权的用途。那么，土地补偿的标准是怎么样的呢？土地管理法的第47条作了明文规定，主要包括四个项目的补偿,即土地补偿费、安置补偿费、青苗补偿费以及地上附着物补偿费。土地补偿费的计算标准是最近3个年度的平均年产量的6~10倍。安置补偿费是最近3个年度的平均年产量的4~6倍。这两项相加的总额不得超过平均年产量的30倍,就是最多补偿相当于30年的可期待收益的损失。另外,青苗补偿费以及地上附着物补偿费根据当时的市场价格计算。但是,实际上的做法却违背了上述法律规定。

有些行政条例甚至公然违反法律而另外制定补偿标准。例如,1991年制定的《大中型水利水电建设工程征地补偿和移民安置条例》,把法律规定的平均年产量的6~10倍改为3~4倍;本来是平均年产量的4~6倍的地方,改成3~5倍。总之,所有的补偿都大幅度减少了。行政法规公然作出与法律不一致的规定,这在法治国家是不可想象的。当然,这个条例在去年已经作了修改,与法律规定一致了。但是,这样的规范冲突已经存在了15年,很长的一段时间。纠正这类规范冲突需要一系列的制度,比如司法审查,等等。但是我们现在还缺乏整合机制。就土地征用而言,为什么会出现这样混乱的情况?为什么一些政府可以在补偿标准上如此轻率地上下其手?这是我们不得不面对、不得不深思的问题。归根结底,一个很重要的原因就是中国的土地所有制与其他国家是不一样的。前面我略有涉及,农村的集体所有制土地,虽然名为农民集体所有,但事实上的主体却是村民委员会,而村民委员会处分土地的决定其实也并不具有终局性。实际上是一些政府的土地管理部门在行使最终决定权。因此,土地征用的价格设定和补偿标准往往取决于一些地方政府部门的长官意志。从这种意义上来说,在中国,即使纯粹经济上的问题、即使非常具体的民法问题,都与政治权力的运作密切联系在一起的,因而也都具有宪政的意义。

在考察了农村的问题之后,让我们再来看看城市的情况。大家都知道,城市的土地全部是国有的。这里首先不得不指出一点历史真相,中国城市土地国有化的过程有很大的非正式性,从法律上来讲,存在一些暧昧不清的地方。1982年宪法明确规定城市的土地全部属于国有,只是追认了事实上的现状,并没有补齐必要的法律手续。当然,我们很难回过头去追究那些极其复杂的历史问题,而应该以事实和现行法制为讨论的基础,但了解上述历史真相对理解现实中的土地权益纠纷以及探讨解决问题的妥当方案还是很有意义的。

目前中国的城市为什么会出现那么多的拆迁纠纷呢?主要是因为在计算补偿额度时,土地的使用权本身不包括在补偿的范围之内。按照有关规定,拆迁之际,政府要无偿回收土地使用权,不对市民的土地使用权上的利益损失进行补偿。显而易见,这样的规定使得城市拆迁的补偿金额大幅度减少,而拆迁户在土地使用权上的利益损失很大。众所周知,很多市民的私房本来是在私有土地上建筑的,在社会主义改造运动和文化大革命中,房地都一律充公了;后来落实政策把房屋归还了所有者,但土地却变成了国有的。请设身处地想象一下:现在搞城市开发,原来的住户不得不拆迁,土地使用权也要转移给企业主,而相应的损失却不能从巨大的商业利润中得到补偿,连基本的征地补偿也只限于房屋损失,他们能不产生怨气吗?这样的处理符合公正原则吗?所以,土地使用权利益损失要不要补偿、怎么补偿,仍然是法律上绕不过去的重要问题。

在讨论土地使用权损失是否应该补偿时,还要正视现实中的不公平待遇。如果城市所有的土地使用权都由政府无偿回收,虽然未必妥当,但还不至于引起相对性不满的爆发。问题是在这里也有身份上的差异,并没有一视同仁。例如某个城市不动产局在1995年发布过一个文件,规定对一定级别以上的高级干部、一定身份的统战对象以及民主党派人士,他们的私房需要拆迁时,不仅要补偿建筑物损失,而且还要补偿土地使用权的损失。作出这样的规定,显然是考虑到有关人士原来拥有的土地所有权。但是,那个"重庆钉子户"的情形也是同样的呀。"重庆钉子户"的房屋是私有的,所附属的土地也是他们祖上买下来的;后来在社会主义改造运动中房地都被没收了,落实政策时把房屋的所有权归还给他们了,但土地所有权没有归还,只享有使用权。现在这个使用权也要被剥夺,不给予充分的补偿如何说得过去?这就是他们坚持要"最牛"到底的潜在理由吧?

鉴于城市国有土地的复杂性,目前处理拆迁问题主要有两种通行做法,或者说留给拆迁户的选项主要有两种:一种是拿钱走人——用当地新建公寓的单位面积价格乘以拆迁的私宅面积,计算出应该得到的补偿费。当然,这个计算标准是否就很公平,其中土地使用权的涨幅如何,使用价值是否相当,仍然存在一些问题,容易引起纠纷。另外一种大家更容易接受的方式就是以新换旧——在同一个区域内新建的房屋中取得与自己被拆迁的私宅同样面积的房屋。尽管这个方式比较可行,但也不是没有问题,主要涉及开发商的暴利与土地使用权的相对贬值之间的关系,涉及利益分配正义问题。

在上述制度条件下,土地征用和补偿方面问题重重,而不动产开发商财源滚滚,导致经济过热,也引起社会不安,还造成耕地流失极其严重的事态,并且促使结构性腐败愈演愈烈。于是,中国政府从2006年开始重拳出击,采取霹雳手段整治地政。例如,2006年6月召开全国土地执法会议规定,在年底前,各个省都要处理8件重要土地纠纷案件。这也是中国很有特色的。不管三七二十一,反正都得给我完成8大件的硬性指标。除了"保8"外,土地使用权的设定权也开始上收。还有对中央机关用地进行调查登记、追究高官违法责任、打击不动产价格同盟、建立国家土地督察制度等一系列重要的整顿措施。结果是2006年中国地方政府批地的面积跟过去的年度数字相比减少了30%,收效显著。

我们还有必要从法律的角度来重新审视征用和补偿问题。首先要考虑的一个非常重要的问题就是如何区分公共利益与商业利益。例如,在"重庆钉子户"事件中,拒绝搬迁的很重要的理由就是征用并非为了公共利益,而是出于商业开发的需要。因此,公共利益和商业利益之间的关系成为前一段时期有关争论的一个焦点。但迄今为止的各种意见忽视了两者之间还有个中间项。公共利益的界定是比较复杂的,但一般而言是国家为了整个社会的公共利益而征用土地。在城市规划和开发的过程中,尽管为了不动产开发商的事业需要进行的征用会带来巨额商业利益,还是有相当一部分开发后效果可以惠及当地社会,所以,也具有一定的公益性。在法国,这样的城市开发被称为"一般性利益",构成公共利益与商业利益之间的一个中间项。设置一般性利益的中间项有好处,就是一方面可以避免因为纯粹商业利益引起的争执,另一方面,使一般性利益和公共利益严格区别开来,避免假公济私引起的争执。一般性利益不能完全等同于公共利益,所以,征地的标准应该更严格,审批的程序也应更公开,补偿的标准应该更充分,必须把开发后的商业利益的一部分还原到公共社会。一般性利益也不等同于单纯的商业利益,所以,拆迁户不能纠缠不休、阻碍征用与开发。

在这些法律问题还没有充分解决、制度条件还不完备的现阶段,究竟应该怎样妥善地处理拆迁纠纷呢?现实中一般是采取这样那样的强制性手段,从司法部门的强制执行到不明身份的暴徒袭击。所以,有"强制拆迁"一说。在这里,暴力强制的现象就凸显出来。拆迁户要抵抗强制拆迁怎么办?比如那个"重庆钉子户",户主是全国散打冠军,武功很厉害。真要强行拆迁,恐怕就会打起来。假如这样的情况发生了,按照法律规定,是要以"妨碍公务执行罪"的理由将他逮捕法办,甚至可以判刑的。于是,强制拆迁往往会涉及刑法上的制裁手段。所以,我们也就很自然地从土地征收和补偿的问题转到行使刑罚权的问题上去,也就是从关于财产自由的宪法性权利转到关于人身自由的宪法性权利。

前面我围绕土地征用和补偿讨论了个人的私有财产权保障,现在以刑事制裁和程序正义为线索来考虑人身安全保障。从身体和生命的角度来看自由权,最重要的当然是在处理刑事案件的过程中,如何防止滥伤无辜,如何通过各种制度维护基本人权的问题。大家都知道,中国最近揭露了很多冤假错案,为最高法院收回死刑核准权以及进行刑事制度的新一轮改革造势。在揭露出来的冤假错案中,有两个很典型的事件引起了舆论界的关注。一个是聂树斌的枉死。大家是否知道这个案件?2005年1月19日的《河南商报》报道了河北在逃嫌犯王书金所犯几起强奸罪行,其中,包括他主动坦白的一起石家庄强奸杀人案,交代的细节与现场高度吻合。但调查发现,后一桩案早有“凶手”,名叫聂树斌,已经在10年前被执行死刑,处决时不满21岁。消息传开后全国哗然。怎么会出现这样的千古奇冤?回过头去追查,发现判案时根据的只是一些间接证据,非常不可靠;辩护权也没有得到充分保障;审理程序上也瑕疵百出,甚至亲属不知道行刑日期的事情都发生了。这样草率的定案和执行,在证据规则、辩护权、程序保障上存在一系列严重问题。另外一个典型事件是佘祥林的错判。情形与前面那个案件很相似,不幸中的万幸是被告没有被处死。其实本来也是判了死刑的,后来因为证据不足被退回重审,最后判了15年有期徒刑。在被告人度过长达11年的铁窗生涯之后,才发现“被害人”活着回家了,杀人之罪自然得以昭雪。实际上,被定故意杀人罪的佘祥林一直拒绝认罪,也不断进行了申诉。在审判过程中,拷问求供、屈打成招的弊害非常突出。

固然任何国家都会发生冤案,不限于中国。但是,如果冤假错案非常频繁地发生,如果枉屈发生得这么不可思议,甚至是很容易防止的低级错误，那我们就需要认真考虑制度本身的问题。也就是说，冤假错案不是个别的、偶然的，是一种结构性弊病。结构性的冤案只能通过宪政去解决。在这个意义上说，刑事制度的根本性改革是非常必要的，尤其要加强人权的程序保障，从宪法性基本权利的高度来考虑防止冤假错案的条件。

关于中国审判方式的特征，过去我曾经写过一些文字，讨论传统司法的制度设计和思维方式。其中谈到平反冤假错案在中国式司法中的重要作用，法律显示一种“有错必纠”的反思理性，而国家权力始终摆出一副为民申冤的姿态。在这样的框架里，体制通过事后的平反昭雪来维持正当性。但不得不指出，这样的做法实际上是一种马后炮——从重从快的处理以维持社会治安，再三再四的申诉以纠正法官错判。所以，中国式的司法的传统是给事后纠正留出充分的渠道，但事先的预防却不很充分。现在，我们提出通过正当程序来保障人权，就是要把这个制度设计的优劣顺序颠倒过来。与其放马后炮，不如事前把问题考虑得更充分，将事先预防的程序设计得更合理。

下面，我们来看一看刑事制度与程序正义之间的关系。我们知道，程序正义在整个法律体系中都是非常重要的，而在刑事制度中尤其重要。与其他任何一种法律领域相比较，刑事制度都更应该重视程序正义。为什么要这样做呢？因为刑事司法涉及到人的生命和自由，就像前面两个案例所显示的那样，必须慎之又慎，所以，必须比其他法律领域更加强调程序正义。我们知道，罪刑法定是一个实体法上的原则，但在现代法治国家，罪刑法定当然并不是指通过实体法的技术操作，直接地、机械性推导出刑事判决，而必须通过严格的审理和辩论的程序认定事实、证实罪与罚的对应关系。在这个意义上，程序正义当然具有优先性，甚至可以说是“先有程序、后有刑罚”，这一点我想是应该首先加以强调的。其次，最近关于刑事制度改革的讨论大都强调当事人主义模式,强调当事人在刑事诉讼中的对抗性,甚至当事人之间的私了。但需要留意的是,当事人主义对抗制,并不等于让当事人的主意来左右刑罚的决定,而是指当事人通过抗辩进行说服力竞争,判断或决定由法官和陪审员来做出。这一点我觉得也是有必要加以强调的。再次,在现阶段的中国,由于社会剧烈变动,权力的滥用,由于潜规则和非正式主义盛行,刑事法领域出现了某些程序失灵的情况。似乎程序正义不适应中国的现实,不能有效地发挥作用。面对所谓程序失灵的现象,我们是不是应该回过头去重新乞灵于实体性的价值判断,重新乞灵于“临时处断、量情为罪”的实质性判断呢?我的回答是:否。我们应该考虑的是,程序失灵的原因究竟是什么,应该通过哪些制度举措来克服程序失灵的弊端。造成程序失灵的一个重要因素是司法者的裁量权过大,为专断提供了大量机会。面对这样的局面如果还要强调实质性判断,那么,只会不断扩大裁量权,致使问题越来越严重。也不能反过来拒绝司法者的裁量权,过激地主张由当事人自己来决定刑罚的结果。过分强调“私了”的方式,这也是错误的。其实程序失灵的程度往往与“私了”的规模是成正比的。

在这里,我想强调的是,在刑事制度方面,程序正义具有极其重要的意义。换个角度来看,就是按照宪政的要求对刑罚权加以限制。一般而言,刑事诉讼法主要有两种功能,一种功能是,通过各种各样的制度安排来实现刑法所规定的内容,就是要达到惩罚犯罪的目的;另外一种功能就是,要通过各种程序要件来限制刑罚权,不容许轻易作出判决。这两个功能中,中国传统的刑事司法更强调的是前一种,即实现刑法实质性所规定的内容,千方百计达到惩处犯罪的目标,为此不惜采取策略性做法。如果是着重于惩罚犯罪的话,在制度设计上当然会有些独特的征状,比如说更多的强调真实的认知,只要有助于发现真实就可以不受程序上的约束,为了惩治犯罪可以不择手段。比如说判决不必具有很强的既判力，一件案件可以重复审理。比如说即使在证据规则上有些瑕疵，但只要能揭露犯罪、打击犯罪，这样小的瑕疵可以在所不顾。如果再走极端的话，那就是命案必破，从重从快的刑事政策。反过来，如果强调后面一种功能，即强调限制刑罚权这样一种功能，刑事司法的重点就会转到防止误判上来，因此，并不过分追求惩罚的结果。这是一种程序主义刑事诉讼观，提倡正当的取证手段，提倡相对化的惩罚目标以防止草菅人命。培根在《论司法》中曾经说过，一次误判比一次犯罪的后果更严重：一次误判可能污染水源，而一次犯罪只不过是污染了局部的水流。这提醒我们，预防冤假错案比惩治犯罪更重要。这当然不是要纵容人去犯罪，只是要把刑事审判制度设计的焦点集中到防止误判方面。

以上这两种功能，反映了司法的两种思路。如果用形象的说法来进一步阐明，可以举出“滑梯游戏”和“跨栏赛跑”这两种比喻。大家小时候在幼儿园肯定都玩过滑梯。一个小男孩坐在顶部，屁股一扭动，哧溜就滑下来了，这个过程是势不可挡的。不受程序规则限制的刑罚权，就像一个坐在滑梯顶部的小玩主。与此相反的思路是给刑罚权的行使设置各种障碍物，让司法者变成一个跨栏赛跑的竞技选手。这样你可以看出司法者的技术到底有多高超，刑罚权的行使到底有多慎重。虽然他可能会比没有障碍物的赛跑速度要慢些，比从滑梯上滑下来速度要更慢些，但运动过程更精彩，比赛结果也更让人信服，对不对？刑事制度如果设置了很多的障碍物，显然要求司法者具有更高的业务水平和责任心，这是有利于预防误判的。因此，我们应该选择后面一种思路，也就是程序主义刑事诉讼观以及相应的制度设计。

有必要特意指出，程序主义刑事制度主要起源于宪政精神。我国现行宪法的第37条关于人身自由保障的规定、第39条关于住宅不可侵犯的规定、第40条关于通信自由和依程序检查的规定以及第125条关于辩护权和审判公开的规定,为程序主义刑事制度提供了原则性的依据。那么,程序主义刑事制度的内容主要有哪些具体的构成要素呢?在这里我只能简明扼要地介绍一下。从具体落实宪政理念的角度来看,程序主义刑事制度必须包括以下五种最基本的制度设计。

一是当事人主义对抗制。这个制度的宗旨是改变法官与当事人相对峙、法官与检察官相混淆的局面。大家看过京剧《十五贯》吗?在这个故事中,著名的司法官僚况钟微服私访、现场调查,并且装扮成测字先生来对嫌疑犯进行心理战,实际上兼有检察人员与审判人员的双重角色。《包公案》、《施公案》里的情节也大同小异。可见中国传统的刑事办案都是法官兼检察官直接与当事人对峙的。导入当事人主义对抗制,就是要改变这样的格局,让法官处于中立的位置上进行客观判断。

二是无罪推定原则。大家都知道,中国在修改刑事诉讼法时,很多法学家、立法机关的工作人员都曾经想导入无罪推定原则,但是,我们看到现行刑事诉讼法中第162条,实际上只是一个证据不足以作出有罪判决的应该判决无罪的简单规定,最高法院的司法解释也只是规定对证据不足的那一部分不予认定。这两个条款合在一起并不足以构成疑罪从无的原则,实际上只是表明疑罪从轻而已。

严格说来,无罪推定的概念应该包括这样的内容:所有的举证责任自始至终都应该由控方承担;被告对指控提出反证的责任只限于比较说服力和盖然性的程度,也就是说他不必证明自己无罪,只要反驳对方的证据不足即可,当然,更不能被强迫履行举证责任;对控方举证责任的要求是非常严格的,在整个证明过程中不允许留有任何可以合理怀疑的余地。但是,我们可以看到,与这样完整的无罪推定原则相比较,中国刑事诉讼法的规定显然是很不充分的,特别是现行刑事诉讼中还规定辩护人有证明嫌疑人

(被告人)无罪的责任,要求公诉人和辩护人都得向法庭出示物证。这些内容表明,无罪推定的原则在中国仍然没有确立。

三是一事不再理原则。这个原则主要考虑审判的经济性,避免嫌疑人面临重复追究的危险。一事不再理原则在中国可能比较容易引起争议。因为按照中国现行规定,应该实事求是、有错必纠。这种真实主义原则与一事不再理原则是不一致的。一事不再理原则的贯彻还有一个前提条件,就是审判的质量基本上没有问题,但中国的现实离这样的理想状态还很远,因此,很容易引起争议。

四是辩护权的保障和律师的作用。我们可以看到在这个方面,中国仍然存在不少问题,例如,律师的诉讼参与率仍然不高,律师维权活动还受到许多阻碍。

五是沉默权与证据规则。沉默权的本质在于容许犯罪嫌疑人(被告人)拒绝回答,拒绝认罪,也不假设他们负有如实招供的强制性义务。中国过去的法律规定或者司法政策都不采取这种立场,但最近已经发生变化,在导入沉默权概念以及有关制度方面,中国刑事诉讼法学界和实务部门已经达成了共识。

以上五种制度设计对于保障人身安全等宪法性自由权具有极其重要的意义。

我把上面所说的内容综合起来,从促进宪政发展的角度来看,得出的结论是:在社会日常生活中层出不穷的公民维权运动是宪政发展的最重要的推动力,而阻碍宪政发展的主要是以经济垄断为背景的上层分利同盟及其对国家强制力的滥用。要打破这样的格局,必须推动政治改革,民主化是防止权力腐败和制度腐败的最有效手段。

目前,中国在民生问题已经达成共识。按照民生的逻辑进行推理,结论应该是还要进一步关注涉及个人生存问题的自由权,包括生命安全和财产利益这两个主要方面。当然,光有个人的自由权还不够,还需要协调私人权利诉求之间的关系,并建立以自由为前提的公共性。因此,可以断定,今后中国宪法学的基本课题就是要形成和发展一种调整不同主体和不同类型的人权之间相互关系的公平机制。

问答部分

问:为什么要在公共利益与商业利益之间引入"一般性利益"这样的中间概念?是公共利益还是商业利益很难有实体性标准,是不是通过程序就可以解决?

季卫东:因城市规划和城市开发而产生的征地需求往往把征用的土地转让给民间企业,往往涉及商业利益,但又不能认为这样的征地就完全与公共利益无关。这样的现实有两层含意。第一,很难事先对公共利益下个明确定义,给出实体性的判断标准。究竟什么是公共利益,需要根据具体情况决定,所以,听证会之类的程序安排很重要。第二,需要适当扩大作为征用条件的公共利益的概念外延,并把纯粹的商业利益区别开来。这就需要引入"一般性利益"这样的中间范畴,既是公共利益的一部分,但又与民间企业的经营活动以及特定区域的共同利益有关。

由于目前中国没有引入"一般性利益"的概念,所以,讨论的时候只在商业利益与公共利益之间进行非此即彼的选择。赞成强行拆迁拔钉子的人们往往以城市开发是公共利益作为根据,不考虑不动产业的特殊利益。例如,在"重庆钉子户"事件的处理上,媒体刊登出城市规划远景图,说明开发之后这个地方将如何繁荣,给大家带来怎样的好处。但是,这样的繁荣究竟在多大程度上属于不动产开发商,在什么方面给一般市民带来什么样的好处？城市开发究竟是否完全符合公共利益？即使符合公共利益，是眼前的还是长远的？这些问题未必都很清楚，需要交给大家讨论，争取理解和同意。也就是说，怎样界定公共利益，很难有一个确定的标准，需要具体分析，往往需要通过一定的程序来讨论决定。你提出的问题正是我想表达的见解。

至于设置"一般性利益"这样的中间项，有一个明显的好处，就是可以为程序活动提供可操作性，使程序能够有效地运作起来。比如说，你光说公共利益与商业利益，这很容易造成意见的对立，难以达成共识。如果有个中间项作为媒介或者第三个选项，通过程序的讨论和决定就比较方便了，比较容易找到妥协点，比较容易达到共识。这就是程序正义往往需要第三者的范畴相配套的原因所在。我觉得，当你强调程序正义的时候，一定要注意找这个中间项。

问：您觉得在宪政体制下媒体的功能定位如何？你对中国媒体定位如何看法？

季卫东：媒体之所以在中国引起广泛的关注，是因为在中国制定法律并没有经过真正的民主程序，缺乏民主立法的正当性。因此，在执行法律的阶段往往不得不反复面对正当性挑战，动员民意作为支持力量。在目前的中国，媒体以及舆论监督只是缺失了的民主程序的一种替代物。这个民主程序替代物实际能够发挥很大的作用，能够对司法不公施加压力，所以，大家对它抱有期待。但是，由于这个替代物并不是制度化的，具有不确定性、任意性，因此，大家对它又抱有怀疑。

与这样的情形相关联，强调司法独立的法律人往往会在这个问题上感到有点困惑，碰到一些悖论。当你强调司法独立时，会发现很多我们认为不符合正义的东西，居然以司法独立为借口而逃避责任追究。例如，去年新疆有个铁道中级法院作出了一个违规的决定，把判决的执行委托给某家民间公司，从中收取回扣甚至渔利。在问题被揭露出来后,照理应该追究这个法院,特别是直接负责的法官的责任,作出制裁决定,但在这个过程中,有关人士提到司法豁免权,以这个理由来逃避责任。这真是一种讽刺。

类似的问题还有很多,让我们在对媒体与司法的关系进行判断时感到有些矛盾。强调舆论监督,就可能导致舆论干预司法,这是不符合司法独立原则的。可是,如果不强调舆论监督,由于制度不健全,也一时难以改变现状,那么,司法腐败就会蔓延,司法不公的现象也很难纠正。于是,有人就乘机抓司法独立论者的小辫子,说"你不是提倡司法独立吗? 怎么还要借助媒体? 这是自相矛盾",等等。

在这里,我觉得媒体如何定位还是与民主程序有关的。比如,刚才李教授提到的法院行政化,法官也搞请示、汇报之类的问题。在最高法院那里,表现为批复、解答,是司法解释的一种方式。从整体上看,司法解释其实也是法院立法的一种方式,涉及的范围很广泛。

从现代民主法治理论的角度来看,法律是全民意志的体现,所以,法官不得立法,而只能忠实地来执行法律,也就是法官要服从体现为法律的民意,而不能自行其是。当然,现代社会日益复杂,瞬息万变,法官也不能墨守陈规、机械地适用条文,应该根据具体情况进行适当的裁量,甚至在必要的情况下创制规范、创制权利,但这样的活动只能局限在一定范围内,有严格的条件规定。中国的现状很不一样,司法解释实际上变成了另一种立法形态,甚至最近还就司法解释征求群众意见,召开听证会。为什么会出现这样的情况? 固然由于制度设计上的不合理性,或者过渡期难免的混乱。然而,更深层的原因还是前面提到的中国制定法律并没有经过真正的民主程序,缺乏民主立法的正当性。

所谓立法权至上、议会至上是有前提的,就是从制度上保证它要反映民意。如果民主立法程序不健全,人们就会把评价法律的关注点从民意转到专业水平上。如果代议机构不能充分代表不同利益集团的诉求,又缺乏职业政治家应该具有的参政议政能力以及法律专业知识,那么,人们就会产生这样的观念:与其让养猪模范、走红歌星制定规范,还不如让最高法院来制定规范。因为两者在代表民意上未必有什么高下之分,但在法律专业水平上的差别很大。既然法官造法的技术性更强、质量更高,那么,大家也就不会对司法解释侵蚀立法权产生太大的异议。

总而言之,正因为与法制有关的民主程序不具备,所以,才出现了媒体来起替代作用的现象。最近,司法机关也开始起替代作用。甚至还可能出现很多其他形态的替代作用,甚至我们每一个人没准都想发挥这样的替代作用,自力更生。事情走到极端就会反过来,人人跃跃欲试要发挥替代作用,这本身就成为宪政的推动力量。在这样的诉求推动下,宪政不能不往前走。

问:刑事诉讼法律修改,沉默权和律师会见制度,跟国际标准差别很大,警力配备也很有限。请问您怎样衡量打击犯罪的人权问题?

季卫东:关于警察问题我没有充分研究。仅就秩序形成和维持的基本方式而言,国外不少人觉得中国有点像个“警察国家”。这样的判断究竟对不对先不管它。这是第一点。

第二点,你谈到警力不足,还需要深入推敲。中国是讲究采取非正式手段处理问题的社会,所以,潜规则、隐性力量很多。就警力而言,除了正规的警察之外,不在编的警察,例如治安员也比比皆是。所以,很难说清楚中国警力的多少。如果把这些算进来,中国也许就是世界上警察最多的国家。如果把这些都除掉的话,中国也许就是警察最少的国家。非正式的制度和正式的制度之间的关系如何,是中国宪政不得不面对的问题。

第三点,在目前的中国,社会变迁速度很快、规模很大,各种情况极其复杂,所以社会治安问题较突出。这就经常碰到动用警力的需要。借用中国的传统说法,是乱世用重典。所以,在现阶段强调社会治安以及维持秩序的警力是有道理的。那么,是不是以暴制暴就能解决问题?这才是关键所在!靠强制是不是就一定能解决问题?在很多场合,警力是能起到很大作用的,但未必能最终解决问题。要最终解决问题,还要考虑强制力有没有正当性。

不可否认,警察对社会很重要。但我们同时还要限制警察的权力。不限制的话,它很可能就会滥用这个权力。当然,限制不一定是指减少警力。主要还是制度上的限制。有时通过技术手段的调整也能防止警察滥用权力。比如说,原来北京的出租汽车违章罚款是由警察直接进行的,为警察随意罚款甚至乘机勒索提供了很方便的机会。所以,那时我们经常看到马路边警察和汽车司机吵架,但现在,只是作了小小的技术性调整,情况就改变了。警察不能直接收钱,只能签发罚款单,并且为受罚的司机留有申诉的机会。警察不能从职务行为中直接得到任何好处,也就犯不着滥用权力。

可见,技术性的制度设计,对于解决社会问题以及宪政发展都具有很重要的意义。只要法律人在各方面进行更深入的思考,对中国制度设计作出更大的贡献,警力少一些其实也没有什么关系。

问:就是说中国宪政发展目前只是处在理论上的启蒙阶段,离真正的实现还有相当长的时间,例如拆迁这件事情,政府公权力滥用就会使私人的权利受到损害,政府强制占用宅基地,无奈之下这个人上访。欺上瞒下,上级把问题推给下级,下级又作表面文章。随着拖延,这件事情超过诉讼期效,对这些人我们应该怎么保护?是不是还是需要政府的权力来解决。

季卫东:的确,在社会过渡期,在解决现实问题方面,政府的权力是必要的,有时甚至还需要强有力的政府对事态恶化进行干预。从宪政的角度来看,最本质的问题其实不在权力的大小,而在于政府行使的权力是否有边界。权力再大,只要它有明确的边界,受到法律规范的限制,就不可怕。反过来说,如果权力行使缺乏规则,边界是不明确的,没有程序公正的制约,哪怕权力很小很弱,也容易被滥用而造成很大的危害。比如,中国古代政府的权力其实并不很强大,但在行使上没有明文规定的界限,没有限制,结果形成专断的权力。

由于中国的传统制度设计不重视划清权限关系,不强调程序公正原则,不节制裁量,所以,救济的基本方式可以归结为一个词组——“马后炮”。它的制度设计思路是,只看结果,不问手段;首先争取迅速解决问题,如果出现问题的话事后再协调解决。容许人们事后表达不服,另外寻找解决方案。这样的安排,可以让民众以为在这个体制里上下来回寻找,总能找到令人满意的答案。让大家都走上访的罗盘路,总是在体制的框架内打圈圈,这就是中国传统制度设计的精妙之处,也是它的阴暗之处。

上访制度固然存在弊端,但也可以实现下情上达、政令通畅的局面,并保证中央政府有条件一竿子插到底。上访的机制,使人们在现行体制中看到希望,在体制内寻求救助,能维护体制的安定。现在上访制度的根本问题在于制度失灵,上级和中央的控制力有所弱化,基层不能有效解决问题,也未必遵从上级部门的指令。目前,中国的基层权力结构已经发生很大的变化,而上层权力结构没有及时进行相应的调整,很多具体问题都演变成结构性问题。基层没有意愿也没有能力解决的那些结构性问题,都集中到中央来了。中央不堪其累,只好又把问题推到下面,压在下面。

在这样的状况里,要解决问题而不是拖延问题,只有两种选择摆在我们面前。要么退回去,天不变道亦不变,过去有效的方式方法也可以继续有效。但是,现在的社会结构和制度条件都已经发生非常巨大的变化,无法倒退回去。因此,手段照旧的话不仅不能解决问题,很可能反倒会促进系统的崩溃。要么进行另一种选择,积极改变既有的这个制度设计,这就是宪政发展之路。我们要逐步地、理性地推动宪政发展,用新的机制取代旧的机制。也就是说,应该为那些已经失灵的制度——包括上访制度——寻找各种替代物,提供承受问题的托盘,这就是目前宪政发展的重要任务。

问:中央跟地方现在的利益是不一样的,到底是怎么样不一样?通过利益的博弈来达到对政府的限制,怎么去限制?你对中国制衡力量有何看法?

季卫东:中央和地方之间关系的调整和重新定位对中国的宪政发展很重要。从利益博弈的角度来看,因为目前个人的谈判地位和交涉力还太弱,难以在短时间内有力地推动结构转型,因此,中央与地方之间的利益博弈就特别引人瞩目。在财政制度改革过程中,通过对政府预算的实质性审议来推动宪政发展的思路是切实可行的。中央与地方之间就财政再分配进行讨价还价的制度化就是政治改革的关键性一步棋。

谈到利益博弈的政治意义,我们应该看到,假如一个社会中存在不同利益诉求,假如这些利益诉求允许组织化以便克服分散性和非理性成分,假如这些利益诉求能够通过适当的方式——特别是政治参与的手段——反映到制度框架内,政党政治就会自然形成。但是,如果不同的利益集团之间力量对比太悬殊,寡头的分利同盟的绝对优势足以压倒其他利益诉求,那么,就很可能形成一种最糟糕的资本主义体制。这样的格局也会危及政治安定,导致令不行、禁不止的局面。为了避免这样的秩序危机,民主化的政治改革就成为必然的选择。只有这样才能制衡那个庞大的既得利益集团。

前面谈到目前公民个人的谈判地位和交涉力太弱的问题。

要改变这种状况，只有承认个人有团结权，形成集体的力量；只有承认个人能够通过寻求司法救济在一定条件下达到力量对比关系上的均势；只有让个人真正享有投票权，通过数字的逻辑来改变强势集团的态度。也就是说，集体谈判、独立审判、民主表决是弱者获得制衡力量的最基本的方式。这些都可以与民生问题的解决结合起来。例如业主维权运动就有效地推动了社区自治和基层民主政治。还可以把类似的维权活动范围扩大到环境保护、消费者权益保护等日常生活的各个方面。这样中国的宪政发展就有充分的群众基础和主观能动性，就可以在基层形成活泼而有序的民主化政治生态。

问：中国宪政是草根和中产阶层的，人大很难代表草根阶层、中产阶级。宪法没有有效表达途径，比如说怎么样在现有的制度下赋予草根阶层和中产阶层利益集团的博弈的妥当的方式?

季卫东：推动宪政，需要担纲的人群或阶层或集团。推动民主政治，也需要这样的担纲者或推手。在西方政治理论中，中产阶层是民主化的社会基础，但在目前的中国，以城市白领为主体的新型中产阶层还比较薄弱，而以小资产者和中小企业家为主体的旧式中产阶层过于依附于政治权力和传统生活方式。中国最广大的群众是在草根阶层，中产阶层不是主流，而社会结构比较畸形，呈现少数暴富阶层与草根阶层对峙的格局。在这样的背景下谈宪政以及民主化，不能过于拘泥西方政治理论的现成框架。

对于宪政而言，最重要的价值标准是个人自由。对于民主而言，最重要的价值标准是个人平等。要顺利进行政治改革，需要社会具有一定的均质性，各种势力大体上比较均衡。在这个意义上，在市场化、自由化的基础上强调矫正贫富悬殊、实现分配正义就是体制转型的第一步，是必要的前提条件。

那么，中国能不能回避或者继续拖延这样的体制转型呢？不能。因为社会结构已经多元化，已经存在不同的利益诉求。如果不为各种利益诉求设置表达的正式渠道,不为利益博弈提供公正合理的制度条件,就会出现混乱、失序的情况。不满的群体如果不能在议会、在法庭上获得说话的机会,必然会到大街上去说,甚至采取激进的手段来引起社会注意、发泄不平之气。宪政发展就是要为不同的阶层、不同的利益集团提供理性对话的场合和机会,以便协调社会关系、达成和谐的局面。

(丁栋、郝韬整理,经本人校订修改)

论文

中国法家思想的内在道德*

肯尼斯·温斯顿**

人们普遍认为法治不是中国的本土概念，它源自西方。中国的法律传统是以法而治，正如中国古典法律著作《韩非子》中所阐述的一样。根据这种传统观点，法律是超道德的，是掌权者手中维护和巩固自己权力的工具。统治者是所有法律的来源，居于法律之上。因此，法律归根结底是为了迎合统治者而设的。

本文质疑了这一观点。认为，相反地，《韩非子》中的工具主义比我们传统上对它的理解要更加成熟而具有原则性。本文认为，透过美国法理学家朗·富勒的视角来阅读《韩非子》，我们可以观察到富勒所讲的“法律的内在道德”在其中的明确体现。本文解释了这种道德的原理和重要性。本文将《韩非子》作为研究中国现今法律改革的重要参考来进行解析。

---

* 作者感谢梁治平教授和 David B. Wong 对之前草稿给予的评论，也感谢安守廉教授一直以来在法律和中国法律制度方面给予的思想上的指导。

译者感谢 Winston 先生对本文的翻译授权，也感谢於兴中先生对本文翻译的指导和仔细的校对。

** 肯尼斯·温斯顿(Kenneth Winston)，哈佛大学肯尼迪政府学院。

一、简介

如今,人们普遍认为实现法治是中国在世界上确立自己地位的必要步骤,但是,大多数人都相信,中国社会不存在法治理想的本土资源。法治源自于西方,而中国的法律传统是以法而治,这在中国古典法律著作如《韩非子》中有详细阐述。

法治和以法而治的区别是多层面的,其中,最重要的是法律与社会的关系。虽然法治不存在公认的经典范式,但是,它的核心却始终是道德思想,无论是哪一种道德都好。相反地,在以法而治这一概念中,至少据传统上对这一概念的理解来看,法律是超道德的,只是一种维护权力的工具。将韩非的著作翻译成英文的著名翻译家波顿·华生(Burton Watson)的阐述是十分典型的。华生说:"法家思想表明其对道德没有任何效用(宗教与仪式亦然)。"它专注于一个问题:壮大和保护国家(Han,1964:5—7)。关于这一点,华生承袭了亚瑟·卫理的观点。亚瑟·卫理曾提出"法家认为法律应代替道德"的说法。他认为"法家"这个名称太过狭窄,故此,将法家学派的人称作超道德主义者①。

因为有这样的超道德主义观点,裴文睿(Randle Peerenboom)才可以写出一本长达670页的《中国迈向法治的长征》却鲜提韩非。裴文睿表达出了一个传统的观点:对韩非来讲,法律是统治者工具箱中借以维护强大的中央集权的工具。因为统治者是法

---

① Waley(1939:99)。Kung-chuan Hsiao(萧公权)认为,沿着 Machiavelli 的《君王论》的路线,《韩非子》将道德置于政治制度之外的做法显示了其现代性,我相信,这样一种现代的解读,既是对 Machiavelli 的误会,也是对《韩非子》的误会。参阅 Hsiao(1979:386)。对照 Winston(1994:37)。

律的来源并高于任何法律，所以，不存在任何可以限制或监督其专制权力的途径。“总而言之，法律作取悦统治者之用。”①

在对中国三代时期（夏商周三代），也就是中国青铜时代的法律历史的一些解读中再次提及了法家的观点。著名的中国法律学者梁治平认为，对韩非子和其他法家思想家来说，在中国，对以法而治的偏爱在法律形成的过程中就已经扎根了。具体说来，以法而治就是一种一个宗族得以控制另一个宗族的工具。在一种本来就不稳定的制度中，“赤裸裸的统治术代替了正义论，法只被看作是镇压的工具，它的主要表现是刑”（梁治平，2002：77）。所以，选择以法而治是一种独特而悠久的文化发展的结果。“法家的主张也只是把‘用命赏于祖，弗用命戮于社’（《尚书·甘誓》）的古代模式发展于极端罢了”（梁治平，2002：79）。

关于法律和法律制度的这两个概念——以法而治和法治——对西方来讲非常熟悉，尽管以法而治现在并没有什么拥护者。但是，要寻找对以法而治的系统化的阐释，我们就需要回顾19世纪极具影响力的英国法理学家约翰·奥斯丁。事实上，西方理论家也许很愿意从奥斯丁的视角去看中国法家的思想，因为他的著作让我们可以看到一个系统化过的《韩非子》中的思想体系。但是，我认为这个视角因为太过聚焦于某些因素，所以，付出了将一些其他的因素扭曲了的代价。西方理论家需要一个经过矫正的视角，朗·富勒就提供了这样一个视角。对于评估奥斯丁的观点来说，富勒的方法是最有效的，因为他的观点提供了一种内部的批评，说明否认法律和道德之间重要联系是背离了自己的理论的。富勒的理论并不是立足于对法律的语义分析上，而是建基于对法律秩序作为统治形式的实际的赞同。撇开这种赞同不谈，道

① Peerenboom(2002:34)。对关于超道德主义的法家思想家的观点，可参见Fu(1996)。

德与法律在立法者和其他合作伙伴建立法律秩序的日常工作中已经形成了实际的关联,甚至存在于以法而治(被正确理解的以法而治)的秩序中。所以,富勒向我们展示出法治的道德核心是怎样在社会对法律的普遍应用中表现出来的。

法治的道德核心,即通常所谓的狭义理论(thin theory)。它围绕着两个中心思想展开:

1. 法律既是政治权力的工具,又限制权力。因此,法律和权力在一定程度上是对立的。

2. 法律既约束权力,又保证权力的正确运用。因此,法律是行使权力的合法性的来源。

政治权力怎样在被限制的同时又可以得以正确实施呢?法治的理想是,如果是法律而非个人或群体的意愿在统治法律主体,那么,上述条件就可以被满足。这种理想需要的目标是一个依靠法律的政府,而非个人。所以,一言以蔽之,道德核心就是一种不受个人控制的统治。本文认为,韩非的著作《韩非子》展示了这样一种道德核心,从而把法律和道德联系在一起。我认为,事实上,《韩非子》提供了一种比西方理论更纯粹的法治形式。中国的法家学说不是始于《韩非子》,但它被普遍认为是最为成熟的法家理论著作。我相信它包含的思想比历代的评论者们所认识到的更加微妙。

我想在这里强调的是,我的兴趣是,把法治看作是一种立法的理想,而非司法理想。这点对于《韩非子》来说也是恰当的,因为它并没有包含任何司法理论(虽然我们可以看到它在论及法官工作的时候无疑运用到了司法理论)。当然,这也表明《韩非子》中对法律的视野是不完全的。另一方面,多数西方理论家忽略了立法理想,而且很多人错误地认为司法独立(或者三权分立)对于建立法治来讲已经很足够了。

我认为,至少对于立法理想来说,中国本土的法治根源是存在的。与华生和裴文睿所述相反,我认为,《韩非子》倾向于连接起法律与道德,但在文章伊始我就要声明,本文并非试图要重新捕捉韩非的思想动机或是想法,而是想尝试找回对一个文本的现时的理解和应用。不能不承认,这样的一种努力有出现文字错误的危险——跟随自己意愿的误读。但是,我认为,如果能重现中国法律思想的历史,那么,这样的冒险就是值得的。人们经常说,中国成功的君主都采用了《韩非子》中提出的法家模式。如果《韩非子》里面的思想是与传统上我们对它的理解不同的,那么,我们就应该重新检验和确定中国历代王朝究竟是何时遵循了这些思想,而何时没有。[①]

二、以法而治:韩非与约翰·奥斯丁

传统上对《韩非子》的解读勾勒出一幅法律作为掌握于统治者手中的工具的图景。这种工具主义可以有不同的含义。

工具主义有时会被阐释为法律仅仅在能够满足统治者个人愿望的时候才会被运用;统治者根据自己的判断,用法律来达到自己个人的目的。这样看来,法律没有任何地位,当然,也与道德价值没有关系。在任何特殊的情况下,如果一个统治者不能用法律来满足他的意愿,那么,他可以运用另一项工具。我们可以叫它作即兴或策略性的工具主义。据我自己的理解,那不是以法而治。以法而治的两个(或至少一个)条件在即兴工具主义中都不存在。第一个也是最重要的条件是,对规则的坚持——对普遍应

---

① 我相信本文与在国民党统治时开始的,一直到“文革”时激烈化的对秦始皇的重新评判的努力没有关联,这点是不言自明的。关于此方面的努力请参阅 Wang (1974)。

用的固定标准的坚持——不是临时的;它们是统治者选择的统治机制。因此,对规则的坚持是审慎而坚定的,而这样的工具主义也是前后一致而具有原则性的。我们可以看到,这种坚持为立法带来了很多自我约束,保证了法律和道德之间的联系。第二,颁布出来的法律并不一定是要服务于统治者个人的欲望或目的。它们有可能满足了普遍的目标,或者它们使民众追逐自己利益成为可能。如果是这样,我们就从一种最低限度的工具主义走向了富有道德意义的工具主义。倘若规则方便了民众目的的实现,而非仅仅是服务于施予法律的人,那么,有原则的工具主义就转化为法治。

虽然《韩非子》被传统地(最差)解读为即兴工具主义或(最好)是前后一致但最低限度的工具主义,但我在第三部分中会提出我的不同见解。我认为,《韩非子》中的很多章节都展示出了其对富有道德意义的工具主义的主张。因为这个原因,我们有必要再检验一下最低限度工具主义的理论。约翰·奥斯丁更倾向于主张最低限度工具主义,因为他的目标更具学术性——希望可以阐释一种理论——但是,韩非却是更希望可以向统治者提出现实建议。对奥斯丁的探讨可以让我们把握最低限度工具主义的思想核心。①

和韩非一样,奥斯丁旨在成为一名法律的现实主义者,检验世界上的现实事件。这引导他将法律的存在源头归结为权力的施行。根据这样的想法,对法律的恰当理解是原生性的。严格来讲,法律是一种命令——在一个有组织的独立社会中做决定者或是掌握权力者表达的一种意愿,此意愿以对违反者的惩罚威胁作为后盾。为什么这样的一种处罚威胁可以支撑法律呢?奥斯丁是法律的唯意志论者,就如他在神学上一样。服从命令的责任并

① 奥斯丁的这种观点引自 Austin(1999:52—58)。

不是建基于它的适当性或是一种独立的道德标准，而仅仅是由于发出命令的是一种压倒性的权力。有责任的行为就是被迫行为。“仅仅是因为突然出现魔鬼，所以，我受到约束或被迫服从”（Austin，1954：17）。因此，无论是神还是人，法律将其间的关系放入了一种统治关系中——一个（在权力上）地位更高者向（在权力上）地位低者发出一些命令，前者有能力用威胁的方法强迫后者执行命令。如果这样的责任是由一个政治上的主权者规定的，那么，它就是合法的；如果是由上帝规定的，那么，它就是道德的。

霍布斯观察到，如果人们拥有相似的权力，那么，社会契约存在的条件就得以满足了，因为那样的话，他们对愿望得到满足的期待是平等的。但是，当有一种更高的权力被赋予给一个人或组织的时候，对责任和权利的分配自然而然就成为了一个问题。权利和责任的分配是与权力的分配平行的（Hobbes，1968：183、397）。这显然也是奥斯丁的看法。法律的基础就是强制力，或者说是施行威胁。因此，拥有义务，用奥斯丁的奇特的语言来说，就是开始憎恶权高者的威胁。两个现实因素中的任意一个决定了“憎恶”（obnoxiousness）这个词的运用：或者是权低者对处罚威胁恐惧的程度，或者是权高者施行这一处罚的可能性。如果寻求快乐和避免痛苦一样，都是人们行为的最终原因，那么，人们因为后者而行为的可能性大过前者。对不服从统治者行为的惩罚威胁的确定性和严重性对法律命令（与道德命令一样）有决定作用。

因为法律的定义没有对统治者的意愿作出任何规定，所以，法律可以包含任何内容。这确定了道德和法律的分离：强权就是真理。因此，法律是命令式的、不容反抗的、道德上独裁的、强制性的统治工具。更全面地看，它最高的目标是稳定和秩序。从定义上讲，奥斯丁所说的主权者不受制于更高的权力，因此，没有任何法律上的责任（同理，主权者也没有任何法律上的权利）。奥斯丁尖锐地指出：“每个政府都是专横的（Austin，1954：20）。”这是对“权力是无限的，它凌驾于法律之上，可以制定或不制定任何法律”的更尖锐的说法。说主权者是自我合法化并非误导，只要我们记住这样的自我合法化源自于对普遍合理标准的满足，而非来自最高权威的成功施权。[①]

但是，奥斯丁著作的优点之一是它分析内容丰富，不仅仅停留于对法律原生性定义的讨论。法律文献中对这种丰富分析的忽略和在阅读《韩非子》时所犯的错误是一样严重的。探寻他分析中的丰富内容对我们充分阐释《韩非子》会有所帮助。奥斯丁事实上提出了法律的三个层面的定义——除了原生性定义以外，还有形式性定义和目的性定义——每一个定义与其他的两者都不能完全匹配。

奥斯丁认为，一种命令只能在包含一般性的时候才能成为法律，也就是说，它必须指一类行为可以或不可以进行，而不是一个单一的行动。这时，法律的形式性定义就出现了。严格地来讲，某些特定的或偶然的命令就不能称之为法律（Austin，1954：20）。这种见解是合理的，因为现代法律包含着一系列稳定持久的规定，而不是一些即时的命令。这样的规定显示出奥斯丁把法律规定看作是一个系统，至少是成套的规则，但是，对照原生性定义来看，这样的一种理念并没有在之前被推动过，命令的含义完全不包含这一规定中的内容。同时，它的应用却又是意义深远的。提出一般性这一元素等于从个人命令向非个人化统治迈出了重要的一步。它要求立法者对一些未发生案例作出判断。将这些行为分类也就是对在一定程度上行为相似的个人作出相同的处理。因此，有了一般性原则，地位低者对权高者的服从就减低了一个相当的幅度。

① 本文没有处理奥斯丁的解释学 Lecture I 和 Lecture VI 中关于协调主权国和臣民关系的分析。

这些应用——对不同个人处理方法的相似和对未发生行为的事先判断——显示出法律的某些形式上的特征被输入了道德的元素(moral import),我会再对这一点作更详细的解释。对于奥斯丁来讲,法律依然是一种自觉地表达主权者(或个人)意愿的统治工具,他也只能明确强调法律与道德要求之间的差别。"法律的存在是一回事;它的优劣是另一回事"(Austin,1954:184)。但是,法律本身作为一种一般的规则拥有着道德的内容。我们已经向从富有道德意义的工具主义的角度看法律迈出了重要的一步。

奥斯丁的分析在目的性定义部分更显丰富。从最宏观和最广泛的角度来看,他说,法律是"有权的聪明人向无权的聪明人提供的指引"(Austin,1885:86)。在奥斯丁看来,不对等的权力是核心思想,但是,聪明人指引的观点却属于另一个层面。承袭了洛克的观点,奥斯丁认为,法律是人类发明,是在理性个体之间建立关系。但是,奥斯丁对"聪明人指引"观点的应用有一些怀疑。例如,他认识到命令的概念排除了事后规则,因为如果一个语句中要求的行为不能被完成,那么,这句话就不能构成一个命令。但是,提出这样的一个观点就等于对主权者的权力施行了一项限制:一个事后的宣称不是法律,即使它包含了原生性定义中要求的所有特征(Austin,1885:289、485)。另外,提出这个观点会是立场倾斜的第一步。这会使其他人提出对法律的怀疑成为可能。人们会认为,主权者其他的一些宣告亦非法律,比如,那些表达不清的宣告。一句难理解的或不连贯的话怎能指导人们的行为呢?没有公开的话又怎能指导行为呢?或者经常变换的话又怎能指导行为呢?

这些应用上的问题,就是富勒想要讨论并发展的被他称为"法律的内在道德"的问题。在谈富勒之前,我们要再次问一问,为什么奥斯丁在讨论目的性定义的应用问题时退却了,又再次回到了他一直坚持的法律是权高者向别人施行统治的工具这一观点上。

我的假设是,最低限度形式的以法而治,对奥斯丁来讲之所以十分重要,是由于两个原因:对混乱的恐惧和道德的不确定性。这两点在奥斯丁对19世纪早期英国民主扩张的爱恨交加中都反映了出来。他认为,在可预见的未来,很难看到达到普遍人民教育和精神层面发展的可能性,而这恰恰是他认为可以建立一个民主政府的先决条件。因此,用约翰·斯图尔特·弥尔的话说,奥斯丁发展出了“对大众(如民主)制度进步的一种近乎于蔑视的冷漠”(Mill,1924:125)。另外,奥斯丁相信普遍的道德观已经破产,而且充满了偏见和偏袒。他相信普通民众没有规范行为的可能。让由掌权者控制的政府成为一个必要而恰当的角色,就是人们所抱有的道德信仰的“不确定,残缺,及不完美”。“因此对普遍的管理(普遍的引导)的期望就落在了人们认为高于自己的人头上”(Austin,1885:294页注释29)。

这些文章和《韩非子》的相同之处——至少是和传统解读的《韩非子》的相同之处——应该是明显的。对民众管理自己的能力缺乏信心,使存在一个能够提供普遍的清晰有效的指引的政府成为必须。如果允许人们按照自己的本性行为,那么,他们一定会作出一系列混乱的行为。社会秩序需要稳定的以惩罚威胁为方法的外部指导。因此,解决社会秩序问题的方法——霍布斯的问题——用富勒的话来说,就是管理性的指导。没有一种自上而下的控制,社会事务就会失控。对于奥斯丁来说,施行控制是良性的。秩序和统一的好处被看作是理所当然的。统治者的权力是被彻底检查过的,并不是个人的意愿或是阶级的利益。因此,奥斯丁——与韩非一样——将法律定位并合理化为一种掌握在某个精英人物手中的工具,此人物拥有可以信任的能力和对公众需求的公正关怀。在这个程度上,奥斯丁的理论是一种纯粹的以法而治思想。

与奥斯丁不同，韩非这样的理论家把法律看成是恶——或者说是必要的恶——并不让人感到意外。无论如何，他是一种文明传统的产物，是在世界文明进程的大潮中，把法律介绍给了蒙昧中的人们的人。应当指出，当时，儒家思想影响十分广泛，它的主要思想是人们之间建立正当的关系，包括帝王和臣民之间，需要的是彼此的尊重，而非刑罚威胁。无论如何，韩非在创作这些作品的时候，社会对法律的需求比对儒家理论的需要更加强烈。用德克·波德的话说，关于法律起源的故事带着"严肃的社会学"(Bodde，1981：175—177、193—194)色彩。奥斯丁向聪明人指引和非个人化政府的迈进给我们指出了正确的方向。我们应该在《韩非子》中寻找相似的举动。同时，我们对《韩非子》的最终评估，不应该依靠在其中找寻对民主政府承诺的潜台词，那样，可能需要对文章进行无限的自由解读。我相信，我们可以找到的是文中对普通民众在法律秩序中理智参与的信心——那种奥斯丁缺乏的，但却包含在健康的以法而治中的信心。

无论如何，首先我们需要进一步探讨法律的正式特征中是如何隐含了道德内容的。

三、富勒的法律的内在道德

富勒的主要解释工具是一个关于一位悲惨的国王 Rex 的传说。这位国王曾尝试为他的臣民制定法律，但最终失败了。这个故事有两个版本。

在第一个版本中，富勒想象了一个很专制的国王。对臣民来讲，他的话就是法律，而且此国王还是一个非常自私的人，只会为自己的利益考虑。一次又一次地，他制定了一些规定，承诺奖励服从他命令的人，并且惩罚违背者（到此为止，这与对《韩非子》的传统解读还十分相像。奖励和惩罚是韩非时代的帝王手中的两种工具）。然而，富勒笔下的国王是一个行为不羁而忘性很大的人，他从来都没有尝试去详细了解一下谁服从了他的命令，而谁没有。因此，他经常惩罚他的服从者，却反而奖励那些违背他命令的人。“很明显，”富勒说，“这个国王如果不约束一下自己的行为，在他的语言和行为之间建立起一种合理的联系，那么，他就连自己最自私的目的都难以达到”（Fuller，1958：644）。

自我约束是十分必要的，因为就算是利用法律让臣民依照统治者的意愿行为，也需要承认臣民的道德载体角色。

在这个故事的第二个版本中，富勒的国王不再是一个行为不羁而忘性很大的人，他甚至是一个充满良心的人。他并不是发号施令，而是制定规则，或者至少是尝试去制定。不幸的是，他很愚笨。虽然他尝试为他的臣民制定规则，但他最终失败了（Fuller，1969：33—38）。他的失败是有启示作用的，因为 Rex 为了制定规则所用的八种方法恰好违背了能使法律成为可能的道德规范的八个宗旨。这些道德规范的宗旨包括：

1. 一般性：必须有规则；

2. 公开性：规则一定要向需服从规定的人公开；

3. 清晰性：规则对臣民来讲需要容易理解；

4. 预期性：规则须在事先公布，才能要求臣民的服从行为，因此不能是追溯性的；

5. 无冲突：规定的行为不能冲突；

6. 适合性：不可以规定不能实现的行为；

7. 稳定性：规则需要保持一定时间内的稳定不变；

8. 一致性:立法者公布的规则一定要被执行。[1]

为什么违背了这些宗旨就会导致失败?那是怎样的失败?从外部看,我们应该记住富勒显然对解释法律语义失去了耐性。定义不能解决根本的问题。对意义的分析需要得到更高的重视。这并不意味着对定义的不同看法是完全没有意义的。事实上,不同的定义代表了更深层次的对事件的争论。那么,我们应该怎样去理解这样的争论呢?和美国的实用主义者一样,富勒将不同的思想——包括法律思想——看作是一种期待或是对行为的指导;它们经常意味着一些还没有发生的事情,用威廉·詹姆士的话说,是“一种现实中没出现过的理想的存在”。发掘一种想法的含义等于是确定它向人类行为提供了怎样的指引,而那些被推崇的想法,对詹姆士、富勒或者其他观点相似的人来说,与我们现时自发的力量一致,是定义未来的元素,它唤醒了我们积极的冲动,领导我们指引自我(Winston,2001:10—15)。

但一种特殊的对法律的理解怎样指导人类运用自身的能量呢?在洛克的“法律向理性的人类提供行为指引”这一命题的基础上,富勒将Rex未能达到的目的表达成为强制人们依照管理规则行为。这样的一个说法不是随意选择的。简单来讲,“强制人们依照管理规则行为”这一陈述包含三个元素:制定行为规则,提早让臣民知晓规则的内容,确定他们会服从规则。但是,如果像奥斯丁所述,法律的设计只是为了维持社会秩序,那么,假如不是为了方便的话,规则的使用就全无必要了(规则能让政府拥有更高的效率)。对富勒来讲,重要的不仅仅是管理,而是用规则来管理。因此,规则的使用并不是为了实现一些价值而采用的工具,它本身也是目标的一部分。为什么?

---

① 富勒在他的文章中提出了其他的原理,比如,手段/目的一致:规则规定的行为要与统治者宣告达到的目标一致。我们不用太过关注这一补充。

简单的答案就是,用规则管理包含了民众认识到自己是负有责任的道德载体①。这个词语不是技术性的,也不是沿袭传统。它含有描述的成分,描述了一个个体在现实的考虑和为自己的行为负责方面的能力。这种能力包括在反思、推理、做选择方面的认知和道德威力。道德载体亦含有规范方面的元素,立法者已经向臣民公布了对道德载体来讲所谓正确行为的定义。正如约翰·罗尔斯所述,对民众道德能力的尊重与某些最基本的责任(prima facie duties)密切相关。法律的内在道德的原则总结了八点最基本责任,得出了立法者和臣民之间的道德关系。一个立法者公布了这些责任,然后,依照规则管理,才能置身于与臣民间的道德关系之中。②

对于前面问题复杂些的回答——为什么要依照规则管理——需要考虑法律的三种突出的属性:一般性,非个人性,还有权威性。每一种属性都加深了对公民道德载体的尊重。

(一)法律的一般性

我们观察到了,奥斯丁坚持认为法律拥有一般性;它指的是一类行为可以或不可以做。自奥斯丁起,法理学家将一般性阐释为法律行为指向一类人,而非某个个体。

一般性规则存在的原因可以是实际的。霍姆斯大法官认为

---

① Fuller(1969:162)。富勒有时会用更原生性的用词来表述他的观点:

几乎每一个社会,人们都可以领会到自身的行为需要屈服于规则的统治。当他们准备开始屈服的时候,他们会看到这一任务存在着一种内在的逻辑。这种逻辑就是,要想达到这些规则的目标,就必须要完成一些要求(有时这些要求会带来不便)。法律系统在社会中能扮演某一种特定的角色是因为人们普遍在某些程度上能够领会到这些规则的要求,而且也尊重它们,否则,法律系统将会十分多变。见第150—151页。

② Rawls(1999a:63)。Rawls在对法律的描述上跟随了富勒的指引:"一个法律系统是一种为公众设立的由公共规则组成的强制性秩序,旨在规范公众的行为,为社会合作提供行为的框架(Rawls,1999b:207)。"

（也许没有那么严肃），法律的一般性让大家能更清楚地记得它（Holmes,1897:458）。哈特观察到："没有一个（现代）社会可以承受负担足够的官员去确保每一个社会成员在按照他们被要求的那样去行事"（Hart,1994:21）。用经济学家的话来说，一般的规则带来了效率，将得到与确认相关信息的付出减至最低。

其他人在一般性中看到了道德进入法律的一种属性，虽然他们的论证并没有那么让人信服。在不同的情景下，比如哈特所说："在由一般规则构成的法律的本质中，有些东西我们不能将其看作是道德中立的，这不需要我们参照任何道德原则（Hart,1958:623）。"他相信，一般性是指将相似的案件相同对待，这是将公正付诸实践。其他的理论家认为，由一般规则组成的法律并不是道德上中立的，因为一般规则必须应用在每个人身上，这就需要我们不能受其他任何人意愿的摆布。一般性使平等成为必须，而平等使自由成为必须。我曾强调过那些建立在"平等地应用"这样含糊不清的说法上的观点是存在问题的（Winston,1983:313—342;1974）。

这里的利益不中立是用一种截然不同的方式显现出来的。它最初出现在对一般规则的观察中，也就是一般规则是抽象地被表述出来的，却被应用在具体的案例里面。一般规则将不同的人和行为分类，然后，总结出不同行为产生的不同结果，或者详细说明人们怎样从事某一种行为（例如取得财产或订立遗嘱）——让臣民自己决定是否进行这种行为。这样就区分开了因为某人的命令而做某事和因为会产生某种结果而做某事的不同。

由于一般的词汇是从特殊的案例中抽象出来的，因此，规则需要将法律主体当作宏观描述下的特殊例子，而不是一个单独的个体。这样，规则的应用就不能是自动的或机械的；它需要洞察和判断。规则究竟要求的是什么呢？它能囊括现时的各种情况么？该情景中的事实应该怎么衡量？即使一条规则可以清晰地被应用(事件的情况正如规则中描述的一样),那么,它的应用能确保无误吗(例如它能否满足规则的最终目的)? 由于设立规则是为了处理将来发生的事务,所以,判断就更是不可或缺。正如富勒说的,它们出现于一种无人出席的管理中,实用于还未曾出现的案件里。我们知道没有规则可以预见一切偶发事件,但是,民众不可能每次发生新的情况时都询问立法者——这事实上给了用规则管理这一概念致命的一击。因此,规则的应用非常依赖法律主体决定一个规则的意义和范围的能力,当然,更不用说根据规则来自我约束的能力了。

用规则管理,换句话说,假设了法律主体拥有思考实际问题的能力。法律在指引人们怎样行为时,将一些方面的考虑看作是十分重要的(虽然不一定是决定性的),但还是留给了他们很多空间让他们自行思考和决定。这就显示了统治者选择法律,也就是一般规则,而非其他机制进行管理的危险。

这一点在著名的纽约案件(Tedla v. Ellman)[①]中可以得到证明。案件中,行人走在没有人行道的公路的右面,而不是规定中应该走的左面。他们这样做是因为当时左面的交通非常拥挤,而右面车辆比较少。因此,虽然他们走在错误的地方,用里曼法官的话来说,他们"做了一个谨慎的人应该做的选择,采取了对自己安全有利的方法",而这正是法律希望培养人们拥有的精神。法官认为,如果纽约立法机关希望人们死板地服从每一条法例,那是不合情理的。因为如果那样的话,立法机构需要要求行人严守那些为他们安全所设立的规则,即使根据他们观察当时的情况,那些规则会带给他们危险。里曼法官相信,认为立法机构有这样的想法是不合逻辑的。

这个判决表明,坚守法律规则——富勒所指的对法律的忠

① 280 N. Y. 124, 19 N. E. 2d 987(2nd Cir. 1939)

诚——指的是理性地理解它的要求和在各种情况下的应用。要求和应用,二者都需要人们去计算该做什么(只有我们知道法律为什么这样规定和这与我们有什么关系的时候,才能说我们了解法律)。因此,明智的规则是依据法律主体根据当时情况决定如何应用的能力制定的。相对地,有效率的立法建基于立法者对法律主体的这一能力的预期。预期和承认这一能力的重要性关乎统治者作为立法者的利益。经过熟虑地应用规则,每个臣民便成为了法律秩序中的一个参与者和合作者。在 Telda 案中,里曼法官表达出了他对民众的这种按规则自我管理的能力的信心——所有立法者在以规则来管理的制度下都需要有这样的信心。[①]

Telda 案件的最终判决证明了规则创立者和规则应用者之间一致性的规定并不要求对条例死板地逐字理解。它要求对法律的忠诚。因此,根据自己的判断而行为并没有破坏法律的规则;它事实上实现了规则。在这一点上,我发觉富勒对《韩非子》标准设立得很高。《韩非子》一直被理解为对法律运用做了十分严格的要求。正如我们看到的,韩非的君王看来是一个对法律的制定十分苛责、希望将法律的决定性发挥到极致的人,这样可以彻底消除任何对规则是否被服从的不确定性。如果一个司法调查揭示了某规则的运用会带来在某个案例中的不公平,与传统解读的《韩非子》最一致的解决办法将是让地方法官不要再去揣摩君王的意思,更不要提去修改法律,而是将这个问题禀告给君王。这就可以让君王自行决定这项法律是否应该修改,它在这个案件中的应用是否应该取消。这样一来,君王依然保持了决定法律意义的垄断权威。

富勒与韩非有部分契合,他同意对法律的严格遵守有它必要

---

① 这里并不是要否认法庭遇到类似但后果不幸的案件时再做重新检查的权利。在这一案件里,选择在路右面行走造成了意外死亡,但是,这并不能颠覆安娜·泰尔达对在哪一边行走作出了正确的选择这一事实。

的地方。他的想法是因为没有任何规则规定了自身的应用,我们可以认为,伴随着每一条规则,都有一项政策指引着怎样运用这条规则。有时这个指引会允许一些像Telda案中的“应用”方法;而其他指引可能严格地要求要完全依照规则行事。富勒认为,无论是哪种情况,作出选择时都需要考虑那些指引政策希望达到怎样的效果。例如,严格的应用是传统的普通法政策对待犯罪行为的方法。在严格应用的政策下,人们很可能要预先知道官员会怎样解释该法律的意思。因为臣民的生命和自由都在危险中,所以,他们会随时根据法律来调整自己的行为。即使在某些案例中严格应用的死板特质会带来不公平,他们也会那么做。无论如何,我们需要说,这些规则下的指引也没有明确规定它自己的应用方法;它潜在地假设了民众在实践中的思考和决定能力。不考虑规则的合理性而盲目地遵守,是与法律对于要遵守它的人应该是合乎逻辑可以理解的这一原则相违背的。富勒指出,在规则应用中拘泥于字句基本上是一种抗议的策略。

无论如何,出于对法律的忠诚,法律主体在按法律要求而行为的过程中的自我控制,是与立法者遵守发布的法律的自我控制相配合的。由于一个立法者需要在决定一个人是否犯罪或其行为被定性之前可以预期到民众会注意到发布的法律,因此,一个老百姓也需要可以预期,立法者在决定例如一个人是否犯了罪或者是否在一个有效的契约下拥有一份财产这样的问题时,也需要遵守规则。实践中的思考需要官员的忠诚。这里强调的是指引和可预期性。一般的规则如果清晰、稳定、可以预期未来等,那么,它们就向法律主体提供了对于法律为何物的预先提示。但是,只有立法者也受到公开而成体系的规则限制,这些规则才能起到上述的作用。这样,法律主体才基本上可以确定地预见政府会怎样使用它具有强制性的权力。

这里存在着一个矛盾。正常来讲,一个立法者可以以废止或替换的方式修改掉任何的法律。事实上，整个法律都可以在顷刻间被改写。但是，当法律一旦成型，立法者会期待民众服从它，希望它可以一直起到“法律”的作用。立法者明白自己的这一期望，臣民也是。他们依从的是统治者公布的条例。如果统治者背信，那么，臣民也就有了抱怨的合理立场。因此，只要法律还有效，立法者就会受到限制。民众期望统治者会遵守一项公布了的法律是得到保障的，以为随着制定法律，立法者就等于是作出了一项承诺。民众依赖这样的承诺是有道理的么？在用规则管理的概念中，是的。

（二）法律的非个人性

当富勒提出一般性概念的时候，他将它与法律的非个人性（Impersonality）这一元素同等对待，对非个人性没有作讨论，因为他用“公平”代替了“非个人性”这个传统说法（将所有相似的案件同等对待），认为公平属于外部道德范畴。随着分析的展开，传统说法被自然而然地延续了，而后“非个人性”的概念——不能存在特殊的立法指令（和与其相关的关于民众需要自己指引自己行为的想法一起）——被视为是法律的内在道德（Fuller，1969：46—49、207—214）。所以，我在这里要略加讨论。

用规则统治与人治相对立：它是非个人化的。统治是非个人化的这一想法的一个含义就是，民众不能因为其背景，比如家族或者社会阶层，就免于遵守规则。正如我们看到的，《韩非子》中也提出了这一观点。另一种没有这么明显的想法是，这种统治与谁是立法者无关。这一匿名立法方面的想法向将民众看作是自负责任的道德载体迈出了第二步。

匿名立法在罗尔斯关于立法的讨论中也曾被提及。罗尔斯将他所描述的契约者从原初的位置推向了立法的舞台，揭开了立法程序的面纱，展示了部分决定形成的过程。立法者体会到经济和社会活动决定了整个社会的发展,但是,他们评估法律的时候不会知道关于自己或者任何特殊个体的事实。这样,法律在任何个体身上发生的作用就不能被预知。这一限制杜绝了个人的利益和偏见在立法过程中起作用的可能性。法律不是为某些立法者或个人获得利益的(立法的隐匿性保障了非个人性,即使最终的结果是法律只影响到了一个个体)。

不顾及个人的利益不代表不顾及一般的利益。但是,即使如此,这种顾及依然应该受到限制,因为立法者对公众利益的看法很难与他们对自己利益的看法区分开。结果也许是,非个人化的统治最好就是任民众自己选择行为。这样看来,法律就不能表达或反映立法者对什么是好、什么是值得的任何个人偏好。它们就不会包含偏颇于完成某些特殊目标的指引,不会在任何细枝末节上或在总体上指导民众如何去行为。法律将只是一种最基本的原则,为民众自我指引行为提供了基线,避免灾祸,确保他们可以在一个稳定的系统中自愿地行为交往(纽约关于行人的法令就是一个证明,虽然这例子很单调)。政府的角色只是对这个系统起保护作用(Fuller,1969:210)。

带着这样的想法,我们就从将民众的自我指引看作是他们在不同情况下选择行为的能力(当然里面包含了统治者事先的警告)这一观点,走向了将民众的自我指引看作是他们追求自己目标的自由(统治者建立起一个限制体系让他们的自由成为可能)这样的观点。这里存在两种相对的关于政治权力的认识。根据第一种认识,政治权力乃是统治者得到民众服从以达到其目的的能力。这是在奥斯丁观点中提及的命令与控制的统治风格,而其方法则是由立法者制定详细的规则,并以惩罚、威胁作为后盾来使规则得到服从。毋庸置疑,任何法律秩序中都会包含强迫力。在一些情况下,要用官方的行为来保证民众的服从,这是不可避免的。但是,当大部分统治者都将臣民看作是自负责任的道德载体时,强制性的威胁就非上策了。只有在别的方法都不能奏效的情况下,才应该选择强制。寻找其他方法是非常必要的。

对民众作为独立道德载体的尊重促使我们思考法律本源的另一种可能。根据这种可能,政治权力乃是统治者使民众在实践中自由选择能力之应用变得更加便利的能力。因此,只要有可行性,立法者便会倾向于提供方便,而非指引性的管制方式。法律在这样的概念里确立了在统治者和被统治者之间的一种关系,此关系尊重每个臣民单独或集体地追逐自己目标的权利——不会被立法者威胁着去服务于任何个体或团体的利益。据我理解,这就是非个人化的统治。在讨论《韩非子》的时候我会再详加分析。[①]

(三)法律的权威性

将民众作为自负责任的道德载体的第三步就是,要我们将关于为什么存在规则的想法更加准确化。此目标不再仅是指向用规则统治,而是用一系列的普遍规则规治每个人的行为(在一定界限内)。最低限度上,这不只是协调诸多民众的行为,而且要使他们之间不同形式的合作更加便利。法律是协助人们采用一种宏观角度的机制,可以协调个人和公共的目的。

为了这样的一个目标能被公众所认识,法律必须优先于其他行为的准则。只有具有优先性的公共规则才能成为立法的基础。用奥斯丁的话来说,一种"普遍的统治头脑"要求其他标准的服从,消除民众脑海中在法律出现之前的一切行为依据。无论如何,法律的优先性不是天生的(也当然不是其定义规定的)。立法者是否可以成功地建立法律的优先性很大程度上取决于他们怎

① 这一关于统治的概念在康德的一些政治著作中曾有所提及,在20世纪又被哈耶克大肆宣扬。参阅 Hayek(1973—1979)。

样行为以及他们所说的内容。也就是说,法律的优先性取决于它的权威性,而建立权威性的条件是非常苛刻的。

为了建立法律的优先性,立法者必须可以预见拟发布的规则能为人民大众所接受并遵守。政府依靠法律的统治如果没有普遍的服从就不可能扎根。用社会学的词语来讲,如果为了得到服从而使用强制性威胁,那么,付出的代价实在是太大了,所以,法律必须由强大的信念支持,方能规范民众的行为。若民众是为了避免不服从带来的后果而行事,或者是为了得到服从后的奖赏而行事,而不是因为这是法律的规定,那么,我们就不拥有规则构成的制度(因此,奥斯丁并没有预想过规则构成的制度)。为此,民众必须理解并接受法律的存在原因,或者至少理解它是从什么样的制度形式中产生的。

富勒的清晰和公开原则暗示了对普遍接受的需求。因为一个立法者的目标是以规则统治,所以,立法者需要注意到通过什么方法可以使民众理解他制定的法律;否则,他的需求就无法被满足。在对 Telda 案例的讨论中我们可以发现,法律主体并不仅仅在于评判规则的意义,更在于依据此规则在一些特殊案例中的应用情况来评判其合理性。事实上,规则的意义依赖于其合理性:合理性越低,此规则就越难以理解。一个立法者的规则如果得不到普遍态度上的支持,或甚至不能与这种态度达成一致,满足不了对它的期待,或不适用于实践,那么,它就面临着缺乏可理解性的危险。

法律越是缺乏可理解性,它就越是缺乏权威性。因为权威并不完全由一套内容独立的标准来决定,所以,一些法律规则比另一些更加具有权威性。举例来说,如果规则在道德上是该被反对的,那么,它的权威性就大大地削弱了,因为它们会引发规避和抗拒。如果规则不能被恰当地执行,比如被选择性地执行或是在司法上建基于错误的推理,那么,它的权威性也会被削弱。这样,保持一个规则构成的制度需要大多数法律主体的支持和忠诚,而这种支持需要规则本身要求的是有秩序的、公平的合作。正如一个法律秩序“要以其自身的正确性来得到最终的支持……(这需要)潜在的期待和接受”。[①] 因此,法律的权威性是立法者和民众之间相互影响的产物,而不是一种单向的由上而下施加在民众身上的计划。[②] 法律的权威并非绝对依靠立法者权威,有时立法者的权威并不至关重要。相反,立法者的权威深深地依赖着他们所制定的法律的权威。

强制性的威胁让我们对法律产生重视,并要求我们严肃对待。如果它得到一种鼓励性的基本原理的支持,那么,它就具有了权威。当法律具有权威性时,就有立场使民众和官员都依照它来行为。这一观点并不意味着每项法律都是道德上要求的。一个法律主体可能会因为计算个人得失或为了避免惩罚才服从一项特定的法律。这种态度在法律秩序井然的情况下可以不引起任何灾难地健康存在。富勒认为,美国公民交纳个人所得税的时候,他们不用带着一种良好的愿望去问怎么能够最有效地达到《国内税收条例》的目的。但另一方面,对于大多数的法律没有一种合作的态度,尤其是对那些最基本的立法程序没有这样的态度,那么,一定会毒害法律秩序。在这样的情况下,民众自身会变成即兴工具主义者,利用规则达到个人或政治目的。规则会被扭曲拉伸,漏洞尽现。这样的规则不再统治行为,而是用来将那些不该产生的行为理性化。当这样的道德距离普遍化以后,法律就不再稳定了。一种建立在对威胁恐惧的基础上而非出于忠诚的制度,或者说是建立在习惯上而不是辩证地反思的基础上的制度是很容易倾塌的。因此,立法者需要注意,民众对制度接受和认

---

① 关于这一点的具有启发性的讨论,请参见 Postema(1999:376—377)。

② Fuller(1969:138—204)。另见 Fuller(1954:462—464)。由于这些元素从来不会完全消失过,因此,也需要持有对官员的一定程度的信任。

可的条件会对将要被公布的衡量标准起到非常重要的影响作用。

法律的特性——一般性、非个人性和权威性——在实际中预示着什么？其中一个重要的应用就是服从法律的义务形成了立法者和民众之间特殊的关系。富勒说：

> 当然，可能不存在一个理性的立场去断言一个人有道德义务去遵守一项不存在的法律规则，或是对他保密的规则，或是他在行为以后才存在的规则，或是难以理解的规则，或是与系统内的其他规则矛盾的规则，或是不能达到的规则，或是经常变化的规则……在遵守规则这一点上政府和公民之间存在着一种相互作用（Fuller，1969：39）。

换句话说，民众遵守法律的道德义务取决于立法者自身的工作完成得如何，特别是在立法过程中是如何达到内在道德所要求的最基本职责的。如果一个立法者没有带着专业精神来完成立法过程，那么，服从的责任也就被摧毁了。当然，立法者要实现规则构成的制度的意向不一定能被认识到。但是，这一目标是评价立法成败的标准的来源，所以，也就是评价民众是否有一个原因——不一定是决定性的原因，但需要一个原因——去服从法律的标准的来源。

富勒的看法引起了我们对一个理想状态的关注，在这个状态中评价立法成败的标准是可以获取的。不用说，一个立法者的官方公告可以被看作是法律，即使它不一定能达到立法者的目的（也许因为它们并没有向公众宣布，或者是它们被公布了但都难以理解），但是，它们可以被看作是有缺陷的法律。有缺陷的法律是法律么？我们不应该玩弄文字了。最重要的是立法者向民众履行他的义务，将法律制定得可以理解、规则相互一致并具有预见性，也就是提供一系列的一般规则。因此，如果用普遍规则统治的目的得到了认识，那么，构成那些行为规则标准的就是法律的内在道德。

四、复原《韩非子》

以上的讨论显示出，我对《韩非子》这一著作有自己的看法。以法而治是基于有意识地选择的原则性的统治方式，而不是一种立法者出于自己的喜好和利益而运用的工具。它是彼此合作的尝试，承载着集体的价值观，包含了统治者和被统治者间相互的依赖关系。一方面，立法者必须要制定符合标准的指引，指引的内容需要可以理解并且合理；另一方面，民众作为规则构成的制度中的合作者，需要做实际的考虑，将立法者的指引作为特殊事件中的向导。现在，研究中国法律史方面的学者会认为这样的说法会带来很大的误会；我想说的是，这想法才是点燃了一盏明灯。事实上，在阅读《韩非子》的时候让我感到奇怪的是，道德和法律之间的联系是那么的明显，而传统的学者竟然看不到这一点。

我已经强调过，如果我们已经接受了迫使人们服从规则的目的，那么，富勒关于法律的内在道德之说就更显得有道理了。说富勒的想法超越了《韩非子》对法律的任何讨论也许有所偏颇，但是，后者只停留于建立秩序和巩固统治者手中的权威。因此，即使富勒关于法律目的的概念包含了内在道德，这也不表明《韩非子》也包含了这一点。对秩序和权力的最低限度的需求已经造成了法律和道德永远的分离。

我应该立即考虑这样的异议，展示《韩非子》明显的中立论的尝试已经背上了道德的负累了。

对秩序的需求比我们能意识到的还要强烈，因为秩序本身是一种理想。当一个法理学者撇开道德谈论公众秩序时，“所必需的秩序当然不是指陈尸所或坟场”(Fuller,1958:645)。理论家脑海里是一种在起作用的法律秩序,是符合一些标准的好的秩序。因此,秩序和好秩序之间的区别就是关于秩序的不同标准之间的差别。显然,这个判断预先假设了一系列的关于什么样的安排可以被称为法律的标准。正如富勒所强调的,法律的存在不像是苹果或是彗星的存在。秩序的标准并不是反映了一些独立的事实,它们包含着将存在疑问的安排落实的目的。因此,法理学家就免不了要提供一份对能够达到特定目的的安排的评价标准。

当然,“符合了某些标准”不代表在道德上就是正确的,但无论如何,这样的评判存在也就代表了某些种类的命题(“这是一种法律秩序”)并不像是它们看上去的那样。假设了不同目标的学者,或者是假设了不同的方法与目标间关系的学者,也许会在一种法律秩序是否存在这样的现实问题上发生争议。因此,对现实问题的认同需要对其评价能达成认同。一个学者可能有相反的想法,是因为这些理论家们并不一定会明示出他们遇到了什么样的问题,而对这个问题他们又设想了怎样的解决办法。结果,他们竭力假装给出一句看上去像是对现存事物的直接描述和对现有安排的评价。

那么,我们怎样在众多的法律概念中作出选择呢?正如我所提及的,富勒延续了美国现实主义的观点,将这些想法看作是期待和对行为的指引。弄清一个想法的含义就等于是决定人类的能量应该向哪个方向去施展。因此,法律定义的危机在于,它指引我们做某一种行为而非另一种。这样,对法律含义的争论就不止于在语言上了;它们关乎一个人应该成为怎样的立法者或者官员。法律的定义鼓励我们去问:选择某一个概念是怎样影响立法者或地方法官或律师的工作方式的呢?被选择的概念是针对我们面临的情形的并能比我们自己更好地指导我们行为的概念。

因此,一个实践性的定义包含了将真实和理想结合在一起的目的论元素。理想必须要建基于社会事实,才可能最终变成实际。同时,这样的定义又不能只是概括已经存在的事物。它需要通过已经存在的事物作出推测，然后，用想象将它完成。结果产生的模式提供给我们一个立足点，使我们可以评价现在进行的行为，然后，建议出可能的改善。我们不能被理想冲昏头脑而忽略了那只是现实部分地展现的情况；而我们亦不能让脑海被现实涨满而忽略了其朝向理想的趋势。一方面，法律不仅仅是推理或者正义；另一方面，它更不仅是主权者的意愿。在两个极端之间的地域给现实选择留出了一席之地，因此，也就有了运用道德标准的余地。将法律看作是使人们依据用规则管理的制度来行为是一个选择。

《韩非子》是否提供了一张符合某些标准——事实上，符合道德标准——的法律秩序的图画呢？我认为毋庸置疑。《韩非子》前后一致地强调了其对统治者的建议，不是对统治者，而是对好的统治者的建议——或者说是明君、仁君甚至圣君，关于是否能成功达到好的统治者制定的标准的论述也是遍布全文（这并不是说《韩非子》期望君主具有独特的精神上或智慧上的素质。平庸的统治者需要从正确的理想中得到指引）。公众利益这一概念指引了整个的分析过程。好的君主会“审于是非之实，察于治乱之情”，这样就可以制定清晰的法律和严明的惩罚条款去“救群生之乱”。什么定义了远离混乱和建立秩序？在一个抽象的层面上，答案就是以法而治这一制度，它维护了每一个个体的利益。韩非曾经进一步对公众利益进行过特别说明。比如，他曾经说过：明君会“去天下之祸，使强不凌弱，众不暴寡，耆老得遂，幼孤得长，边境不侵，群臣相关，父子相保……”①

① Han（1939：124）（著作的第二部于1959年出版）。排除著作所有不完善的地方（像中国的学者指出的那样），Liao的翻译是现存的《韩非子》惟一完全的英文译本。因此，这个译本对使用英语的研究者不可缺少。Watson的翻译只包含了45篇文章中的20篇。

译者注：为了达到精确性和清晰性，译者参阅了《韩非子》原文，根据作者参考过的两份译本找出了原文。关于此段文字，请见《韩非子》奸劫弑臣第十四。

对于韩非来讲，秩序不是一个抽象的问题，而是他在战国时代的亲身经历。在政治的困境中，一些方法就变得必要而恰当了。"上暗无度则官擅为，官擅为故奉重无前"。也就是说，如果君王不能严格而有效地控制局面，那么，官吏就会尽可能地增大自己的权力和财富。"官之富重也，乱功之所生也"。[①] 在这里，我们并不需要接受韩非所有的实证假设，特别是我们已经超越了他所设想的国家的建立这一形成阶段，霍布斯所说的解决问题的方法需要质疑人们惯常的假设，重新引领人们的忠诚。战国时代的具体情况和韩非所认为的现实需求不应该妨碍我们理解这个观点的核心内容——当一个国家成功地提供了拥有有效的指引作用的普遍规则时，它才拥有了良好的秩序。因此，韩非将儒家思想统治下的社会看作是没有秩序的，建议建立一种新的社会制度。他所谓的无秩序并不一定是绝对的；它可以是儒家思想下的社会分层和它深刻的不平等创造的无秩序局面，这带来了矛盾和不公正——最终被用统一规则所统治的有序社会所取代。

韩非用与其他中国古代的法理学家近似的语言阐述了对于法治的理想："夫治法之至明者，任数不任人(Han,1959:332)。"这句话也许是因为出现在一个引起当代的读者反感的为"集体内疚感"系统辩护的段落后面，而被忽略了。但是，它暗示了一个可能性，也就是关于秩序问题的较好的解决方法一定包含臣民对规则的理性的服从，因此，高效的立法建基于统治者对民众用相关规则对照自身情况的能力的期望。期望和承认这种能力的重要性，对立法者来说是有利的，因为它有利于用规则管理这一机制。通过思考后的对规则的运用，每一个臣民都变成了一种持续的法律秩序中的参与者——正如在规则框架中的任何立法者所希望

① Han(1959:271)。原文请见《韩非子》八经第四十八。

的那样。

在《韩非子》中存在关于法律内部道德标准的证据吗？韩非的Rex（明君）遵守了富勒提出的8个最基本职责吗？考虑了以下几点，我认为答案是肯定的：

①《韩非子》连接了法律和道德；

② 书中对内在道德很多基本原则的明显诉求；

③ 书中对立法过程中非个人化的重要性之认识。

基于对这些方面的关注，在下面的分析中，我借鉴了《韩非子》中一些所谓的道家思想。它们是否算是道家思想，又是否真为韩非所著，并不是我在这里需要确定的事情。[①] 我是将《韩非子》作为一种资料，拥有这本书本身，而书中的所谓道家思想的文章和其他大部分文章能保持一致，就已经足够了。如果有一些个别的段落不能支持关于法律内部道德的思想，那么，我们也可以举出更多的例子来证明整个文本的结构是怎样向那个方向指引我们的。

（一）连接法律和道德

我要说的第一点是，《韩非子》旨在建立法律和道德之间的联系（因此与传统的解读相悖）。文中有一段话很有特色："道者，万物之始，是非之纪也。是以明君守始以知万物之源，治纪以知善败之端。"[②]

毫无疑问，对这段话很难作出完全的说明。但是，任何合理的解读都应该承认，好的君主是在一种客观的是非标准下恰当地行为的。文中还有关于这一思想的其他论述。因此，一个统治者必须要拥有强势的性格以抵抗腐败大臣的谗言和自私百姓的要

---

① 关于这些章节是否具有道家的确实性，可参见 Wang & Chang(1986)。

② Han(1964:16)。原文见《韩非子》主道第五。

求,“主用术则大臣不得擅断”。① 韩非还详细地叙述了除掉“五蠹”(从公共资源中谋取私利的人)和重用“耿介之士”②的重要性。相似地,明智的君主只会奖励为公众带来福利的人。当人们敬仰这样的制度的时候,“则国治矣”。③ 这些忠告不能被轻易解读为某个统治者保留权力的策略。它们是帮助社会达到一种必需的政治秩序的箴言。

法律和道德之间的联系之所以含混不清,是因为《韩非子》批判了儒家学说中所讲的社会秩序。如果后者和道德是同一的,那么,《韩非子》确实分隔了法律和道德。韩非究竟反对儒家学说中的哪一点呢? 两者间的主要争议在于统治机制上。以法而治与以德而治根本上是矛盾的。在儒家思想家看来,法律依赖于奖惩,而奖惩加重了对个人利益的计算。他们巧妙地回避羞耻,而并未建立发展自我控制这一习性,因此,破坏了道德的发展进程。比较适当的方法是,通过教育和对模范人物的模仿,劝导人们建立一种关于适当行为(仪)的意识和关于适当性(礼)的规则。然而,《韩非子》中所描述的儒家思想关于“适当性”的规则是一门深奥的学问,需要集中的学习和训练才能明了。因为只有少部分人经历过这样的训练,故此,儒家垄断了对这些规则和道德范例的解释权——然后,期望得到每个人包括统治者在道德问题上对他们观点的尊重。

《韩非子》提出了一个问题,这群精英的这些深奥的学问服务了谁的利益呢? 是社会的利益,还是这些精英自己的利益? “不事力而衣食则谓之能,不战功而尊则谓之贤,贤能之行成而兵弱而地荒矣。人主说贤能之行,而忘兵弱地荒之祸,则私行立而公

---

① Han(1964:81、36—37)。原文见《韩非子》和氏第十三。

② Han(1964:117)。原文见《韩非子》五蠹第四十九。

③ Han(1959:272)。原文见《韩非子》八经第四十八。

利灭矣”。[①] 韩非子认识到了道德概念垄断的负面结果,不认为儒家贤人应作为君主和臣民之间的中介,建议君主建立具有普遍应用意义的公共规则。

即使儒家思想家承认公众对法律秩序的需要,他们依然还是倾向于认为自己可以置身于公共法则之外。事实上,他们认为免于遵循法律才可以显示出自己的地位。韩非的君主并没有禁止儒家倡导者们,更不用说其他人,依照自己以德为上的方式来生活;君主只是在公共领域限制了他们的特权。但是,儒家思想家并没有认识到社会对统治的需求——特别是对一种具有普遍性的行为准则的需求——因此,他们也没能发展出一套有意义的公共道德体系。在韩非看来,以法而治能够满足每个人的利益,但是,只有在确保每个人都知道人人都会遵从法律的时候,才可能达到这样的效果。那么,拥有制定和施行法律的权威的统治者正好能提供这种保障(书中有一段话写道,对在特殊事件中的偏袒的惩戒与对受贿的官员的惩戒相同,若施之以较轻缓的惩罚,那么,在此两种情况下,则“法制毁”)。[②]

对儒家思想的摒弃还没有解答这一问题:《韩非子》究竟是怎样将法律和道德联系起来的?

(二)《韩非子》中所述的法律的内在道德

我们至少也要注意一下《韩非子》中一些篇章所涉及的关于法律的内在道德的信条。我们不能期望在该书中找到有关内在

① Han(1964:104—105)。原文见《韩非子》五蠹第四十九。John Dewey 评论道:“一些精英无疑从对公众利益的关注上转而关注是否能成为拥有自己的利益和知识的特权阶级,而这些知识在社会事物的意义上讲根本就不属于知识……由那些不给民众机会表达自身需要的精英组成的政府,只能是寡头政治中的政府,服务于极少数人的利益(Dewey,1927:207—208)。”

② Han(1959:273)。原文见《韩非子》八经第四十八。

道德的所有信条，如果看到一些篇幅中明显地表达出这样的想法，而在其他文字中也有所暗指就已经足够了。我们也不应该苛求《韩非子》提供给我们内在道德所包含的关于统治者和被统治者之间关系的详尽表述。无论如何，在下一个部分，当我们关注到法律的非个人化时，我们会清楚地看到君王和臣民间正当的关系是怎样形成的。

1. 一般性

在关于法家思想家的学术文献中，存在着有关“法”字的确切定义的争论。[①] 从本源上来讲，法涵盖了实在的或书面的法律，但它亦与模式、模型、标准相关。另外，在《韩非子》中，法通常包含了命令、惩罚（刑法）和规定。这样多层次的定义为确定一般性是法律的一个突出特性带来了困难。同时，文中的一些段落显示出对法律的一般性和法律的运用之间存在的距离的觉察。比如，臣民若非违犯法律，就不会受到法律的强制。“以赏者赏，以刑者刑，因其所为，各以自成”。[②]这句话含蓄地表明，抽象的法律条文以实践中思考的能力为先决条件。臣民不需要在行动之前得到统治者的许可；他们不是乞求者。他们应该在既定法规的指引下行为，做一个负责任的道德载体。

《韩非子》不仅坚持了一般性，还坚持了普遍性——阶层高的臣民必须与阶层低的臣民同等对待，在这个意义上它比富勒更进了一步。这一尽可能缩小法律区别的尝试往往被评论者从政治的角度予以解释：普遍性有助于保护统治者的绝对权威。在儒家的五伦关系中，每一对关系都有其自身的服从形式。然而，如此一来，惟有君臣之间单向的服从关系才是其中最重要的。我在上

---

① Derk Bodde 提供了几篇十分有帮助的文章。参见 Bodde（1981）。

② Han（1964：38）。原文见《韩非子》扬权第八。

面提到过另一种比较平和的解读:豁免居于某个地位或有某些家族联系的人就会削弱以规则统治成功的前景。每个臣民需要明确其他人也会依照规则行为——而且是和他遵守的规则相同的规则。如果有某些臣民可以按照自己的好恶来选择规则,那么,以法而治就会受到致命的破坏。王晓波(音译)观察到,在韩非的时代,成千上万的逃兵受到了强大家族的庇护,以躲避赋税和劳役(Wang,1977:44)。我推测,韩非也关注到了这一现象,所以,他才提到当权者有可能会按照自己意愿行事,打破法律以谋求自身利益,利用国家的资源帮助自己的家族。[①] 这样来说,韩非完全掌握了用法律作为社会的基本组织原则的含义。[②]

《韩非子》对一般性的坚持与对法治的某种理解十分和谐。戴雪(Dicey)关于这一问题的经典评述认为,法治要求"各阶层的人民一律平等地在普通法院的管理下依照普通的法律行为;在这个意义上讲,'法治'排斥了对任何官员或其他人服从其他臣民都须遵守的法律之责任的豁免或接受普通的司法程序及制裁的豁免"(Dicey,1961:202—203)。戴雪强调的是普通法庭的重要性,这保证了"普通法律"可以应用于任何人,没有任何人拥有得到豁免的特权。

2. 公开性

《韩非子》中写道:"法莫如显。"这一内容是将"法"和"术"做

① Han(1939:97)。原文见《韩非子》孤愤第十一。

② 政治普遍性与道德普遍性要求的不同表现在现代社会制度中用同志情谊(平等对待每个人)取代"关系"这个问题上。同志情谊显然能使民众向中央政权靠拢,但它并非到处都得到了重视,在我们讨论乡镇层级上的道德问题时可以注意到这一点。有些村民利用"关系"来让自己豁免于普遍规则,别人亦会抱怨制度的不平等。参阅 Ku(2003:146—147、195—196)。

一个对比。[1] 后者是一种可以让统治者管理他们的臣子的方法（我会在后面作详细的解释），而法却旨在管理普通大众。书中说：

> 人主之大物，非法则术也。法者，编著之图籍，设之于官府，而布之于百姓者也。术者，藏之于胸中，以偶众端，而潜御群臣者也。故法莫如显，而术不欲见。是以明主言法，则境内卑贱莫不闻知也。[2]

对公开性的要求当然是不错的，但《韩非子》并不十分赞同法律的公开化过程本身是一种依据规则进行的行为这样的观点。法律公开化的过程是在命令下依照一系列的步骤进行的。所以，这样的话，立法者只是在规则的约束下完成他们自身必要的目标。韩非会否定这个观点吗？难道我们不应该像对霍布斯的评论那样，说韩非是想要提出对有效实施权力的标准的限制吗（Dyzenhaus，2004：58）？强调这些限制并不是在修改《韩非子》中的学说，我们只是想找到它里面命题的逻辑。

3. 清晰性

在关于清晰性的重要性的诸多段落中，我想强调其中的一段关于成功统治的讨论。“今所治之政，民间之事，夫妇所明知者不用，而慕上知之论，则其于治反矣。”[3]当民众不能确定统治者或统治者的执行官对他们的行为将作出如何的反应时，这些努力就失败了。

在清晰性和一般性之间存在着一种重要的张力。一般性是指在一些案例中法律运用的效果是不能在制定时就可以完全预

---

① 我沿用了 Creel 的翻译，而没有用 Liao 的翻译。见 Creel（1974）。

② Han（1959：188）。原文见《韩非子》难三第三十八。

③ Han（1964：108）。原文见《韩非子》五蠹第四十九。

期到的。规则的运用者,无论是臣子还是平民百姓,在不能预期的各种情况之下运用规则时都不能仅仅是机械地应用,要弄清法律要求的是什么,或者没有要求什么。他们可以尝试推理立法者的意图是什么,立法者是否想到了一些无先例的案例,或者他们可以以法律的最基本目的作为指引来作出选择。在 Telda 案中,里曼法官运用了所有这些策略。如果否决了法律运用者解释和评判规则的权力,那么,就有可能带来不公平(Telda 案就有可能出现这样的结果)。然而,《韩非子》坚持了严格的应用,原因是,如果没能成功地严格应用法律的话,会直接带来失误和引诱,造成臣民对法律内容的混淆。一定的指引在多数案件中是不足够的,即使在少数案件中,自由裁量使法律变成了一个不清晰的整体,正如大家对它的形容一样(在英国案例 Re Castioni 中,斯蒂芬法官掌握了《韩非子》的精神,他说:"达到一个人在善意地阅读法例时可以达到的一定程度的准确性是不足够的,但还必须要达到一个人在带有恶意地阅读时都不至于误会的准确性"①)。

虽然法律的作用并不能总是被阐释清楚,坚持严格的应用的想法,要求法律要尽可能地成为一份完整的人类行为规范准则。因为如果法律留下了一些空白,那么,在规则应用的时候,做出邪恶的自由裁量的可能就又形成了。("书约而弟子辩,……是以……明主之法必详事"。)②或许正因为这个原因,中国的历朝历代都建立了比前一个朝代更多的经过修正的法例,对存在的一些已经很详尽的条例亦增加了新的分例,而分例之下又有分例。德克·波德假设说,这样的细致的分条陈述旨在"用尽可能让法律可以运用到各种可预见的情况中"以将公正扩展到最大。他提出了一点怀疑,这样的逐条划分的方法能否最终消除地方官员在相似但是存在

① [1891]1 Q. B. 149(第167页),William Twining & David Miers 引用于 Twining & Miers(1982:182)。

② Han(1959:256)。原文见《韩非子》八说第四十七。

差异的条例中作出选择的需要呢?(Bodde,1981:185)《韩非子》在这一点上与亚里士多德的立场相似,如亚里士多德所说,良好的法律应该“尽可能详尽地规定任何事物”(Aristotle,1991:31[1354a32—34]),这样就不会为法官或其他法律的应用者留下什么自由裁量运用法律的空间。需要这样的良好的法律的原因是,“立法者的判断并不是关于某个特定的案件,而是为了以后将会发生的一般状况”,因此,立法者更可能作出谨慎的判断和积累性的学习(我假设韩非时代的明君也是这样的)。这与面对现在特殊状况的法官或陪审团形成了对照:“对他们来讲,友善、敌意和个体的利益都会形成影响,致使他们不能看清真相,他们自己的喜悲给他们的判断蒙上了阴影(Aristotle,1991:31[1354b5—11])。”《韩非子》也同样忧虑一些偏颇的因素会阻碍他们作出更好的判断,而书中补充了一个观点,认为任何规则应用者的判断都使民众怀疑法律是否应该应用于他们——或者可以想办法不让该法律应用于他们。

我更愿意相信,韩非了解现实往往都是比哪怕是最明智的立法者尝试制定的规则更为复杂的。他观察到:“无难之法,无害之功,天下无有也。”①当然,如果法律十分模糊或者无序,就说明立法者给其他官员——法官、警察、行政官——留下了太多的回旋余地,任其依自己意愿作出一些不具有普遍性的行为。模糊的用词,比如“合理的关怀”或者“善意”,需要详细的分辨解释才可以与规则体系相协调。但另一个极端是,如果法律太过精确,那么,立法者就给不可避免地出现偶然状况时法律的应用留下了太少的空间。正因为这些偶然性不能被完全预见,所以,太过细致的法律就会制造出矛盾和混乱,而且会使制定法律的权威受辱。

当然,韩非应该可以认识到,对法律严格的应用作为一种普

---

① Han(1959:253)。原文见《韩非子》八说第四十七。

遍的政策,会在一些案例中带来不公正。如果是这样,那么,用实施司法权力来降低不公正——认识到在尊重既定法律的前提下更好地运用判断力,不仅没有减低反而是提高了立法者的权力——不是更好吗?或者,是否因为司法权力一旦形成就很难被限制在某一范围之内,所以,就要衡量出现某些案例中的不公正这一代价与大多数情况下的确定和统一性做一个比较,看孰重孰轻?我想,由于相信伪称有确定的信息是维护社会秩序的必要条件,立法者可以装作没有看到这个问题,但是,臣民了解自己的确切处境后,这种伪装便不攻自破,而这也会成为不信任和不稳定的来源。①

让臣民提早了解法律的内容代表了对他们作为道德载体的尊重,而且"人情皆喜贵而恶贱"。② 同时,《韩非子》没有认识到,由于一项规则的意义依赖于它的基本原理,公开性和清晰性都要求立法者提供关于任何已经制定的规则的说明,至少两者都要求朝此方向努力。如果没有明显和可以接受的基本原理,法律就失去了它的可理解性,从而也就失去了它的权威。我们可以理解《韩非子》在这一点上的踌躇,因为提供对法律的说明会成为对统治者行为的评估和批判的第一步。但是,很难想象不提供这样的说明又怎样去满足公开性和清晰性的条件。这些原则提供了又一个例子,证明只要从《韩非子》的论述中略加引申,一套关于统治者和被统治者之间关系的明确观念便可以成形。

4. 无冲突性

无冲突原则不像内在道德的其他有些原则那样清楚直接,但

① 关于"在某些情况下,如果他们可以这样伪装,规则可以更好地达到它的目的"这一观点,参见 Alexander & Sherwin(1994)。

② Han(1959:173)。原文见《韩非子》难三第三十八。

却是可以明白的。当申不害成为韩国的丞相后，公布了新法律，却没有废止从前朝沿袭的旧法律。结果产生了一系列的矛盾，造成了一片混乱。因此，《韩非子》中批判道：申不害不擅其法，不一其宪令则奸多。[1]

5. 适当性与恒久性

由于以法而治的政权要依靠臣民的服从，所以，也就自然需要具有适当性。而更明显的是对恒久性的需求，或者说需要法律在较长时间段内保持相对的稳定，这是长期规划所要求的。韩非认为，正如工匠因经常修改他的劳动成果而使其质量欠佳，如果在统治一个大国的时候，统治者频繁地改变法律法令，人民就会遇到困难。因此，统治者要根据程序……认真谨慎地对待法律的变更。[2] 但是，谨慎并不意味着没有改变，法律必须要适合当时的社会环境，而随着时间的改变环境也会改变。“变与不变，圣人不听，正治而已”。[3] 一切都取决于这些特定的制度是否可以满足社会的需求。“法与时转则治”。[4] 当然，法律依然不可以轻易改变：“好以智矫法，时以行杂公，法禁变易，号令数下者，可亡也。”[5]

6. 预期性与一致性

相对的稳定性与清晰性和公开性结合在一起，告诉我们法律需提前告知民众，这便使预期性和一致性成为必须。一致性意味着各个案例都需要依照立法者的指引来进行处理，因此，它隐含

① Han(1959:213)。这一段被 Wang Hsiao-po 引用，见 Wang(1977:41)。原文见《韩非子》定法第四十三。

② 详细论述见《韩非子》解老第二十。

③ Han(1939:154)。原文见《韩非子》南面第十八。

④ Han(1959:328)。原文见《韩非子》必度第五十四。

⑤ Han(1939:138)。原文见《韩非子》亡征第十五。

了管理行政和司法机关的原则，而这些机构就是阐释和运用立法者立定的规则的机构。如果行政官员及法官可以用自己的好恶来取代立法者的规则，即使他们的好恶的根基是公众利益，立法者的意志依然不能得到实施。《韩非子》中关于连接清晰性和相合性的论述提及了这一点："人主使人臣虽有智能，不得背法而专制；虽有贤行，不得逾功而先劳，虽有忠信，不得释法而不禁：此之谓明法。"①也就是说，只有在统治者发布的法律与决定不同案件的法律相一致时，才说明存在一个规则体系。尽管《韩非子》并没有想象到一种制度机制，但是，好的统治者希望能够找到有效的措施来纠正大臣，甚至他本人，对权力的滥用这一意思已经可以想见了。

总之，《韩非子》也同样认识到了富勒提出过的统治者和被统治者之间的互惠："正与处之，使皆自定之。"②"人主释法用私，则上下不别矣。"③因此，认为统治者"可以按照自己意愿制定、废止、更改、延缓、僭越、违犯或者实行任何法律"（Fu，1996：68），这样的想法当然是错误的。由于统治者必须遵守法律，因此，臣民需要关注的不是统治者的构想，而是法律的要求。"明主赏不加于无功，罚不加于无罪"。④ 我们可以说《韩非子》表述了法家的基本原则，就像法无明文不为罪。当然，正如安守廉所注意到的，当一种政体持法家观点，即使只是因为一些工具性的原因，还是带给了臣民要求了解各种行为的法律依据的可能性。这就是以法而治的中心。⑤ 这样的政体也许不能提供一种机制

---

① Han（1964：91、88）。原文见《韩非子》南面第十八。

② Han（1964：36）。原文见《韩非子》扬权第八。

③ Han（1964：29）。原文见《韩非子》有度第六。

④ Han（1959：149）。原文见《韩非子》章节。

⑤ Alford（1994：45）。人们有时可能认为当代中国的制度很多时候都符合了传统的以法而治的思想，将法律看作是无产阶级专政的工具，但人们亦会发觉领导者有时会忽略了法律。这意味着制度的即兴工具主义性质，而非一种前后一致的原则性的工具主义，因此，并非我解释中的以法而治。

作为分辨合法与不合法的工具，但是，不这样做的话就等于不战自败。

（三）立法的非个人化

承认臣民作为道德载体的第三步——《韩非子》中见地最深的部分——就是规则制度需要非个人化统治这一观点。韩非这样的历史人物提出如是的观点实在是一件令人惊讶的事情。

这里的推理很审慎，微观管理是不切实际的："夫为人主而身察百官，则日不足，力不给。"[①]然而，微观管理的负担并不能解释出非个人化统治的重要性，因为即使是非微观管理的规则也可以是自私的，或者至少可以是自利的。但是，我们依然可以清晰地看到《韩非子》反对自利的统治，因为它无利于公众利益。如果公共权力服务于个人的利益，那么，统治会变成独裁。"明主之道，必明于公私之分，明法制，去私恩"。[②] 用我们今天的话来说，《韩非子》反对有组织的利益团体的寻租行为。

这部分铺陈得最为清楚的一点就是须用"审得失有法度之制者"[③]。国家若想拥有秩序，统治者就必须终结大臣的自私阴谋，"去私行……若以党举官，则民务交而不求用于法"。[④] "明主之道，赏必出乎公利，名必在乎为上"。[⑤] 这里，我们同样看到法律将人们从个别变为一般，人们本是更倾向于看到自己眼前的欲望，而法律为他们提供了集中精力去望向长远结果的理由。

不过，对统治者的限制亦是十分明显的。"无私贤哲之臣，无

---

① Han(1964:26)。原文见《韩非子》有度第六。

② Han(1939:167)。原文见《韩非子》饰邪第十九。

③ Han(1964:22)。原文见《韩非子》有度第六。

④ Han(1964:22)。原文见《韩非子》有度第六。

⑤ Han(1959:272)。原文见《韩非子》八经第四十八。

私事能之士……治之至也”。[1] “故其任官者当能,其赏罚无私”。[2] 沿着这条思路,我要强调一下《韩非子》对即使逆统治者之意愿也要根据人格品行选择政府官员这一观点的坚持。[3] 这一段和之前引用过的篇章都表明了为什么说统治者为了不被追求自身利益的臣子蒙骗而隐藏自己的好恶是有误导性的说法。统治者不仅要维护自己的权力,而且要竭力达到以法而治的目标。

“夫立法令者以废私也,法令行而私道废矣。故《本言》曰:‘所以治者法也,所以乱者私也,法立,则莫得为私矣。’”[4]这一段话中作者的目标是那些自身利益与公众利益相悖的儒家人物。但是,如果不把文章传达的宗旨同样套用于统治者身上,又是说不通的。因此,在我看来,认为《韩非子》放任皇族满足各种嗜好,任其穷奢极侈(Fu,1996:24)这种看法是很大的错误,“饕贪而无厌,近利而好得者,可亡也”[5]可以作为证明。相似的叙述还有“暴人在位,则法令妄而臣主乖,民怨而乱心生”。[6] “明君使人无私。”[7]

我们怎样去理解这种对统治者的限制呢? 统治者阐述出的合理的法律和政策又怎么会是“祸”呢?[8] 答案是模糊的:如果一个国家管理完善,那么,它可以自行运作,对统治者的要求甚少。统治者最好的状态就是“无为”。“上不与义之,使独为之……参咫尺已具,皆之其处。以赏者赏,以刑者刑,因其所为,各以自成[9]（“咫尺”也就是富勒所说的自我引导行为的基线)。”

---

① Han(1964:25)。原文见《韩非子》有度第六。
② Han(1959:240)。原文见《韩非子》六反第四十六。
③ 参阅 Han(1959:82—83)。
④ Han(1959:235)。原文见《韩非子》诡使第四十五。
⑤ Han(1939:135)。原文见《韩非子》亡征第十五。
⑥ Han(1959:255)。原文见《韩非子》八说第四十七。
⑦ Han(1959:181)。原文见《韩非子》难三第三十八。
⑧ Han(1964:81)。原文见《韩非子》和氏第十三。
⑨ Han(1964:38;1959:179)。原文见《韩非子》难三第三十八。

对“无为”的一种解释就是，一旦统治者对不服从行为施以重刑的威胁达到了其效果，比如没有人再敢违犯法律，那么，统治者就再没有什么事情可以做了。清晰而严格执行的法律可以约束和管理民众，或者说让他们达到自我管理。这个解释等同于被动的无为。

另一种对“无为”的解释是说，它指的是在统治者和大臣之间的一种分工。孔子做过同样的解释：子曰，无为而治者，其舜也与？夫何为哉。恭己正南面而已矣（Confucius，1979：para. 15.5）。这一段话通常指统治者不认为自己应该是政府的管理者，而是把这个任务留给合适的大臣去做。这个统治者是被动的，但是，他的下属是主动的。这个解释与《韩非子》中的很多段话都具有一致性：“明君无为于上……贤者敕其材。”[①]“人主之道，静退以为宝。不自操事而知拙与巧，不自计虑而知福与咎。”[②]

传统的解读在这些段落中看到了官僚体制责任的教条，也就是“行名”。“行名”是指行为和头衔——“名”是大臣的官衔或者对他工作的形容，统治者以此来评估他的功过成败，也就是评判他的“行”。“对统治者来讲最好的方法就是按照臣子的能力来分配官职；按照他们的官职对他们的行为进行要求……（Creel，1974：123）”“循名实而定是非，因参验而审言辞。”[③]因此，统治者分配权责，让大臣为他们的成败负责。

但是，“行名”并没有解释出《韩非子》中为何相信按头衔评判行为能够带来好的结果。统治者怎样才能确定地知道拥有该头衔的大臣的工作是什么？怎样知道大臣即使在完成分内的任务，又是否在为公众利益服务？王晓波和里奥·张的答案是将“无为”作为“清静”的前提，而清静是指压抑情感，比如主观的认知，

① Han（1964：17）。原文见《韩非子》主道第五。

② Han（1964：19）。原文见《韩非子》主道第五。

③ Han（1939：120）。原文见《韩非子》奸劫弑臣第十四。

以遵循“道”所提供的客观标准。这是他们对“知治人者,其思虑静”的解读。[1] 我认为这一解读有些过于形而上了。当韩非提到“客观的信息必须取代主观感知”时,他也许只是和申不害持有同样的观点——按照统计的报告和调查的结果而非个人的感受来评估国家的情况。

这里,我们需要再加上一个前提。我相信如果我们再详究明君会用自然的形式来统治,建立一种能够表达或反映或结合了“道”的政治秩序这一想法,就可以得到答案。我想说的是,“无为”是建立在关于自发秩序的基础之上的。好的统治者不会根据自己对公众利益的理解来下达指令——我们在讨论那些中庸的君主时可以考虑到这一观点。好的统治者希望用慈善的自然的方式来解决问题。就像申不害所说的:“自名而正之,随事而定之也”(Creel,1974:173)。自发的秩序下,人类行为是经过协调的,而非被指挥的。这一过程就是个体主动地在相互间的互动中调整自己的行为,只以普遍通用的法律作为自己的行为准则,以最终达到整个社会的和谐和总体的平衡状态——就如同是在一只看不见的手的操纵下得到的结果一样,标准的例子就是市场经济,其他的可能性有比如科学发明事业或者英美的普通法体系。每一个领域中的个体都在符合这一领域的博兰尼所说的“标准的激励(standard incentives)”下行为。自身利益是市场中的标准激励,对真理的追寻是科学研究的标准激励。对英美法律体系中的法官来说,运用法律就是标准激励(Polanyi:1951:159ff、194—195)。个体在分工中的全部责任就是完成他个人的任务。

难道没有任何人肩负着纵览包含着互动着的众多个体的整个制度的任务吗?举例来讲,如果市场系统崩溃了而导致了一些外在的因素该怎么办?谁制定法律,再将其运用到整个社会中?

---

① Han(1939:181)。Wang & Chang(1986:35)。原文见《韩非子》解老第二十。

我认为,《韩非子》看到了立法者这个角色,他需要掌控天下事,在必要的时候进行干预,以延续社会自然运作的前提的存在。因此,"无为"并不是一个被动的状态。但另一方面来讲,作为是有限制的。作为的目标只是保护和精炼制度,而不是要得到某一个特定的实质的结果。比如,是要去除阻碍自由市场高效运作的因素,而不需要去干涉某种产品具体的分配情况(Wang 和 Chang 的叙述与这一点一致,认为"无为"内在的意思与其字面意思不完全相同,其字面意思是指"不会做出任何行为来改变事物自然而然的状态"[Wang & Chang,1986:172])。

对自发秩序的诉求也许显得有些过于形而上了。但是,从亚当·斯密到弗利德里希·哈耶克,或者可以追溯得更远,都认为自发秩序是最自然的方法,并把这种秩序作为建立法治理想的最纯粹的形式。与后现代的责难相反,根据对社会力量的正确的理解,明智的统治者能够带来良好的社会秩序这一事实,并没有排除社会秩序的自然性,"认同自由的市场秩序的立法者必须主动地消除'人为'的制度障碍,但超过这一界限,也就抛弃了经济体制的'自然性'"(Schwartz,1985:344)。我们可以说明智的立法者不仅主动地这样做,而且会为了能够满足这样一个正常运行的市场存在的条件继续努力这样行为。[1]

对于"无为"的这一解释,我们不需要抱有道家对"政权"的轻视态度。一个人可以期望得到权力以确定别人不能用权力控制他,也可以是为了让别人不会用权力破坏自然秩序的运行,而令人轻蔑的是立法者施用权力使每个臣民都完全按照他的要求去做。韩非对儒家思想的反对也表现出了他的这种观点。统治者必须避免宣扬"仁义"[2],比如将自己的某种想法强加于社会。不

---

① Han(1959:168—169)有人类增加收入的更多例子。

② Han(1964:103)。原文见《韩非子》五蠹第四十九。

是因为仁不重要，而是因为统治者有可能会对它错误理解。如果没有人干涉，“自然”可以让一切事情正常运行。事实上，正是因为自然可以让事情正常运行，韩非的君王才会和相信儒家思想的君王一样，对社会有着相同的关注——希望社会繁荣，人们的需要能够得到满足。两者的区别在于，前者认为这一结果需依靠“自然”的判断，而后者则认为需要依靠一个人（君主）自己对“善”的判断才能达到。（在韩非看来）儒家思想认为臣民是无知的大众，要被动地跟从统治者的意愿，而韩非的君王则将臣民作为独立的道德载体。

因此，韩非的君王接受了法制的道德核心：来自于对自然秩序的尊重的非个人化的统治。法律不再是统治者为了达到个人目的而利用的工具。统治者希望民众富有创新精神和生产力。他希望可以释放能量，巩固社会的团结。据此，统治者将臣民的道德水平视为社会资本，一种达至井然有序的社会的资源。训练有素的士兵和多产的农民不再是统治者一个人的财产，而是集体的财富。统治者的工作是为人们的行为划一个界限和清除行为的障碍，以方便民众自我指引地行动。当然，民众拥有可以作为社会资源的能力，才能够通过行为来达到自己的目的。独立的载体可以与别人和谐相处，或者相反。立法者的任务是让每个民众都独立地为了整个社会而行为。如果他们看到在一个秩序井然的社会中，他们自身的利益和他人的利益是一致的，那么，他们就会这样做。得到了民众的忠诚就意味着在维护社会的运行这一目标上得到了支持。拥有了人民的忠诚后，法律就为建立有序的、平等的、美好的社会提供了辅助力量。

关于自发秩序，我认为我们可以更进一步地摆脱儒家学说中的层级和它对道德权威的遵从。层级的概念是指只有在主权者的命令是善的、为公众利益服务的时候，才能够被称为好的统治。此观点的前提是自上而下的统治。《韩非子》提供了另一个概念，认为好的统治意味着让民众自己找到相互之间的关系。统治者的任务是创造和支持一系列的制度机制——市场、选举、论坛等，这些制度机制可以实现人们的想法和决定，以建立起公众之间的关系。立法者不再是自上而下地进行统治。他们尊重各种形式的组织，在这些组织发展困难的时候辅助他们的管理运作，而不是用立法来压制他们。太多的自上而下的统治会抑制自然形式的合作和公民社会这种让民众可以将思想付诸实践的组织的形成。对于政府来讲，自上而下的统治的最大危机是会破坏人与人之间的关系，以及人们对与他人关系中自身责任的认识。为了方便个人的决定，立法者需要展示出对个人自我表现约束能力的信心。

这种解读与文中其他部分不相合的地方就是，它关于韩非的“法律的权威依赖于统治者的权威”这一观点的阐述。相反，统治者的权威事实上依赖于统治者制定的非个人化的命令的权威性。遵从自发秩序运作的统治者会拥有统治权威。与自然的命令相合会带来民众的顺从。

五、异议

对《韩非子》进行解释的最大难题是统治者对 政府“二柄”的运用：奖与罚。[①] 韩非的工具主义的这一层面使统治者对激励因素的操纵和臣民对激励因素的计算成为了统治的核心。“人情者，有好恶，故赏罚可用；赏罚可用则禁令可立而治道具矣”。[②] 由此可见，激励带来了符合统治者的目标行为的动机。这里的假设

① Han(1964:30—34)。原文见《韩非子》二柄第七。

② Han(1959:258)。原文见《韩非子》八经第四十八。

是社会需要这种操纵，因为如果没有这种操纵，民众就不会依照统治者的要求行为。

但是，预计到臣民的这种计算已经是向认识到他们作为道德载体的身份迈进了一步，这也暗含了内在道德的原则。例如，如果统治者不公开对民众抉择的态度，他们计算得失的能力就会受到破坏。人的行为会带来一定后果，统治者将此布之于众并不是一种操纵行为，而是展示了他们对于人民对自己行为负责的能力的认知。

更基本的是，在一个统治者精于操纵激励因素而民众又善于计算得失的社会里，很难存在服从或承诺。韩非觉察出了儒家思想家很担心当统治者依赖刑罚时，民众会找到一些狡猾机智的方法来避免受罚。激励因素可以改变人们的计算，却不一定能改变他们的思想。在某种程度上讲，韩非的回答是，充分清晰和精确的法律可以避免这一问题。但是，他有时也会认为用对激励的操控作为得到对法律的服从和社会秩序的基础是天生不稳定的。

商鞅相信统治者无论发布怎样的命令都可以控制民众的行为，而我觉得韩非则认为法律应该有界限。“故虽有尧之智而无众人之助，大功不立”。① 这段文字的含义是统治者的权威并不来源于对更高权力的畏惧；它来自于对立法者成功地完成了其作为统治者的任务的尊敬。权威建基于接受，这体现了正当性原则。由于对成功的衡量是做一个“好的（明，仁，贤）君主”，那么，有权力和有权威的区别已经十分清晰了。这是我在阅读“逆人心，虽贲、育不能尽人力……得人心，则不趣而自劝”②时理解到的。

增强这种解释说服力的方法之一就是淡化《韩非子》中向最小工具主义发展的倾向。比如，我们可以注意到，奖罚是法律的

① Han（1939：259）。原文见《韩非子》观行第二十四。

② Han（1939：275）。原文见《韩非子》功名第二十八。

资源,而不是它的本质(与奥斯丁相反),而且也许在确保富勒所说的基线(《韩非子》中所说的“咫尺”)时最有用处,尽可能地让自发的力量来建立社会秩序。这样看来,法律条文不需要非常详细;事实上,对制定详细法律条款的渴望反映出了对社会秩序是怎样建立起来的这一问题的误解。法律不是也不能只是将构成现有社会秩序的习惯上的期望和长期存在的社会现实文字化。韩非更倾向于相反的看法,因为他的目标是摧毁儒家士大夫历来拥有的特权。但是,法律带来社会变迁的效率——正如尧、舜、禹所述——是有限的。统治阶层的操控不能成为主要的策略。

韩非有时似乎觉察到但并没有表述出不仅统治者即使臣民也不能操纵性的行为。因此,即使他将民众看作是自然的利己的个体,他依然暗示,在一个有序的政体中,民众不会如此。“法令行而私道废矣。”①《韩非子》对人类历史的描述表达出了人性中对变化的接受:“上古竞于道德,中世逐于智谋,当今争于气力。”②这些变化并不是偶然的,是取决于当时的环境的。建立了以法而治的制度体系的仁君,正是营造出了一定的环境以使人们适应于变化。“主施其法,大虎将怯;主施其刑,大虎自宁。法刑苟信,虎化为人,复反其真。”③

当然,关于我对韩非的解读还有其他的异议,但我就不在这里一一讨论了。这为以后的研究设定了目标。最后,我想重申一下,我的分析不需要确定法律和道德字面上的关联。对奥斯丁来说,从逻辑上和概念上的主张来看,即使没有公开或者被书写成文,法律依然可以存在。对富勒而言,和韩非一样,实证的主张是如果一个立法者没有成功地清晰地公布制定的法律,就会破坏法律秩序。而与韩非不同的是,对富勒来说,从道德的主张来看,这

① Han(1959:235)。原文见《韩非子》诡使第四十五。

② Han(1964:100)。原文见《韩非子》五蠹第四十九。

③ Han(1964:39—40)。原文见《韩非子》扬权第八。

是统治者的失职。相对于实证的和道德的主张,概念的主张微不足道。道德在这里是一个确切的词语,因为以规则统治这一制度表现出某种对民众作为道德载体的尊重。内在道德限制了权力的施用,让权力变得更加容易接受。这是因为君与民之间建立了正确的关系。因此,我们对于以规则统治有两个疑问:"它的效率如何"及"君与民之间建立了怎样的关系"?事实上,两个问题的答案是紧密相连的。

对这一研究的另一个挑战是我从《韩非子》中解读出的法治的某种形态——狭义理论——是不足够的,因为它没有能提出对人权或社会公正的坚持。然而,狭义理论和广义理论的辩论是关于法治自身作为一种政治理想的得失,而这并不是我在本文要解决的问题。无论如何,重新解释都不等于盲目地效仿。我在寻找的是一种连续性,一章可以帮助预期未来的丰富的历史。

(张雅楠 译)

参考文献

Alexander, Larry & Emily Sherwin. "The Deceptive Nature of Rules". 142 *U. Pa. L. Rev.* 1191(1994).

Alford, William P. "Double-edged Swords Cut Both Ways: Law and Legitimacy in the People's Republic of China". In Tu Wei-ming, ed., *China in Transformation*. Cambridge, MA: Harvard University Press, 1994.

Aristotle. *On Rhetoric*. trans. by George A. Kennedy. New York: Oxford University Press, 1991.

Waley, Arthur. *Three Ways of Thought in Ancient China*. London: G. Allen & Unwin, 1939.

Austin, John. "Three Models for the Study of Law". In Willem J. Witteveen & Wibren van der Burg, eds., *Rediscovering Fuller: Essays on Implicit Law and Institutional Design*. Amsterdam: Amsterdam University Press, 1999.

——*Lectures in Jurisprudence*. 5th ed. London: John Murray, 1885.

——*The Province of Jurisprudence Determined*. London: Weidenfeld & Nicolson, 1954.

Bodde, Derk. *Essays on Chinese Civilization*. Princeton: Princeton University Press, 1981.

Confucius. *Analects*. trans. by D. C. Lau. London: Penguin, 1979.

Creel, Herrlee G. *Shen Pu-Hai: A Chinese Political Philosopher of the fourth Century B. C.* Chicago: University of Chicago, 1974.

Dewey, John. *The Public and Its Problems*. Chicago: Swallow Press, 1927.

Dicey, A. V. *Introduction to the Study of the Law of the Constitution*, 10th ed. London: Macmillan & Co., 1961.

Dyzenhaus, David. "The Genealogy of Legal Positivism". 24 *Oxford J. Legal Stud.* 39 (2004).

Fu, Zhengyuan. *China's Legalists: The Earliest Totalitarians and Their Art of Ruling*. Armonk, NY: M. E. Sharpe, 1996.

Fuller, Lon L. "American Legal Philosophy at Mid-Century". 6 *J. Legal Educ.* 457 (1954).

——"Positivism and Fidelity to Law—A Reply to Professor Hart". 71 *Harv. L. Rev* 630 (1958).

——*The Morality of law*, rev. ed. New Haven: Yale University Press, 1969.

Han, Fei. *The Complete Works of Han Fei Tzu: A Classic of Chinese Legalism*. Volume 1. trans by W. K. Liao. London: Arthur Probasthain, 1939.

——*The Complete Works of Han Fei Tzu: A Classic of Chinese Legalism*. Volume 2. trans by W. K. Liao. London: Arthur Probasthain, 1959.

——*Han Fei Tzu: Basic Writings*. trans by Burton Watson. New York: Columbia University Press, 1964.

Hart, H. L. A. "Positivism and the Separation of Law and Morals". 71 *Harv. L. Rev.* 593 (1958).

——*The concept of law*, 2nd. ed. Oxford: Clarendon Press, 1994.

Hayek, F. A. *The Constitution of Liberty*. Chicago: University of Chicago Press, 1973 – 1979.

Hobbes, Thomas. *Leviathan*. ed. by C. B. Macpherson. Baltimore: Penguin, 1968.

Holmes, Oliver Wendell Jr., "The Path of the Law". 10 *Harv. L. Rev.* 457 (1897).

Hsiao, Kung-chuan. *A History of Chinese Political Thought*. trans by F. W. Mote. Princeton: Princeton Press, 1979.

Ku, Hok Bun. *Moral Politics in a South Chinese Village: Responsibility, Reciprocity, and Resistance. Lanham, MD: Rowman & Littlefield*, 2003.

梁治平:《法辩》,北京:中国政法大学出版社,2002。

Mill, John Stuart. *Autobiography*. New York: Columbia University Press, 1924.

Peerenboom, Randall. *China's Long March Toward Rule of Law*. Cambridge, U. K.: Cambridge University Press, 2002.

Polanyi, Michael. *The Logic of Liberty: Reflections and Rejoinders*. Chicago: University of Chicago, 1951.

Postema, Gerald J. "Implicit Law". In Willem J. Witteveen & Wibren van der Burg, eds., *Rediscovering Fuller: Essays on Implicit Law and Institutional Design*. Amsterdam: Amsterdam University Press, 1999.

Rawls, John (1999a). "Justice as Fairness". in Samuel Freeman, ed., *Collected Papers*. Cambridge: Harvard University Press, 1999.

——(1999b). *A Theory of Justice*, rev. ed. Cambridge: Harvard University Press, 1999.

Schwartz, Benjamin I. *The World of Thought in Ancient China*. Cambridge, MA: Harvard University Press, 1985.

Twining, William & David Miers. *How To Do Things With Rules*, 2nd. ed. London: Weidenfeld & Nicolson, 1982.

Wang, Gungwu. " 'Burning Books and Burying Scholars Alive': Some Recent Interpretations Concerning Ch'in Shih-Huang". 9 *Papers on Far Eastern History* 137 (1974).

Wang, Hsiao-po & Leo S. Chang. *The Philosophical Foundations of Han Fei's Political Theory*. Honolulu: University of Hawaii, 1986.

Wang, Hsiao-po. "The Significance of the Concept of 'Fa' in Han Fei's Thought System". trans. By Leo S. Chang. 27 *Philosophy East and West* 35 (1977).

Winston, Kenneth. "On Treating Like Cases Alike". 62 *Cal. L. Rev.* 1 (1974).

——"Toward A Liberal Conception of Legislation". in J. Roland Pennock & John W. Chapman, eds., *Liberal Democracy*. New York: New York University Press, 1983.

——"Necessity and Choice in Political Ethics: Varieties of Dirty Hands". in Daniel E, Wueste, ed., *Professional Ethics and Social Responsibility*. Lanham, MD: Rowman & Littlefield, 1994.

——"Introduction to the Revised Edition". In *The Principles of social Order: Selected Essays of Lon L. Fuller*. rev. ed. Oxford: Hart Publishing, 2001.

经济学帝国主义与学术进步：经济学思想史的前世今生？*

本·凡恩**

导言

我本人并非经常同《经济学家》杂志在理论问题上有一致的看法。但是，1998年圣诞前一周出版的那一期《经济学家》，那个重复了一项10年前的活动——猜猜谁将要成为经济学界的新星的那一期，却是一次例外。那次《经济学家》借用了天文学中的“创世大爆炸”隐喻，宣称此前关于“70年代开发的那些新的分析工具的效果，像冲击波一样从我们专业的核心中发送出来”的预言得到了证实。这里所说的，是经济学的新的微观基础——市

---

* 本文于接受英国经济学与社会研究理事会（ESRC）奖学金（项目号码：R000271046）时撰写，研究目的是新的经济学革命对社会科学的影响。本文最初于访问墨尔本大学经济系时起草，并提交欧洲经济学说史学会（ESHET）的研讨会“经济学是否进步了”（格拉兹，2000年2月24—27日）。感谢R.迪克逊，评审人以及对更早的草稿提出建议的所有人。

** 本·凡恩（Ben Fine），伦敦大学亚非学院（SOAS）经济系教授。

场，那些利用信息的市场，特别是利用不完善信息的市场。下一步，在点明了“经济学帝国主义”这个概念后，它又说，“与80年代的那些明星不同，今天出色的青年学者正在自己的学科传统边界以外的领域中使用经济学的工具”（Anon，1998：143），特别是，“这些经济学家很重视那些普通人都知道的事情：人们的行为并非总是自利的，也不总是理性的”。《经济学家》指出了经济学中两项重要的并且相互关联的进展：一方面，经济学正在向其他社会科学领域“殖民扩张”，另一方面，经济学看来正在以传统一习惯的方式讨论社会，这和个人本位的行为方法是相反的。

该文的下一节提出，经济学很久以来就已经具备了殖民其他社会科学的能力，并且已经这样做了。但是，经济学在这方面的进展很有限，原因在于它的特有的研究方法，以及它把“社会”当作已知和给定的这种需要。该文第三节提出，时至今日，一个更新版的经济学帝国主义已经出现，新的不完善信息的微观理论正是它依据的基石。[①] 粗略地回顾了战后经济学的发展之后，这一节特别强调的，是指出“新的微观基础”的独特之处、使它出现的学术原理何在、它们对于强化经济学对于其他社会科学的“殖民”是多么重要。简单地说，“新的微观基础”是对“新的古典经济学”（the new classical economics）挑战的回应，是对“拒绝”市场彻底出清（说）的支持。“新的微观基础”好像是要解释，以行为最优化的个人为基础的市场为何会失灵。然而，不论对“社会”（social）如何理解：社会是否非经济行为，或者是否集体式的行为，该文的分

---

① 我宁愿用“经济学帝国主义”（economics imperialism）这个术语，以及对其他社会科学“殖民扩张”的说法，而不是“经济的帝国主义”（economic imperialism），主流喜欢这个字眼，但是，却完全忽略其中的真实含义，可参见佩利曼（Perelman，2000）。请注意奥尔森和卡赫康恩（Olson，M. and S. Kähkönen，2000）拒绝帝国主义这个用语，认为经济学在跨学科扩张时没有动用武力。他们倾向于使用具有同样表达力的譬喻：经济学大都是向郊区（其他社会科学）延伸其影响力。

析一路扩展到了“社会”。社会被化简成为对于市场失灵的最佳的回应并通常处于均衡的状态,尽管有“路径依赖”,有“多重均衡”,有“初始条件(约束)”,有动态性问题,等等。这些理论上的发展,有力地增强了经济学向其他学科“殖民”的力量,最起码是经济学的见解非正式地加入其中,其最极端的情形,则是“后现代主义”正在失去影响力。

第四节给出了经济学帝国主义将“社会”重新纳入分析的例证,所利用的,是新的经济社会学,新的制度经济学,新的经济学史,新的发展经济学,以及包罗万象的社会资本说。在另外的地方设定了当前的经济学帝国主义的一般性意义,并且以特别的个案研究来加以支持。[①] 本文的目的是对这份研究工作进行总体分析,因为对其他社会科学学科的“殖民”是一个丰富、复杂、地形多变的领域,其中充满了错行、空格这样的问题。

在结语部分,该文试图将分析推进,以是否表现了知识的进步为准,来审视经济学与其他社会科学学科之间变化中的关系,而且不是只以主流经济学家自鸣得意的说法为取舍。经济学再次进入其他学科并且与之相融合,这种跨学科性的意图还是会受欢迎的,然而,一定要将之归于经济学帝国主义,实令人不安,因为这样一来,知识是否进步就成了问题,而这正是它的支持者所设想的那种直接结果。答案必然有赖于判断进步所采用的标准,以及从中会得到的远景视角。在广义上所得到的结论是,经济学帝国主义,只是在标示自己不同于主流的范围内——而不是“入侵”之后的“撤退”——在真正的政治经济学的形式中,才能被证明是否进步。

---

① 参见 Fine(1997,1998a,1998b,1999a,1999b,2000a-g,2001a-c),Fine and Milonakis(2000),凡恩(Fine,1999d)与博德文(Bowden)和欧法(Offer)的辩论(Bowden and Offer,1994,1996,1999),以及 Fine(1999c),Thompson(1997,1999)和 Fine and Lapavitsas(2000),Zelizer(2000)。

老牌帝国主义

经济思想史家所熟知的是，边际革命创立了主流即新古典经济学，它提供的关于供求关系的系统的分析方法，却远超出于边际主义原理，[①]特别要指出的，是两个对于本文宗旨具有重大意义的问题。首先，经济在这里被等同于市场，更宽广的社会和政治的关系都消失于外生的、已知的背景条件中，让给其他学科去研究。换句话说，等同于市场关系的经济，被该文明确规定为研究的对象，经济学就是来承担这个任务的学科。其次，分析的着眼点被转移至个人和最优化的行为，其表现形式是效用最大化行为（其推论即是厂商或企业家的利润最大化）。

我们看到，这两点早已在专业范围内被接受为由常识决定的前提，到处被不假思索地应用于教学和研究之中。[②] 尽管在政治经济学向经济学嬗变时，专业术语中反映出这两者中都包含着将社会从经济中分离的内容，[③]但是，它们所取的途径是不同的。一

---

① 卡利尔（Khalil，1987：119）注意到斯蒂格勒（Stigler）、熊彼特（Schumpeter）、布劳格（Blaug）和其他人都否认曾经发生过边际革命。但是，也可参见德符罗依（de Vroey，1975）开列的清单，其中列举了大量随之而产生的同古典政治经济学之间的区别。

② 因此，霍布斯鲍姆（Hobsbawm，1997：99）鉴别了边际革命分离历史与经济学，他说得非常尖锐："战败的一方连观点和曾经的存在差不多都被忘却了。"这一点在马克思那里更是如此，仿效理性选择和分析的马克思主义"幸存下来……在论据方面……可以在新古典分析模式中操作"。

③ 一位应用经济学于历史的最主要的主流学者直白地说：曾经受益于研究历史的人，随便找一下，就有斯密，马克思，穆勒，马歇尔，凯恩斯，海克齐（Heckscher），熊彼特，还有维纳；然后，他们又都有贡献于历史。我们凝视英烈祠，想到他们的研究经济学的后人竟然省略掉了历史，真是一件怪异莫名的事情……但是，这却发生了。开始于20世纪40年代，在某些方面更早一点，美国的青年经济学家们为经济学的内容和方法的革命而惊异，为了学习宏观经济学、数学和统计学而忽视了读史。（McCloskey，1976：434）

方面,广义的社会让位于狭义的经济,同社会—经济相对应的,是非市场—市场的对应。因此,当"社会"和"非市场"都缺席的时候,许多同经济相关的内容都被(经济学)忽略了,例如厂商的存在、官僚—科层制度安排,以及其他的制度,例如关于劳动市场的制度安排,[①]而且这是很久以前就已经认识到的。

另一方面,社会的概念被一群追求最优化的个人取代。于是,相对于大量的社会科学理论的多数来说,(在经济学中)没有一个独立于个人的社会这个概念,无论是作为结构(社会分层)、代理人制度(机构)、过程(现代化),还是系统功能(正规化),都是如此,除非是作为外生和给定的因素,于是,就消失在背景之中了。诚如维尔修斯(Velthuis,1999)所见,最正统的社会学家如塔尔科特·帕森斯(Talcott Parsons)就想到过,经济学和社会学应该在方法论的差别和专业分工方面严格地相互区分,一个研究社会,一个研究个人。这个区分过于僵硬,我们最常听到的批评就是经济学家对于他们自己生活于其中的社会知之甚少。一项晚近的研究(Blaug,1998a:11)发现,经济学研究生中拥有计量经济学和经济数学的高深知识的精英,对真实的世界并无兴趣。[②] 同

---

① 科斯(Coase),威廉姆森(Williamson)和交易成本学派代表一种象征性的努力,要弥补一项无实际意义的不足。参见斯雷特和斯宾塞的批判(Slater and Spencer,2000)。对于本文主题更加重要的,是这一类事件的重要性所达到的程度在提升,特别是在新制度经济学之中。

② 可参见克鲁格曼(Krugman,1998)的不同观点。他也认为数量经济学在专业圈以外的形象很糟糕,但它还是接触了真实世界和政策,只是忽略了对观念和意义做通俗解释。马丁(Martin,1999)对克鲁格曼的主张评价极低,认为他(克鲁格曼)是自造和自封的人民大众数量经济学家;马丁的文章真正的指向是对新经济地理学进行毁灭性的批判,克鲁格曼正是该学科的领军者。该文提供了批判经济学帝国主义的一个范本。参见克莱默和么罕(Klamer and Meehan,1999)对克鲁格曼更多的批判,他们认为他对自己的见解过分自信,并且不能解释学院派经济学为何不能对政策制定者施加更大的影响;阿玛里格利奥和鲁西欧(Amariglio and Ruccio,1999)批评他把非学术形式的经济学论述太当真。

样重要但是很少为人所知的一个事实,就是经济学对于自己学科的历史也没有兴趣,于是,对于本专业经典的研究竟然成了一个单独的、越来越边缘化的领域。[①] 相比之下,社会学和政治学中,专业的经典一直是主流研究和教学的中心内容。

经济学对于真实世界和自身学术演进的冷漠,使得它的内部逻辑的内容超过了学术内容,技术的正规化全面取代和支配了概念的进步和反思。[②] 在主流经济学那里,假设与方法论神圣不可挑战,它依据的方法论是个人本位主义这个方法论的一种特殊形式,效用最大化的中心点就放在这里。[③] 主流经济学家几乎完全依赖于经济理性,尽管他们也对应用的范围做一些区分。[④] 这是一个逻辑上的关键之点,因为在主流经济学的解释性范畴中,对历史和社会是不做严格区分的。历史和社会不像他们挑出来分析的那些问题,例如价格、工资和利润,在应用研究中是不加区分的。效用、禀赋、投入、产出、生产函数等,都是永

---

① 请注意埃斯平—安得森(Esping-Andersen,2000)提出,社会学的特点是大量回顾自己学科的经典,至少是因为它不能提供更新更多令人满意的理论。而根据我本人的经验,最近学经济学的研究生对于新古典经济学自身晚近的经典非常无知,有的甚至连保罗·萨缪尔逊的名字都没有听说过!

② 布劳格(1998b:45)这样说过:我对此很悲观,不知道我们是否能够真正拔出脚来。我们制造的是一辆机车。这是经济学专业的社会学。我们造出了一个难以刹车的妖怪。

③ 参见阿罗(Arrow,1994),他拒绝经济学中方法论意义上的个人本位论,根据是在实践中不能实现,而业内的偏见与此相反:在价格给定时,需要把博弈(理论)的规则也当作既定,或者当作为了得到知识而发生的外部性。我本人以不同的方式表达过同样的看法,我认为,相比于从正式模型中得出的内部的因果关系满足,如多布(Dobb,1973)所强调,外部的因果关系满足在新古典经济学中,被当作为达到个人最优化目的的已知条件,是社会满足的结果(Fine,1980)。另参见劳森(Lawson,1997)讨论内因的和外因的终止。

④ 如罕恩和索洛(Hahn and Solow,1995:vii)批评新的古典经济学(the new classical economics)所说:我们两人也都自认为是新古典(neoclassical)经济学家,我们要求经济学理论有一个坚定不移的代理人理性的基础,以及他们之间分散化的经济交流的模式。

恒的,也不具有实际的组织形式。这样一来,作为孤立的市场关系之综合的经济,其至高无上的要务,只不过是一些惯例,其中并不需要逻辑。经济本可以有更宽泛的理解,也可以离开市场,也许同一件事情可以有不一样的理解,原本是非经济的事件,也可以用标准的经济学理论来言说。相应地,在边际革命中出现过这样的一种张力(矛盾),一边是新古典经济学理论工具的普适性,另一边是以市场来规定一个被称为经济科学的学术领域。不可思议的是,这个学科的解释性理论从社会缩减到了个人,人的行为被化简为效用最大化,它的潜在应用范围反而因此而扩大了。

加宽经济学理论应用的范围的结果,就是侵犯其他社会科学学科。其他学科具有不同的传统和方法,同新古典经济学很不一样,因为它们关注并且直接讨论社会问题,范围也比效用最大化宽广得多,不可相比。用经济学讨论非经济学问题的尝试,并非没有发生过,而是已经在“经济学帝国主义”的题目之下广为人知。据斯维德博格(Swedberg)报告,早在1930年苏特(Ralph William Souter)使用了这个用语:

> 二十世纪对于经济科学的拯救,有赖于文明的和民主的“经济学帝国主义”,它将侵入自己的相邻学科,但不是去奴役或者拆解相邻学科,而是协助和丰富它们,推动它们,走自助和丰富自身的自动增长之路(Swedberg,1990:14)。

后来是加里·贝克尔在领导这样的侵略军。他应用新古典经济学于数种非经济的领域,例如教育、家庭、犯罪、吸毒。[①] 他自己这样说,“‘经济学帝国主义’也许是对我的工作的很好的描述”

① 霍布斯鲍姆(Hobsbawm,1997:106—107)把经济学帝国主义的起始日期定于20世纪70年代,当时它开始分析“犯罪、婚姻、教育、自杀、环境和一切,只不过预示经济学现在要被当作通用的服务性学科了”。

(Beker, 1990:39)。[①]

贝克尔很成功,不仅在经济学领域是诺贝尔奖获得者,同时,也在其他学科中建立了自己的地位,虽然并非总是被承认。最重要的一件事,是人力资本这个概念被普遍接受。贝克尔这样说过(1993:xix):"就在十几年前,这个用语还是不可想象的。"接受这个想法的障碍,主要在于把教育相比于可用于生产的实物资产积累这个想法令人厌恶。这种感觉现在好像消散了。类似的情景也曾经出现在新家庭经济学中:"当我提交关于人口的第一篇论文时,我说我把孩子处理成'耐用消费品'。听众大笑……经济学家、社会学家、人口学家都笑"(Beker, 1990:33)。[②]

---

① 请看由贝克尔在他庆祝自己65岁生日时认可的说法:关于他的"本质",按照费布莱若和施瓦茨(Febrero and Schwartz, 1995:xx-xxi)所说,"许多被认为是非经济的活动……实际上是经济学问题。经济学理论就这样可以帮助解释在传统上被置于经济学领域之外的现象,在诸如法律、社会学、生物学、政治学以及人类学等领域中……此种经济学帝国主义的开展……是贝克尔对现代经济学的又一个重大贡献"。

此外,下面还有一个归功于贝克尔的神奇的简化法:"操起奥克姆的剃刀,切除辅助性假设,他将自己的公理简化为一条:在社会博弈中的行动者是经纪人(homines Economici),是把自己的优势最大化的理性的代理人……归纳论者无法相信,但是,把他(贝克尔)的模型放在这个微型支点上,他就把别的社会科学家认为根本无法移动的巨大问题给移动了。"(p. xvii)

② 还有,在芝加哥社会学系,70年代晚期,他提出应该给社会学家开设微观经济学课程,他说,"听众嘘我来着"(Febrero and Schwartz, 1995:34)。这种反对,一定程度上是他"招"来的。因为虽然他的确就是那样分析的,根据费布莱若和施瓦茨所说(Febrero and Schwartz, 1995:xix):他说他把家庭做成一个"多人生产函数","好像一个'工厂',就是要震一震社会学家"。

另外,虽然自称既非保守派,亦非激进派,贝克尔很难被描述为进步论者。这一点从一本商业周刊文章汇编(Becker and Becker, 1996)中可以看出,其中不仅采用了他的观点和说法,连结论都是和他一样的,其中反对的,包括"正确行动"(affirmative actio)、无过失离婚、最低工资、政府支出和产业政策;所支持的,是第三世界的教育担保和对犯罪征更高的罚金。

围绕经济学的新的革命

在许多个领域中,贝克尔可能是笑到最后、笑得最久和最响的那个人,但是,他和别人对于其他社会科学的进攻仍然只得到过有限的胜利。在理性选择理论、人力资本理论最成功之处,这些概念被采用了,也被改写了,人们不加思考地应用它们,不去深究它们来自于主流经济学这个根源,不去理会它们同它们自己的概念框架有冲突,例如从人力资本理论中推出来的社会分层理论。对于贝克尔的反感甚至发生在他的同行经济学家中,起源于这样的看法:他对于人类行动的基础的理解仍然是不充分的,同时,却在应用"经济理性"于所有类型的人这一点上又走得太远,他总是在假定"如果"完全竞争的部分均衡存在。阿克洛夫(Akerlof)清楚地看到他自己在把非经济事件结合于经济学时,所用的与贝克尔的方法相反,贝克尔过分依赖市场出清和理性,而不是去质疑"经济为何不能运转"。阿克洛夫甚至用萨缪尔逊对弗里德曼的描述来嘲讽贝克尔,学会拼读"banana"(香蕉)了,却不知道怎样停下来!(Akerlof,1990:61、72、73)沙林赞同阿克洛夫的自我描画(Schelling,1990:194),认为他"更有创造性……并且是针对经济学帝国主义的。他从社会学中寻找可以转送到经济学中的概念"。[①] 值得指出的是,阿克洛夫关于柠檬市场(二手货

---

① 还可参见埃尔斯特(Elster,1990:238),他对贝克尔的看法,是反思"经济学的帝国主义倾向……在向社会学问题发起的攻击中,完全无视社会学的理论",这同阿克洛夫所为正相反,"认真看待社会学的理论,用来分析经济学问题"。请注意,对于贝克尔依赖完全竞争的批评是错置的,因为他承认垄断的存在,甚至承认(理性的个人的)集体行动(Becker,1996)。但是,他最喜欢的,还是尽最大可能以完全竞争、充分就业、偏好固定为基础进行解释,除非经验观察或者研究目标不允许,被迫无奈才会改辙。

市场——译者注)的论文曾经在60年代中期分别被《美国经济评论》和《政治经济学杂志》退稿,直到1970年才被《经济学季刊》接受和发表(Akerlof,1990:65)。经济学在那个时候还没有准备好接受关于信息的新的理论方法。

到了90年代,情况发生了变化。从斯维德博格看来,不论是贝克尔把经济学送进社会学,还是阿克洛夫把社会学引入经济学,在这两门社会科学的边界上,发生了一个重大变化[①]:"今日正在发生的事件意义重大:两大社会科学的边界正在重新划定,由此为经济学和社会学提供了观察一系列问题的新视角(Swedberg,1990:5)。而在我看来,在过去10多年中发生的,其实是一场革命,更确切地说,是围绕着经济学发生了革命。"在这个学科之内获得的进展大家都知道:关于宏观经济学的"新的微观基础",或者说新的信息论经济学,正如Stiglitz(1994)所说。[②]这是关于市场不完善的理论,其中信息不对称和不完善被提到首位,据此来分析为何市场在帕累托无效的水平上出清,或者为何市场不能出清,甚至为何这些问题可能全都不出现。这些都不是全新的问题,在以往的不考虑信息的市场不完善情景中它们都会发生,但是,信息理论提供了一个很不平常的结果。现在社会不再是给定的了,社会被开启了,它要被解

① 说阿克洛夫是把经济学引入社会学而不是相反是更恰当的,在具体内容和更宽泛的殖民过程两方面都是如此,这一点以后会变得明显。

② 意味深长的是,哈考特(Harcourt,1997)提出,有关社会主义的这种说法,是要给对主流经济学最纯粹的批评设置底线,反映出在主流之内,基于完全竞争的模型和基于不完全信息的模型之间的对立。虽然被认为不是以任何个人对于社会主义国家的经验而写的,哈考特历数了百条以上有关斯蒂格利兹的(以及合著的)索引,表明新的信息论经济学应用中的分析的宽广程度,认为社会主义可以理解为市场不完善这种思路,正是"市场社会主义"之辩的对照(另一侧面),而"市场社会主义"正是通过完善的、分散化的市场这样的概念来(对照)理解的。这里的每一种分析途径都反映了经济学帝国主义,特别是在把社会主义这种观念简化成为主流经济学模型中的某种特例这一点上。可参见米洛纳基斯(Milonakis,2000)。

释,尽管这个解释目前还是要置于追求利益最大化的个人的基础之上。

在这里,社会包含两个不同的因素,前面已经讲过,都是边际革命弃之不顾的。一方面,社会被当作非市场,其中的行动是处于供给和需求的定义域之外的——供求借助货币进行的交换之外。另一方面,以效用最大化的个人的眼光来看,社会被错误地看作非理性的行为。这种谬见被延用到习惯性行为上去,甚至不理会那些行为是否进入到市场中。略去细节不谈,社会的这两种形式将要被证明,原本是对信息不完善市场关系的合乎理性的回应。经济的结构化(例如在金融市场和劳动市场上),市场与非市场之间的划分(包括"非市场"的结构化),机构—制度的形成,相对于个人行为的集体行为,都需要在以连续性的方法论意义上的个人本位主义基础之上加以解说,尽管某种市场不完善(特别是信息方面)存在,还有某种路径依赖存在着。

这实在是非常值得注意的一个来自分析的结果,因为它好像突破了经济学和其他社会科学学科之间几乎不可突破的边界;而在过去主流经济学的视野中,社会是给定的,或者是非理性的。现在,社会不仅成为"内生"的,而且还被继续推进,把最优化的个人当作基础而被建构。在经济学帝国主义发起的进攻中,一件有力的武器被制造出来。以往在"入侵"的时候,主要在贝克尔的工作中,社会还是几乎完全是通过一种"也许—假定"的市场来研究的。其他社会科学的学科目标多多少少被搁置一旁,因为它们被武断地看作不能为其社会理论给出微观的基础。有了"新的微观基础",经济学现在认真对待同经济相异的社会了,并且还要为它提供一种基本原理。

在检验上述经济学内部的发展对于其他社会科学学科的影响之前,先把它们在经济学内部的位置确认一下,还是完全有必要的。[1] 直至战后的繁荣到来之前,主导主流经济学的,是自鸣得意的凯恩斯主义,它自认为可以支撑保证充分就业的宏观经济政策,而微观经济学则提供了政府为纠正市场不完善而进行干预的原理的细节。凯恩斯主义的地位,不论在宏观和微观经济学之间,在理论与政策之间,在所有的地方甚至连它造就的繁荣自身,都被70年代的滞胀毫不留情地粉碎了,被新自由主义(neo-liberalism)发起的学术上的和意识形态上的进攻击败了。弗里德曼的货币主义最终被"新的古典经济学"(new classical economics)和理性预期取代,理性预期主张的是,会最佳利用信息、会算计得失、会预期政府经济政策的经济代理人,最终将使得系统的宏观政策归于无效。新自由主义崛起了,于是,政府的支出总是被认为多余,政府的干预总是在导致无效。连完全竞争、一般均衡这样的理想境界都不够(偏离那种理想状态的表现是不完善市场,偏离即赋予政府以干预的理由),(经济学的)急迫目标就是要达到完全自由的市场和最小的政府,凯瑞和米勒(Carrier and Miller, 1998)称之为新的经济虚拟主义:要把世界改造得符合一种想象中的理想境界——达到那个完美的竞争均衡。

新自由主义特别强调的是,微观上的"供给"交给市场,宏观上的需求自己管自己;借助这样的空话,新自由主义接通了微观—宏观;它还通过质疑政府的效率和动机(寻租和腐败),进一步破坏了对于政府的信心。概括起来说,在新自由主义面前,经济学理论面对着两个挑战,一是市场不完善有什么要紧?另一个是政府干预也许比市场失灵更坏,为什么干预可以保证实现改进?

新的微观基础为讨论这些问题提供了一个框架。但是,它完成这些工作的环境,是一个反对新自由主义的、特殊的学术和意

① 参见凡恩(Fine,1998a)更详尽的讨论。

识形态情景。结果是,非常不同于经济学中的不问世事(不食人间烟火)和技术至上(持续并且自我加强的)的学术传统,新自由主义(还有作为它学术上的参照物的新的古典经济学)实际上提出了一套研究方案。提出的问题有:为何个人可能不按照理性行事,为何市场可能不运行,为何非市场的关系存在并且可能是有利的。另外,新自由主义还努力阻止了替代主流的另一种激进的政治经济学的出现。新的微观基础已经在实际上通过某种经济学内部的殖民来进一步破坏它。新的理论能够讨论激进的政治经济学一向关心的问题,例如同不完善市场相对立的阶级、权力和冲突等。有一个很好的实例:分裂的劳动市场理论;甚至还在80年代中期,就被主流察觉到其内部存在不逻辑/不连贯。在10年之久的时间里,它被按照新古典的理论重新建构,目的是解释为何效率工资等会引发劳动市场的结构变化。[①] 正如霍奇森所指出(Hodgson,1944:22),“政治经济学”一词自己并不能够防御经济学帝国主义的劫掠。

就这样,在经济学之内和之外发生的革命挑战了新自由主义,但是,仅限于巩固方法论意义上的个人本位主义,完全以市场不完善作为经济和非经济现象的解释框架。无论是否运用贝克尔的“也许一假定”的市场分析,是否运用了信息理论,革命导致了或多或少入侵或者施加影响于其他社会科学学科,引发了一个应用的热潮。这可以用许多事实来证明:我们有了新的制度经济学,新的政治经济学,新的家庭经济学,新的犯罪经济学,新的发展理论,新的经济地理学,如此等等。[②]

---

① 参见凡恩(Fine,1998a)和斯宾塞(Spencer,1998)。关于最近的激进政治经济学同正统之间令人吃惊的靠拢,可参见波尔斯和金迪斯(Bowles and Gintis,2000)。

② 请注意过去5年中,《经济学文献杂志》(*Journal of Economic Literature*)已经发表了经济学与艺术、与情感、与心理学(两次)、与宗教、与偏好形成、与政治学、与腐败、与社会学(两次)、与家庭、与利他主义的文章。

然而,只有信息理论方法才是殖民扩展的先锋。它同贝克尔的"也许—假定"市场是否非常不相同?正如在前面已经看到,就在10年之前,贝克尔的"香蕉拼写"(bananalysis)(庸冗)还被同行经济学家非常不恭敬地指责过,即他在讨论非市场问题时,走不出已经成为传统的新古典经济学。而对于贝克尔来说,问题正是要尽量坚持在那个理论的基础上做解释。结果,当"新的微观基础"问题摆上桌面的时候,他的研究被弃之不顾,几乎从不被提及,就像不存在一样。[1] 新的微观基础其实正是市场不完善问题,尤其是劳动市场和金融市场。失业和货币在贝克尔的"也许—假定"的完美市场上是缺席者,在非市场事件的应用上也是如此,这很引人注目。这样看起来,在贝克尔和老的帝国主义和斯蒂格利茨之间,存在着实质性的差别,不论是在分析的原理方面(前者只是后者的特例,并不特别令人感兴趣),还是在世界观方面(完善的市场相对于不完善的市场),都是如此。[2] 还有,需要重复指出的是,新的研究方法在打开其他学科进行"殖民"这一点上是更加有能力的。它们的视角不仅是更加"现实",而且将"社会"内化,成为不同于"也许—假定"的那个完美市场的某种对象。

夸大贝克尔和斯蒂格利茨的差别、新老之间的差别,也是错误的,至少后者的代表人物经常错误地把自己表达为脱离新古典经济学,将它等同于完全竞争。二者都始终将方法论意义上的个人本位作为基础,采用同样的标准技术工具和假定,尽管以博弈论和不确定的(概率)最优化修正了经济学。二者都犯了二度简

---

① 参见Becker(1996)以及他的门徒如托马西和尤儒利(Tomassi and Ierulli,1995)。甚至拉扎尔(Lazear,2000)这位骄傲的经济学帝国主义的观察者,讨论斯蒂格利茨的工作只提作为主旋律的不对称信息而无参考索引,无视(不对称信息)与新的金融经济学之间的关联,而斯蒂格利茨是众所周知的金融经济学倡导者。

② 这个说法是有意识地对应库恩关于科学进步和革命的"范式"讨论。关于经济学帝国主义与之有关的讨论,参见Fine(2000g)。

化之“罪”,一个是抽掉了社会,还把经济归于“也许—假定”的市场,另一个是将社会和经济都简化为对“也许—假定”的市场不完善的回应。最后,是贝克尔的荒谬的扭曲(1996),他有一次用自己先前的工作宣布自己是第一位提出社会资本(下面将简要讨论)的杰出的经济学家,虽然他分析的社会,更多的是个人之间的相互作用,而不是在回应信息的不完善。

描述革命

上一节对经济学领域里的学术氛围做了一个非常粗略的阐述。环绕其他社会科学的环境具有自身的特点。非常简单、非常概括说,目前是正在从过了头的“后现代”回撤,其标记是从目标到主体的迁移。当然,经济学显然没有受到后现代过多的影响,但是,当后现代的影响消退时,经济学以外的社会科学加强了它们对于物质世界的兴趣,在其中经济事件形成了一个组成部分。这样一来,其他社会科学面对经济学的殖民入侵出现了软肋,特别是对于经济学新近形成的“微观基础”。然而,出于数种原因,把经济学看作横扫其他社会科学学科、到处施加相同的影响,也是错误的。首先,我们将要看到,即使经济学由于有能力讨论社会问题而更加吸引人、更加易于被接受,但是,在其他社会科学的视角中所看到的问题面前,经济学其实是漏洞百出,备受困扰;其次,经济学大量使用正规的数学模型,而这不是其他社会科学通常的做法。于是,来自经济学的结果,更容易以非正式的形式结合于其他学科,真正反映出来的,是接受者一方的学科和理论特点,正如人力资本已经在所有社会科学学科中以多种途径展开,却不一定表达它来自经济学的原始含义。最后,由于同样的道理，殖民的经济学所能施加的影响，还要视受者的学术传统和自身特点而定。在不同的学科之间，在不同的事件和问题上，影响和结果肯定是不平衡的。例如，相比于人力资本理论的影响力，在许多社会科学领域中，对于消费的兴趣如爆发式的扩张，受到经济学的影响其实不大，不仅仅是因为经济学更多地考虑对象的含义和供给问题。①

在经济学帝国主义施加的影响中有这样一个因素：理性选择方法在何种程度上占据一个位置，可以强化到何种程度；从社会学出发，会提出这样一个问题，是经济学被带入了社会学，还是反过来？我们已经看到的贝克尔和阿克洛夫之间的差异，在某些方面是贝克尔和科尔曼之间的差异的一个镜像，科尔曼是持理性选择派社会学家，也在芝加哥，是贝克尔的密切合作者。Swedberg是这样说的：

> 贝克尔考虑的主要是如何将新古典的分析扩展到经济学以外的领域中去。科尔曼则是打算以理性选择为基础改写社会学。因而他更关心在分析中比贝克尔更多地保留传统社会学的特征（Swedberg，1990：6）。

然而，从方法论来看，他们之间的分歧并不显著，他们的工作反映的是起始点上的不同，而不是在内容上的重大差异。对于经济学家来说，他的起点是一个完善地行使功能的市场，然后由于市场之中有不完善存在，他就用社会的内容来重建市场。这些内容必须在信息不完全这一点上同经济学的理性保持一致，而社会学家则是从他们的学术传统定义的社会开始，以理性选择为基础重建社会。

以科尔曼为例，他试图拓展一个关于社会的理论领域。他一开头的建议是，社会学必须关注的是作为一个整体的社会和通过

---

① 同本文主题有关的对历史更加晚近的评估，参见Fine and Leopold（1993）以及Fine（2000f）。

一定的中间范畴的个人。接下来就有四种可能的理论模型,以二者如何互相关联为转移:社会—社会,社会—个人,个人—社会,个人—个人。他的归纳是:“处于社会学核心的理论问题,就是从个人的层面如何过渡到宏观的层面,就是被经济学家称为‘加总(aggregation)’的问题(Coleman,1986:347)。”我们已经看到,经济学家的理论时尚对人有点吸引力。的确,“尽管‘加总’这个经济学家用来诠释从个人到宏观层面的这个用语不太恰当,但是,经济学家已经最大可能阐述过了。他们主要的工具是理性行动的概念,通过一个竞争的市场得到贯彻(Coleman,1986:347)”。经济学家在这里看来有点不足,没有根据社会的视角充分展示加总的结果同个人最优化行为是一致的,下面的陈述就是这样的说明[①]:“因为加总还是不够,还需表明加总如何能够同社会结构的复制相一致,个人正是在这个社会结构中行动的(Coleman,1986:360)。”[②]然后,“社会的规范……给出了这个问题的意义…… 社会现实同现存的或者潜在的社会理论之间的呼应。对于社会现实来说,必须有一个社会制度……它将个人的趣味/禀赋转换为一组价格,变成一种物品的分配,或者转换成集体决策。对于社会理论来说,必须具备的是一种可以用来描述那种转换的概念的工具”。最后,在一般性的讨论中,科尔曼明确地表示,他的来自经济学的工具可以很容易地变成一种基于利益关系的联姻,因为“社会学的一个适用的范式,是从瓦尔拉斯的一般均衡理论推衍出来的,虽然是偏离那个理论的……部分的原因在于社会的结

---

① 在这里,还有其他一些地方,要理解科尔曼,只能认为他对主流经济学相当无知,或者他看主流经济学仅限于部分均衡——有意思的是,这就是贝克尔的工作的主要特征。

② 还可参见 Coleman(1986:363):令人满意的社会理论必须努力描述社会单元的行为,而不是只看个人……它还必须以个人的行为为依据……核心理论上的挑战就是表达出个人行为如何结合起来达到社会性结果。

构,那是被瓦尔拉斯忽略掉的"(Coleman,1986:364)。科尔曼提到的瓦尔拉斯体系的惟一的另外一个缺陷,是没有不完善市场的席位。换句话说,那个"新的微观基础",就其使用不完善市场来解释以个人本位方法论为基础的社会这一点来看,可以说达到了科尔曼为社会理论而设的目标。[①]

概括地说,所有的理性选择理论都把社会简化为个人的简单加总。这个做法在向外"殖民"的经济学中,又有下一个化简作为补充:市场的不完善。在新的制度经济学中,这一点最为明显。在这里,完全竞争的经济(无交易成本,有充分的信息)被当作出发点,目的是解释为何非市场的制度存在。但是,这样做却把决定市场和非市场之间分配的初始条件变成了一个悬念:为什么资源、信息等,最初被配置成这个状态?按照那样的解释,内生和外生变量的边界只是稍微发生了一点移动,分析市场和非市场的区别的范围只是略微加宽。为了进一步推进研究,这里有两个选择。首先是诉诸"历史",探求初始的条件,这一点下面将要展开。第二个是把内生条件的边界更加往回调整。这个问题被威廉姆森明确提出(1998),他最终提出了一套四"轨道"分析方案。在最低一"轨",又称为"第三级经济有效"(third-order :第三阶导数之意——译者注)之处,是资源配置理论,由新古典经济学正确地加以阐述:"使边际条件达到正确。"这个"第三级有效利用"是在"第二级"(second-order:第二阶导数之意——译者注)的经济有效范围之内,而这个"第二级有效"所注目的,是研究合约的缔结和交易成本经济学:"使治理结构达到正确。"这个"第二级经济有效"又是被第一级有效(first-order:第一阶导数之意——译者注)

---

① 在这个意义上,社会只不过是作为部分的个人的加总。海尔布鲁纳和米尔博格(Heilbroner and Milberg,1995:87)提出,"'微观'和'宏观'融合,因为如果不知晓社会渊源就不能理解微观行为,而社会力量如果不能结合于一个或者多个个人的具体动机,也只是空洞的抽象"。

条件决定的,在这里,关注之点是游戏的正式规则,这要由产权经济学来验证:“使制度环境正确。”最后,是社会理论,即第一“轨道”,这是范围最宽的:“植根于内部的非正式制度、习俗、传统、规范和宗教。”这些都是回避节约原则的,所以,服从的是社会理论。威廉姆森还提供了每两“轨”之间的反馈机制。这一整套分析方案显然是武断的,我们找不到理由来肯定为何某一“轨”一定优先于另一“轨”,为何大家的状态不是同时确定的。实在来说,整个分析框架的设计,是把“第三级节约原则”作为出发点的结果;部分是出于设计,部分是出于必须,如果更加审慎地考虑过,让分析层层向“更高”处上移,本来有可能是更为适宜的。

对于道格拉斯·诺斯的工作也可以这样来思考。在威廉姆森和诺斯之间,如果考虑到他们的相同之处,再来看他们之间的区别,无论是用语上的还是实质上的,区别都会被夸大。诺斯的起点是将追求最优化的个人、资源的配置放到财产权利中去。他的研究风格是一种难以忍受的缓慢步行的速度,在随着时间而展开的分析中,财产权利问题被放进机构体系之中。财产权利和制度两者本身都随着时间而演化而且不一定总是有效,还有路径依赖,选择也是根据个人的动机而作出的。个人动机又关联到意识形态和想象力,否则很难解释何以会发生历史上的巨大变化。这样一来,就像威廉姆森一样,影响到诺斯的研究方法最大的因素,是他的主流新古典经济学的出发点。经济学的边界以及有关非经济学的研究范围都扩展了。虽然如此,在边界之外还存在着一个未被解释的部分,对于诺斯这是意识形态问题,而在威廉姆森那里则是何为社会理论的主旨。

对于诺斯,解释引起变革的困境陈述起来要简洁得多。新古典经济学理论可以解释人们怎样在自利原则下行事,可以解释人们为何不愿意去投票,它可以解释为什么在有搭便车者的时候,人们将不去参与团体的行动,因为个人的收益小到可以忽略不计。但是,它不能有效地解释这枚硬币的另外一面……我们该如何思考利他主义的行为……新古典理论在解释稳定方面也是同样的无能。当回避规则有利于自己时,人们为何还要服从社会的规则?……需要一种超过个人算计自身的代价/利益的分析,以便于说明变革和稳定……个人还可能会服从习俗、规定和法律,因为这一切都有深刻而稳固的合法性。对历史上的变革与稳定,需要一种关于意识形态的理论,来解释那些偏离新古典式的个人理性的算计(North,1981:11—12)。

这样,方法论上的差别,一方面,在威廉姆森和贝克尔之间,另一方面,在诺斯和贝克尔之间,可以被清晰地认定。后者与新古典主义的核心模型中推衍出来的大爆炸解释等同。但是,他(贝克尔)并不承认分析所达到的范围以外的任何领域,他只是增加一些特别的假定,在他的经济学方法允许的范围以内囊括所有的人类行为。除此之外,他也不倾向于接受作为诺斯和威廉姆森的特色的不同的"轨"之间的"反馈机制"。①

从这里可以看到三个突出的特征。首先,是上述"轨道"的运行如何入侵其他学科的主题。其次,这样做的依据是第三"轨"(起始)的市场不完善。最后,其他学科中的概念被非正式地展示在经济学中,而没有被深究其原有的分析渊源。经济学能够这样做的原因之一,在于社会被作为分析对象再次引进。新古典经济学广为人知的特点,是在面对具有社会和历史背景的问题时,使用普适的、非社会的和非历史的范畴,例如生产、消费和效用。海尔布鲁纳与米尔博格(Heilbroner and Milberg,1995:6)说,这是一种"很普遍的信仰,经济学的分析可以是一种没有社会性内容的

① 诺斯在他最后的工作中(1999),展现了能够自圆其说(to have his cake and eat it)的非凡的能力。他把追求最优化的代理人放在给定的约束条件中,不过,他们一定要信仰进化论的意识形态。他是很有原因地重视意识形态,但是,也允许循环式互动。所有的变革不仅都是步步提高的(单增),而且还会很快地推进。

研究”。其结果就是它没有能力承认,它的学科目标的内涵是从属于社会建构的。此外,经济学概念的一般性又使得它在被别人应用时,具有很高的可塑性。正是因为社会和历史被边际革命从经济学中去除,它们就在其他任何一种特定的应用中复归。

在较小的范围和层次上,这些观点最近出现在把经济史结合于“新的微观基础”范畴的工作中。计量历史学最初向经济史发起的进攻,是以完全竞争为基础的,随后又被认为基本上不切实际,它的领军人物之一诺斯都否认了它的价值。目前,新的经济史学检讨了过去的错误,改进了自己,力推市场不完善的概念,提出回应此种不完善的制度安排,才是理解经济史的正途。这些观点表达在一系列关于商业史的出版物中(Temin ed.,1991;Lamoreaux and Raff eds.,1995;Lamoreaux et al eds.,1999)。[①] 最初的表达是坦白承认,较早期的工作过于相信完全竞争的模式而失效,因此,“传统经济学理论对于商业史来说只具有非常有限的意义”(Temin,1991:7)。但是,这些不足,借助信奉“新的微观基础”可以变成好事。正如泰闵所说(1991:2),“第一个主要问题是关于分析的……信息是一个企业行动的关键要素”。但是,到了第三卷,拉莫若在引言中提出了更加重大的判断:“比一切别的因素都更加重要的是,有效收集和利用信息的能力,将决定一个企业,一个行业,甚至一个国家的成败(Lamoreaux et al 1999:14—15)。”

因为相关的模型没有时间坐标,因此,把新的微观基础作为支撑,也给历史学造成了问题。认识到这一点,是为了找到准确理解历史的途径。因为[②]:

> 历史学家的批评应该从经济学文献的发展中汲取力量。第一位博弈论研究者找到了惟一均衡解,这无法避免

① 另参见 Lamoreaux et al(1997)和 Lamoreaux(1998)。

② Gibbons(1997:127)在他的研究中看到:博弈论在经济学中蔓延……博弈论模型允许经济学家在市场和非市场互动这两种情形中,研究理性、自利和均衡的含义。

> 地是与历史分离的。但是,当研究向前推进时,可以看得很清楚的是,游戏经常具有多重均衡。由于只有一个均衡点会实际地发生,理论家必须思考选择的原理了。玩家的预期看来是很重要的,正如对手之间的关系史一样。毕竟时间和关系是起作用的(Lamoreaux and Raff,1995:5)。

从本质上看,这一点把历史学家置于经济学家的仆从的地位,去发现一些特定的初始条件、选择的均衡或者路径依赖,附在经济学家要采用的模型中。①

商业史这个例子,以比较温和的形式展现了经济学帝国主义同其他学科的关系中的一个特征。它实施正规或者非正规的抢劫,目标是原材料,把这些原材料用在微观基础中。克拉夫茨(Crafts)是一个典型的例子,对于他来说②,"格斯罕克朗(Gerschenkron)论经济落后条件下的发展的书仍然值得读,也许从现代微观经济学的视角来重审一下也是很有用的"(Crafts,1999)。有意思的是,克拉夫茨是作为经济史学家来评价发展经济学现状的。这个领域遭受了重型攻击,而且是以"后一华盛顿共识"的形式,由"新的微观基础"学派长时间的领军人物斯蒂格利茨(Stiglitz)充当先锋。③ 在他的手中,同发展经济学的代表人物所做的一样,发展研究从总体上被简化成市场不完善问题。④ 由于

---

① 这是在否定中得到承认的:我们不是把商业史学家看成从事更高层次思考的经济学家的研究助手(Lamoreaux et al,1997:77)。但是,这只是为了鼓励历史学家们在比较研究中参与或者应用这类更高层次的思考。

② 无论如何,对于克拉夫茨(Crafts,1999)来说,他"可以被现代微观经济学解释……但是,(这)并不是说,他对于国家在发展过程中的角色的根本观点可以接受",因为他忽略了全要素生产率的源泉,以及相对于市场失灵的政府危险。

③ 作为"后一华盛顿共识"发动的主要平台,可参见任职世界银行首席经济学家和资深副行长的斯蒂格里茨(Stiglitz,1998)。作为批评回应,参见 Fine et al (eds)(2001)以及 Standing(1999)。

④ 参见 Stiglitz(1989)早期的陈述,以及 Krugman(1992)。

这个原因,老的新古典模型被当作了一个出发点:

> 当省略掉历史、制度和分配这些因素时,新古典经济学就把发展经济学的中心部分省略掉了。现代经济学理论认为,基础性的因素(资源、技术和偏好)不是经济(发展)成果的全部决定因素……即使不考虑政府失灵,市场失灵已是无处不在,特别是在不发达国家里(Stiglitz and Hoff,1999)。

更有甚者,随手拿来黑死病事件作为历史上意外事故和多重均衡的说明,对于为何“发达国家和不发达国家处于不同的生产函数之上”这种根本性问题,就可以这样来解释了:

> 我们要强调,历史上的意外事件有重大作用……部分原因是,代理人之间广泛存在大量的互补性……另外是由于,在过去甚至一套失功能的体制和行为都能够建立一个纳什均衡点,在那个点上一个经济没有必要发生崩溃(Stiglitz and Hoff,1999)。

因此,毫不奇怪,尤素福和斯蒂格利茨(Yusfuf and Stiglitz,1999)认为有办法把发展的问题区分为解决了的和没有解决的。这样就在不经意间落入了与政策对立的理论研究,因为分析只是关于市场不完善的,而政策在实施中是置于多样的情景之中。[①]

---

① 诺斯(North,1999:23—24)对这个方法做了非常漂亮的“只在家里说的”(in-house)补充:“其实哪里有什么自由放任(laissez-faire)……任何能够好好地运行的市场都是结构化了的……就是通过深思熟虑的努力,去让人们竞争价格和质量,而不是互相残杀……你想让政府做的事情,是安排好这场游戏,这样你可以强迫市场上的玩家都去竞争价格和质量而不是别的东西。这就是说,你必须以不同的方式结构(安排)要素市场和产品市场;这就是说你必须建造一个劳动市场,一个资本市场。我对此的感觉非常清晰,因为在以往五六年中,我担任了世界银行顾问,研究过一系列政策问题,我们所研究的,是如何把各种市场建造得能够更好地运行。我很受教育。有了远距离通讯……在某个时间可能运行得很好的市场,在另一个时间里就不一样了,因为技术可以把原本是自然垄断的行业,改变成为竞争的行业。于是,差别极大的政策被制定出来,差别就在于你所希望的这场游戏有何种结构(安排),玩下去要导致你希望得到的结果。”

新经济学史(或者是更晚近的经济学史)和新的发展经济学,二者都提供了经济学帝国主义的实例,已有的知识被悄悄地劫掠,在信息论的基础上被重构。然而,最重大的殖民扩张的例证,是发生在日益变得时尚的“社会资本”观念中。笔者曾经读到过毫不掩饰的有关的说法,已经写成文字的东西如此之多,这里只能进行几个简要的评论。①

社会资本在近10年中变成了一个前位问题,最主要的领军人物是罗伯特·帕特曼(Robert Putman)。在90年代,他的文章被认为在社会科学界是引证最多的。此说的起源来自贝克尔在芝加哥的社会学密友科尔曼,更早期的研究是法国进步论者皮埃尔·布尔迪厄(Pierre Bourdieu)做的,他更加激进,论述宽泛,但是,基本上已经被排除本题之外。这个概念本身已经变得无序,宽泛而无当,就像它的同行伙伴、正在升起的那颗明星——全球化——一样。事实上,除了不能跨越国界以外,只要不是经过市场的,一切都可以是“社会”的,如网络、习俗、价值,等等,都在被囊括到“社会”中去。这样好像是在为所有的社会的结果做一个“残差解释”(residual explanation),它的应用已经包容了从个人到社会的一切空间,展示出一个横扫社会科学的巨大胃口(但是全球社会资本〔概念〕在我所知的范围内尚未成形,它应该出现,至少要讨论全球网络、全球势力和全球统治者的思潮)。一个不完全的课题表中已经包括:解释贫病、犯罪、腐败、家庭失功能、教育、社区生活、工作和机构、民主和治理、集体行动、跨国社会、无形资产,还有社会的所有层面,文化和经济运行,还要有时间坐标和区域坐标。此外,社会资本已经在宽广如后现代马克思主义、新古典主流经济学的理论和方法论中全面展开。一切可以通过社会资本来诠释的都已经在此。这是真正的学术“第三条道路”!

---

① 参见Fine(2001a)。

社会资本在科尔曼那里从社会学中产生,在帕特曼那里是从政治学中产生,从本质上寻求的是收编一切社会理论,并且把它们都化简到自身的方法论之中。这样看起来,这是社会科学中的经济学帝国主义的一个副本。社会资本正在向社会理论殖民扩张,以科尔曼的理性选择方法论为基础,然后,把它隐藏在传统社会范畴和研究目标之下。社会资本同经济学帝国主义占据的并不是相互平行的空间;它们是相互重叠的,贝克尔的悖论已经涉及这一点。他的主要根据是社会资本和社会互动(个人之间的互动,不是通过市场的)以及学习,几乎完全不考虑信息不完善。通常对于经济学家来说,社会资本完全是用来填补残差解释的,就是理论和经验的残差,计算过在市场上的个人直接的最优化行为之后仍然存在的残差(还没有被解释的部分——译者注)。残差这个用语是特地选定的,所指就是增长理论中采用"全要素生产率"分析而仍然不能度量的那些生产率变动。的确,"社会资本"通过多种多样的方法被运用起来,好像变成了一项投入要素,在巴罗式(Barro-type)增长回归分析里,它代表了把社会理论融入现存的经济学原理的最粗糙的方式。轰然一响,"社会"变身成回归分析中的一项独立变量了!①

社会资本在它所处的特定的大背景中再度崛起,这一次的问题是上面已经涉及过的:究竟是其他社会科学在殖民经济学,还是相反?是否有某一门学科,同经济学是相互殖民的对手,抑或是屈从于殖民的一方?"社会资本"倾向于认为,是它们在"教化"经济学,诱导经济学摆脱对完全竞争的依赖,改正不重视社会的错误。尽管此说有正确的成分,但是,如果将它置入一幅更大的

---

① 即使这样,实践者对此还是有保留的。坦普尔(Temple,2000)是这样说的,这一类的根本问题就是,最一般性的模型,从理论上说本应允许我们很容易地区别各种相互竞争的假定,但是,它已经变得太大而无法传达信息。虽然如此,他仍然相信,社会资本在应用中会像人力资本那样广泛流行。

图景,那么,看到的情景正好相反。执行此种改宗劝诱的“社会资本”学家手操的那种经济学模型,实际上已经被新的信息理论方法超过(不是被主流装点过的那种市场不完善说)。更有甚者,这种社会理论对于方法论的作用,并非为改变而只是为重建作为不完善市场的“社会”添加原料。最后,在此方法论和假设之下,不仅旧说不变,连新的方法都不能向可预见的未来、为向可预见的方式的过渡而开放,更不必说在它内部对于本学科原理的不同见解的极端不容忍。[①] 除了向其他社会科学学科“殖民”以外,没有办法设想主流经济学将如何改造自身:通过采用来自生物学(进化论)、物理学(混沌理论)的以及更多学科原理的更深奥的模型,如此等等。[②] 如果非正统的经济学家对方法论意义上的个人本位论提出挑战都不被正统主流等容忍,那么,非经济学家又能有何作为呢?

结语

本文评论经济学帝国主义,重点讨论学科的方法论的简单化——不完善市场之于经济学和“社会”的简单化,以及此种简单化如何对现存的(其他学科的)分析方法实施了抢劫,然后,在一个新的框架内加以重构。一个不可避免的后果,是(经济学

---

① 参见李和哈雷(Lee and Harley,1998)论述英国,洛萨曼(Rothman,1999)论述美国的影响,还有Coats(1996)(有关美国化问题,可以阅读的主流垄断方面的材料)。

② 有意思的是,主流经济学家和我的批评者,都认为这是一条进入“正统”的推进路线。例如汤普森(Thompson,1997;1999),他利用了汉恩(Hahn,1991)的说法。另参见《经济学展望杂志》(*Journal of Economic Perspectives*)2000年第14卷第一期上发表的主流如何看自己的未来的文章。

帝国主义)拆散了殖民所得的知识,使之贫困化,来自他学科的知识中凡是不合用、不必要的部分,都被新的方法丢弃。在一种极端的形式中,其他社会科学学科只是被利用,最多不过为经济学定义一个问题,而且这种分析的基础,是投机取巧的方式或者很不严谨的零碎知识。贝克尔在这里是最为声名狼藉的一位,他的犯罪经济学讨论是否值得冒罚款的风险(违章)停车,以及观察除了名声不同以外其他方面完全相同的餐馆之间有多少差别。[①] 正如约翰·海宜(John Hey)——《经济学杂志》(*Economic Journal*)前任执行编辑所说,经济学家们现在玩一种发表游戏(journal game),把偶然得来的无关紧要的资料变成固定格式的论据来写文章,想表达的仅仅是作者的小聪明,而不是有重大意义的经济问题。[②]

如果把这种游戏判定为不可接受,那么,在经济学中就没有向其他学科传统领域扩展的事情可做了。而在这样做的时候,经济学帝国主义常常表现出令人惊讶莫名的无知,对于它选中的领域内已有的研究成果的无知。一个打劫者只需要对赝品有一点点知识就够了。同样,傲慢、自大和简单化经常这样表现出来,即把广为人知的研究结果当作新的发现,宣布为自己的首创和他人未能更早发现这样的失败。经济学家真的有这份胆量去告诉别的学科,历史、制度和集体行为都很重要?海尔布鲁纳和米尔博格(Heilbroner and Milberg,1995:6)用了这样的语言,"自负和无知的非凡结合",而英格汉姆(Ingham)在回顾新的经济社会学时

---

① 参见 Becker(1996);关于他的灵感的源泉和弟子们的灵感,收录在他的弟子们编的文集中(Tommasi and Ierulli (eds),1995)。请注意索洛(Solow,1990:276)看出贝克尔是在显而易见的(事实)与错误之间摆动,但是,仍然正确地预见到他将获诺贝尔奖。

② 此处引证了布劳格(Blaug,1998a:12)。另见劳森(Lawson,1997)对于经济学的危机的感受及其方法论上的原因。他的视角是批判现实主义的。

如是说:[①]

> 很难不表达同那些东西面对面时感受到的愤怒,例如……“代理人理论”,那个把社会和经济组织的复杂性简化为个人的不道德的最大化倾向的做法……问题并不仅仅是这样的,理论化做法本身应该受到强有力的理论上的和经验的批评……那些作者们被学术专业化的社会结构远远地相互隔离,以至于他们可以不理睬他们为自己设计的问题中存在着的大量的、相关的非经济学文献(Ingham,1996:262)。

这些是否是被夸大了的少数个人不良行为?如果是,那么,《经济学家》对此所作的评估,以及本文写作的缘由,都将随之终结。拉扎尔说:“‘经济学帝国主义’只是对本人文章中提出的思想的一个拙劣的模仿;在其中充满了这样的说法:经济学是严格的和科学的,是基于经典的,例如亚里士多德,斯密,李嘉图,但是,对贝克尔要致以特别的敬意。经济学由于其在大众中的声望,由于能够讨论来自很多领域的大量问题,因而是‘首席社会科学’(the premier social science)(Lazear,2000:99)。”因为“经济学的力量在于严格。经济学是科学的,它遵守科学的方法,陈述正式的可以证伪的理论,检验理论,根据事实证据修正理论。经济学在其他社会科学失败的地方得到成功,因为经济学家愿意做抽象(研究)”(Lazear,2000:102)。更进一步,“在过去40年中,经济学拓宽了研究的领域和影响的范围”(Lazear,2000:99),剥离了自身的复杂性而走向实质性问题——利用了三个原理:个人最大化、均衡和有效。在此基础上提

① 关于新制度经济学更多的评论,有陶耶(Toye,1995:64):作为社会—经济发展的宏大理论的新制度经济学(NIE,New Institutional Economics),它的主要缺点是空洞无物……这个理论没有在我们已知的基础上增加任何东西。没有任何新的预期,也没有新的政策建议可以从中推出。历史上发生过的事件现在也不能比有过研究的历史学家解释得更好。

出两个观点:“经济学是扩张的,……经济学帝国主义是成功的。”(Lazear,2000:103)相关的题目有:企业内部行为,建立模型,人口统计学,歧视,家庭(“20年前被认为是离奇的和滑稽的问题今天变成了标准问题”[Lazear,2000:112]),社会互动,宗教,人力资本,人事经济学,金融,会计,组织,营销,法律,政治经济学,健康,甚至语言学(被理解为大多数语言繁衍的原因是在讲此种语言的人们之间存在外部性)。①

同时还认为“严格”并不需要数学,但是,没有别种严格被引证。的确,“对理论的迷恋,坚定、理性和自成一体,这些赋予经济学力量……经济学成功的首要因素是因为经济学是科学”(Lazear,2000:114—115)。至于经济学帝国主义如何演进,拉扎尔承认有一个问题,经济学家把事情简单化、做一般性假设,这些都缩小了(经济学帝国主义)的适用性范围。同此说相对照的,是下面的说法,“社会学家、人类学家,也许还有心理学家,他们的思考更宽广,能够更好地识别问题,但是,能够提供的答案却更差……(因此)从别的社会科学学科可以学到很多东西,因为他们观察了我们通常没有注意到的现象”(Lazear,2000:103)。最后,殖民主义推进可以采取入侵或者内化两种途径,因为“有一种可能性,经济学以外的学者使用经济学的分析方法去理解社会事件……另一种可能性,是经济学家扩展经济学的边界,把外界的人一概变为‘非经济’事件分析人员”(Lazear,2000:104)。②

---

① 贝克尔(Becker,1990:41)引用某次研讨会(by David Laitner),评说在理性预期的基础上,为何某种特别的术语而不是别的说法应该被采用。在该情景中方法之简单化,述说的语言之强词夺理、无知和傲慢,真是令人吃惊。

② 还可参见Hirshleifer(1985:53),转引自Heilbroner and Milberg(1995:110):只有一门社会科学存在。我们的分析范畴的真正普适性,赋予经济学帝国主义四处扩张的力量,例如稀缺性,成本,偏好,机会,等等。更加重要的是,我们这些概念构成的体系深入到在个人决策基础之上发生的、独特的而又相互纠缠的最优化过程中去。这样经济学实际上建构了普适的社会科学原理。

拉扎尔毫无疑问把经济学帝国主义看作一种进步,因为他相信经济学的(理论范围的)潜力。不论他所说的经济学的严格和科学性是否准确,不论他描述的经济学家之所为是否可以被核实,他也许是对的,尽管他的理由是错误的。[①] 本文对于经济学帝国主义所作的评论,能否被(拉扎尔)推翻?答案不能仅仅基于经济学自身和经济学周围的发展。因为有无进步,还需要审视范围更宽广的领域。新古典经济学自己通过次优理论而承认了这一点。[②] 经济学帝国主义也有积极的方面,它掘动了新自由主义的教条,推进了多学科理念,绕过了后现代主义的最坏的部分而不是去依附它。这些特点曾经拉近了一些被殖民的与"殖民者"之间的关系,这部分地可以从人力资本向社会资本的嬗变中看出。然而,经济学帝国主义在经济学内部的基础,即"新的微观基础",是如此的霸道,以至于别的社会科学学科没有任何其他(备选)的经济学分析方法可以选择,这才是最令人警醒的。海尔布鲁纳和米尔博格(Heilbroner and Milberg,1995:87)是这样说的:"一旦成为一门沉闷的学科,它就是不食人间烟火的繁琐哲学了。"这样看起来,经济学作为沉闷的学科,已经走完了一个从托马斯·卡莱尔开始的完整的循环。这同大家憎恶马尔萨斯的人口理论(如海尔布鲁纳所说,Heilbroner,1986:78)其实没有多少关联,迪克逊(Dixon,1999)提出,卡莱尔只是在描述一场"供给—需求进行曲"和政治经济学中的效用学说。[③] 在一种对于经济学帝国主义动机的离奇的预期中,卡莱尔拒绝"疯狂购物—血拼之道("the laws of the Shop-till":直译为"购物直到倒下来"或者"血拼到底"

① 拉扎尔关于科学和"严格"的观念有多么落伍,从他显然不知晓库恩的有关论述可以看出。从范式演替的视角对经济学帝国主义的解释,参见Fine(2000g)。

② 判定经济学和其他社会科学是不是在总体上可以相互替代,这是一个充分但是不必要的条件!

③ 还可参见Persky(1990)。

的规律)"的根据,竟然是"这个世界并不完全是一个大商场(this Universe is not wholly a shop)"。卡莱尔的立场是出于这样的一个愿望:不应该让劳动市场决定工资,应该让权威通过非市场的关系去强迫劳工工作,他甚至支持奴隶制,赞成把带有强制性质的秩序维持下去。但是,至少卡莱尔认识到,在反对政治经济学的殖民入侵时,阶级和统治权力二者所具有的重要性。信息与市场的不完善,只是现在的经济学家们用来补足"供给—需求"世界的两个驯服的对等物。

这样一来,判定经济学帝国主义是不是进步,就取决于有多少好消息和坏消息了。好消息是经济学的内容正在被其他社会科学学科更加充分地吸收,而且主流经济学家正在重新开始思考"社会",在边际革命流放了"社会"之后,再次将它恢复为学科内容。坏消息是,虽然放弃了作为学科标志的完全竞争、批评了把社会简单化为经济(的一部分),经济学惟一的新增的说明性"装置",只有一台"信息不对称"。虽然简单化的毛病还不至于不可救药,但是,被简化掉了的(学科内容)范围,比起贝克尔最让人难堪的"香蕉"(bananalytics),其规模和影响都要深远得不可相比了。

在传统和其他社会科学对主流经济学的由来已久的猜疑之中,环绕着这些谜团的出路有这样几种。其中之一是继续保留问题的经济层面,撤退到后—后现代不得要领的关于文化和诠释的世界里去,在那里,器物层面上发生的影响都被承认,但是,却不会被严格检验。斯雷特(Slater)感觉到的是一种被加强的永远存在的"极性"(走过头的倾向——译者注):

> 经济学和社会—文化研究之间的区分,始终存在于西方现代思想的深层结构中。在现代早期,这是一种被偏爱的消遣式批评性思维,是用来攻击经济学理论中的形式主义的,从那时候开始至今,我们还没有足够地反

> 思过，这种文化分析被（辩论的）反方进行结构化有多么重要。在本质上，批评性思维在总体上接受了相同的批评（交战）术语，经济学也一样；在这里文化和经济被看作宏观的架构，都作为外部性而相互作用于对方；每一方都把对方看作或者是全球性（整体性）力量，或者是被强加的外来的混杂性（Slater，2000）。

于是，当经济学帝国主义推进的时候，它在理论的围墙以内将不会遇到挑战。在经济学和其他社会科学之间，“综合”还是要实现的。问题在于在何种条件下综合；（其他社会科学）退却到文化中去，会帮助对文化相当无知并且轻视文化的经济学帝国主义，把文化作为社会的真正的内容，这本是它的学科研究的真正目标。

另外一种途径是，社会理论与经济学帝国主义的冲撞，应会推动一门真正的政治经济学再度出现并且强大起来。我所指的，是一种经济学的研究方法，是系统的（真正理解社会——不同于个人简单加总而成的那个社会），是具有社会和历史维度的（而不是普适和永恒的，因此，能够研究资本的本性和资本主义），要讨论阶级、冲突、权力、趋势、结构等问题和事件。在某种意义和程度上，这有赖于恢复在向后现代转向时丢失的知识，找回被经济学理论由于失去了对自身历史和传统的兴趣和认知而丢掉的知识。这还有赖于理论上的进步，为此，必须关注当代资本主义下的经济现实。然而，可悲的是，在大家急于检验日益深奥的理论的匆忙之中，经验事实完全被置于脑后。当经济学帝国主义对政治经济学大举讨伐之时，前者（作为主方）的理论在它自己的野心和腐败的核心重压之下垮塌，后者得到的是一个再度发达的机会。将此相比于罗马帝国的兴衰是夸张了，但是，政治经济学只要抓住了这个机会，就会通过提升经济学的社会学科内容而繁荣自身，否则，学术上的野蛮主义最终会拿方法论上的个人本位论作武器,撕开分析中的漏洞,这在“全球化”和“社会资本”的情形中已经看得非常明显了,尽管还勒着折中主义和经验主义的安全带。

(顾秀林 译)

参考文献

Akerlof, G. (1990) "George A. Akerlof", in Swedberg (ed.) (1990), pp. 61 – 77.

Amariglio, J. and D. Ruccio (1999) "The transgressive knowledge of 'ersatz' economics", in Garnett (ed.) (1999), pp. 19 – 36.

Anon. (1998) "New economists: journey beyond the stars", *The Economist*, December 19, pp. 143 – 46.

Arrow, K. (1994) "Methodological individualism and social knowledge", *American Economic Review*, 84 (2), pp. 1 – 9.

Becker, G. (1990) "Gary S. Becker", in Swedberg (ed.) (1990), pp. 27 – 46.

Becker, G. (1993) *Human Capital: A Theoretical and Empirical Analysis, With Special Reference to Education*, London: University of Chicago Press, third edition.

Becker, G. (1996) *Accounting for Tastes*, Cambridge: Harvard University Press.

Becker, G. and G. Becker (1996) *The Economics of Life*, New York: McGraw Hill.

Blaug, M. (1998a) "Disturbing currents in modern economics", *Challenge*, 41 (3), pp. 11 – 34.

Blaug, M. (1998b) "The problems with formalism: interview with Mark Blaug", *Challenge*, 41 (3), pp. 35 – 45.

Bowden, S. and A. Offer (1994) "Household appliances and the use of time: the United States and Britain since the 1920s", *Economic History Review*, XLVII (4), pp. 725 – 748.

Bowden, S. and A. Offer (1996) "The technological revolution that never was: gender, class, and the diffusion of household appliances in interwar England", in de Grazia and Furlough (eds) (1996).

Bowden, S. and A. Offer (1999) "Household appliances and 'systems of provision' a reply", *Economic History Review*, LII (3), pp. 563 – 567.

Bowles, S. and H. Gintis (2000) "Walrasian economics in retrospect", *Quarterly Journal of Economics*, forthcoming.

Carrier, J. and D. Miller (eds) (1998) *Virtualism: The New Political Economy*, London: Berg.

Coats, A. (ed.) (1996) *The Post – 1945 Internationalization of Economics*, History of Political Economy, vol 28, Supplement, Durham, NC: Duke University Press.

Coleman, J. (1986) "Micro foundations and macrosocial theory", in Lindenberg et al (eds) (1986).

Coleman, J. et al (1986) "Micro Foundations and Macrosocial Theory: General Discussion", in Lindenberg et al (eds) (1986).

Crafts, N. (1999) "Development History", Symposium on Future of Development Economics in Perspective, Dubrovnik, 13 – 14, May.

De Grazia, V. and E. Furlough (eds) (1996) *The Sex of Things: Gender and Consumption in Historical Perspective*, London: University of California Press.

De Vroey, M. (1975) "The transition from classical to neoclassical economics: a scientific revolution", *Journal of Economic Issues*, IX (3), pp. 415 – 439.

Dixon, R. (1999) "The Origin of the Term 'Dismal Science' to Describe Economics", University of Melbourne, Department of Economics, Research Paper, no 715.

Dobb, M. (1973) *Theories of Value and Distribution since Adam Smith: Ideology and Economic Theory*, Cambridge: Cambridge University Press.

Elster, J. (1990) "Jon Elster", in Swedberg (ed.) (1990), pp. 233 – 248.

Esping-Andersen, G. (2000) "Two societies, one sociology, and no theory", *British Journal of Sociology*, 51 (1), pp. 59 – 77.

Febrero, R. and P. Schwartz (eds) (1995) "The essence of Becker: an introduction", in Febrero and Schwartz (eds) (1995).

Febrero, R. and P. Schwartz (eds) (1995) *The Essence of Becker*, Stanford: Hoover Institution Press.

Fine, B. (1980) *Economic Theory and Ideology*, London: Edward Arnold.

——(1997a) "The new revolution in economics", *Capital and Class*, 61, Spring, pp. 143 – 148.

——(1997b) "Entitlement failure?" *Development and Change*, 28 (4), pp. 617 – 647.

——(1998a) *Labour Market Theory: A Constructive Reassessment*, London: Routledge.

——(1998b) "The triumph of economics: or 'rationality' can be dangerous to your reasoning", in Carrier and Miller (eds) (1998), pp. 49 – 74.

——(1999a) "From Becker to Bourdieu: economics confronts the social sciences", *International Papers in Political Economy*, 5 (3), pp. 1 – 43.

——(1999b)"The Political Economist's Tale:Or,If Globalisation,(Welfare) State Versus Market and Social Capital Are the Answers,Do We Have the Right Questions?"paper presented to conference,"Civilising the State:Civil Society,Policy and State Transformation", Deakin University,Melbourne,December.

——(1999c)"A question of economics:is it colonising the social sciences?" *Economy and Society*,28 (3),pp.403 -425.

——(1999d)"'Household appliances and the use of time:the United States and Britain since the 1920s'- a comment",*Economic History Review*,LII (3),pp.552 -562.

——(2000a)"Endogenous growth theory:a critical assessment",Cambridge Journal of Economics,24 (2),pp. 245 -265,a shortened and amended version of identically titled, SOAS Working Paper,no 80,February 1998.

——(2000b)"New and Improved:Economics' Contribution to Business History",SOAS Working Paper in Economics,no 93.

——(2000c)"Bringing the Social Back Into Economics:Progress or Reductionism?" Department of Economics Research Paper,no 731,University of Melbourne.

——(2000d)"'Economic Imperialism':A View from the Periphery",mimeo.

——(2000e)"Whither the Welfare State:Public versus Private Consumption?" SOAS Working Paper in Economics,no 92.

——(2000f)"Consumption for Historians:An Economist's Gaze",SOAS Working Paper in Economics,no 90.

——(2000g)"Economic Imperialism as Kuhnian Revolution",paper presented to METU Annual Economics Conference,Ankara,September.

——(2001a) *Social Capital versus Social Theory:Political Economy and Social Science at the Turn of the Millennium*,London:Routledge,in press.

——(2001b)"Neither Washington nor post-Washington consensus:an introduction",in Fine et al (eds) (2001).

——(2001c)"Addressing the critical and the real in critical realism",in Lewis (ed.) (2001).

Fine,B. and C. Lapavitsas (2000)"Markets and money in social theory:what role for economics?" *Economic and Society*,29 (3),pp.357 -382.

Fine,B. and E. Leopold (1993) *The World of Consumption*,London:Routledge.

Fine,B. and D. Milonakis (2000)"From New to Newest:The Economic History of Douglass North",mimeo.

Fine, B. et al (eds) (2001) *Development Policy in the Twenty-First Century: Beyond the Post Washington Consensus*, London: Routledge, in press.

Garnett, R. (ed.) (1999) *What Do Economists Know? New Economics of Knowledge*, London: Routledge.

Gibbons, R. (1997) "An introduction to applicable game theory", *Journal of Economic Perspectives*, 11 (1), pp. 127 – 149.

Hahn, F. (1991) "The next hundred years", *Economic Journal*, 101 (404), pp. 47 – 50.

Hahn, F. and R. Solow (1995) *A Critical Essay on Modern Macroeconomic Theory*, Cambridge: MIT Press.

Harcourt, G. (1997) "Economic Theory and Economic Policy: Two Views", Discussion Paper, no 369, Centre for Economic Policy Research, Australian National University.

Harriss, J. et al (eds) (1996) *The New Institutional Economics and Third World Development*, London: Routledge.

Heilbroner, R. (1986) *The Worldly Philosophers*, sixth edition, London: Penguin Books.

Heilbroner, R. and W. Milberg (1995) *The Crisis of Vision in Modern Economic Thought*, Cambridge: Cambridge University Press.

Hirshleifer, J. (1985) "The expanding domain of economics", *American Economic Review*, 83 (3), Special Issue, December, pp. 53 – 68.

Hobsbawm, E. (1997) *On History*, London: Weidenfeld and Nicolson.

Hodgson, G. (1994) "Some remarks on 'economic imperialism' and international political economy", *Review of International Political Economy*, 1 (1), pp. 21 – 28.

Hodgson, G. and H. Rothman (1999) "The editors and authors of economics journals: a case of institutional oligopoly?" *Economic Journal*, 109 (453), pp. F165 – F186.

Ingham, G. (1996) "Some recent changes in the relationship between economics and sociology", *Cambridge Journal of Economics*, 20 (2), pp. 243 – 275.

Khalil, E. (1987) "Kuhn, Lakatos, and the history of economic thought", *International Journal of Social Economics*, 14 (3), pp. 118 – 131.

Klamer, A. and J. Meehan (1999) "The crowding out of academic economists: the case of NAFTA", in Garnett (ed.) (1999), pp. 65 – 85.

Krugman, P. (1992) "Toward a counter-counterrevolution in development theory", World Bank Economic Review, Supplement (Proceedings of the Annual Bank Conference on Development Economics), pp. 15 – 39.

——(1998) "Two cheers for formalism", *Economic Journal*, 108 (451), pp. 1829 – 1836.

Lamoreaux, N. and D. Raff (1995) "Introduction: history and theory in search of one another", in Lamoreaux and Raff (eds) (1995), pp. 1 – 12.

Lamoreaux, N. and D. Raff (eds) (1995) *Coordination and Information: Historical Perspectives on the Organization of Enterprise*, Chicago: Chicago University Press.

Lamoreaux, N. et al (1997) "New economic approaches to the study of business history", *Business and Economic History*, 26 (1), pp. 57 – 79.

Lamoreaux, N. (1998) "Economic history and the cliometric revolution", in Molho and Wood (eds) (1998), pp. 59 – 84.

Lamoreaux, N. et al (1999) "Introduction", in Lamoreaux et al (eds) (1999), pp. 1 – 18.

Lamoreaux, N. et al (eds) (1999) *Learning By Doing: In Markets, Firms, and Countries*, Chicago: Chicago University Press.

Lawson, T. (1997) *Economics and Reality*, London: Routledge.

Lazear E. (2000) "Economic imperialism", *Quarterly Journal of Economics*, 115 (1), pp. 99 – 146.

Lee, F. and S. Harley (1998) "Peer review, the Research Assessment Exercise and the demise of non-mainstream economics", *Capital and Class*, 66, pp. 23 – 51.

Lewis, P. (ed.) (2001) *Transforming Economics: Perspectives on the Critical Realist Project*, London: Routledge.

Lindenberg, S. et al (eds) (1986) *Approaches to Social Theory*, New York: Russell Sage.

Martin, R. (1999) "The new 'geographical turn' in economics: some critical reflections", *Cambridge Journal of Economics*, 23 (1), pp. 65 – 91.

McCloskey, D. (1976) "Does the past have useful economics?" *Journal of Economic Literature*, 14 (2), pp. 434 – 461.

Milonakis, D. (2000) "Market Socialism: A Case for Rejuvenation or Inspired Alchemy?" paper to the conference of the European Society for the History of Economic Thought (ESHET), Graz, February.

Molho, A. and G. Wood (eds) (1998) *Imagined Histories: American Historians Interpret the Past*, Princeton: Princeton University Press.

North, D. (1981) *Structure and Change in Economic History*, New York: Norton.

——(1999) *Understanding the Process of Economic Change*, London: Institute of Economic Affairs.

Olson, M. and S. K. hk. nen (2000) "Introduction: the broader view", in Olson and K. hk. nen (eds) (2000), pp. 1 – 36.

Olson, M. and S. K. hk. nen (eds) (2000) *A Not-So-Dismal Science: A Broader View of Economies and Societies*, Oxford: Oxford University Press.

Perelman, M. (2000) *The Invention of Capitalism: Classical Political Economy and the Secret History of Primitive Accumulation*, Durham: Duke University Press.

Persky, J. (1990) "A dismal romantic", *Journal of Economic Perspectives*, 4 (4), pp. 165 - 172.

Schelling, T. (1990) "Thomas C. Schelling", in Swedberg (ed.) (1990), pp. 186 - 199.

Slater, D. (2000) "Capturing Markets from the Economists", paper for Cultural Economics Conference, Open University, UK, January.

Slater, G. and D. Spencer (2000) "The uncertain foundations of transaction costs economics", *Journal of Economic Issues*, XXXIV (1), pp. 61 - 87.

Solow, R. (1990) "Robert M. Solow", in Swedberg (ed.) (1990), pp. 268 - 284.

Spencer, D. (1998) Economic Analysis and the Theory of Production: A Critical Appraisal, unpublished PhD thesis, University of Leeds.

Standing, G. (1999) "New Development Paradigm or Third Wayism? A Critique of a World Bank 'Rethink'", mimeo.

Stiglitz, J. (1989) "Markets, market failures and development", *American Economic Review*, 79 (2), pp. 197 - 202.

——(1994) *Whither Socialism*? Cambridge: MIT Press.

——(1998) "More Instruments and Broader Goals: Moving Toward the Post Washington Consensus", the 1998 WIDER Annual Lecture, January 7th, Helsinki.

Stiglitz, J. and K. Hoff (1999) "Modern Economic Theory and Development", Symposium on Future of Development Economics in Perspective, Dubrovnik, 13 - 14 May.

Swedberg, R. (1990) "Introduction", in Swedberg (ed.) (1990), pp. 3 - 26.

Swedberg, R. (ed.) (1990) *Economics and Sociology, Redefining Their Boundaries: Conversations with Economists and Sociologists*, Princeton: Princeton University Press.

Temin, P. (1991) "Introduction", in Temin (ed.) (1991), pp. 1 - 6.

Temin, P. (ed.) (1991) *Inside the Business Enterprise: Historical Perspectives on the Use of Information*, Chicago: Chicago University Press.

Temple, J. (2000) "Growth Effects of Education and Social Capital in the OECD", paper prepared for the OECD for Symposium on The Contribution of Human and Social Capital to Sustained Economic Growth and Well-Being, Human Development Canada, Quebec, March.

Thompson, G. (1997) "Where goes economics and the economies?" *Economy and Society*,

26 (4), pp. 599 – 610.

——(1999) "How far should we be afraid of conventional economics? A response to Ben Fine", *Economy and Society*, 28 (3), pp. 426 – 433.

Tommasi, M. and K. Ierulli (eds) (1995) *The New Economics of Human Behaviour*, Cambridge: Cambridge University Press.

Toye, J. (1996) "The new institutional economics and its implications for development", in Harriss et al (eds) (1996), pp. 49 – 68.

Velthuis, O. (1999) "The changing relationship between economic sociology and institutional economics: from Talcott Parsons to Mark Granovetter", *American Journal of Economics and Sociology*, 58 (4), pp. 629 – 649.

Williamson, O. (1998) "Transaction cost economics: how it works; where it is headed", *De Economist*, 146 (1), pp. 23 – 58.

Yusuf, S. and J. Stiglitz (1999) "Development Issues: Settled and Open", Symposium on Future of Development Economics in Perspective, Dubrovnik, 13 – 14, May.

Zelizer, V. (2000) "Fine-tuning the Zelizer view", *Economy and Society*, 29 (3), pp. 383 – 389.

调查报告

《劳动合同法》对我国制造业的影响及对策研究*

——以纺织服装业为例

梁晓晖　张旭**

前言

2008年实施的《劳动合同法》对各行各业都将产生巨大影响。它以法律形式清晰、明确地将劳资关系固定下来，对劳务合同的签订、劳动薪酬、劳动赔偿等都做了详细规定，对企业人力资源管理进行全面规范；同时，也约束了劳动者，有利于保障企业和劳动

---

* 本项调研问卷由梁晓晖设计，调研报告由梁晓晖、张旭撰写，中国纺织工业协会社会责任办公室工作人员韦燕霞、郑剑、李环宇和刘兆祥参与了现场调研。报告作者感谢国家发展和改革委员会、中国纺织工业协会相关领导以及参与调研的各纺织服装企业对此次调研工作的支持。

** 梁晓晖，中国纺织工业协会社会责任办公室首席研究员，北京大学法学院2004级博士生。张旭，中国纺织工业协会社会责任办公室研究员。

者双方的利益,创造公平的竞争环境。

纺织服装业是我国典型的劳动密集型制造行业,也是对《劳动合同法》的实施高度敏感的行业之一。国内纺织服装业以民营企业、中小企业为主,农民工约占就业人数的80%,低劳动力成本曾经是我国纺织服装业在国际市场保持竞争优势的重要因素之一。近几年,国内纺织服装业劳动力成本不断上涨,已经高于部分发展中国家,低劳动力成本优势正逐渐丧失,而且不少地区出现了劳动力短缺的问题。在此情况下,《劳动合同法》在行业内的实施情况如何更是各方关注的焦点。

为此,本课题主要通过对纺织服装企业进行实地调研以及案头研究的方式,对我国纺织服装行业实施劳动合同法之前的用工情况进行说明,通过调研结果分析目前的用工情况以及《劳动合同法》的实施情况,并根据调研结果对《劳动合同法》在纺织服装行业经济运行、行业技术进步和产业升级、结构调整和未来发展中的影响进行了分析,提出了纺织服装行业和企业在贯彻执行《劳动合同法》和承担相应的社会责任方面面临的挑战和可能的对策。同时,纺织服装行业对这一法律的反馈对于其他制造业也具有很高的参考价值。

一、《劳动合同法》实施前纺织服装行业用工面临的主要挑战

纺织服装业作为我国最重要的制造业部门,也是国民经济中重要的民生行业,目前拥有约1 960万名员工,其中,绝大多数员工的工龄不超过10年,尤以3到5年居多。在《劳动合同法》施行之前,行业内劳动合同短期化倾向比较明显。

2007年以来,我国纺织服装行业在人民币持续升值、要素成

本压力增大、宏观调控力度加大等多项因素的共同作用下，逐渐由入世后高速增长的释放期回归到正常增长期，行业的整体成本压力不断上升，赢利能力逐渐减弱。受美国次贷危机影响，外贸企业订单减少，同时，内销市场长期缺乏培育，状况并不容过分乐观。根据中国纺织工业协会2007年1—11月的行业数据统计，规模以上企业中，17%的企业亏损共计116亿元，另外51%的企业则处于亏损边缘。企业利润下降或停产、关闭的直接结果之一就是吸纳就业能力的降低。根据中国纺织工业协会的统计，2002—2007年，我国纺织规模以上企业职工从业人数年均增长7%左右。2008年1—8月，我国规模以上纺织企业工人就业则出现了负增长的局面，就业人数同比下降了0.36%，较上年同期的就业增速下滑了3.95%。

另外，纺织服装行业劳动者的收入和社保覆盖率都偏低，这也是纺织服装行业近年来在用工方面面临的一个主要挑战。作为中国传统制造业的纺织服装业，其优势一直以来是建立在廉价劳动力的基础之上。目前，中国纺织行业工资水平普遍低于全国制造业平均水平，平均工资比工业平均工资低30%左右；2006年，中国纺织社保水平只占工资收入11.3%，比全国平均低10个百分点。加之行业内的挡车工、缝纫工等工种劳动强度较大，岗位需求增速快于劳动力供给增速等原因，使得纺织服装企业的“招工、留工、用工”问题更为突出。尤其是中小企业对熟练工人和技工的需求缺口很大，“招工难”成为制约企业发展的重要瓶颈。为了留住工人，很多企业都提高了工资水平，而劳动力的相对自由流动，更加剧了企业用工和管理的成本。此外，高端人才紧缺、专业人才不足等困难，都影响了纺织服装产业竞争力的提升。

二、纺织服装行业《劳动合同法》实施情况调研结果

(一)参与调研企业的基本信息

此次企业调查共发出问卷80份,收回有效问卷62份,回收率为77.5%,因此,总体有效问卷数为62份,本报告将以62家企业反馈的企业问卷结果为基准进行统计分析。

从地区分布来看,71%的参与调研企业来自东部地区广东、福建、江苏、浙江、山东、河北这6个省份,16.1%的参与调研企业来自中部湖北、湖南、河南、安徽4个省份,12.9%的参与调研企业来自西部四川、陕西2个省份,具体情况详见表1。

表1　调研企业地区分布状况

区域	省份	企业个数	所占比重	
			各省所占比重%	各区域所占比重%
东部	广东	9	14.5	71.0
	福建	12	19.4	
	浙江	10	16.1	
	江苏	5	8.1	
	山东	6	9.7	
	河北	2	3.2	
中部	河南	3	4.8	16.1
	湖北	4	6.5	
	湖南	2	3.2	
	安徽	1	1.6	

续表

区域	省份	企业个数	所占比重	
西部	四川	5	8.1	12.9
	陕西	3	4.8	
合计		62	100	100

从细分行业来看,62家调研企业共包括33家服装企业,29家棉纺企业,从所有制性质来看,民营企业有28家,外资及中外合资合作企业有19家,股份制企业11家,国有集体企业2家。从企业主营业务规模来看,参与调研企业中的41家企业2007年销售额在1亿元以上,9家处于5 000万—1亿元之间,7家小于5 000万元。从产品出口比例来看,25家企业的出口比例在0—25%,7家企业在25%—50%,17家企业在50%以上。

从主营业务利润率来看,各企业2007年主营业务利润率及2008年前半年(1—6月份)主营业务利润率的分布情况如图1、图2所示。可以看出,被调研企业平均利润率远远高于行业平均水平,但相对于2007年,2008年上半年被调研企业的主营业务利润率有所下降。

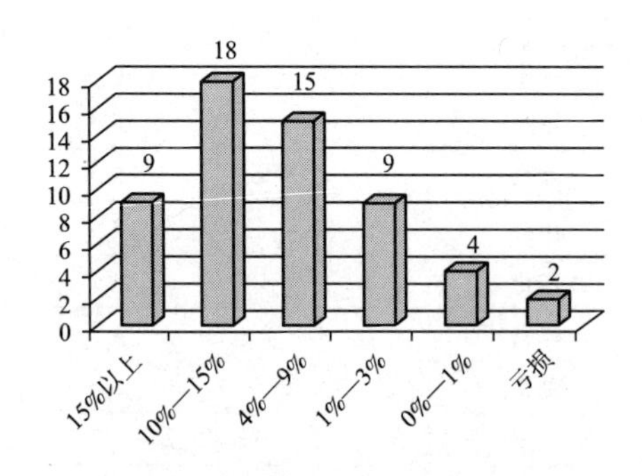

图1　2007年主营业务利润率分布图(单位:企业数)

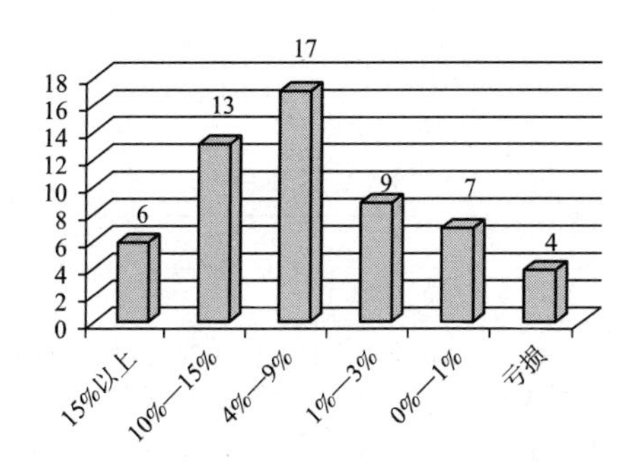

图 2　2008 年 1—6 月份主营业务利润率分布图(单位:企业数)

综合来看,参与调研的企业覆盖东中西部,覆盖不同细分行业与所有制形式,并且都是具有一定的规模,企业效益相对较好。这一分布结果与纺织服装企业本身的地域分布情况有关,与不同细分行业的特点和规模有关,也与各地不同类型企业的配合程度有关,这在一定程度上或者可以表明不同地区、不同类型企业在开放程度以及对待劳动合同法的态度上的差别。

(二)调研企业基本用工状况

员工规模:被调研企业的员工规模大部分为 1 000 人左右,其中,员工人数最多的企业员工规模接近 6 000 人,而员工人数最少的企业员工规模约为 300 人。

薪酬待遇:被调研的企业 2007 年一线员工平均工资(含个人社保和税费)水平为 1 379.20 元,2008 年上半年平均工资(含个人社保和税费)水平为 1 508.20 元,提高 9.35%。2007 年管理层平均工资(含个人社保和税费)水平为 2 524.05 元,2008 年上半年平均工资(含个人社保和税费)水平为 2 711.88 元,提高 6.98%。从不同地区来看,不论一线员工还是管理层,长三角地区的薪酬水平目前显著高于其他被调研地区,西部地区的工资水平显著低于其他地区(详见表2)。

表2 平均工资水平分布表

区域		企业个数	平均工资水平					
			一线员工平均工资			管理层平均工资		
			2007全年(元)	2008年(1—6月)(元)	同比增长(%)	2007全年(元)	2008年(1—6月)(元)	同比增长(%)
东部	长三角地区	15	1 626.35	1 743.90	7.23	3 436.01	3 658.41	6.47
	珠三角地区	21	1 475.16	1 609.02	9.08	2 597.52	2 914.68	12.21
	东部其他地区	8	1 271.50	1 410.50	10.93	2 292.63	2 390.25	4.26
中部地区		10	1 366.3	1 473.9	7.88	2 500.1	2 676.9	7.07
西部地区		8	1 157	1 303.71	12.68	1 794	1 914.14	6.98
参与调研企业平均工资水平		62	1 379.20	1 508.20	9.35	2 524.05	2 711.88	6.98

劳动合同签订率:58家企业在问卷中公布了劳动合同签订率,其中,43家企业的劳动合同签订率为100%,占被调研企业的74.13%;劳动合同签订率在75%—99%的企业为11家,占被调研企业的18.97%;劳动合同签订率在50%—75%的企业为3家,占被调研企业的5.17%;仅有1家企业劳动合同签订率在50%以下。可见,《劳动合同法》施行以来,企业内劳动合同签订率有较大幅度的提高。

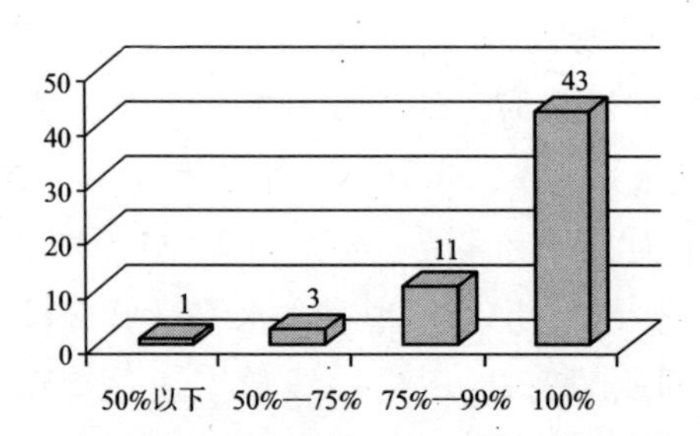

图3 劳动合同签订率(单位:企业数)

企业人工成本占总成本的比重：被调研企业中，2007 年企业人工成本占总成本比重在 10%—30% 之间的企业占 50% 以上，但也有 4 家企业表示，2007 年企业的人工成本占到了企业成本 50% 以上。这与不同企业的主要产品以及企业经营模式有关，一般来讲，加工制造型企业的人工成本占总成本的比例较高，而品牌企业的人工成本占总成本的比例则较低。

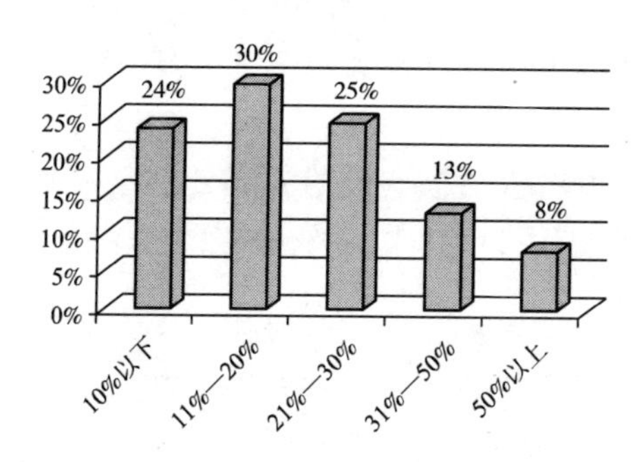

图 4　人工成本占总成本的比重（企业数占样本比重%）

企业员工流失率：调研结果显示，有一半左右的企业 2007 年员工流失率在 10% 以上，此外，总体来看，2008 年上半年员工流失率相对于 2007 年略有降低（图 5、图 6）。劳动合同的普遍签订应该是员工流失率降低的原因之一。

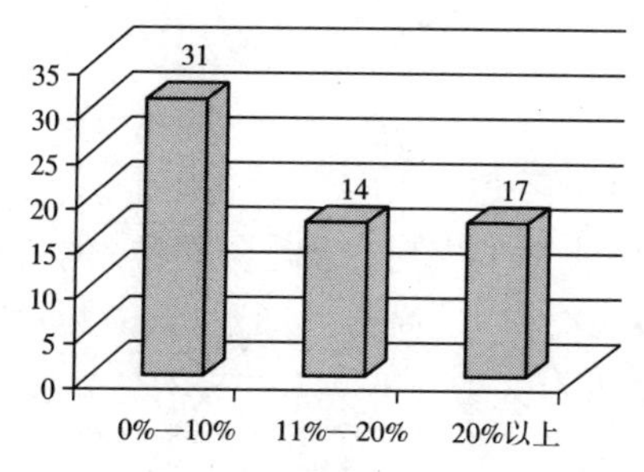

图 5　2007 年企业员工流失率（单位：企业数）

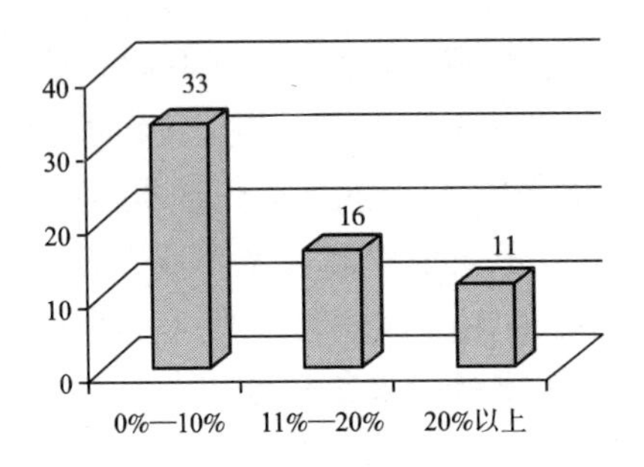

图6 2008年上半年企业员工流失率(单位:企业数)

企业用工短缺情况:被调研的大部分企业存在不同程度的用工短缺情况(详见图7),其中,中级技工的短缺情况最为普遍。

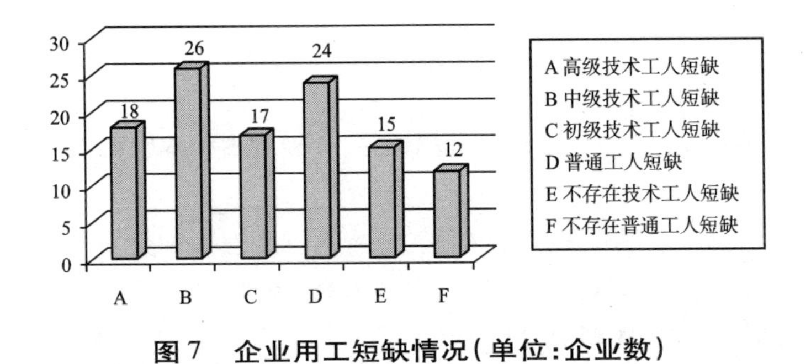

图7 企业用工短缺情况(单位:企业数)

(三)企业执行劳动合同法的情况

1. 企业管理层对劳动合同法的态度

在问到"贵企业管理层对《劳动合同法》的一般态度是——"时,52.46%的企业选择了"谨慎欢迎",27.87%的企业选择了"比较担心或怀疑",也有两家企业表示不关注《劳动合同法》或《劳动合同法》的实施对企业的运营"无所谓"(图8)。在问到"企业最高管理者对《劳动合同法》是否关注，对其一般原则及影响是否有充足了解”时，90%以上的企业最高管理者对《劳动合同法》表示关注且有一定的了解（图9）。同时，调研结果显示，在被调研的企业中，98%的企业表示曾参加过当地劳动部门或外部专业机构举办的专题培训，25.8%的企业请法律专业人士到企业做过讲解，将近95.2%的企业表示对《劳动合同法》非常了解或比较了解（图10）。可见，企业十分关心《劳动合同法》的实施可能给企业带来影响。相比较而言，企业对员工进行《劳动合同法》宣传的力度则较弱，调研结果显示，仅有不到1/3的企业表示对员工组织了有关《劳动合同法》的宣讲和培训，约半数企业表示在海报栏、宣传

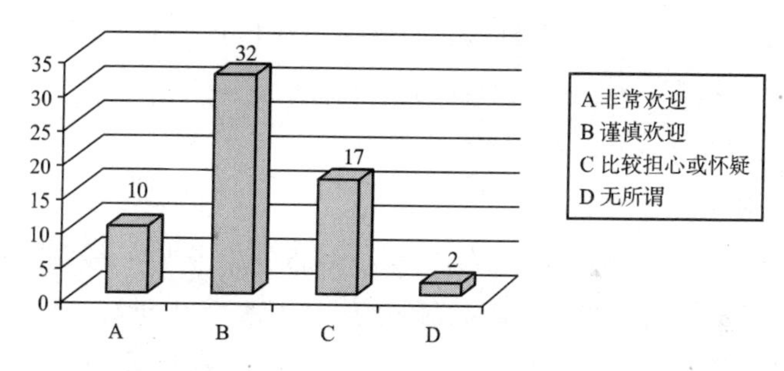

图8　企业管理层对《劳动合同法》的一般态度（单位：企业数）

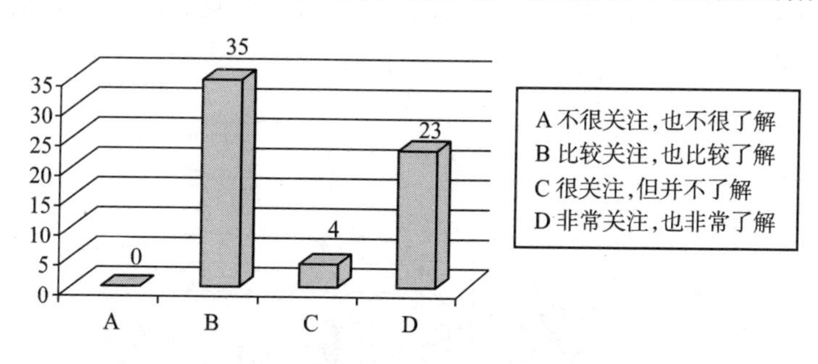

图9　企业最高管理者对《劳动合同法》的关注与了解情况（单位：企业数）

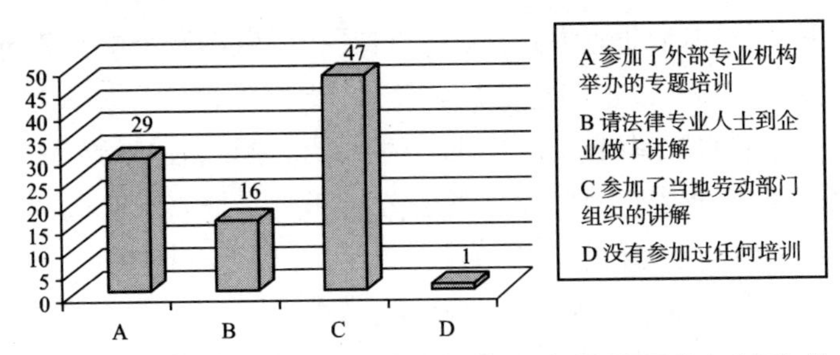

图10　2008年1月1日前企业管理人员是否参加过有关《劳动合同法》的培训(单位:企业数)

栏张贴或向员工发放了《劳动合同法》相关的说明材料,有1/4的企业表示,没有对员工进行有关《劳动合同法》的讲解或宣传。可见,企业并没有将对《劳动合同法》的关注传递给员工,这可能会造成劳资双方在应用《劳动合同法》时的不对称性。

2. 劳动合同的签订情况

劳动合同期限:调研结果显示,大部分企业与一线员工签订的是1—3年期的劳动合同,调研中仅有1家企业与员工签订了5年期的劳动合同。与《劳动合同法》实施前多数企业"一年一签"劳动合同的普遍实践相比,《劳动合同法》实施后,劳动合同的期限有明显变长的趋势(图11)。

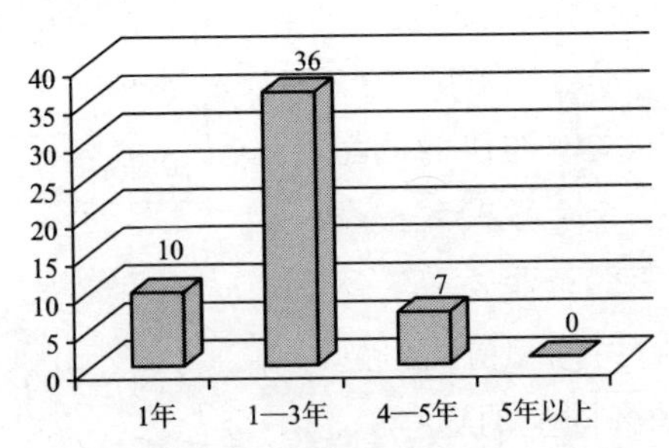

图11　与多数一线员工签订的劳动合同期限(单位:企业数)

劳动合同签订的跟踪情况。如表 3 所示，大部分企业能够做到在员工上岗 1 个月内签订劳动合同，但也有 20% 的企业表示目前没有任何跟踪措施，或试用期满后才与员工签订劳动合同（无论其试用期是否超过 1 个月）。这表明，多数企业已经采取措施保证劳动合同的签订。

表 3　劳动合同签订的跟踪情况

选　项	样本量	百分比
企业要求员工必须先签合同再上岗	9	14.5
人力部门必须与员工在其上岗 1 个月内签订劳动合同	35	56.4
试用期满之后与员工签订劳动合同（无论其试用期是否超过 1 个月）	12	19.4
员工入职或上岗当天签订劳动合同	5	8.1
目前没有任何跟踪措施	1	1.6
合计	62	100.0

劳动合同的文本。如表 4 所示，大部分企业选用的是当地劳动部门提供的范本，从而保证企业劳动合同文本具备法律要求的所有必备条款且所有条款都合法，也有部分企业请律师结合自身情况拟定了更适合企业自身的劳动合同文本。但是，在调研中也有企业表示，目前劳动合同范本很多，如不同级别的劳动监察部门都有各自的劳动合同范本，企业会感到无所适从。

在劳动合同文本的协商问题上，55% 的企业表示“劳动合同上这些条款都是企业填写好的，员工一般都直接签名，不会提出不同意见”，15% 的企业表示“企业在签订合同时会与大部分员工就这些条款进行讨论和协商，再确定其具体内容”，也有 7.5% 的企业表示“劳动合同上的这些条款一般都是企业提出的，虽然偶尔会有员工提出不同意见，但是，企业最终很难接受这些要求，所以,最终签订合同的员工都会同意企业的条款”(表5)。可见,签订合同之前的协商过程并没有成为普遍实践,员工和企业都缺乏协商意识,但员工似乎更缺乏协商的能力,企业与劳动者就劳动合同进行协商时,劳动者处于弱势地位。

表4　劳动合同的文本

选　项	样本量	百分比
企业提供的本地劳动部门的范本	42	67.73
企业提供的企业自己拟定的合同文本	5	8.10
企业请律师拟定的文本	12	19.34
其他	3	4.83
合计	62	100.0

表5　劳动合同文本协商的情况

选　项	样本量	百分比
劳动合同上这些条款都是企业填写好的,员工一般都直接签名,不会提出不同意见	22	55.00
企业在签订合同时会与大部分员工就这些条款进行讨论和协商,再确定其具体内容	15	37.50
劳动合同上的这些条款一般都是企业提出的,虽然偶尔会有员工提出不同意见,但是企业最终很难接受这些要求,所以最终签订合同的员工都会同意企业的条款	3	7.50
合计	40	100.0

无固定期限合同。如图13所示,大部分企业管理者对无固定期限劳动合同有正确的认识。但调研结果同时也显示,半数企业表示目前企业内没有员工与企业签订无固定期限的劳动合同,

其余表示与部分员工签订了无固定期限劳动合同的企业中，签订比率也都较低且主要集中在企业管理层（图12）。

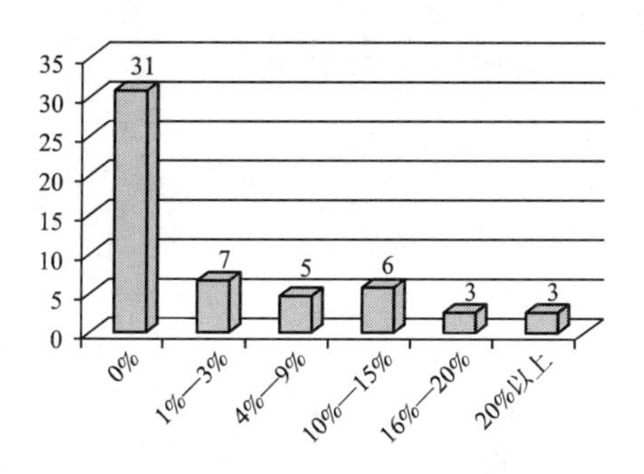

图12　企业内签订无固定期限劳动合同的人员比重（单位：企业数）

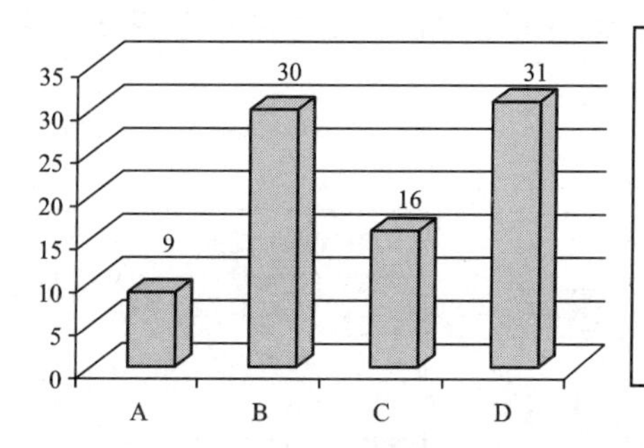

图13　对无固定期限劳动合同的认识（单位：企业数）

签订劳动合同时的告知与协商情况。在问到“在招用劳动者时，贵企业是否以及如何告知劳动者工作内容、工作条件、工作地点、职业危害、安全生产状况、劳动报酬以及劳动者要求了解的其他情况”时，近半数企业表示会向员工解释劳动合同中的各个条款，27.42%的企业表示会给应聘者充足的时间，让其自行理解合同条款的内容，也有3.23%的企业表示企业没有告知这些内容的安排和招聘流程，仅仅直接与劳动者签订合同（详见表6）。

表6 企业是否告知劳动者其需要了解的相关情况

选　　项	样本量	百分比
企业会向员工解释劳动合同的各个条款,这些内容都体现在劳动合同文本中	27	43.55
企业会向应聘者提供此类内容的书面材料,并在签订劳动合同时要求其签收该文件	16	25.81
企业会给应聘者充足的时间自行理解包含这些相关内容的劳动合同文本	17	27.42
企业没有告知这些内容的安排和招聘流程,仅仅直接与劳动者签订合同	2	3.23
合计	62	100

工会的作用。在问到企业的工会在企业中发挥的主要作用时,企业选择最多的是搞好职工文娱和福利,只有约半数企业选择了“代表职工开展工资集体协商”(图14),这在一定程度上表明企业中工会的力量比较薄弱。

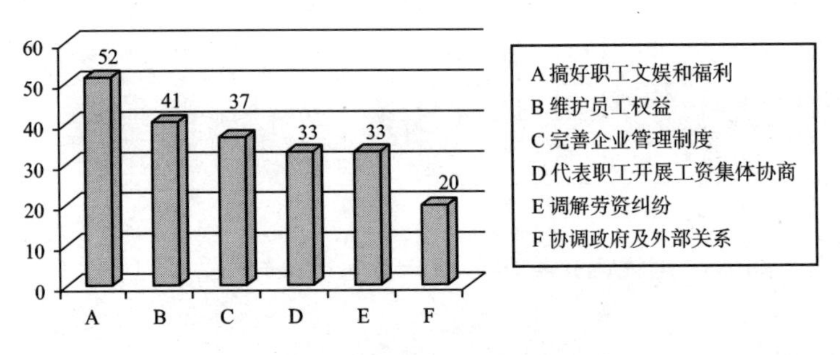

图14 工会的作用(单位:企业数)

3. 劳动合同法对企业的影响

劳资关系。在问到《劳动合同法》颁布后,劳资关系中哪一方更强势时,51.61%的企业认为劳动者更强势,12.9%的企业认为用人单位更强势,35.48%的企业表示不好说(图15)。这一结果体现了企业对于《劳动合同法》赋权给劳动者的担心,同时也说明

《劳动合同法》使许多用人单位认为自己失去了保持多年的强势地位，使劳资双方的心理定位发生了较大的变化。

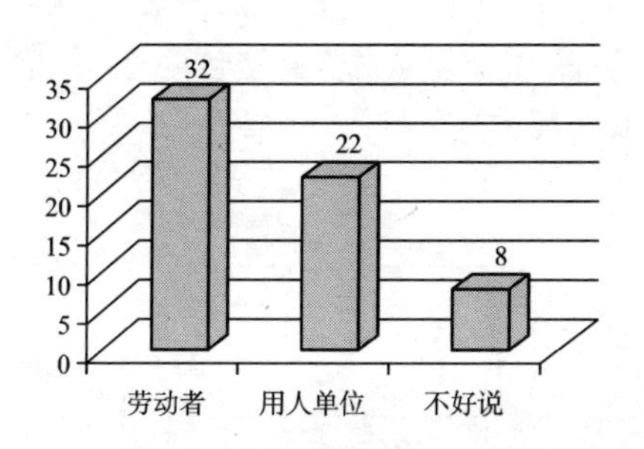

图 15　劳动关系中哪一方更强势（单位：企业数）

《劳动合同法》对企业产生的冲击。在问到《劳动合同法》的实施将对企业产生的冲击主要是哪些方面时，企业表示用工成本和人力投入的增加是最主要的冲击，其次，是企业将面对自我意识和权利意识越来越强的劳动者，从而管理成本也必将增加（图 16）。

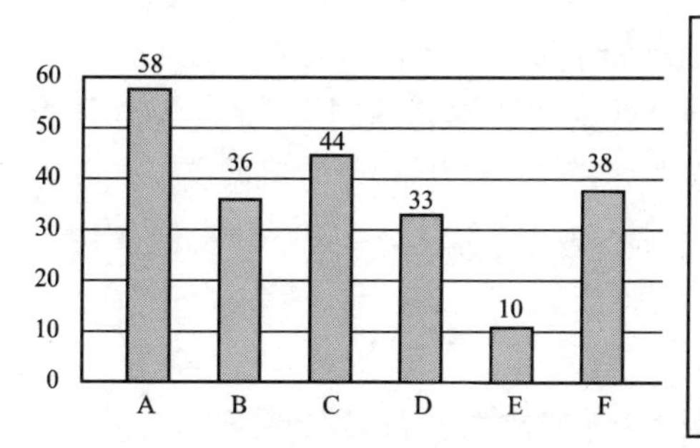

图 16　《劳动合同法》将对企业产生的冲击（单位：企业数）

《劳动合同法》的实施对企业人力成本的影响。《劳动合同法》实施后，企业的人力成本有不同程度的提高，如图17所示，人力成本提升15%—30%的企业最多，将近50%的企业认为企业的人力成本增长幅度在15%以上，但也有部分企业表示变化不大或未作测算。可见，多数企业认为《劳动合同法》给企业带来了较大幅度的人力成本的提高。

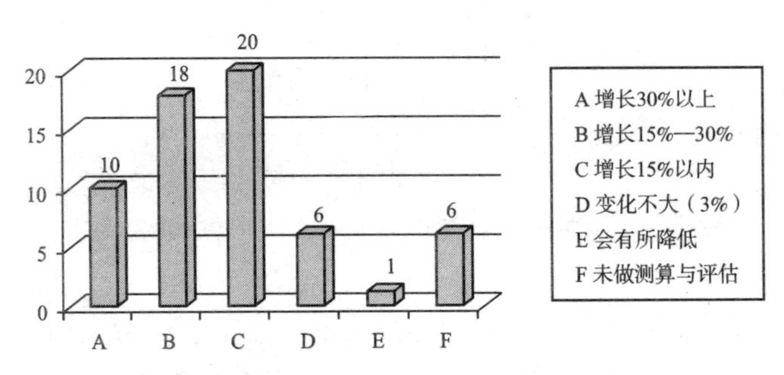

图17 《劳动合同法》的切实执行对企业人力资源成本的影响（单位：企业数）

《劳动合同法》给企业带来的有利影响和促进作用。问卷中问到了《劳动合同法》的实施将给企业带来哪些有利影响并让企业按照重要性排序排出前四位时，如表7所示，企业表示《劳动合同法》的实施主要在"完善企业人力资源管理制度，促进规范化管理"以及"树立新的劳动力成本观念，强化劳动力风险意识"方面对企业促进作用较大。可见，企业对《劳动合同法》的长远作用有比较正面的预期。

表7 《劳动合同法》给企业带来的有利影响和促进作用

选项	第一位	第二位	第三位	第四位
有利于完善企业人力资源管理制度，促进规范化管理	18	16	2	8
有利于树立新的劳动力成本观念，强化劳动力风险意识	18	13	6	2

续表

选　项	第一位	第二位	第三位	第四位
有利于劳动关系长期化，员工队伍更加稳定	7	7	7	8
有利于改变长期依赖低劳动力成本的发展思路，促进可持续发展	5	4	10	7
有利于建立公平有效的市场秩序和产业竞争规则	2	6	9	3
有利于提升企业的内部民主管理，减少劳动纠纷	1	4	10	7
有利于促进资源的有效配置，促进产业提升	3	3	4	8

《劳动合同法》给企业管理和经营产生较大冲击的规定。在问到《劳动合同法》中哪些规定对企业的管理和经营产生了较大的冲击并按照重要性排出前八位时，如表8所示，对企业影响较大的条款主要有“劳动合同期满后企业不续签合同，仍需支付经济补偿”、“企业未缴纳社保，员工可以解除劳动合同”、“员工入职一个月内必须签订书面劳动合同”、“不及时足额支付加班费可能须加付100%的赔偿金”等。

表8　对企业管理和经营产生较大冲击的规定

选　项	第一位	第二位	第三位	第四位	第五位	第六位	第七位	第八位
劳动合同期满后企业不续签合同，仍需支付经济补偿	14	10	14	7	3	2	1	1
企业未缴纳社保，员工可以解除劳动合同	12	5	7	4	3	5	4	1
员工入职1个月内必须签订书面劳动合同	10	2	4	3	7	9	2	4
不及时足额支付加班费可能须加付100%的赔偿金	5	7	4	11	1	5	4	2
无固定期限劳动合同的签订条件更为宽松（如二次固定期后可签无固定期合同）	3	4	5	6	9	4	6	7

续表

选　　项	第一位	第二位	第三位	第四位	第五位	第六位	第七位	第八位
除服务期、竞业限制条款外，不得约定劳动者承担其他违约金	5	3	2	4	7	1	5	6
劳动合同解除和终止情况下的经济补偿要求	5	8	7	7	5	6	5	3
规章制度的制定要满足民主程序的要求	2	6	4	4	5	3	6	3
企业与员工不能约定法律规定以外的合同终止条件	1	3	1	3	5	4	5	4
用人单位不得要求劳动者提供离职担保	1	3	4	2	2	2	2	6
劳动合同有更多的必备条款要求	5	6	3	1	2	5	3	3
同一用人单位与同一劳动者只能约定一次试用期	0	2	2	1	4	2	4	3
规范使用劳务派遣工，企业对劳务派遣工承担连带责任	0	3	2	0	0	2	2	3

企业在贯彻执行《劳动合同法》中面临的主要问题。在问到“企业在贯彻执行《劳动合同法》中面临的主要问题”时，如图18所示，选择“没有区分行业特点和企业特点，法律适用上可能遇到很多实际困难”、“配套保障（如社保等）措施欠缺，很多法律要求难以实现”的企业最多。

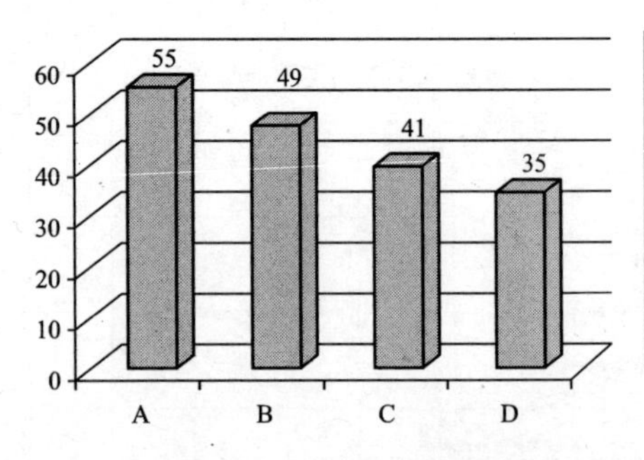

A 没有区分行业特点和企业特点，法律适用上可能遇到很多实际困难
B 配套保障（如社保等）措施欠缺，很多法律要求难以实现
C 市场竞争秩序不规范，遵守法律的成本较大
D 员工素质及管理水平都普遍较低，难以适应太高的法律要求

图18　企业在贯彻执行《劳动合同法》中面临的主要问题（单位：企业数）

4. 企业针对《劳动合同法》在管理制度方面的改进

针对《劳动合同法》企业是否评审并重新制定或修改相关制度。如图19所示,超过80%的企业表示针对《劳动合同法》企业在管理制度方面进行了评审、重新制定或修改了相关管理制度。

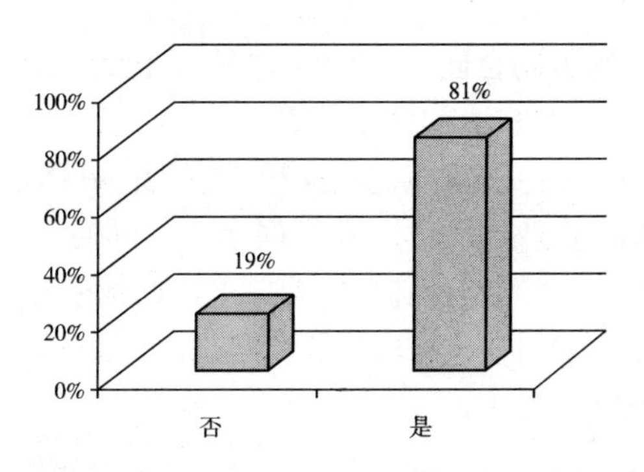

图19 针对《劳动合同法》企业是否评审并重新制定或修改相关制度

企业的规章制度是否注意下列方面。在问卷中我们列举了一些在《劳动合同法》实施过程中企业容易忽视的方面,具体结果见表9,表明大部分企业注意到了《劳动合同法》实施中比较复杂且风险较大的关键问题。

表9 企业的规章制度是否注意某些特定问题

问　题	是(企业数)	否(企业数)
规章制度的制订程序是否民主	51	4
单方面解除劳动合同的程序是否注意了工会的知情权	51	8
人力资源管理程序中是否注意了签收制度和建立各类记录	54	4
是否有员工违约证据的收集、记录和确认制度	50	7
是否加强和细化了现有的规章制度,例如明确界定"严重违反规章制度"、"严重失职"等	47	8

续表

问　题	是(企业数)	否(企业数)
是否完善了岗位职责描述、作业指导书和绩效考核指标	50	6
规章制度用语是否规范、严谨、有操作性、可量化	49	6
规章制度的传达方式是否能确保所有员工明确知悉所有规章制度,且有记录可查	49	9

企业针对《劳动合同法》所做的准备或已经采取的措施。企业针对《劳动合同法》的实施或多或少都采取了一些措施,或打算采取一些措施,按照法律规范企业用工行为。具体情况见图20。值得注意的是,企业在关注劳动合同本身的同时,也开始了一些深层次的调整以做到与法律的长期适应,如调整人事结构、组建工会、进行定期的人力资源自我审计等。

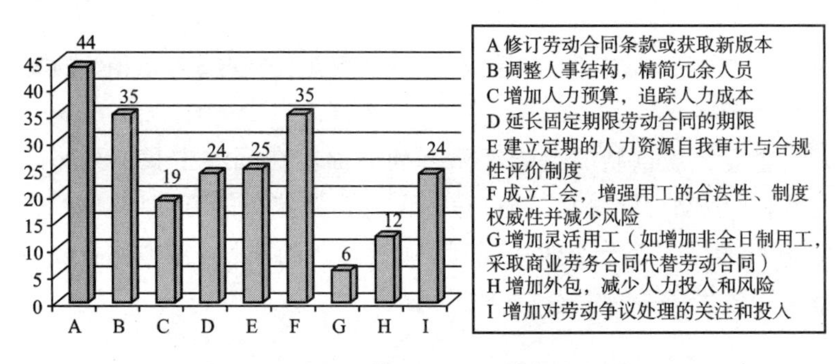

图20　企业针对《劳动合同法》准备或已经采取的措施(单位:企业数)

企业是否采取措施留住优秀员工。《劳动合同法》的实施可能使得劳动者的流动性增强,如图21所示,84%的企业表示已采取措施留住优秀员工,而13%的企业表示目前尚未采取措施,但有计划采取措施留住优秀员工。

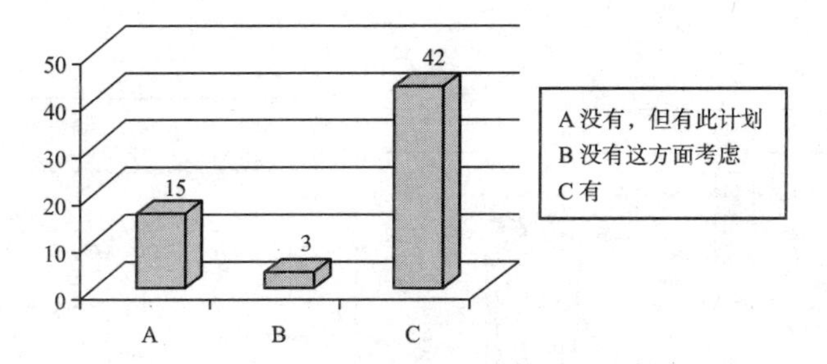

图 21　企业是否考虑采取相应措施留住优秀员工（单位：企业数）

5. 企业的期望

《劳动合同法》的积极影响。如图 22，企业最希望《劳动合同法》在劳动关系的稳定性、劳动纠纷的预防和解决、企业用工管理的规范化方面产生更多的积极影响。可见，多数企业对于《劳动合同法》寄望很高。

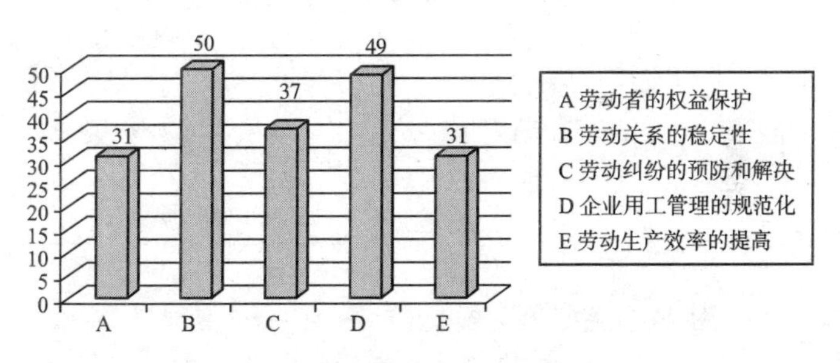

图 22　企业希望《劳动合同法》能在哪些方面产生更多的积极影响

对《劳动合同法》有效实施的信心。在问到企业对《劳动合同法》有效实施的信心时，如图 23 所示，58% 的企业表示有信心，14% 的表示没有信心，而 28% 的企业表示目前不好说，需要继续观望。

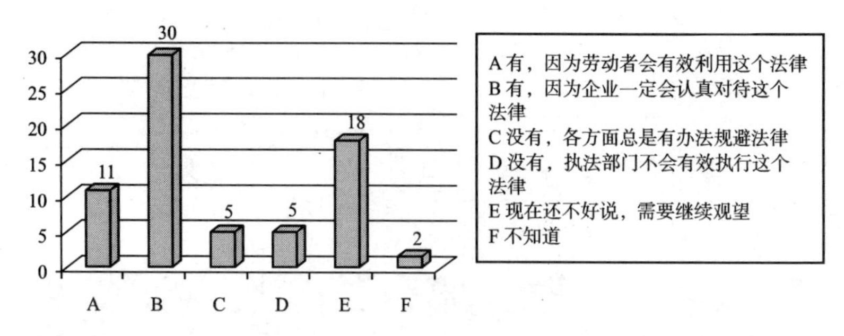

图 23　企业对《劳动合同法》有效实施的信心(单位:企业数)

政府部门的职责。如图 24 所示,企业更多地希望政府能够为企业创造良好的用工环境,减少企业的用工压力。

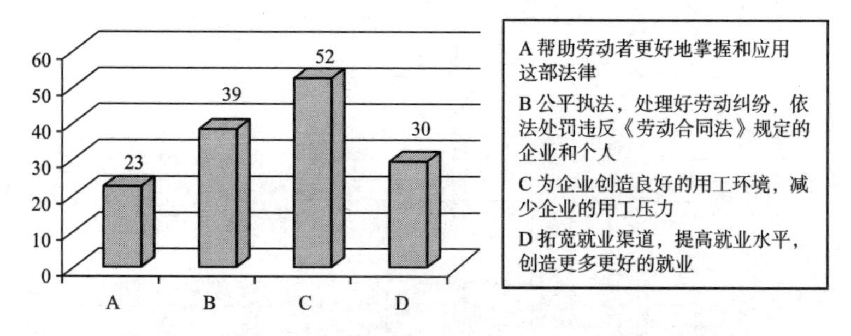

图 24　更好地落实《劳动合同法》企业认为政府部门的职责(单位:企业数)

政府的扶持和优惠政策。如图 25 所示,企业最希望政府能够在"税收优惠和减免"以及"社会保险补贴"方面给予企业扶持与优惠政策。

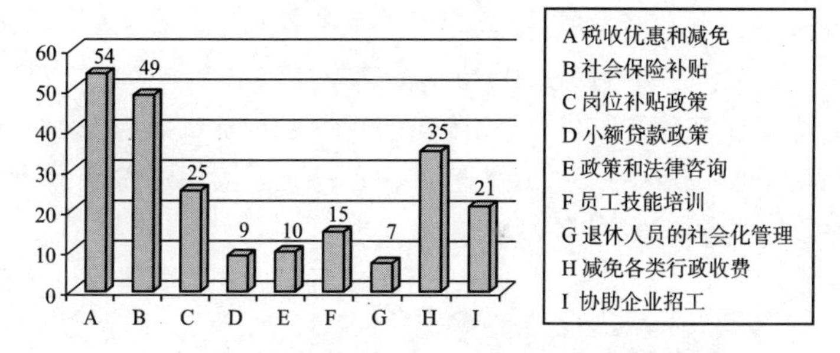

图 25　企业最希望政府能在哪些方面给予扶持和优惠政策(单位:企业数)

企业对其他机构的期望。如图 26 所示,企业最期望行业协会给予企业更多政策引导,同时,希望同行企业加强自律,构筑公平的市场秩序。

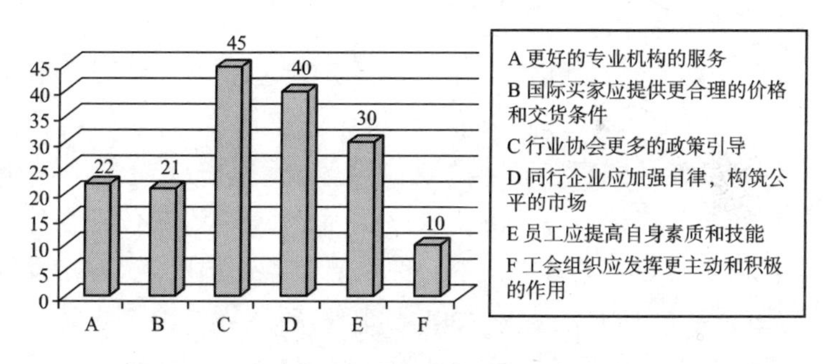

图 26　企业对其他机构的期望(单位:企业数)

三、《劳动合同法》实施对纺织服装行业的影响分析

《劳动合同法》以保护劳动者为宗旨,但保护劳动者并非《劳动合同法》的唯一目的,它同时也旨在优化企业的经营环境,促进

企业劳动关系和谐发展,寻求劳资关系的相对平衡和劳资两利的共同发展。《劳动合同法》自草案征求意见到最终颁布,始终是社会各界争议和猜测的焦点,该法对纺织服装行业的影响在业内也有种种预测。前文所述的调查结果应有助于我们进一步分析预期中《劳动合同法》的各种影响。

(一)对企业用工成本的影响

对于劳动密集型的纺织服装行业而言,广大企业更关注《劳动合同法》实施所带来的用工成本问题。如前所述,在新法实施前,行业发展已经阻力重重,成本上升已经开始。那种将纺织服装企业因不堪成本压力倒闭、投资转移的责任完全归咎于新法的观点自然是不客观的,但是,毋庸置疑,新法采取的种种新思路、新举措也给企业带来了一定的成本压力。因此,有必要对这种压力的性质加以深入研究。

首先,总体而言,新法产生的成本影响主要涉及到以下五个方面:

1. 制度设计的直接成本。这主要是指经济补偿的成本。新法规定经济补偿的适应范围比较广泛,无论是用人单位存在法定违法情形而导致劳动者提出解除劳动合同,还是用人单位主动终止期满的劳动合同,或者用人单位破产、解散等原因终止劳动合同,用人单位都需要支付经济补偿。又比如,新法将试用期工资也提高到不低于本单位相同岗位最低档工资或者劳动合同约定工资的80%,对于原来未达到此标准的企业而言,新法的制度也将增加其一定成本。

2. 纠正以往违法行为的成本。新法实施前很多未能达到法律要求的企业将不得不采取补救措施达到合规,比如没有依法缴纳社会保险费用,按照规定支付加班工资等,否则,将会承担更多的违法成本。

3. 可能的违法成本。新法对企业违法责任的规定内容较多，也较为具体，比如未能及时签订劳动合同需支付双倍工资的罚则，违法解除或终止劳动合同需按照经济补偿标准的两倍支付赔偿金等。因此，如果企业违法行为较多或较集中，就会在短期内付出很大的违法代价。

4. 人力资源管理成本。新法加重了违法责任，也对企业的人力资源管理提出了更高的制度要求，企业将因此需要强化相应的管理制度，聘任适用的人员或培养相关人员的能力，这些都需要投入相当的成本。

5. 潜在的人工成本。这主要是指工资增长的压力增大。一方面，国家倡导提高居民收入在国民收入分配中的比重，提高劳动报酬在初次分配中的比重；另一方面，新法赋予了劳动者更多更强的权利，加强了工会和职工代表大会的作用，增加了行业性集体合同、区域性集体合同，这些都将增强工人的谈判力量。与此同时，新法赋予劳动者更大的择业自主权，有技能的工人的议价能力提高。同时，劳动合同的长期化和无固定期限合同的不断增加也将会使用人单位的福利成本不断上升。

可见，企业成本的上升似乎更多是由于劳动力成本的理性回归所致。作为处于产业链低端的纺织服装企业，尤其是中小型企业，其对低价劳动力的依赖性较大，产品附加值低，同时，又容易存在用工不规范、管理不规范的现象。这样，劳动力的价值便难以得到合理、充分的体现。在这个意义上，《劳动合同法》的出台有其必要性：以法律手段深入调整劳动关系，使企业的人力成本达到合理比例，体现出对人的尊重，对劳动价值的肯定。

但是，正如调研结果所显示的，多数企业实际上并不否认《劳动合同法》的上述远期价值，多数企业也在采取各种措施来协调这种价值与企业发展之间的关系。问题在于，由于“没有区分行业特点和企业特点，法律适用上可能遇到很多实际困难”、“配套保障(如社保等)措施欠缺,很多法律要求难以实现”,多数企业担心这种由立法的适宜性和政府配套措施的欠缺所导致的风险最终转化为企业不断增长的成本的一部分,这可能也是仅有不足60%的企业对《劳动合同法》的有效实施抱有信心的原因之一。

所以,长期来看,《劳动合同法》将对我国的劳资关系的均衡起到持续的积极作用,但是,在短期内,国家对企业成本的激增应给予关注,因此,应考虑在“税收优惠和减免”以及“社会保险补贴”方面给予企业更多的扶持与优惠政策。

(二)对行业效率、产业整合和就业的影响

基于上述关于成本问题的分析,我们也不难看出,《劳动合同法》也是行业技术进步、产业升级和产业整合的助推剂。纺织服装行业作为劳动密集型产业,行业门槛低,技术含量普遍不高,同行竞争非常激烈,因此,企业难以通过提高产品价格来完全转移成本压力。尽管近年来原材料价格持续上涨,劳动力成本亦不断上升,多数中小型民营企业并未通过提高产品价格的方法转移成本,而通常都是通过提升效率来消化增加的成本。这说明即使是中小企业,在压力作用下,其自身潜力也有进一步挖掘的空间,企业将通过平衡各生产力要素的成本来消化劳动力成本的上升。在这种情况下,对优质劳动力的需求就进一步提高。调查结果也显示,随着《劳动合同法》的实施,84%的企业表示已开始采取措施留住优秀员工。

所以,《劳动合同法》必然将在一定程度上催化行业升级的过程,增强行业内企业探寻生产力提升、提高生产效率的积极性,代表更先进生产力的竞争法则将成为未来行业发展的核心动力。当然,毋庸置疑的是,这也将是一个阵痛过程。这种阵痛的表现之一就是,新法在用工成本方面对企业的冲击,将推动企业的兼并和行业内的资源整合,优化行业整体的竞争秩序,并最终使行业集中度得

到提高。在这个过程中，部分企业将难以避免地被淘汰出局。

行业效率以及产业整合的影响也将在就业水平上有所体现。一般而言，行业效率以及行业集中度的提高，会导致部分劳动者失去工作或者变换工作。从保障就业的角度来看，这可能也是《劳动合同法》的短期副作用之一。但是，另一方面，《劳动合同法》实施后，无论是用人单位招工、用工，还是劳动者的流动都会更趋于理性。以往用工规范、在新法实施后依法及时调整相关制度的企业能够吸引到更多更优秀的劳动力，为扩大生产规模、提升技术水平储备人力资源。与此同时，由于《劳动合同法》的实施以及相关配套制度的出台（如《劳动争议调解仲裁法》降低了劳动者维权的成本），会使得劳资纠纷的潜在风险剧增，企业在招工、用工方面会愈加谨慎地严把进人关，这对于劳动者同样是一种约束。当然，由于《劳动合同法》更注重保护劳动者自主择业和充分流动的权利，故而实际上带给企业的压力更大，尤其是在制度建设上要求大量投入。如调查所示，超过80%的企业针对《劳动合同法》在管理制度方面进行了评审、重新制定或修改了相关管理制度，而且大多数企业已开始慎重而充分地调整人事结构、定期进行人力资源自我审计等。这也意味着企业将更加严格地控制就业规模，以减少用人方面的累积风险，这也可能在一定程度上降低行业的就业水平。

（三）对企业管理的影响

《劳动合同法》对企业最复杂的冲击之一就是企业必须完善内部管理制度以适应法律的新要求。这部法律首先要求企业理解《劳动合同法》确立的一些基本价值，包括劳资协商、依约用工、长期雇用、共担义务等。应当说，这些价值的长远积极意义是不言自明的，但是，从短期的现实状况来看，很多企业可能在认可某些价值方面仍存在认识差距，更遑论执行时的困难了。例如，《劳动合同法》规定劳动者严重违反用人单位的规章制度,或者严重失职,营私舞弊,给用人单位造成重大损害,或者劳动者同时与其他用人单位建立劳动关系,对完成本单位的工作任务造成严重影响,用人单位可以与劳动者解除劳动合同且无须支付经济补偿金。由于法律没有也不可能定义不同行业、不同企业、不同岗位相关的"严重违反"、"严重失职"、"重大损害"或"严重影响工作",这就意味着企业必须进行精细化管理,并作出详细、科学、公开而合理的制度,这种制度的执行又在很大程度上依赖企业自身的衡量与判断。对于很多长期缺乏系统化管理体系的中小纺织服装企业而言,这可能是一个长期而艰巨的挑战,而很多企业很可能在调整自身迎接挑战的过程中遭遇更严重的问题。

此外,《劳动合同法》对企业管理制度的民主程序也提出了严格的要求,强调民主决策、民主监督和民主管理,要求建立劳资共决、劳资协商的机制。根据法律规定,涉及劳动者切身利益的制度必须符合三个要件方属合法:内容合法、民主程序和向员工公示。从某种意义上来看,企业因此负有了民主教育的职能,而企业内民主决策和民主管理制度的建立和发展会直接推动社会基层民主的进程。但是,企业这一角色的有效性在很大程度上取决于很多企业不可控制的因素:劳动者的民主意识、工会作用的充分性以及法律监督的有效性。

四、政策和法律建议

(一)统一法律释义,加强实施指引

《劳动合同法》虽然经过多次征求意见与修改,《劳动合同法

实施条例》也对新法在实践中产生分歧的一些概念加以明确，但仍有一些问题需要通过法规或司法解释的方式作出进一步阐释。相关部门应当抓紧做好配套实施法规规章的制定工作，清理与《劳动合同法》不一致的规定，以保证其顺利贯彻实施。

此外，新法在实施中遇到的一些现实问题也需要权威机关作出解释和有益指引。例如工资计算问题。新法对劳动者的加班工资和带薪休假等有严格规定，但这与我国纺织服装企业的一些用工特性和运作现实存在矛盾。纺织服装企业大多采用计件工资模式，新法实施后，企业在界定加班工资层面上较难操作。此外，在现有社会保险机制不健全的形势下，如果劳动者不愿参加社保问题，企业应当如何处理。这些都需要权威机关给予相应的操作指引。

针对现实需要，各级劳动部门和工会组织都应当积极履行责任。一方面，加强对《劳动合同法》的普及宣传，对各类用人单位和广大劳动者提出的疑点和问题给予相应解释，提高全社会对《劳动合同法》的认识和理解；另一方面，应密切关注并及时应对《劳动合同法》在实施中出现的各种新情况、新问题，在这个过程中，通过劳动争议处理机关的处理结果和各级司法机关的判决统一法律的适用就显得尤为关键。

（二）加强统一执法，创造公平的竞争环境

《劳动合同法》对于每个企业都是平等适用的。部分以违规、投机见长的企业，会遭遇因人力成本迅速上升而带来的生存危机，而那些不断依法、依势来调整经营策略、完善管理体制的企业，会在一个公平竞争的外部环境下稳定发展。这一切发生的前提是《劳动合同法》得到统一的适用与执行。

《劳动合同法》强调劳资双方自主协调、共同解决问题，在这一过程中，劳动监察的职能就显得至关重要。目前，我国正处于

工业化和城镇化的快速发展阶段，就业形势非常严峻，加大了劳动者权益的保障难度，由于基层工会组织的力量比较薄弱，政府的劳动监察职责就显得更为重要。《劳动合同法》明确了政府的劳动监察职责，以及劳动监察的事项与程序，并对劳动行政部门和其他主管部门失职的法律责任作了规定。在实践中，真正充分调动地方劳动监察力量，充实劳动监察队伍，理顺监察理念，改善监察水平，才能够切实维护劳动力市场的运行秩序，也为企业的公平竞争创造有利环境。

（三）建立健全配套制度

《劳动合同法》对于众多缺乏管理基础和协商经验的中小企业而言，短时期内管理成本和人力成本都遇到了难题，他们急切需要与现实运作相协调的法律配套保障，帮助他们顺利地执行《劳动合同法》。

目前，由于社会保险不能跨地区流转，造成流动性较强的外来务工人员不愿意支付社保费用，也给企业的用工管理带来了很大的难度。建立操作便捷、覆盖范围广泛的社会保险资金移户制度，解决外来务工人员的社会保险跨地区支付和使用问题，不仅能够调动劳动者上保、交保的积极性，同时，也便利企业依法管理，更好地保障劳动者利益。

劳动关系与一般的民事合同关系不同，它在本质上是用人单位、劳动者和政府之间建立起的三方关系，政府不应仅以第三方的姿态调整劳资双方的权利与责任，更应该努力承担自己应尽的责任。利润低的劳动密集型企业同时也为社会就业作出了巨大的贡献，政府应在税收、资金借贷等方面考虑给予一些优惠措施或灵活性的操作办法，给企业留出产品升级、产业转型的时间。成本上升和政策调整是整个纺织服装行业都共同面临的问题，需要各级政府在对企业进行调查后，适当调整产业政策。2008 年中的出口退税上调2个百分点对广大出口型纺织服务企业是一个极大的激励。今后,政府还应当持续支持并鼓励企业的转型,特别是加大对纺织服装行业高新技术发展的扶持力度。

另外,考虑到外来务工人员在纺织服装行业劳动力中占有相当大的比例,有关部门应当逐步建立起劳动力市场的档案制度和信用管理体系,减少劳动力恶性流动,保障劳动力市场秩序,缓解劳工队伍不稳定问题。

(四)各部门合作,建立服务企业的有效机制

各级政府部门、行业协会、企业组织等应当加强沟通与协作,建立起为企业实施《劳动合同法》服务的有效机制。针对《劳动合同法》的实施进展,各部门之间应当保持定期沟通、信息共享。虽然职责各不同,但是,及时向企业沟通新法实施的相关信息,组织相关培训,收集企业在实施新法过程中遇到的困难和问题并及时反馈给相关部门,是各部门的共同责任。针对抗风险能力弱的中小企业,各部门应当提供更为优质、高效、低(免)费服务,协助和便利企业建立和实施《劳动合同法》构想的各种制度。

(五)加强国际合作与沟通,为企业的国际竞争创造更公平、有利的空间

行业协会和政府相关部门应当充分利用与国际组织、采购商等方面对话的机会,为行业企业的发展创造公平、合理、有利的环境,这其中又特别强调供应链上的沟通与合作。超时加班是纺织服装行业的普遍现象,而交货期过短经常是其背后的一大原因。企业为了争取一点点利润不得不铤而走险违反法律,而另一方面,低工资、高强度造成员工流失率高,员工队伍不稳定。采购商的频繁验厂也给企业增加了时间、金钱、人力各方面的沉重负担。因此,在广大纺

织服装企业贯彻《劳动合同法》的基础上,行业协会应当发挥积极作用,加强与供应链上游的对话和协作,强调供应链上的各方共担责任、共享利润。掌握了主动权,不仅有益于纺织服装企业达到守法要求,而且有利于企业在更开放、更公平、更合理的空间发展,承担更多的社会责任。从更广泛的角度而言,《劳动合同法》也有益于创造一种更加公平的全球供应链模式。

(六)提高劳动者素质

我国纺织服装企业用工主要来自于农村劳动力,但目前各地尚未建立起农村劳动力转移培训的稳定机制,使得企业用工扩大与招工困难的矛盾日渐突出。目前,劳工流动的随意性太大,工人缺乏工作责任心而导致的劳动效率不高,甚至造成设备损坏等都给企业造成了沉重负担。不少企业在为怎样招收、留住有经验的技术熟练工而头痛。根据2006年国务院研究室课题组《中国农民工调研报告》显示,我国农村劳动力中接受过短期职业培训的占20%,接受过初级职业技术培训或教育的占3.4%,接受过中等职业技术教育的占0.13%,而没有接受过技术培训的高达76.4%。缺乏技术培训而导致企业内部生产效率低下,企业难以提高综合竞争力。建议各级劳动部门加强对外来务工人员的培训,除了技能方面的培训,还应当包括法律知识、职业操守等方面的培训。劳力输出地和输入地之间也应当密切合作,在供需双方之间架起桥梁。

(七)扶持企业内工会的有效建立

《劳动合同法》实施后,劳动者的弱势地位得到改善,但劳动者仍然需要有组织的力量维护群体利益。《劳动合同法》突出强调了工会的作用,但是,长期在"强资本弱劳工"体制下建立的工会仍然需要有力的扶持才能够真正有效地成长起来。

在《劳动合同法》中，工会的作用贯穿于劳动关系的始终。工会不仅帮助和指导劳动者与用人单位依法订立和履行劳动合同，还与用人单位建立协商机制，监督用人单位依法用工，支持和帮助劳动者维权。通过集体谈判方式维护劳动者权益是工会的一项法定义务。《劳动合同法》首次规定了行业性和区域性的集体合同，这是集体谈判发挥作用的新领域。目前，针对我国当前劳动关系管理中的具体问题，应当逐步完善集体谈判程序，以充分发挥工会的沟通协调作用。另外，各级基层工会组织应当加强与企业工会的联系，帮助企业工会力量的壮大。

（八）积极推广高质量的管理体系

企业发展、行业升级都离不开管理观念和方法的转变。政府相关部门应当大力推动科学、有效、切合实际的高质量管理方法和体系，帮助企业转型，持续改进和发展。例如，《CSC9000T 中国纺织企业社会责任管理体系》就是我国纺织行业近年来努力实施和推广的一个管理体系。CSC9000T 是一个系统的管理体系，是落实社会责任和法律规范的方法，它致力于帮助企业形成规范管理，投入不多但受益却是根本而长期的。《劳动合同法》旨在从企业外部建立“和谐用工”的相关制度，而 CSC9000T 则在企业内部培育“和谐用工”的机制。通过管理体系的建设，企业能够有效地将国家有关法律法规转化为企业切实可行的具体管理制度。同时，CSC9000T 也帮助企业把社会责任纳入企业内部管理体系。CSC9000T 在试点企业实施后，受到国内外的广泛关注，其取得的成绩也得到了充分肯定。中国纺织工业协会目前正在努力将 CSC9000T 推广到更多地区的纺织服装企业，包括广大的中小企业，让更多企业认识并履行自身承担的法律责任和社会责任，力求帮助艰难中发展的行业企业找到一条可持续发展之路。

书评

张千帆等：《宪政、法治与经济发展》

李志强*

2004年10月，张千帆先生牵头、几名中青年学者参与撰写的《宪政、法治与经济发展》一书由北京大学出版社付梓面世。该书横亘于法学、经济学、政治学甚至财政学等众多学科之间，对一系列关系到社会进步与国家发展的重大课题进行了深入探讨，力图澄清宪政、法治与经济发展三者之间相互依存、相互制约的辩证关系，从而建立起经济发展、政治改革、法制健全以及文化转变之间相互作用的普遍模型。

正如张千帆先生在该书《前言》中所指出的，“到目前为止，国内学术界对法治与经济发展的关系仅限于一种被唤醒的意识，缺乏严格的科学论证”，而“宪政对经济发展的作用则远未获得普遍认同。相反，一种普遍的误解认为，宪政仅涉及到公民权利和纯政治性事务，和经济无缘”（张千帆等，2004：前言1）。

曾几何时，政治上的权威主义有助于经济发展的论调甚嚣尘上，论者将韩国、印尼、新加坡乃至我国台湾地区经济上的成功归纳为“东亚奇迹”，它们是不实行政治民主化而成功实现经济增长

* 李志强，北京大学法学院宪法与行政学专业博士生。

乃至现代化的例子。国内也往往喜欢引印度与中国的比较来证明民主、法治也未必有助于经济上的成功。然而,他们往往忽略了事务的复杂性,将大国与小国、长远之计与权宜之策混淆了起来,把国情不同的国家做了简单的对比。作者并不否认,在市场经济发展的初期,民主政治的不充分或相对滞后发展可能不完全是坏事,这样有助于延缓民主政治和市场经济之间的潜在冲突的爆发,但从长期效应看,民主政治是市场经济发展决不可少的政治条件(张千帆等,2004:160)。

由于民主政治的决策成本比较高,执行效率比较低,而且在落后势力比较强大的国家里,一时之间也很难开启民智,民主的优势并不能发挥出来,这时候往往需要卓越人物以高于常人的眼界,力排众议,排除一切阻力而为国家把舵,使其能够破浪前行。俄国的彼得大帝、韩国的朴正熙都是这样的人物,而且他们也的确取得了巨大的成就,推动了经济的发展。正是由于非民主政治所具有的强烈的短期优势,导致了其巨大的迷惑性和强烈的吸引力。不但很多精英人物支持它,而且在普通民众中也有很强的认同感。

然而,正如该书作者所指出的,社会发展的关键不是短期的经济增长,而是要具有持续发展的能力和态势(张千帆等,2004:161)。从现代政治发展的角度而言,威权主义国家的一个两难境地是其必定要面临的瓶颈。一方面,威权主义国家以拒绝宪法对政府权力的监督以及控制公民权的自觉行使为手段,当后发国家在民族独立后推进民主建设的软件和硬件的基础还相当脆弱的前提下,威权主义国家降低了政治一体化的成本,有效地维护了发展经济的政治环境,提供了发展经济的政治资源。可以说,威权主义国家的现代化奇迹的创造源主要在于此。另一方面,威权主义国家所隐含的政治全能主义和权力的个人化倾向必然导致国家利益与社会利益、政治利益与经济利益、政府力量与市场力量的冲突,结果就是政治动荡、经济危机和社会失序(潘伟杰,

2001:48)。从长远来看,民主政治更适合经济和社会发展。民主政治对于市场经济的积极作用表现为一种长期和深远的效应,罗伯特·达尔指出,和多数非民主国家比起来,民主国家有很多优势:首先,提高了人民的教育水平,而劳动力教育水平的提高有助于革新和经济增长;其次,对法制的支持更加强大,法院更加独立,财产权利更有保证,契约能够得到更有效的实行,而政府和政治家任意干预经济生活的事情更少发生;最后,对现代经济所依赖的信息交流阻碍要少得多,人民更容易进行信息的收集、交换,而且不像在非民主政权下那样危险。总之,现代民主国家和非民主政权的政府相比,能够为发挥市场经济优势、实现经济增长提供更为友善的环境。(达尔,1999:66)。

事实上,韩国和我国台湾地区都进行了政治上的转型,并取得了可喜的进步,而作为东亚经济最发达的国家的日本,其"二战"以来的经济奇迹事实上正是得益于其宪政建设的巨大成就。正如一位日本学者所指出的,"没有宪政,日本就不可能实现现代化。在许多国家,统治精英试图以快速经济发展的名义为威权控制提供合法性。日本经验表明,法治对经济发展是至关重要的。"(转引自张千帆等,2004:23)与此相反,那些迟迟不愿进行转型的国家却在经济危机来临的时候,因为政治发展的滞后和社会发展的不均衡,陷入了深深的灾难之中,1997年亚洲金融危机中的印尼就是这样一个例子。这一点伟大的托克维尔早在19世纪30年代就已洞察到了,他在《论美国的民主》一书中指出:"在一定时代和一定的地区,行政集权可能把国家的一切可以使用的力量集结起来,但将损害这些力量的再生。它可能迎来战争的凯旋,但会缩短政权的寿命。因此,它可能对一个人的转瞬即逝的伟大颇有帮助,但却无助于一个民族的持久繁荣。""我相信,民主政府经过时间的推移,一定能增加社会的实力,但它不能像贵族政府或专制君主国那样立即把力量集中于一点和一个时刻。如果一个民主国家由共和政府管理一个世纪,那么,在这个世纪结束的时候,我相信它一定会比相邻的专制国家更加富有,更加人丁兴旺,更加繁荣。"(托克维尔,1988:97,255)

在阐明了法治、宪政与经济发展的正相关性之后,一个新的问题又出来了。"徒法不足以自行,徒善不足以为政,法善而不行与无法等",这些训诫古已有之。在一个现代社会,法治乃至宪政的施行,在很大程度上都要靠司法机构来承担。如果一国的司法权孱弱不堪,那么,一切美好的宪法和法律,都将只是镜中月,水中花,可望而不可及。

独立的司法权对市场经济的重要性是无可置疑的,作者引用世界银行副总裁施哈塔的研究成果,全面列举了因缺乏司法实施机制而造成的消极影响,其中包括对合同、产权、企业、银行系统、技术转让、交易成本、立法和规制、经济犯罪八个方面,可谓极尽周延,令人信服(张千帆等,2004:38)。而独立公正的司法机关对美国和欧盟经济成长的贡献也早为人所知,试想没有美国联邦法院利用州际贸易条款这一有力武器,扫平形形色色的地方保护,何来北美统一大市场的形成,而欧盟要是没有欧洲法院的保驾护航,强力保障物资、人身、服务和资金流动的四大自由,也不会有欧洲一体化今天这般的成就。

而反观我国,虽然奉行单一制的国家结构原则,但是,由于缺乏独立的司法体系,出现了司法地方化的问题,司法不但不能提供开放的市场和统一的规则,反而成了为地方经济"保驾护航"的工具,这造成了经济上严重的地方保护主义和市场割裂,不利于企业的优胜劣汰和资源的优化配置,阻碍了经济的进一步发展。

此外,缺乏独立的司法体系还造成了财产权得不到有效保障,经济自由常常受到不法干涉,环境、土地保护和劳工福利保障等法律得不到严格的实施(因为其具有外部效应),产生了向底线竞争的不良趋势,这使得经济可持续发展能力衰退,而社会和谐发展难以实现。

因此，张千帆先生认为，应将司法独立作为转型国家在制度建构过程中首先必须解决的问题，而不是像传统观点所认为的，在经济发展到一定程度时再来解决司法独立的问题。他认为，司法职能的建构和完善虽然也在一定程度上取决于经济和社会条件，但它是国家能够也应该履行的本职义务，而一个有效和公正的司法制度对于市场秩序的建立和市场经济的发展发挥着重要而且是直接的作用（张千帆等，2004：31）。

然而，司法独立就必然能够对经济的发展产生正面的促进和保障作用吗？张千帆先生并没有给出一个简单的答案，而是给出了一个统计学模型（在此省略），并得出了以下的结论：法官的职业化的程度决定了法官的独立程度，而司法独立是否有助于实现司法公正，取决于法官的道德素质以及对司法腐败的惩治力度。如果法官道德素质不高，司法腐败盛行，而惩治力度又不足以有效防止司法不端行为，那么，司法独立将反而损害司法公正（张千帆等，2004：77）。

这使得我们在认识到司法独立必要性的同时，又不能不对司法改革的系统性予以强烈的关注。司法改革是一个社会工程，需要各方面配套措施的跟进，单纯地增强法院和法官的自主性有时并不一定能够取得正面的效果，当然，这也是极为必要的一部分。最高人民法院自1998年来推行的司法改革实施纲要已经推行了两个五年，然而，结果却并不令人满意。近年来，一些重量级法官的相继落马，一些地方法院如深圳市中级人民法院出现集体腐败的窝案，使得人们不禁怀疑司法独立的现实可行性。在笔者看来，司法独立是必由之路，走回头路是没有前途的，但这些事件给我们的教训是深刻的，必须要在增强法院和法官独立性的同时，加大对司法腐败的惩治力度，同时，提高法官的道德素质，否则，极有可能播下的是龙种，收获的是跳蚤。

《法治、宪政与经济发展》向我们展示了一幅恢宏而不失瑰丽的画卷,虽然探讨的是宏大叙事性质的主题,却处处充满了对现实生活的深切关怀,没有流于意识形态式的论争。尤其是该书的引证详尽,文辞流畅,虽然理性冷静,但绝无枯燥,可读性很强。然而,如同一切合著的作品一样,该书也不免存在着一些问题,有待进一步的商榷和改进。

首先,该书虽然有一个共同的中心,但各章节之间缺乏有机的联系和必要的回顾照应,未能形成严谨的逻辑结构,缺乏一条贯穿始终的主线。这使其更像是一个论文合集,而不是一本有机的书。

其次,书中有些部分未能紧紧扣住主题,出现了一些不必要的重复和冗余,例如,第三章某些部分对于一般理论的介绍其实大多是一些行内的常识,不需要占用那么多的篇幅,而第六章的第三节对经济权利宪法保障方式的介绍则与本书的主题关系过于疏远。

再次,书中引证的例子一半以上来自于美国,最多及于一些西欧发达国家,虽然每章的最后都回到我国现实,然而,参照系却主要是西方的,这可能使本书坠入西方中心论和历史线性发展观的窠臼。其实,广大的发展中国家,尤其是转型国家,比如东欧、东(南)亚、拉美等国的发展历程可能会给我们更多的启迪和教训。

参考文献

[美]罗伯特·达尔:《论民主》,李柏光、林猛译,北京:商务印书馆,1999。
潘伟杰:《现代政治的宪法基础》,上海:华东师范大学出版社,2001。
[法]托克维尔:《论美国的民主》(上卷),董果良译,北京:商务印书馆,1988。
张千帆:《西方宪政体系》(上册·美国宪法),北京:中国政法大学出版社,2004。

贡斯当:《适合于所有现代政府的政治原则》[*]

Benjamin Constant. *Principles of Politics Applicable to All Governments*. trans. Dennis O'Keeffe, ed. Etienne Hofmann (Indianapolis: Liberty Fund, 2003)

丹尼尔·马霍尼[**]

自由基金(Liberty Fund)出版了贡斯当的《适合于所有现代政府的政治原则》最早(1810年)且最长版本的一个优雅而忠实的英文译本(较短的1815年版英文译本见牛津大学出版社出版的《贡斯当政治文选》)。1810年版较之精雕细琢的、以同名出版的1815年版显得更为散漫,这使得阅读该版本很费力,但1815年版有其局限,在某种程度上它是时局的产物。通过该书,贡斯当的目的,至少某种程度上是如此,是证成"邦雅曼主义(Benjamine)"——主张立宪君主制的框架。该框架是在所谓的"百日政变"期间,即从拿破仑逃离厄尔巴岛(Elba)到其最终兵败滑铁卢这段时期,他应拿破仑的请求而写作的(贡斯当与拿破仑短暂的妥协将会持续成为令这位坚定的专制主义反对者蒙羞的源泉)。那个更早且未删节的版本,即使其缺乏贡斯当后期杰作所具有的完整性特点,也让我们能完整地欣赏贡斯当的政治理论。

---

* 本文原载于《新标尺》(*The New Criterion*)2004年6月第22卷,第68—73页。

** 丹尼尔·马霍尼(Daniel Mahoney),马萨诸塞州伍斯特市圣母学院政治学系主任、教授。

但贡斯当的著作,无论是何种形式,都是很好读的。他是个第一流的修辞学家,他有关于政治与人性(human nature)的持续洞见,是以一种他人无法模仿、唯有叹为观止的警句格言的方式得以呈现的。

贡斯当的著作,相对而言,只是最近才被添加到政治理论武库的,它在激进共和主义者与马克思主义者统治法国知识界的漫长时期中被遗忘。已故的法国政治理论家伯特兰·德·儒弗(Bertrand de Jouvenel)曾经评价说,雅各宾与拿破仑专制统治的历史教训"使得整个【法国】知识界转变为'立宪主义'"。贡斯当是这些"立宪主义者"中最雄辩、最富思想性的一个。他的著作为一种直至今日仍相当需要的努力提供了独一无二的资源。那种努力就是使反极权主义在我们这个时代仍有意义,为21世纪提供一种道德严肃的宪政远景(constitutionalist vision)。

1810年版的《政治原则》开篇即对"有关于政治权威的既有观点"进行强有力的剖析,而后对应取代这些既有观点的真正"原则"进行同样强有力的阐述。正是在这些开篇性的讨论中,读者可以看到贡斯当的自由主义所具有的原创性与人文性。他的自由主义是这样一种自由主义,它等距离于现代绝对主权学说与对欧洲旧制度所具有的保守主义式的怀旧感。与那些认为共和国是唯一合法的政府形式的革命理论家不同,贡斯当脑中重现的是那些"独立于所有政府形式"、处于任何形式的温和政治中心、具有持久性的"政治原则"。他特别聚焦于那些混淆人类自由与不受限制的人民意志、误将权威的大众来源当作正义与公共善之保障的"错误的形而上学"。在从不否定多数原则作为一条自由社会的组织原则的同时,贡斯当重塑了一句古老格言:有些东西对于人的手臂来说是过于沉重了。他致力于把自由主义从拒绝作出任何必要的限制或制约的革命迷醉中解救出来。

对贡斯当而言,法国大革命期间的恐怖统治揭示了绝对人民主权学说的恐怖后果。那种认为对主权者的所作所为而言不存在任何内在固有限制的信念,对政治生活固有的悲剧可能性既是极大不敬的,也是极度盲目的。首要的是,它无视自然正义的存在是独立于个体的或大众的意志。贡斯当从未停止重申,"人类的有的部分永远是个人的和独立的,是超越任何政治决断的"。但是,现代人民主权学说也是奠基于集体能力意义上的人民能够直接统治其自身这一致命幻觉,它无视了所有现代政治制度所必备的"代议"的特征。在束身自修的古典城市之外,人民是不可能直接统治自身的,他们不可能仅仅是"掌权"(in charge)。将少数人的独裁措施与"人民的意志"相混淆的诡辩,只会强化那些会对人民毫不犹豫地实施分化屠杀的不道德领导人的权力。

面对一种史无前例的、似乎能被现代哲学原则所证实的专制统治形式,贡斯当重申了居于任何得体政治核心的种种限制。与卢梭及霍布斯形成强烈对比的是,贡斯当否认任何政府或社会拥有实施任何形式的绝对主权的权利。在《政治原则》及其他主要政治著作中,贡斯当阐述了一种从出错的大众革命的惨败中汲取了教训的自由主义,一种永远也不能忘记"主权只能以有限的和相对的方式存在"的自由主义。与伯克或法国反对革命的人士如德·梅斯特(Joseph de Maistre)相似,贡斯当抨击现代哲学的种种主张,坚称一个超越人类意志的精神领域或空间,但退一步说,这些加诸于人类意志的限制的绝对来源并没有得到很好的界定。正如《政治原则》第8卷("论宗教自由")所明确展示的,贡斯当并不是一个传统意义上的有信仰的人,更是一个浪漫主义者,他把宗教作为伟大之物的提示、不可名状之物的标志、身处困苦之时的慰藉、慷慨之情和高尚行为之源泉。然而,最后,人们不免会得出结论,对贡斯当而言,宗教在某种程度上是种幻觉,是一种在一个失去其确定基础的世界有益的安慰。贡斯当发现需要某些如同自然法的东西,但他事实上无法界定其内容或确定其真实性。最终是他更清楚他所反对的是什么——绝对主权或无限的意志,更不清楚他所坚持的是什么。面对由极权主义对自然道德秩序的否定所产生的种种致命的后果,一系列主要的哲学家和政治思想家提出了需要某些如同自然法的东西,但无法就其内容所谈过多。贡斯当是第一个就一种超越人类意志的事物秩序作出这样“消极的”论证的现代思想家。与大部分20世纪反极权主义思想家一样,他是如此过于复杂以至于不会简单地或整体地相信古老的真理,是如此适度以至于不会将它们完全抛弃。

贡斯当被法国大革命的支持者所看轻,同时,与反革命之思想所牵挂之物事格格不入,这是贡斯当的必然结局。尽管贡斯当反对有关无限制的人类意志的种种现代诡辩,他仍然忠实于得到正确理解的1789年原则,即他反对现代哲学理性主义的过度,但从未像法国反革命者所倾向做的那样,拒绝对政治原则做一种理性的(*rational*)阐述。在贡斯当看来,现代反革命者中的最激进者与其最坚定的反对者之间,存在一种潜在的、未被识破的合谋。法国大革命的狂热支持者及其狂热的批判者,都想把证明革命恐怖统治合理性的诡辩与作为自由或温和政治之基础的原则相混淆。贡斯当坚定地反对这种同一性。他的著作最好应理解为现代自由反对其假冒的朋友与顽固的敌人之必要性的表征物。现代自由之假冒的朋友捍卫的是与自然正义相切割了的自由,因此,给恐怖和暴政提供了强有力的智识支持。现代自由之反革命敌人混淆了法国大革命的谋杀性质的过度与现代自由的真正本质。贡斯当把自己理解为一个持有原则的中间立场(the principled center)的政治哲学家,是那些或者以一个光荣的过去、或者以一个伟大的未来之名而实行的专制统治之顺从者的梦魇。

更广泛而言,在整个《政治原则》中,贡斯当所捍卫的都是一种有活力的立宪政府理念,反对无政府主义与专制统治这两种罪恶。贡斯当的政治自由主义表明，没有一个真正既有能力又有意愿去统治的强大而有效的国家，个人自由得不到任何保障。羸弱的政府最终都是与政治自由不相容的，因为它们会请求那些担负公共权力的人去僭取那些宪法没有给予他们的权力。然而，贡斯当将其所有的愤怒都倾泻于那些革命意识形态家，他们为各种借口保护社会反对真正的或者虚构的敌人而采取的“专横措施”进行辩护。必须明确的是，他从未否认自由社会有责任去捍卫自身、反对外部危险与内部颠覆活动。但是，在法国大革命的过程中，一系列专横且残忍的措施直接加诸于虔诚的天主教徒、可疑的社会团体的成员、那些注定成为潜在敌人的人们，最后，加诸于那些拒绝把自由或爱国主义与革命恐怖相等同的高贵灵魂。在“公共安全”的伪装下，各种各样的法国革命政府让“个人作出了最大程度的牺牲”。这种对未得到合法辩护的紧急措施的滥用，腐化了政治生活，颠覆了作为平和的、守法的社会之基础的那些惯习。

贡斯当确信，专横政府是最大的道德破坏力。再者，他反对说，专横政府最终也无法生发出任何持久或伟大之物事，在其颠覆之后只会留下无序与暴乱，更多情况下是“吞噬其自己的孩子”。贡斯当比较了“英国自由”之杰出稳固性和活力与标志着法国革命期间专制统治的分裂、阴谋和压迫。他指出，政治自由不仅仅是“政府的制约”，也是政府最有力的支持者，“引导着它的进步，维护着它的成就，使它对暴力行为有所节制，并在它麻木不仁的时候刺激它”。贡斯当很有说服力地论证说，惟有自由的政治生活才能最终使政治合法性与政治有效性相结合。惟有一个捍卫政治自由的政权，才能生成出真正值得其拥有自由、真正值得被政府拥有的负责任的公民。

然而，对贡斯当而言，自由并不是一种功利性的东西。贡斯当在其著名的1819年论文《古代人的自由与现代人的自由之比较》中论证说,对于现代的英国人、法国人和美国人来说,自由意味着完全不同的东西,而对于古代共和国的战士公民来说自由的意义则完全一样。这种分类是《政治原则》篇幅漫长的第16卷("论古代世界中的政治权威")之写作目的。贡斯当讨论的宏大主题对于现代读者来说也是相当熟悉的:在古代人那里,"政治自由与个人自由的几乎完全缺失是相容的";而现代人喜爱和平、个人自由与商业繁荣甚于公共自由,后者是古代世界的最高荣耀。这些区别不仅仅是今天我们所说的"生活方式的偏好"或"文化差异"之区别。贡斯当的区分立基于一种历史哲学,它区分了新与旧、古与今这样两种伟大的历史制度。古代人是人类这个物种的青年时期,我们现代人可以自由地倾慕我们祖先的活力、高贵、激情和神圣,但我们绝对不能把这种倾慕转化为一种因为无法实现所以是致命的模仿。"古代人正处于道德生活的青年时期;现代人处于其成年期或者也许是其老年期。"与最后这种模棱两可相呼应,贡斯当认为,现代人无法完全确信任何事物。我们是怀疑主义之后人,因此,无法回到古代城邦之高贵的简单性。"古代共和国的现代效仿者",比如卢梭,倾慕古人的伟大之处并没有错,但他们的著作为不宽容的专制统治提供了支持,因为他们没有认识到在现代社会复兴古代人的自由所具有的时代错乱特征(the anachronistic character)。贡斯当并未否认,古代人为那些甚至对于现代社会之维系都是必需的美德提供了行之有效的模式。他雄辩地书写下了公民参与对于维系自由社会仍然在起的、真正的即使是低位的作用。但是,现代世界的政治自由必须立基于对个人独立和思想自由的尊重甚于对公民美德之有意识培育的重视。现代国家不需要奴玛(Numa)或者莱库古(Lycurgus)。当法国革命者试图超越古代共和国之美德时,他们引入一种新的恐怖政权形式也就一点都不奇怪了。我们必须是阅读普拉塔赫(Plutarch)而不是试图去发现某些神话性质的共和主义宝藏。与孟德斯鸠一样，贡斯当呼吁的是皮埃尔·莫内(Pierre Manent)所谓的古代美德之“想象的”或“审美的”权威，这种权威只有在我们冒险而为时才是直接与政治有关的。

因此，这本杰出著作的读者将会处于某种程度的困惑之中。贡斯当雄辩地描述了自由或温和政府之永恒的原则，但与此同时，他强调了现代人不具有以相似的证据来确证原则的能力。这位伟大的法国政治理论家谴责革命的暴政，因为它践踏了自然权利，是一种历史意义上的时代错乱。他捍卫一种能适用于把人当作人的自然道德秩序，然后，把人类区分为两个似乎不可通约的历史部分。他的著作既为那些谴责现代暴政为一种政治冷漠后果的人，也为那些认为现代暴政是某些不明智的现代原则之逻辑产物的人，提供了强有力的支持。他批评霍布斯、边沁和卢梭为新的专制统治形式提供了理论支持，而又把他们每个人都界定为“对人文性是友善的”哲学家。贡斯当的思想中还充斥着更多这样的悖论，但如果因此把贡斯当看作一个含糊不清的、自相矛盾的思想家而加以抛弃，那就犯了一个可怕的错误。事实上，他的矛盾是所有具有保守主义心态的自由主义者都有的矛盾，他们警惕无处不在的现代性，但却不知道除了“现代自由”这种历史性冒险之外还有什么其他选项。对于任何试图在反动的怀旧情绪与前进的幻觉之间寻找中间道路的、有思想的人士来说，贡斯当的著作是必不可少的。他的有规制的、人性化的自由主义，要优于以自由主义之名在当代学术界和政界大行其道的几乎任何东西。

（李海强　译）

稿　约

一、《洪范评论》(以下简称《评论》)系以法律与经济为重点的社会科学类论丛。

二、《评论》关注经济转轨、社会转型与国家治理。以问题为中心,兼收并蓄。

三、《评论》倡导以真实问题为转移的理论探究,以期推进对现实政治、经济、法律和社会问题的理论思考。

四、《评论》以经验研究、实证分析与理论思考并重,俾使分析无盲目之虞,而议论不致流于空泛。

五、《评论》提倡跨学科研究。在法学和经济学之外,广泛运用政治学、社会学、历史学、人类学以及社会科学其他学科,深入研究法律、经济及其相互作用。

六、《评论》设主题研讨,同时刊发其他论文、评论、书评文字,兼收译文。论文以1—2万字为宜;评论以5千—1万字为宜;书评以3—5千字为宜。

七、《评论》要求首发权,谢绝一稿两投。

八、来稿一经采用即致报薄酬。

书面投稿请打印A4规格,并附软盘,注明“投稿”字样,寄至:

北京市朝阳区朝外大街22号,泛利大厦10层,《洪范评论》

邮编:100020

电子文本在标题中注明“投稿”字样,以Word文档并用附件方式发至:editor@miles.org.cn